Gretelise Holm

Ein anständiger Mord

Gretelise Holm

Ein anständiger Mord

Roman

Aus dem Dänischen
von Jörg Scherzer

List

Die Originalausgabe erschien im Jahr 2002
unter dem Titel Paranoia *im Verlag*
Aschehoug Dansk Forlag A/S, Kopenhagen, Dänemark.

Der List Verlag ist ein Unternehmen der
Econ Ullstein List Verlag GmbH & Co. KG

ISBN 3-471-79472-7

Gesetzt aus der Sabon bei
Franzis print & media, München
Druck und Bindung: Clausen & Bosse, Leck

Sehr zufriedenstellend

Mein Vater taugte nicht viel, hatte jedoch ein aufsehenerregendes Talent zum Selbstmord. Wenn alles andere fehlschlug, starb er von eigener Hand. Meine Mutter nahm das jedes Mal ernst, ich aber war erst acht oder neun Jahre alt, als ich ihn durchschaute. Ich beobachtete nämlich, wie der weiße Puder von seinem toten Gesicht auf das Sofakissen rieselte. Das Schweineblut jedoch, mit dem er sich eingerieben hatte, bevor er sich die Handgelenke aufritzte, hatte mir mit sechs einen richtigen Schock versetzt.

Ich verfügte über keine psychologischen Kenntnisse und verspürte nur Abscheu, als mir klar wurde, dass das Ganze ein Schauspiel war, das ultimative Machtmittel gegenüber meiner Mutter und uns Kindern.

Meist gab es eine feste Reihenfolge: Zuerst die Niederlage, die er außerhalb der Familie erlitt, dann machte er seiner Verbitterung und seinem Zorn zu Hause Luft, es folgten Zerstörung und Gewalt – häufig mit mir in der Rolle des Prügelknaben –, und schließlich war er aufgelöst, den Tränen nahe. Zu guter Letzt folgte der vorgetäuschte Selbstmord, dem sich eine Einweisung in das Staatshospital, wie es damals noch hieß, anschloss. Während er im Krankenhaus lag, entspannten wir uns und verbrachten mit unserer Mutter eine schöne Zeit. In der Regel wurde er jedoch bald wieder entlassen, und alles ging von vorn los.

Nach außen verheimlichten wir das Familiendrama. Wir brachten keine Freunde mit nach Hause, denn wir konnten nie wissen, ob nicht die Fenster eingeschlagen waren oder unsere Mutter heulend dasaß, ob mein Vater nicht eine Bestrafung für uns in petto hatte – oder sich gerade als Leiche drapierte.

Heute weiß ich, dass er ein kranker Mann war. Damals empfand ich nur Abscheu und Wut. Das rechtfertigt meinen ersten Mord.

Ich war elf Jahre alt und ein Musterkind, die Erwachsenen hielten mich Gleichaltrigen als leuchtendes Beispiel vor: still, ordentlich, fleißig und sehr begabt. An jenem Tag hatten wir Zeugnisse bekommen. Es gab drei Leistungsstufen: nicht befriedigend, befriedigend und sehr zufriedenstellend. Alle meine Kreuze standen in der letzten Spalte, senkrecht untereinander: sehr zufriedenstellend.

»Deine Noten könnten nicht besser sein«, sagte der Lehrer und lächelte herzlich, als er mir das kleine Heft überreichte. Es verstand sich von selbst, dass mich meine Mutter loben würde. Und während ich

mit dem Fahrrad von der Schule nach Hause fuhr, träumte ich von einem stolzen und starken Vater. Ich wusste genau, dass das nur ein Traum war, ich war jedoch nicht auf den Anblick vorbereitet, der sich mir bot, als ich die Küchentür öffnete. Dahinter stand nämlich mein Vater, bereit, dem ersten eintreffenden Familienmitglied seine »Jetzt-hänge-ich-mich-auf«-Szene vorzuspielen. Zufälligerweise war ich dieses Familienmitglied.

Das Seil hatte er an einem Deckenhaken befestigt und sich die Schlinge um den Hals gelegt. Er stand auf einem Hocker. Ich hatte die Küche noch nicht betreten, da schossen ihm bereits die ersten Tränen aus den Augen.

»Ich ertrage dieses Leben nicht mehr«, schluchzte er.

»Wo ist Mutter?«, fragte ich.

»Sie hat mich verlassen, und ich habe es nicht besser verdient. Ich bin immer nur der letzte Dreck gewesen.«

Ich widersprach ihm nicht, denn ich war ganz seiner Meinung.

»Ihr macht euch doch nichts aus eurem Vater, weil ich ein Versager bin …«

Ich schwieg noch immer. Wäre meine Mutter da gewesen, sie hätte ihm sofort widersprochen und, während sie ihn von dem Seil befreite, versichert, wie tüchtig er sei und wie lieb sie ihn habe. Und ich hätte den Arzt und den Krankenwagen rufen müssen.

In meinem tiefsten Innern war ich schon lange überzeugt, dies sei die falsche Strategie, auch wenn ich bisher mitgespielt hatte.

»Sag es nur ganz offen. Ich bin ein schlechter Vater, und du hasst mich, verachtest mich«, wimmerte er und sah mich verwirrt und fragend an, als ich ihm nicht wie üblich widersprach.

Dann spielte er seinen Trumpf aus: »Ich habe nur eine einzige Bitte. Gib dem Hocker einen Tritt, damit ich es überstanden habe. Ich kann nicht mehr. Ich will sterben.«

Ich dachte rasch nach: Keine Abdrücke der Gummischuhe auf dem Hocker! Also griff ich nach dem Besen und legte meine ganze Kraft hinein, als ich mit ihm den Hocker umstieß.

Vater sah im Tod verblüfft aus.

Ich rief den Krankenwagen.

»Irgendwann tun sie es wirklich, aber es ist schrecklich, dass das Kind ihn finden musste«, sagten die Erwachsenen.

Ich konnte nicht begreifen, warum meine Mutter bei der Beerdigung so heftig weinte. Ich selbst konnte mir kaum eine Träne abringen.

»Das Kind ist völlig versteinert«, sagten die Erwachsenen.

Sehr zufriedenstellend, dachte ich und fühlte mich stark. Ich war klüger als sie alle und hatte mich zum Herrn über Leben und Tod gemacht.

In meinem weiteren Leben ist es mir in vieler

Hinsicht gut ergangen, im Stillen aber habe ich mich häufig gefragt, ob ich ein Psychopath bin. Versuche ich mich womöglich zu rechtfertigen?

Vielleicht. Andere Mitglieder meiner Familie haben von unserem Vater ein ganz anderes Bild, aber das basiert vor allem auf den Mythen, die unsere Mutter unmittelbar nach seinem Tod zu etablieren begann. Er sei ein begabter, empfindsamer Mensch gewesen. Viel zu weich für diese Welt. Deshalb sei er der Sucht verfallen, in den Wahnsinn getrieben worden und zugrunde gegangen, lautete ihre Version. Er habe den eigenen Ansprüchen an sich selbst nicht gerecht werden können, doch das Verhältnis von eigener Erwartung und Wirklichkeit sei entscheidend für das Glück eines Menschen. In diesem Punkt konnte ich ihr nur Recht geben. Bei ihrem *Begräbnis vor zehn Jahren habe ich geweint. So gefühlskalt bin ich nun auch wieder nicht.*

Dienstag, 5. Juni 2001

Ich werde einen Verein für frustrierte Greise gründen«, sagte Karin Sommer und machte ein paar Bewegungen mit dem Unterarm, die nach Meinung ihres Physiotherapeuten Sehnenscheidenentzündungen vom ständigen Mausklicken verhinderten.

»Halt mir einen Sitz im Vorstand frei«, sagte Henrik und holte sich das Patiencespiel auf seinen Monitor. »Im Journalismus darf man nicht alt werden.«

»Was habt ihr beide eigentlich heute für schlechte Laune?«

Thomas, der Praktikant, hatte sich den Jargon und die lockeren Sprüche der Redaktion rasch angewöhnt. Für Karins Geschmack hatte er die Beine ein bisschen zu bald auf dem Schreibtisch, das Bier ein bisschen zu früh im Glas und die Zigarette ein bisschen zu oft im Schnabel. Nun gut, vielleicht brauchte die Jugend ihre Klischees und Stereotypen.

»Das kann ich dir sagen. Ein langweiliger Pfingstdienst, Regenwetter und dazu ein Brief vom Finanzamt, den ich nicht verstehe. Ich mein das ganz wörtlich. Der ist so unmöglich abgefasst, dass ich überhaupt nichts begreife. Und wenn ich den schon nicht begreife, obwohl ich mein ganzes Leben von der Sprache gelebt habe, dann ... Ja, wo sind wir denn eigentlich? Arroganz der Macht, dass es nur so kracht!«

»Nimm dir doch einen Steuerberater ... Aufgegangen«, fügte Henrik hinzu und meinte die Patience.

»Ich hol Kaffee«, sagte Thomas, der sich ausnahmsweise an seine Aufgaben erinnerte.

»Jetzt wollen sie noch einen Schreibtisch hier reinstellen«, sagte Henrik in dem Moment, als der Praktikant den Raum verlassen hatte.

»Wie bitte? Was wollen die? Wollen die uns hier rausdrängen? Hier hat unmöglich noch jemand Platz. Das verstößt gegen die Arbeitsbestimmungen ...«

Als Karin im Frühjahr aus dem Urlaub gekommen war, hatte sie plötzlich kein eigenes Zimmer mehr gehabt. So war das eben.

»Wenn du denen einen Augenblick den Rücken kehrst, hast du keinen Stuhl mehr unterm Hintern«, hatte Henrik gesagt, als sie zusammen in ein Zimmer gezogen waren. Er hatte das Privileg eingebüßt, ungestört in der Nase bohren zu können und intime Telefonate mit seiner zwanzig Jahre jüngeren Geliebten zu führen. Nicht etwa mit seiner Frau, denn, wie er Karin unverzüglich erklärte, hatte er immer das Prinzip eingehalten, Privat- und Familienleben strikt zu trennen. Der Satz war als eine Art Test der Zimmergemeinschaft gedacht gewesen, und Karin hatte ihn bestanden, indem sie lachte.

Wie Karin war Henrik Mitte fünfzig. Er war grau, und das Haar wurde langsam dünner, er hatte sich jedoch klugerweise für einen modernen, millimeterkurzen Haarschnitt entschieden, der den Haarausfall tarnte. Äußerlich war er ein bisschen vertrocknet und welk, aber er lief Marathon, achtete darauf, sich jugendlich zu kleiden, und konnte das Wort »Kriminalreporter« auf eine Weise aussprechen, die die Produktion weiblicher Geschlechtshormone ankurbelte.

Ja, doch, man musste in den Büros zusammenrücken, damit Platz geschaffen wurde für die neue Online-Redaktion. Das Internet war die Zukunft, mit der es Schritt zu halten galt, wie es in der floskelhaften Sprache des Managements hieß.

Karin und Henrik repräsentierten die Vergangenheit. Ihr unerschöpfliches Gesprächsthema war, dass die Redakteure immer jünger und jünger und zunehmend dümmer wurden. Und dass der Journalismus im Allgemeinen und die Polizei- und Gerichtsreportage im Besonderen dem Niedergang geweiht seien. Henrik blickte auf eine glorreiche Vergangenheit in der Hauptstadt zurück, und auch Karin hatte größere Ambitionen gehabt, als die »Sjællandsposten« sie einlösen konnte.

Um der Nörgelei der Altgedienten ein Ende zu bereiten, hatte Adam, der zweiunddreißigjährige Redaktionsleiter, beschlossen, einen Praktikanten in ihr Büro zu quetschen.

»Es ist wichtig, dass eure große Erfahrung den Praktikanten unserer Zeitung zugute kommt«, hatte er schulmeisterlich erklärt, als er den beiden langjährigen Mitarbeitern die Entscheidung verkündete. Sie hatten protestiert und waren zum Chefredakteur und zum Vertrauensmann gegangen, aber es war einfach so, dass ältere Mitarbeiter im Hause ihren Wünschen und Forderungen nicht den nötigen Nachdruck verleihen konnten, also saß der Praktikant nun im Zimmer. Karin überprüfte ihren E-Mail-Eingang und sortierte die Post und die eingelaufenen Agenturmeldungen des Tages.

»Nein, jetzt ist aber wirklich Schluss«, rief sie plötzlich und rannte mit einem Stück Papier in der Hand aus dem Zimmer.

»Sturm in der Redaktion«, brummte Thomas, der bereits einen Artikel angefangen hatte, in dem es um mehr Plätze für Jugendliche und Kinder in geschlossenen Anstalten ging. Nach einer hässlichen Gewalttat in Kopenhagen wollten die Politiker den Blutdurst der Leser befriedigen.

»Das musst du ein bisschen hinterfragen«, sagte Henrik zu ihm. »Da steckt Panik dahinter. Stimmenfängerei. Denn dass man der Kriminalität *nicht* beikommt, wenn man Kinder und Jugendliche ins

Gefängnis steckt, weiß man doch seit ewigen Zeiten. Schon vor …«

Er unterbrach sich, denn er erkannte, wie altmodisch und verbraucht sich das anhörte. Das eben war das Problem. Schon vor zwanzig Jahren hatte man über all das geschrieben und seither immer wieder, ungefähr einmal pro Jahr.

Thomas nahm Henriks Ansichten gar nicht zur Kenntnis. Er wollte Nachrichten schreiben und nicht hinterfragen. In der Redaktion war er wegen seiner Artikel, seiner Willigkeit und seines Tempos beliebt. So beliebt, dass man ihn bei der Aufgabenverteilung behandelte wie einen ausgebildeten Journalisten.

»Lass dich bloß nicht von der Blasiertheit und dem Frust der Alten anstecken«, hatte Adam, der Redaktionsleiter, zu ihm gesagt und ihm eine Stelle in Aussicht gestellt, wenn er auf der Journalistenschule fertig war. Thomas wusste nicht, ob er das eigentlich wollte. Die elektronischen Medien hatten mehr Zukunft.

Ich finde, dass das eine Aufgabe ist, die du mit deinem Einfühlungsvermögen bestimmt meistern kannst.« Der Redaktionsleiter sah Karin eindringlich an.

»Ja, aber Adam, wir treten doch solchen Kleinkram sonst nicht breit. Normalerweise genügt eine kleine Meldung wie die, die ich gestern geschrieben habe. ›Familiendrama in soundso‹ und dann ein paar

Zeilen, dass der Mann seine Frau und sein Kind und anschließend sich selbst umgebracht hat.«

Adam holte tief Luft. Als er die Stelle vor einem Jahr angetreten hatte, war er beauftragt worden, die Zeitung zu modernisieren, sie farbiger, unterhaltsamer und konkurrenzfähiger gegenüber den neuen Medien zu machen. Einige der alten Mitarbeiter allerdings saßen wie Hemmschuhe im System. Er zählte die Jahre, bis sie in den vorzeitigen Ruhestand oder in Rente gingen.

»Normalerweise. Normalerweise. Wir müssen uns verjüngen«, sagte er. »Und, Karin, ehrlich gesagt verstehe ich nicht, was gerade du gegen eine gediegene soziale Hintergrundreportage einzuwenden hast – alles über ein Familiendrama. Was hat den Mann so weit gebracht? Wirtschaftliche Schwierigkeiten, Krankheit, Sucht, sozialer Abstieg?«

»Bestimmt nur seine Frau, die sich scheiden lassen wollte. So ist das ja fast immer.«

»Aber das ist doch auch interessant!«, sagte Adam mit gekünstelter Begeisterung. »Warum können Männer Familienkonflikte so schlecht *handeln*?«

Du kannst mich gleich am Arsch *handeln*, dachte Karin, sagte jedoch laut: »Willst du, dass ich bei Hinterbliebenen, Familie, Nachbarn, Freunden herumschnüffle?«

Das Wort ›herumschnüffeln‹ versuchte sie so lang und so schleimig wie möglich auszusprechen.

»Nein, aber Karin, ich bin der Meinung, du bist

die Einzige, die hier über den Takt und psychologischen Spürsinn verfügt, um diese Aufgabe richtig hinzukriegen ... Selbstverständlich sollst du mit denen sprechen, die die Familie gekannt haben, doch du sollst der Geschichte auch Tiefe geben, dazu die Statistik, Experten, Psychologenmeinungen und so weiter. Und selbstverständlich muss das mit größter Sensibilität geschrieben werden. Wir müssen die nüchterne Linie unserer Zeitung wahren ...«

Die Schmeichelei hatte Karin nicht ganz unbeeindruckt gelassen, und vielleicht war die Idee ja gar nicht schlecht. Falls es einen interessanten sozialen Ansatz gab. Sie musste aufpassen, dass sie nicht in den Ruf geriet, eine schwierige, ausgebrannte Nörglerin zu sein.

»Ja gut, dann seh ich mir das heute an.«

»Prima. Ich habe gewusst, dass ich auf dich zählen kann.«

Adams Blick klebte schon wieder am Monitor. Er arbeitete am Konzept einer neuen Lifestyle-Beilage: Lifestyle, gesellschaftliche Ereignisse, Sex, Mode, Trends, Konsumartikel. Christoffer, sein Chefredakteur, war sich sicher, dass die Leser genau das haben wollten. Im Übrigen brachten auch alle anderen Zeitungen gegenwärtig nichts anderes. Adam hatte die Magazine und Illustrierten seiner Frau durchgeblättert, bevor er mit dem Konzept anfing. Er wollte alles etwas prägnanter, rascher, jünger und aktueller gestalten. Sex war immer gut, aber wie viel sollte man über Kinder bringen, wollten Familien mit Kindern überhaupt etwas von ihren Problemen lesen, hatten sie Zeit dazu? Und wie gewann man die ganz Jungen? Was interessierte Teenager? Graffiti, Rollerblades, Rap? Wie verflucht schnell wurde man selber alt. Im Augenblick war sein Hobby der neue Carport, den er für Tines Auto bauen wollte. Er musste den Konzeptvorschlag für das Magazin fertig bekommen. Christoffersen, unter Freunden Christoffer und in der absoluten In-Group Stoffer genannt, kam morgen in die Zeitung, musste aber bald wieder weg. Man sah den Chefredakteur immer seltener. Offiziell huldigte er nämlich dem Führungsprinzip, ein Vorgesetzter müsse sich selbst überflüssig machen. Aufgaben sollen delegiert werden, Verantwortung schafft Arbeitsfreude, lautete die ideelle Begründung für seine häufige Abwesenheit.

Im Gegenzug beschäftigte er sich mit Übergeordnetem und vertrat die Interessen der Zeitung nach außen, wie er sagte. Einen Teil dieser Interessen nahm er in den Restaurants der Stadt und auf Auslandsreisen wahr. Beispielsweise fuhr er zurzeit häufig ins Baltikum und in die anderen ehemaligen Sowjetrepubliken. »Im neuen Europa muss man am Ball bleiben«, sagte er. Ein Nebeneffekt war, dass junge osteuropäische Mädchen an dänischen Männern mittleren Alters, die über ein Geschäftskonto verfügten, ein gewisses Interesse hatten. Der Chefredakteur machte keinen Hehl aus seiner Begeisterung für die »ganz ungewöhnlich reizenden Mädchen«, die der Eiserne Vorhang bedauerlicherweise so viele Jahre vor dem Westen verborgen hatte.

Christoffersen war geschieden und besaß nur einen kleinen persönlichen Freundeskreis. Die meisten seiner journalistischen Ideen konnte man in diesen Kreis zurückverfolgen, beispielsweise hatte der Inhaber einer Hundezucht eine Hundeseite in der Samstagsausgabe bekommen. Selbstverständlich war der Chefredakteur entsprechend seiner Stellung Mitglied von Vereinen und Vorständen, in Wirklichkeit aber war er ein ziemlich einsamer, schüchterner Mensch, der sich nur deshalb über Wasser hielt, weil er sich mit niemandem anlegte und eine untrügliche Fähigkeit besaß, sich gute, loyale Mitarbeiter auszuwählen. Hinzu kamen der treue, solide Leserkreis und ein starker Anzeigenmarkt. Nun aber stiegen dunkle Wolken am Horizont auf. Die Anzeigenkunden wanderten ins Internet ab, und die Jugend wollte keine Zeitungen mehr lesen. Die Auflage ging zurück. Adam hatte er eingestellt, damit der die Situation änderte. Es bedurfte neuer, jüngerer Kräfte.

Adam griff begierig nach dieser Chance. Schon seit langem gab es Gerüchte, die Verlagsleitung halte Ausschau nach einem Nachfolger für Christoffersen, der, wie jeder meinte, allmählich alt wurde.

Man lächelte über Christoffersen, bei den Mitarbeitern war er jedoch nicht unbeliebt. Meist ließ er die Leute in Ruhe und zeigte bei Krankheit, Todesfällen und Ehescheidungen im Mitarbeiterkreis großes Verständnis. Auch Karin Sommer war das zugute gekommen, als sie eine psychische Krise durchgemacht hatte. Derzeit zeigte der Chefredakteur indes besonderes Verständnis für die jungen Frauen im Baltikum und hielt sich in Vilnius auf wegen einer Spendenaktion, mit der ein Projekt für allein stehende litauische Mütter unterstützt werden sollte – der persönliche Einfall und die Hauptbeschäftigung Christoffersens in den zurückliegenden beiden Monaten.

Das ist richtig hässlich. Der Mann hat die Frau erwürgt und das Kind und sich selbst mit seiner Heimwehr-Waffe erschossen. Wahrscheinlich wird man nie verstehen, was in den Menschen vorgeht«, sagte Kriminalinspektor Halfdan Thor und versuchte den zerstreuten Blick des stellvertretenden Polizeichefs Bent Abildstrup einzufangen.

Abildstrup, der über Pfingsten frei gehabt hatte, blätterte desinteressiert im Tagesbericht, wurde dann auf einen Vorgang vor dem Fenster aufmerksam und antwortete reichlich gleichgültig: »Aber es läuft doch alles.«

»Ja, die Kriminaltechnik und die Gerichtsmedizin arbeiten mit vollem Einsatz, an den Vorgängen gibt es keinen Zweifel, auch der Tatzeitpunkt steht einigermaßen fest – in der Nacht zum Sonntag. Die Ehefrau lag erwürgt in ihrem Bett im Schlafzimmer, der Junge wurde am Eingang erschossen. Er war nur mit einem Schlafanzug bekleidet. Wenn man bloß begreifen könnte ... Wir haben mit den Nachbarn und mit der Familie gesprochen, sie haben nichts zum Hintergrund beitragen können. Das Haus ist etwas abgelegen, man hat die Probleme hinter verschlossenen Türen gehalten. Wir gehen Gerüchten nach, dass die Frau mit Kontaktanzeigen im Internet zu tun hatte, und haben die Festplatte des Computers ins Labor geschickt. Außerdem haben wir eine Tochter aus erster Ehe des Mannes ausfindig gemacht, in Kopenhagen. Sie hat einen Schock erlitten und war nicht besonders gesprächig, 18 Jahre alt, gute Beziehungen zum Vater, zur leiblichen Mutter nicht, die war früher Hippie und ist in Indien verschwunden. Das Mädchen hat irgendwelche sozialen Probleme. Das Gymnasium hat sie geschmissen, zeitweise hat sie bei ihrem Vater und der Stiefmutter gewohnt, zuletzt unmittelbar vor dem Ereignis.«

»Deutet irgendwas drauf hin, dass es sich nicht um ein Familiendrama handelt?« Der stellvertretende Polizeichef schien für einen Augenblick ganz Ohr zu sein.

»Nein, das kann man nicht sagen. Beck, der Kreisarzt, hat die Leichenschau vorgenommen, er hat das ganze Drum und Dran als klassischen

Selbstmord, dem zwei Morde vorausgingen, klassifiziert. Irgendwo in Jütland hatte er mal einen ähnlichen Fall. Ich war ein bisschen erstaunt, dass Bertelsen nicht auch die Frau erschossen hat, aber Beck meint, er habe sie im Affekt erwürgt, und das Kind sei durch den Lärm aufgewacht ... Sieh dir die Fotos von der Lage der Leichen an. Er selbst hat sich in den Kopf geschossen. Es gibt keinerlei Anzeichen für einen Kampf oder Einbruch.«

»Albert Bertelsen ..., den müsste ich eigentlich gekannt haben, wenn er an den Übungen teilgenommen hat.« Der stellvertretende Polizeichef, der selbst in der örtlichen Heimwehr-Kompanie aktiv war, sah Thor fragend an.

»Früher war er Autohändler in Kappelhøje, aber er hat den Laden schließen müssen. Später hatte er die Werkstatt und den Autohandel beim Haus, Autowracks in einem Halbkreis auf dem Grundstück verstreut und eine lange Zufahrt von der Landstraße, weißt du?«

»Ja, ja, jetzt fällt es mir ein! Vor einiger Zeit, das ist noch gar nicht so lange her, habe ich bei ihm einen alten Volvo Amazon gesehen, als ich vorbeigefahren bin. Für so einen Amazon habe ich eine Schwäche, aber es hätte ein Vermögen gekostet, ihn wieder fahrbereit zu machen. So, der ist das also, na, die Menschen sind schon seltsam.«

»Hast du mit Bertelsen gesprochen?«

»Ja, er hat mir ein paar Ersatzteile für den Amazon gezeigt, aber es waren noch mehr Kunden dort …«

»Wann war das?«

»Ist das jetzt ein Verhör?« Abildstrup lachte ungewöhnlich laut. »Vor ein paar Wochen, um meinen Geburtstag herum. Ich habe nämlich gedacht, so ein Amazon, das wäre doch ein schönes Geschenk für dich selbst … und der ist also tatsächlich Amok gelaufen?«

»Es besteht kein Zweifel, aber wir warten noch auf die kriminaltechnische Untersuchung und das Obduktionsergebnis, dann schließen wir den Fall ab.«

»Verflucht noch mal!« Abildstrup fuhr heftig in seinem Stuhl hoch. »Die neuen Gewehre haben wir doch erst vor ein paar Wochen bekommen. Ich habe sie persönlich an die Heimwehr-Mitglieder verteilt und bin auch als Instrukteur bei einigen Gruppen gewesen. Das heißt, dass sich auf vielen vermutlich meine Fingerabdrücke befinden. Stell das fest und kehr das im Bericht nicht unter den Teppich. Andererseits gibt es auch keinen Grund, viel Aufhebens davon zu machen.«

»Nein, natürlich nicht.«

Was Abildstrup veranlasste, einen der Lieblingswitze der Polizeistation von sich zu geben: »Die Wahrheit muss man sagen, aber verschwenderisch muss man mit ihr nicht umgehen.« Dann wurde er plötzlich ernst: »Familientragödien sind für alle Beteiligten schlimm. Bei so was gibt es nur Opfer.

Und jetzt kriegen wir bestimmt wieder diese übliche Diskussion über die Aufbewahrung der Waffen in der Heimwehr, ach!«

Halfdan Thor warf einen kurzen, überraschten Blick auf das halb abgewandte Gesicht des stellvertretenden Polizeichefs.

Nicht, dass er ihm widersprechen wollte, aber es war nicht üblich, dass man Täter als Opfer bezeichnete. Es gab Täter, und es gab Opfer. Vermengte man die Begriffe, wurde die Arbeit zu kompliziert und man zählte zu diesen pflaumenweichen Humanisten. Wo sollte man denn auch mit dieser Opferphilosophie anfangen und aufhören? Sie waren doch alle Opfer der Zufälle und Ungerechtigkeiten des Daseins, der Sinnlosigkeit des Lebens, von allem, was sich zwischen Himmel und Erde ereignete und von noch ein bisschen mehr, dachte Halfdan Thor. Alle Täter waren auch Opfer. Daran gab es keinen Zweifel, was aber nutzte diese Erkenntnis im Alltag?

»Und dann beschäftigt ihr euch energisch mit diesen Osteuropäern. Die Einbruchs- und Diebstahlanzeigen strömen nur so herein, die Handelskammer ist ernstlich besorgt. Die beantragen nur Asyl, damit sie uns hier ausplündern können.«

»Und um den Reichtum kennen zu lernen, den wir ihnen versprochen haben, wenn sie sich vom Kommunismus befreien«, sagte Thor.

»Wie bitte? Das ist eine Bande von Räubern und Gewaltverbrechern, wir müssen etwas gegen sie unternehmen. Setz zwei Mann dran, die diese Letten und Litauer im Auge behalten und wer sonst noch alles von dort drüben kommt. Auch Wagner möchte verstärkten …«

»Ja, wenn Papa das will …«

Thor unterdrückte seine ironische Bemerkung. Selbstverständlich hatte Wagner, der Polizeichef, Recht, wenn er sagte, es sei unakzeptabel, dass man allmählich nicht mehr durch die Hauptstraße gehen könne, ohne Hut, Stock und Handschuhe festzuhalten.

»Mette und Magnus sollen die Anzeigen systematisch durchsehen und die Verdächtigen überwachen«, sagte er.

»Und vergeudet nicht unnötig Zeit mit dem Familiendrama.«

»Natürlich nicht. Das ist reine Routinesache.«

Als Thor etwas später an der Kaffeemaschine stand, dachte er, Abildstrup sei leicht zu durchschauen. Seine überraschende Einschätzung der Tragödie. Der schrille Unterton, als er lachte. Die Fingerabdrücke. Na ja, es war gut, dass er darauf aufmerksam gemacht hatte. Und man würde dem auf alle Fälle nachgehen.

Linkisch und gehemmt, wenig kommunikativ, aber ausreichend, lautete die Kurzcharakteristik der Kollegen über den stellvertretenden Polizeichef, dessen Tür meist geschlossen war.

Als Karin Sommer sich schließlich selbst davon überzeugt hatte, dass die Geschichte geschrieben werden konnte, arbeitete sie mit jener Sicherheit und Schnelligkeit, die man mit mehr als 30 Jahren Erfahrung im Zeitungsjournalismus besitzt. Über den Aufbau brauchte sie nicht nachzudenken. Der befand sich geradezu als Schablone auf ihrer inneren Festplatte: Zuerst eine Skizze des konkreten Falls, verpackt in eine anschauliche Schilderung. Dann eine Beschreibung des grundsätzlichen Problems: Wie viele Tötungsfälle/Selbstmorde in Familien? Wie? Wann? Regional und auf Landesebene? Gemeinsamkeiten wie Alkoholismus, Eifersucht, Geisteskrankheit und soziale Probleme? Beispiele. Schließlich die Experten mit ihren Erklärungen, Analysen und Lösungsmodellen.

Sie stellte rasch eine Checkliste zusammen: Kriminalstatistik, Polizei, Kreisarzt, Krisenzentrum, Sozialberatung, Psychologie, ansonsten der Schneeballeffekt. Die Methode, sich von Quellen zu anderen Quellen führen zu lassen.

Als alle Fakten ermittelt waren, musste sie hinaus, um im Milieu zu schnuppern und dem aktuellen Fall ein wenig Farbe zu verleihen.

»Aber darüber habt ihr doch schon geschrieben!«, sagte Kriminalinspektor Halfdan Thor, als sie anrief.

»Ja, das ist richtig. Wir haben heute eine kleine Meldung gebracht, doch wir würden gern noch mal über den Hintergrund des Ganzen berichten. Darüber, welche sozialen und psychologischen Probleme hinter solchen Familientragödien stecken. Ich möchte eine Vertiefung des Bertelsen-Falls zum aktuellen Ausgangspunkt nehmen.«

Halfdan Thor verstand sehr gut. Er war ein moderner, aufgeschlossener Polizeibeamter, der den üblichen Horror seiner Berufskollegen vor der Presse nicht teilte. Karin Sommer war ihm als gründliche, glaubwürdige Journalistin bekannt.

Er gab ihr die relevanten Informationen und seine eigene Einschätzung, wenn auch nicht als Zitat.

Bertelsen war Ende vierzig gewesen, Mechaniker und Autohändler, wirtschaftlich hatte er einige Krisen durchgemacht. Er war zum zweiten Mal verheiratet gewesen, die Frau war etwas jünger und hatte auf dem Grundstück eine Hundezucht betrieben. Das Kind war knapp vier. Über irgendwelche Ehestreitigkeiten konnten weder Polizei, noch Nachbarn oder Familie etwas berichten. Im Strafregister keine Einträge, auch über irgendeine Sucht war nichts bekannt, keine Einweisung in eine psychiatrische Anstalt. Gutes Verhältnis zur Tochter aus erster Ehe, die sich häufig bei der Familie aufgehalten hat.

»Ich bin zwar kein Psychologe, aber manche Leute fressen die Probleme so lange in sich rein, bis sie explodieren«, sagte der Kriminalinspektor.

»Können Sie mir Namen und Adresse der Tochter geben?«

»Sie nennen doch nicht etwa Namen?«, fragte der Polizeibeamte mit einer leichten Empörung in der Stimme.

»Aber nein, ich weiß gar nicht, ob ich mit ihr sprechen werde. Nur wenn ich ein bisschen mehr über die Verhältnisse wissen muss. Bis auf weiteres nicht, okay? Ich kann den Namen auch selbst herausfinden, doch es würde Zeit sparen, wenn Sie ...«

Am Ende des Gesprächs hatte Karin alle relevanten Daten auf ihrem Block, darunter auch den der achtzehnjährigen Betina Bertelsen im Kopenhagener Stadtteil Rødovre.

Betina Bertelsen war einer dieser jungen Menschen mit Anpassungsschwierigkeiten, die nicht wissen, was sie mit sich anfangen sollen, hatte der Kriminalinspektor gemeint. Sie hatte zunächst in einem Jugendwohnheim und später unter wechselnden Adressen gewohnt. Kurz vor der Tat hatte sie sich zwei Wochen bei ihrem Vater und seiner zweiten Frau aufgehalten: »Aber sie hat das Glück gehabt, dass sie am Freitag weg ist – am Tag, bevor es passierte. Selbstverständlich hatten wir die Hoffnung, sie könnte uns ein paar Hintergrundinformationen geben, aber ihr ist nichts Besonderes aufgefallen, und natürlich war sie stark mitgenommen. Man hat ihr psychologische Hilfe und so weiter angeboten. Zitieren dürfen Sie mich aber nicht. Gegenseitige Diskretion«, versicherte Thor sich.

»Versprochen, und an der Geschichte ist, wie gesagt, überhaupt nichts Heikles. Es soll nur so ein menschlicher Hintergrundartikel werden. Das soziale und psychologische Umfeld, wissen Sie.«

Karin wollte sich für seine Hilfe bedanken, als sie unterbrochen wurde.

»Falls es Sie interessiert, wir starten eine Kampagne gegen die Einbrüche und die Diebstähle.«

»Natürlich interessiert mich das. Denken Sie dabei an die Osteuropäer?«, fragte Karin mit gekünsteltem Interesse, obwohl ihr nichts gleichgültiger war als diese banale Beschaffungskriminalität.

»Wir haben keine Vorurteile, wir konzentrieren uns nicht auf bestimmte Nationalitäten«, lautete die auffallend politisch korrekte Antwort des Polizeibeamten.

»Aber ist es seit der Öffnung der Flüchtlingslager denn schlimmer geworden?«

»Es sieht so aus. Zumindest gibt es ein Zusammentreffen von Umständen, aber Zusammentreffen heißt noch nicht Zusammenhang.«

Genau an dieser Art von Äußerungen erkennt man, dass Thor ein überdurchschnittlich guter Polizeibeamter ist, dachte Karin, während sie eine Meldung über die Bekämpfung der Beschaffungskriminalität verfasste. Kein Wort über Flüchtlinge und Osteuropäer.

Bei ihren Recherchen zum Familiendrama stieß

Karin auf dieselben Probleme wie Thors Kollegen. Es gab keine Vorgeschichte, und es gab keine Erklärung. Sie interviewte einen Gruppenchef der Heimwehr, der sagte, Bertelsen sei ein netter, ruhiger Kamerad gewesen, alle seien völlig fassungslos wegen dieser furchtbaren Geschichte. Genauso entsetzt waren die Nachbarn. Bertelsen sei der Letzte, von dem man so etwas gedacht hätte.

Am engsten war der Kontakt der Familie Bertelsen zu Bitten und Kenneth Pedersen gewesen, die 300 Meter von ihnen entfernt wohnten – unmittelbar an der Landstraße. Beide Familien hatten nämlich regelmäßig Tageszeitungen und Illustrierte getauscht. Täglich die »Sjællandsposten« und das »Ekstra Bladet«, einmal die Woche das »Billed Bladet« und »Se og Hør«.

In der Regel hatte Kenneth für den Kauf und die Tauschaktion gesorgt, weil er »bei der Gemeinde angestellt« war, wie er ironisch über seine ABM-Maßnahme sagte. Bitten war Haushaltsgehilfin.

Ihr weiß gekalktes Haus mit seiner abblätternden Fassade und seinen verrotteten Fenstersprossen wirkte heruntergekommen, aber das kleine Wohnzimmer wurde völlig von einer großen ledernen Sitzlandschaft, einem Fernsehapparat und einer Stereoanlage beherrscht. Auf dem Couchtisch stand ein PC, daneben ein randvoller Aschenbecher und die Ausrüstung zum Zigarettendrehen, außerdem lagen da noch stapelweise »Ekstra Bladet« und »Se og Hør«, die nach der Tauschaktion dort gelandet waren.

Bitten und Kenneth waren so erschüttert über das Ereignis, dass sie ihrer Arbeit beziehungsweise der ABM-Maßnahme ferngeblieben waren und sich an der Tankstelle Bier und Kartoffelchips besorgt hatten. Sie erwogen ernsthaft, das Haus zu verkaufen und wegzuziehen, sagten sie und gaben Karin Namen und Telefonnummer einer Freundin von Linda Bertelsen.

Karin hielt den Besuch kurz, Kenneth bestand jedoch darauf, sie zum Auto zu bringen, und genau da ließ er, eingeleitet von einem Bierrülpser, die Bemerkung fallen: »Man macht sich ja so seine Gedanken.« Woraufhin er sie starr ansah.

»Worüber?«, fragte Karin.

»Na, dass er vielleicht seine Gründe hatte.«

Karin merkte, dass sie keine Fragen stellen musste.

Kenneth fuhr fort: »Da drüben herrschte ein lebhaftes Kommen und Gehen, Männer meist. Und Linda saß immer am Computer. Wissen Sie, so kommen die in Kontakt. Manchmal war sie tagelang weg. War ja auch eine leckere Frau, und Röcke hatte die, die saßen wie die Wurstpellen. Viel Phantasie braucht man da nicht.«

Karin unterbrach ihn: »Aber Bertelsen hat doch meist zu Hause gearbeitet?«

»Ja, schon, aber nicht immer. Nicht, dass ich

etwas sagen will, und es bleibt ja unter uns, aber immerhin war sie viel jünger als er. Du bist doch auch schon erwachsen und weißt bestimmt gut, wie ich das meine …« Er sah sie zudringlich an.

»Auf Wiedersehen, und vielen Dank für die Hilfe«, sagte sie schroff. Ihr war unbehaglich. Schleimer, dachte sie.

Wieder in der Redaktion, rief sie Majbritt Poulsen, die Freundin der Getöteten, an.

»Albert und Linda sind gut miteinander ausgekommen«, sagte die Freundin mit großem Nachdruck. Nein, irgendwelche Dritten, die ein Eifersuchtsdrama ausgelöst haben könnten, waren da nicht im Spiel. Linda war hübsch und attraktiv, gewiss, aber nein, so etwas konnte sie sich nicht vorstellen. »Also, natürlich hatte es auch die üblichen ehelichen Reibereien Typ Zahnpastatube gegeben, aber sie haben immer einen harmonischen Eindruck gemacht. Sie waren doch erst vier Jahre verheiratet und hatten diesen lebhaften kleinen Jungen.«

Linda, die achtunddreißig Jahre alt geworden war, sei zum ersten Mal verheiratet gewesen; vor ihrer Heirat habe Linda beim »Supermann« im Büro gearbeitet, wusste die Freundin noch zu sagen.

Die letzte Information verwies Karin auf eine exklusive Quelle, denn der »Supermann« war ihr Bruder. In den letzten fünfzehn Jahren hatte er sich mit sieben Supermärkten in Süd-Seeland etabliert. Sein erfolgreiches Konzept hatte darin bestanden, Supermarkt und Kaufmann zu »Supermann« zu verbinden und damit die kleinen Geschäfte in den Hauptstraßen der Dörfer aus dem Feld zu schlagen.

»Und die Tochter, Betina Bertelsen, kennen Sie die auch?«

»Aber ja. Sie war der Liebling ihres Vaters, er wollte sie immer überreden, nach Hause zu ziehen, doch die jungen Leute haben schließlich keine Lust, irgendwo abgeschieden an einer Landstraße zu leben. Sie hat in einem Jugendheim gewohnt, vor einem Jahr hat sie das Gymnasium geschmissen. Später hatte sie Gelegenheitsjobs, eine Zeit lang in einer Kinderkrippe, glaube ich. Für sie muss das fürchterlich sein, ihre Mutter ist übrigens in Indien verschwunden.«

»Und welchen Eindruck hatten sie von Albert Bertelsen?«

»Ja, was immer man über ihn auch sagen könnte ... gewalttätig war er jedenfalls nicht.«

»Was könnte man denn über ihn sagen?« Karin hatte das Gefühl, da sei noch irgendwas.

»Wahrscheinlich war er nicht der Zuverlässigste. Gebrauchtwagenhändler. Wenn ich ganz ehrlich sein soll, meiner Meinung nach war er ein Blender. Aber das dürfen Sie natürlich nicht schreiben. Und es hat oft Probleme wegen Geld gegeben. Er hat gern auf großem Fuß gelebt, doch es hat nicht zu sehr viel gereicht. Deshalb hat Linda nebenher gearbeitet, aber das dürfen Sie natürlich auch nicht schreiben, bestimmt weiß das Finanzamt nicht alles.«

»Die Schäferhunde meinen Sie?«

»Ja. Und außerdem hat sie für kleine Firmen die Buchhaltung gemacht. Sie ist doch auf der Handelsschule gewesen. Dort haben wir uns kennen gelernt.«

Karin wusste nicht, ob es Wichtigtuerei oder PR-Firlefanz war, wenn ihr Bruder sich selbst »Supermann« nannte und erwartete, dass Personal und Kunden ihn auch so ansprachen.

Sie fragte nach Klaus Sommer, erhielt aber von der Telefonzentrale und der Sekretärin die Antwort, der Supermann befinde sich in einer Besprechung.

Wie großspurig. Sie hinterließ die Nachricht, er solle seine Schwester in der Redaktion anrufen.

Während sie wartete, versuchte sie Chefredakteur Christoffersen zu Hause zu erreichen. Er hatte einen Freund mit Hundeinteressen, der vielleicht etwas über die Hundezucht der ermordeten Linda Bertelsen wusste. Offenbar war Christoffersen von seiner Mission in Litauen noch nicht zurück.

Weiter. Zu Kreisarzt Beck, der mit der Polizei am Tatort gewesen war. Er verhielt sich sehr abweisend und wollte überhaupt nichts sagen.

»Verzeihung, haben Sie gesagt, Sie sind vom

›Ekstra Bladet‹?«, fragte er mit übertriebener Ironie, als sie ihr Anliegen nannte.

»Natürlich will ich Sie nicht nach dem konkreten Sachverhalt fragen. Ich möchte Sie nur um eine ganz allgemeine Stellungnahme zu solchen Familiendramen bitten«, sagte sie vorsichtig.

»Kein Kommentar«, antwortete er in einer Stimmlage, die einem amerikanischen Präsidenten angestanden hätte.

Der Herr bewahre uns vor Selbstherrlichkeit.

Bis auf weiteres musste sie sich mit dem »unerklärlichen Familiendrama« abfinden. Einem Psychologen entlockte sie ganz allgemeine, ziemlich weitschweifige Äußerungen über unterdrückte Aggressionen, die plötzlich und unerwartet zu heftigen Entladungen führen. Im Internet fand sie Angaben aus offiziellen Statistiken zur Gewalt in der Familie, Totschlag und Selbstmord. Und die Leiterin des Krisenzentrums für Frauen, die für Zitate immer gut war, steuerte einen Kommentar bei: »Ja, Männer meinen oft, es sei ihr gutes Recht, Frau und Kinder mit in den Tod zu nehmen, damit sie bis in alle Ewigkeit Macht über die Familie haben.«

Häufig steckten Sucht und soziale Probleme dahinter, aber auch generelle Rollen- und Verhaltensmuster könnten in Krisensituationen extrem gewalttätige Formen annehmen.

»Das mag alles richtig sein«, sagte sie zu Thomas, dem Praktikanten, der mithörte. »Aber ich habe das eigenartige Gefühl, dass nichts davon auf den Bertelsen-Fall zutrifft. Alle sagen, er sei ein freundlicher, ruhiger, nicht gewalttätiger Mensch gewesen.«

»Das sagen die Leute immer, wenn einer als Mörder überführt ist: ›Er war ein liebevoller Familienvater, der sehr an seinen Kanarienvögeln hing‹«, meinte der junge Mann.

»Na ja. Ich muss eben das Rätselhafte, Unergründliche an der menschlichen Seele herausstellen.«

Dann rief ihr Supermann-Bruder an. Natürlich hatte er Linda Bertelsen gekannt. Er kenne sein gesamtes Personal, bis zum jüngsten Burschen in der Pfandflaschenannahme, darauf lege er Wert: *management by walking around.* Ob sie von diesem großartigen Führungsstil noch nichts gehört habe? Ach, nicht? Allerdings war es einige Jahre her, dass Linda Bertelsen bei ihm gekündigt hatte, um zu heiraten. »Schreibst du darüber?«, fragte er.

»Ja, vielleicht. Irgendwie. Du wirst natürlich nicht erwähnt.«

»Nein, Gott bewahre, aber ich kann auch nichts Aufsehenerregendes beisteuern. Ich habe sie gleich nach der Handelsschule eingestellt. Ein hübsches, munteres Mädchen, soweit ich mich entsinne. Grüß Christoffersen und schau bald mal bei uns vorbei«, schloss ihr Bruder mit leichter Ungeduld in der Stimme. Er war immer auf dem Sprung.

»Christoffersen ist verreist. Vermutlich ist er in

Litauen, um schöne junge Frauen zu retten. Grüß Ellen und Maja.«

Der Supermann lachte und legte auf.

»Manchmal kriegt man direkt klaustrophobische Zustände, wenn man in so einem kleinen Ort lebt, in dem jeder jeden kennt. Mein Bruder ist mit unserem Chefredakteur befreundet, und er war mal der Chef der Frau, die in Kappelhøje umgebracht wurde«, sagte Karin.

»Eben, deshalb geh ich nach Kopenhagen, wenn ich das 8. Semester hinter mir habe«, sagte Thomas. »Und wenn es das ›Kristelig Dagblad‹ ist. In Provinznestern krieg ich die Krätze. Nur drei schöne Frauen habe ich hier gesehen. Zwei davon sind verheiratet, die dritte ist lesbisch.«

»Ach, und deshalb donnerst du immer in die Großstadt, nach Roskilde?«

»Mmmmh. Universitätszentrum Roskilde. Sie studiert Soziologie, will auch Journalistin werden.«

Karin ging ins Bahnhofscafé, um etwas zu essen. Das machte sie manchmal, wenn sie nicht selbst kochen wollte. Im Bahnhofscafé konnte man herumsitzen und so tun, als sei man auf Reisen. In den anderen Cafés und Restaurants des Ortes fühlte man sich stärker allein. Nicht, dass sie einsam war. Sie war gern Single.

Kopenhagen und die alten Freunde und Kollegen waren ja auch bloß eine Stunde entfernt, trotzdem sah man sich immer seltener. Mental war die Entfernung einfach größer geworden. Nach ihrem Zusammenbruch vor fünf Jahren, als sie nach Süd-Seeland emigriert war, wie die anderen so witzig kommentierten, hatte sie sich mehr und mehr in sich selbst zurückgezogen.

Ihr umtriebiger kleiner Bruder hatte sie aus dem Sumpf geholt und ihr bei fast allem geholfen: »Du, ich kenn den Chefredakteur der ›Sjællandsposten‹. Dort hast du einen netten, ruhigen Job. Ist doch besser, als sich in Nichtstun zu begraben. Eine Wohnung kann ich dir auch besorgen.«

Und so war es gekommen. Zuerst Roskilde und Køge und dann, nach der Zeitungszusammenlegung, das neue, zentrale Medienhaus, wie man es im Hinblick auf die künftigen, neuen elektronischen Aktivitäten nannte.

Von diesem Medienhaus, das man auf einer Wiese vor der Stadt errichtet hatte, wurde ganz Süd-Seeland versorgt, auch die gemeinsamen Inlands- und Auslandsseiten wurden hier produziert, mit Beiträgen der politischen Redaktion in Kopenhagen. Die Redaktion in Hillerød war für Nord-Seeland, die in Kalundborg für West-Seeland zuständig. Das große, moderne Regionalzeitungskonzept.

Sie bestellte sich eine halbe Flasche Wein, sie war mit der Arbeit des Tages zufrieden. Keine große Geschichte, aber eine handwerklich saubere Sache, bei der sie das Beste aus dem vorliegenden Kleinkram gemacht hatte. Die Andeutung, die ermordete Frau habe mit Hilfe des Internets Prostitution betrieben, fiel ihr ein und wieder hatte sie das unangenehme Gefühl, sie sei dieser Geschichte noch nicht ganz auf den Grund gegangen. Es gab zu viele unbeantwortete Fragen und lose Enden, die sie irritierten und ihre persönliche Neugier weckten. Nach dem zweiten Glas Wein hatte sie eine Idee, die sie sofort in die Tat umsetzte, als sie nach Hause kam.

Karin hatte früher verschiede Internet-Foren besucht, aus reinem Wissensdurst, wie sie es vor sich selbst entschuldigte. Damals hatte sie sich einen Überblick über das Männerangebot im Internet verschafft.

Um die Wahrheit zu sagen, eine Zeit lang war sie ziemlich angetan von den Möglichkeiten gewesen. Hatte den Computer mit ins Bett genommen und in herrlicher Anonymität mit potentiellen Liebhabern gechattet. Einigermaßen erfolgreich hatte sie zwei ins wirkliche Leben gelockt. Einen bei einer Gemeindeverwaltung in Nord-Seeland beschäftigten Ingenieur, dessen Ehe festgefahren war, und einen richtig gut aussehenden jungen Steuerberater, der ein Faible für ältere Frauen hatte. Zum ersten Mal war sie mit einem Mann im Bett gewesen, der ihr Sohn hätte sein können. Im Internet hatte sie die interessante Erfahrung gemacht, dass manche jüngere Männer reife, ältere Frauen suchten. Ein ansonsten ziemlich wohlgehütetes Geheimnis.

Verliebt hatte sie sich in die Internet-Lover nicht, für ihr Selbstwertgefühl aber waren sie wichtig gewesen. Ihre sexuelle Aktivität beziehungsweise ihr Verzicht darauf, war selbstbestimmt. Sie lief nicht mehr mit dem Gefühl herum, alt, verbraucht und ausrangiert zu sein. Man musste sich nur am Spiel beteiligen.

Und es waren viele Spiele im Gang. Bei einigen ging es ganz unverhohlen um Pornografie, und da konnte man alle Arten von Angeboten finden, während in anderen Foren Zärtlichkeit, häusliche Geborgenheit und gemeinsame Opernbesuche gefragt waren.

Sie meldete sich bei zwei der eher offenherzigen Foren an und verfasste das folgende Profil:

»*Kappelhøje-Girl.*

Erinnerst du dich noch? MELDE DICH! Neue Adresse und Telefonnummer. Antworte!«

Am folgenden Morgen hatte sie sieben Antworten. Fünf der Absender gaben ganz offen zu, dass sie noch nie in Kappelhøje gewesen waren, aber ziemlich geil seien und gern kommen würden. Zwei waren etwas suspekter. Sie taten so, als seien sie dort gewesen, schrieben aber nichts, was es beweisen konnte. Diesen beiden antwortete sie:

»*Ich weiß nicht, ob du der Richtige bist? Kannst du mir etwas über mich und meine Wohnung sagen? Hier kann sich schließlich jeder melden, also muss man mit der Herausgabe seiner Adresse vorsichtig sein.*«

Ein Schuss ins Blaue, dachte sie, während sie nach wärmeren Kleidungsstücken suchte, der Sommer ließ nach wie vor auf sich warten … Linda Bertelsen dürfte wohl kaum Prostituierte gewesen sein, das Familiendrama würde ungeklärt bleiben. Kriminalinspektor Halfdan Thor hatte entschieden ausgeschlossen, dass andere Männer in das tödliche Drama verwickelt sein könnten, hatte aber hinzugefügt, man müsse das Ergebnis der kriminaltechnischen Untersuchung abwarten, bevor man den Fall abschloss. Sie durfte nicht vergessen, ihn danach zu fragen.

Mittwoch, 6. Juni

Sie leerte gerade ihr Fach beim Empfang und plauderte gut gelaunt mit den dortigen Kollegen, als der hyperenergiegeladende Redaktionsleiter hereingestürmt kam.

»Zehn Kilometer in 42 Minuten«, rief er triumphierend. Adam unterhielt seine Umgebung täglich mit den Fortschritten seines Marathontrainings.

»Wie gesund für dich«, antwortete Karin und dachte: Gockel.

»Komm gleich mal mit. Schön, dass du wieder am Ball bist. Ganz ausgezeichneter Artikel heute. Ich möchte dir etwas zeigen.«

Karin folgte ihm in den kleinen Glaskasten, von dem aus er seine Redaktion überwachte.

Er nahm die aktuelle Ausgabe mit ihrem Artikel über das Familiendrama in Kappelhøje von seinem Schreibtisch.

»Du bist im Kommen«, sagte er.

Sie musste an sich halten, um nicht herauszuplatzen, sie habe bereits Zeitung gemacht, als er noch gar nicht geboren war.

Dann deutete er auf ihre Meldung über die Bekämpfung der Beschaffungskriminalität. Er hatte eine fette, rote Klammer an den Rand gemalt.

»Kannst du das für morgen nicht ausbauen? Warum soll man das Kind nicht beim Namen nennen? Schließlich weiß jeder, dass hinter der Kriminalität die aus der früheren Sowjetunion stecken.«

»Was meinst du damit?«

»Ich meine, du sollst das offen sagen. Alle wissen doch, dass die es sind.«

Sie war gereizt und zornig, beherrschte sich aber.

»Das kann man nicht machen«, antwortete sie mit ruhiger Stimme. »Schließlich wurde bisher niemand beschuldigt, geschweige denn verhaftet oder verurteilt.«

»Also, ist das nicht ein bisschen zickig? Man kann die Fahne auch so hoch halten, dass man sie nicht mehr sieht. Alle wissen doch, was los ist. Selbst der Innenminister hat im Fernsehen gesagt: ›Sie kommen nur her, um Straftaten zu begehen, man sollte sie auf eine einsame Insel schicken.‹ Und jetzt haben wir doch einen lokalen Ansatzpunkt, oder etwa nicht?«

»Wäre es nicht einfacher, man würde Vorhängeschlösser an den Containern anbringen, in die man die Flüchtlinge eingewiesen hat?«, antwortete Karin sarkastisch.

»Sehr witzig, aber über die Bekämpfung dieser Flüchtlingskriminalität müssen wir etwas bringen. Das interessiert unsere Leser.«

Adam begann in irgendwelchen Papieren zu blättern, griff nach dem Telefon und gab damit zu erkennen, dass das Gespräch beendet sei.

»Dazu, dass ich jemanden verurteile, bevor er auch nur festgenommen ist, kriegst du mich nicht«, sagte Karin entschlossen.

»Ach, sei doch nicht so brav und bieder, dann gebe ich's eben jemand anderem.«

Plötzlich fühlte sie sich alt und müde. Sie ging vom Glaskasten des Chefredakteurs direkt hinunter zum Kiosk, wo sie sich einen Lottoschein und damit den drei Tage währenden Traum kaufte, ihre Stelle aufzugeben.

Als sie ihr Zimmer betrat, klingelte das Telefon, Thomas hob ab.

»Der Redaktionsleiter hat eine Spezialaufgabe für mich. Erste Seite, für morgen«, sagte der Praktikant und stürzte aus der Tür.

Eine Viertelstunde später kam er wieder hereingeschlendert, gelassen und selbstsicher.

»Na, schreibst du über die osteuropäischen Spitzbuben?«, fragte Karin.

»Verflucht noch mal, nein. Das mach ich nicht.«

»Das hat er dir doch geben wollen?«

»Ja, und ich habe ihm mit einer Lektion in Presserecht geantwortet.«

»Und was hat er dazu gesagt?«

»Dass ich mich studentenhaft verhalte.«

»Und ich zickig.« Karin lachte herzlich.

»Was für ein Idiot.« Thomas stellte das ganz gelassen fest, und Karin beneidete ihn um seine Ausgeglichenheit.

Sie selbst nahm sich die Dinge viel zu sehr zu Herzen, wurde gereizt, wütend, und es ging ihr gegen den Strich, dass sie um ihren Stoff kämpfen musste – oder gegen Tendenzen im Journalismus, mit denen sie sich ungern abfand.

»Manchmal ist es verflucht schwer, an seiner Moral und seinen Idealen festzuhalten«, sagte sie.

Thomas sah sie interessiert an. Sie hatte nie selbst darüber gesprochen, doch er hatte von der Geschichte gehört, dass sie nach einem psychischen Zusammenbruch und langer Krankheit zurzeitung gekommen war. Auf ihn machte sie einen absolut normalen Eindruck. Er bewunderte ihr Tempo und ihre Tüchtigkeit. Ihre freundliche, direkte Art fand er angenehm. Und außerdem war er der Meinung, dass sie für ihr Alter eine tolle Frau sei. Ihre kräftigen Haare waren silbergrau, und sie kleidete sich schick und gemäßigt jugendlich nach ihrem persönlichen Geschmack, der sich nicht an Modelaunen orientierte.

»Ja«, antwortete er. »In diesem Gewerbe verbraucht man sich schnell. Ich meine: Man ist jeden Tag drauf. Ich habe unheimlich Schiss, dass ich einen Fehler mache, den dann 60 000 Leser mitkriegen. Man hört doch von so vielen, die den Druck nicht aushalten.«

»Zum Beispiel ich.« Karin lächelte, als sie das sagte.

»Was ist damals eigentlich passiert?«

»Ich bin mit dem Kopf gegen eine Mauer gerannt, und die Mauer war stärker.«

Jetzt klingelte ihr Telefon.

»Hallo. Hier ist Betina. Betina Bertelsen. Das stimmt nicht, was Sie geschrieben haben. Das war nicht mein Vater, der das gemacht hat ...«

»Hallo, Betina. Tut mir Leid, wenn ich etwas Falsches geschrieben habe.«

Karin schaltete ihr Tonbandgerät ein.

Langes Schweigen, dann sagte Karin vorsichtig:

»Ich würde gern das Richtige schreiben, wenn du mir hilfst. Erzähl mir etwas darüber.«

»Es darf nicht in die Zeitung«, murmelte das Mädchen.

»Nein, die Entscheidung liegt bei dir, aber ich würde mich trotzdem gern mit dir unterhalten. Wenn es nicht dein Vater war, wer war es dann?«

Lange Pause.

»Das weiß ich nicht genau, aber er war es jedenfalls nicht. So etwas hätte er nie tun können.«

»Das ist schwer sich vorzustellen, aber du kannst doch die Polizei anrufen, Betina, die Nummer habe ich hier.«

»Das werd ich auf keinen Fall tun.«

»Ich würde gern zu dir kommen und mit dir sprechen.«

»Das geht nicht. Ich hab keine Adresse.«

»Du musst doch irgendwo wohnen?«

»Nein.«

»Ja, aber können wir uns nicht irgendwo treffen?«

Neue lange Pause.

»Ich muss morgen was abholen. Wir können uns auf dem Bahnhof treffen. Ich nehm den Zug um 11.15 Uhr von Tåstrup, dann erzähl ich Ihnen, was ich …«

Vermutlich war dem Mädchen das Kleingeld für das Telefon ausgegangen.

Karin saß da und hypnotisierte das Telefon. Und griff mit einer blitzartigen Bewegung nach dem Hörer, als es wieder klingelte.

Es war Adam.

»Hallo, vermutlich hast du doch keine ethischen Bedenken, einen Beitrag über die Spendenaktion der Zeitung zugunsten allein erziehender Mütter in Vilnius zu schreiben? Du weißt, das ist eine Angelegenheit, der sich unser Chefredakteur mit großer Hingabe widmet.«

Dieser Scheißkerl. Das war die Rache. Nun würde man sie mit diesem lächerlichen Projekt vom »Tiger Club« und von Christoffersen belästigen.

Der »Tiger Club« war ein Wohltätigkeits-Netzwerk, das sich aus den Stützen der Gesellschaft in Süd-Seeland zusammensetzte. Bei den monatlichen Zusammenkünften plante man Spendensammlungen und Flohmärkte zur Unterstützung Armer, Kranker und Behinderter.

»Ist das nicht eher was für die Familienseite?«

»Nein, die Kollegin hat frei, und überlastet bist du heute nicht gerade. Bis vier Uhr muss ich den Artikel haben.«

»Ich hab eben einen interessanten Anruf von Bertelsens erwachsener Tochter bekommen. Sie glaubt nicht, dass ihr Vater Frau und Kind ermordet und sich dann selbst umgebracht hat.«

»Ist da etwas dran? Sollen wir das groß herausbringen?«

»Ich glaube nicht. Und wie viel dran ist, lässt sich schwer sagen. Ich habe das Telefongespräch aufgenommen und will mich morgen mit ihr treffen. Heute brauche ich ein bisschen Zeit, ich muss noch recherchieren.«

»Hast du doch. Für einen Zweispalter über die Spendenaktion braucht man ja keine acht Stunden. Stoffer hat Namen und Telefonnummern hinterlassen, die kannst du benutzen. Ich schick sie dir gleich.«

Sie entschied sich für die konventionelle Lösung: Anruf beim Vorsitzenden des »Tiger Clubs«, einem Bürgermeister der Liberalen in einer der Umlandgemeinden.

»Wenn man diese Aktion unterstützt, unterstützt man sich selbst«, erklärte der Bürgermeister.

Seine Logik lief darauf hinaus, dass man durch

die Bekämpfung von Armut auch den Flüchtlingsstrom nach Dänemark eindämmte.

»Die haben jetzt ein freies, demokratisches System, also fliehen sie bloß vor der zunehmenden Armut. Und leider wissen wir nur allzu gut, was passiert, wenn die hierher kommen. Das wollen wir verhindern. Und mit den Müttern und den Kindern müssen wir anfangen«, sagte er.

Es ging um ein Wohnprojekt für allein stehende Mütter in der litauischen Hauptstadt, und der »Tiger Club«, der Vilnius besucht hatte, verfügte über Bilder und *case stories*, die sie bekommen könne. Ja, vielen Dank. Und außerdem gab es da den litauischen Kontaktmann des Clubs, Boris Garmatschek, der als Dolmetscher fungierte. Und Wagner, den Polizeichef. Als Schatzmeister des Clubs, wusste er, wie viel Geld bisher eingegangen war, und Kreisarzt Beck ... Und Gemeindedirektor Skov.

Karin seufzte tief, nachdem sie den Hörer aufgelegt hatte. Irgendwann sollte man sich wirklich an eine kleine Untersuchung machen, wie häufig die zehn bekanntesten Männer der Region in der Zeitung erwähnt wurden.

Majbritt Poulsen, die Freundin der ermordeten Linda, gab Karin eine Beschreibung von Betina Bertelsen: krankhaft mager mit kurzen, gebleichten Haaren. Sie müsste am folgenden Tag auf dem Bahnhof leicht zu erkennen sein.

Lene und Anders Beck hatten ihr Haus am Fjordstien, und schon einige Male war in Wohnmagazinen über ihr Heim und seine geschmackvolle Einrichtung berichtet worden. Jeder verfügte über ein eigenes Schlafzimmer und ein eigenes Badezimmer, denn ihr eheliches Zusammenleben hatte vor vierzehn Jahren geendet. Warum das so war, wussten sie selbst nicht, da sie beide zu gebildet waren, um dieses Thema zur Sprache zu bringen. Lene war der Meinung, Anders habe keine Lust mehr, und Anders hatte den Eindruck, Lene interessiere sich nicht für Sex. Jedenfalls war das Thema jetzt nur noch von historischem Interesse.

Äußerlich waren sie ein schönes Paar, und niemand hätte Derartiges vermutet, wenn sie Arm in Arm durch die kleine Stadt promenierten. »Schau mal, mein Lieber« und »Aber ja, mein Schatz« hörte man, wenn sie miteinander sprachen – zu Hause und in der Öffentlichkeit. Bei Freunden und Bekannten galten sie als Muster-Ehepaar, und selbst mit Hilfe einer im Haus versteckten Kamera hätte man keinen anderen Eindruck bekommen. In ihren Umgangsformen waren sie aufmerksam, freundlich und rücksichtsvoll zueinander.

Anders Beck war seit langen Jahren Kreisarzt und Lene hatte, wie sie ein wenig entschuldigend sagte, das Hobby, eine Geschenkboutique zu betreiben, in der man nette Kleinigkeiten für zu Hause kaufen konnte. Wohlduftende Kerzen, Kissenbezüge,

Puppen, Platzdeckchen, Krüge, Kannen, Gläser und Designer-Mobiles. In Lenes Boutique erhielt man Geburtstagskarten für 38 Kronen 50 das Stück und Geschenkpapier für 45 Kronen, da, wie sie ihren Kunden erklärte, die Verpackung schon das halbe Geschenk sei.

Lene selbst war eine äußerst gepflegte, angenehm duftende Dame Ende vierzig. Sie war groß und schlank, mit einem Faible für Seide und Leinen, gern miteinander kombiniert, in einfachen, langen, lockeren klassischen Schnitten und naturfarben. Ihre kräftigen blonden Haare, die hin und wieder auch hennafarben waren, waren nach Art der 70er Jahre mit Stirnfranse und Innenrolle frisiert, ganz so, wie es allmählich wieder in Mode kam, jedenfalls nach Meinung der letzten Nummer von »Alles für die Dame«.

Auch Anders Beck war eine gut aussehende Erscheinung – ganz wie auf dem Umschlag eines Arztromans. Stämmig, mit einem Grübchen im Kinn, regelmäßigen, männlichen Zügen, kräftigen dunklen Haaren, grauen Schläfen. Er hatte seiner Frau die Boutique zu ihrem vierzigsten Geburtstag geschenkt, als sie eine Veränderung in ihrem Leben als Rechtsanwaltsgehilfin brauchte und damit gedroht hatte, sich zur Reflexzonentherapeutin ausbilden zu lassen, was den Kreisarzt zutiefst empörte. Die Reflexzonentherapie hielt er für pure Quacksalberei. Und er hatte befürchtet, sie wäre im

Begriff, eine für Frauen mittleren Alters typische Neurose zu entwickeln, hatte sich jedoch gehütet, es offen zu sagen. Stattdessen hatte er seine Frau zum Essen eingeladen, und ruhig und sachlich hatten sie die Möglichkeiten erörtert. Sie selbst hatte von dem Traum mit der kleinen Boutique erzählt, und er hatte schnell zugeschlagen und einen leer stehenden ehemaligen Gemüseladen gekauft.

Lene machte keinen Hehl daraus, dass sie ihm dankbar war, so lange der Laden Gewinn abwarf. Anders wiederum war froh, dass seine Frau etwas zu tun hatte, und steuerte gern ein bisschen Geld bei, wenn in der Ladenkasse Ebbe war. Er war ein viel beschäftigter Mann. Seine Position als Kreisarzt war mit einer Reihe von Nebentätigkeiten verbunden, und außerdem war er ein begeisterter Teilnehmer an Konferenzen und Versammlungen. Die Liste der Veranstaltungen, an denen er als Kreisarzt teilnehmen konnte, war endlos: Umweltschutz, Gesundheitsfürsorge für Kinder, Alkoholsucht, Arbeitsmedizin, DNA-Profile als Beweis im Strafprozess waren nur einige Themen von Konferenzen der letzten Monate im In- und Ausland.

Bevor Lene ihren Laden bekam, hatte sie wiederholt in besorgniserregender Weise seine Reisen und die Möglichkeit erwähnt, ihn künftig zu begleiten.

Und als Anders sie an diesem Abend nach Geschäftsschluss abholte, stellte sie ihm eine überraschende und einigermaßen unangenehme Frage:

»Warum hast du mir denn überhaupt nichts davon erzählt, das hättest du mir doch nun wirklich sagen können?«

»Was denn, meine Liebe?«

»Dass Linda Bertelsen tot ist. Ich habe versucht sie anzurufen und ihr eine E-Mail geschickt, und schließlich bin ich selbst hingefahren, um die Abrechnung vorbeizubringen. Das Haus war versiegelt, und der Briefträger hat mir erzählt, was passiert ist. Offenbar bin ich die Einzige in der ganzen Stadt, die nicht Bescheid wusste.«

»Aber Liebes, daran habe ich einfach nicht gedacht.«

»Es ist so furchtbar. Und obendrein noch jemand, den man gekannt hat. Du hast sie doch auch gekannt, oder?«

»Wie bitte? Ja, stimmt. Jetzt dämmert es mir. Als ihr mit der Jahresabrechnung zu tun hattet, habe ich kurz vorbeigeschaut, aber ehrlich gesagt, einen besonderen Eindruck hat sie bei mir nicht hinterlassen. Als wir am Tatort waren, habe ich zu Thor gesagt, ich hätte das Gefühl, sie schon mal gesehen zu haben, aber ich konnte mich nicht erinnern, wo. In diesem Ort kennt man schließlich Gott und die Welt. Aber jetzt entsinne ich mich natürlich.«

»Und ich habe keine Ahnung, wie ich das jetzt mit den Angaben zur Mehrwertsteuer schaffen soll. Sie hatte die Unterlagen ab April ... soll ich das jemandem sagen, der Polizei vielleicht? Sie hat schwarz gearbeitet, aber nur ein paar Stunden im Monat. Ob ich deswegen Schwierigkeiten bekomme?«

»Immer mit der Ruhe. Nein, ich glaube, der Polizei sagst du besser nichts. Das ist auch ganz unwichtig. Ich kenne Bjarne Andersen, den Steuerberater, den frage ich, ob er dir die Steuererklärung macht. Sag, dass die Unterlagen von April weggekommen sind, dem fällt schon etwas ein. Herrgott, das ist doch nur Kleingeld, mein Schatz.«

Mit beschützender Geste legte er den Arm um die Lehne ihres Sitzes.

»Die arme Linda und das arme Kind. Ich war ganz erschüttert, als ich es gehört habe.«

»In der heutigen Zeitung steht eine längere Geschichte darüber.«

»Aha, ja, ich hatte heute noch keine Gelegenheit, in die Zeitung zu schauen. Die neuen Herbstkataloge sind gekommen, offenbar gehen sie jetzt von erdfarben zu pastell über. Ich muss mir meinen Einkauf gut überlegen.«

Er hörte ihr freundlich zu, dann sagte er, er müsse am Abend zur Versammlung seiner VL-Gruppe, zu einem Vortrag über die Globalisierung.

»Geht es um die Flüchtlinge?«, fragte sie.

»Nein, wahrscheinlich nur um die ökonomischen Möglichkeiten, wenn man die ganze Welt als Absatzmarkt betrachtet.«

»Wäre schon zufrieden, wenn ich die ganze Stadt hätte«, sagte sie und lächelte selbstironisch.

Er lächelte zurück. Die gute Stimmung war wiederhergestellt.

Chefredakteur Werner Christoffersen sagte das Gefühl zu, Mitglied eines Netzwerks zu sein, das ganz Dänemark abdeckte. Es war der erste Mittwoch im Monat, und das bedeutete, dass sich einige tausend Beamte, Richter, Politiker, Redakteure, Verbandsfunktionäre und Geschäftsleute – so wie er – auf dem Weg zu ihrer VL-Gruppe befanden. Als »Netzwerk der Macht« hatte die Kopenhagener Zeitung »Politiken« die VL-Gruppen bezeichnet.

»Neidhammel«, hatte Christoffersen gesagt, als er den Artikel las. Er war verärgert über die Veröffentlichung von Mitgliedernamen und anderen Einzelheiten. Die VL-Gruppen mussten ein Hort des Vertrauens für jene Männer und Frauen sein, die auf privatem Sektor und in der Legislative, Exekutive und Judikative Tag für Tag Verantwortung trugen.

Es war doch nur recht und billig, dass die von großer Verantwortung belasteten Entscheidungsträger die Möglichkeit hatten, über alle Aufgabengebiete und Machtbereiche hinweg mit Gleichgestellten Erfahrungen und Ansichten austauschen zu können, meinte Christoffersen.

Beispielsweise beabsichtigte er, an diesem Abend mit dem Vorstandsvorsitzenden der Zeitung, einem Gutsbesitzer, der sich unverständlicherweise ein wenig von ihm, Christoffersen, distanziert zu haben schien, ein informelles Gespräch zu führen. Christoffersen verfügte über politischen Instinkt und hatte das Gefühl, er könne in irgendeiner Hinsicht bedroht sein. Die Geschäftsergebnisse des letzten Jahres waren nicht gut gewesen, er hatte dem Gutsbesitzer jedoch zu verstehen gegeben, bei der Zeitungskrise handele es sich um eine allgemeine Krise. Der »Sjællandsposten« ging es nicht schlechter als den meisten anderen Zeitungen auch, wichtig war nur, dass man sich bei Investitionen in Internet-Aktivitäten weitsichtig verhielt.

Es kam anders als geplant, und der Redakteur erlebte einen richtig tristen Abend.

Während des ungezwungenen Beisammenseins nach dem Vortrag hatte er das Gefühl, der Mann gehe ihm aus dem Weg. Als der Kaffee gereicht wurde, passte Christoffersen den Moment ab, wo der Gutsbesitzer Platz genommen hatte und setzte sich dann neben ihn. Da aber fiel dem Mann plötzlich ein, dass er dem Richter am Landgericht, der mit dem Gemeindedirektor am Nebentisch saß, etwas sagen müsse, und fort war er. Leider nicht so weit fort, dass er nicht gehört hätte, wie Polizeichef Wagner durch den Raum brüllte: »Na, willst du jetzt dem ›Ekstra Bladet‹ Konkurrenz machen? Ist das eine neue Redaktionspolitik, Familiendramen und Selbstmorde zu Sensationsmeldungenen aufzublasen?«

»Nun ja, wir sind stets bemüht, die Realität wiederzugeben«, antwortete Christoffersen ausweichend. Um die Wahrheit zu sagen, hatte er die Zeitung des Tages gar nicht gelesen und keine Ahnung, was der Polizeichef meinte.

»Habe das Gefühl, mit der Pressemoral geht es bergab, liegt wahrscheinlich an der Konkurrenz unter den Medien«, kommentierte der Richter.

Kreisarzt Beck nickte eifrig.

»Bei der ›Sjællandsposten‹ wird das nicht der Fall sein«, sagte der Gutsbesitzer mit Nachdruck.

Christoffersen fühlte, wie der Gutsbesitzer ihn mit einem vernichtenden Blick bedachte.

»Nein«, sagte Christoffersen verzweifelt und unsicher. »Wir bei der ›Sjællandsposten‹ haben großes soziales Verantwortungsgefühl. Beispielsweise unterstützen wir zurzeit eine Spendenaktion für allein stehende Mütter in Litauen.«

»Wäre es nicht besser, man würde die allein stehenden Mütter in Seeland unterstützen?«, fragte der Gemeindedirektor säuerlich-ironisch.

Die VL-Mitglieder lachten, und Christoffersen lachte bemüht mit. Er kam sich geschlagen, zerstört, gedemütigt vor.

Der Supermann hörte schweigend und aufmerksam zu, er hatte sich am Tischende niedergelassen, um mit dem örtlichen Gewerkschaftsvorsitzenden die Frage zu erörtern, ob eine etwas flexiblere Interpretation der Arbeitszeitbestimmungen nicht zweckmäßiger sei.

Als er in seine Wohnung im Ortszentrum kam, wo er seit seiner Scheidung vor 18 Jahren wohnte, fühlte sich Christoffersen einsam, alt und müde. Der Wohnung fehlte jede persönliche Note, Christoffersen war ins Möbelhaus gegangen und hatte eine ausgestellte, fertige Möblierung für die Räume gekauft – Lampen, Teppiche und Reproduktionen inbegriffen. Er setzte sich in einen der bequemen Sessel und las Karin Sommers Artikel. Nach der Lektüre brach er in Tränen aus, holte sich ein Bier aus dem Kühlschrank, nahm eine Schlaftablette und ging zu Bett.

Christoffersen war in vieler Hinsicht ein sensibler Mann, und sein Arzt vertrat die Ansicht, einige kleine, unbemerkte Schlaganfälle hätten ihn weinerlich gemacht.

Donnerstag, 7. Juni

An diesem Morgen sagte sich Karin Sommer wieder einmal, dass sie im Großen und Ganzen mit dem Leben zufrieden war. Vielleicht hätte sie sich in der Arbeit stärkere Herausforderungen gewünscht, andererseits wusste sie, dass sie froh sein konnte, überhaupt einen Job zu haben. Hinzu kam, dass sie sich das Material für ein Fernstudium bestellt hatte – für einen Magister in Kulturwissenschaft, womit sie im Herbst beginnen wollte. Nur wegen des Studiums.

Ab und zu fiel ihr ein, dass andere Frauen ihres Alters schon Großmütter waren, aber sie dachte schon lange nicht mehr darüber nach, warum sie nicht geheiratet und Kinder bekommen hatte. Eigentlich gab es dafür keine Erklärung, es war eben so gekommen. In jungen Jahren hatte sie einige Beziehungen gehabt, zweimal hatte sie mit einem Mann zusammengelebt. Lange Jahre war sie die Geliebte eines verheirateten Mannes gewesen, aber die Beziehung hatte ein abruptes Ende gefunden, als die Ehefrau dieses Mannes an Krebs gestorben war. Mit solchen Verhältnissen war es merkwürdig. Meist funktionieren sie nur, weil sie verboten sind, dachte Karin. Jedenfalls hatten sie beide das Interesse verloren, als sie endlich die Freiheit hatten, auch offiziell ein Paar zu werden.

Wie andere Frauen auch hatte sie erfahren, dass die Unsichtbarkeitsgrenze jenseits der Fünfzig liegt. Sie hatte jedoch zugleich die überraschende Erfahrung gemacht, dass man durchaus auf sich aufmerksam machen konnte, falls man entsprechend aufgeschlossen war. An sich war das nicht mehr so häufig der Fall, sie hatte nicht mehr das drängende Bedürfnis nach Sex, das sie aus ihrer Jugend kannte. Es war einige Jahre her, dass sie sich ernsthaft verliebt hatte, sie schloss die Möglichkeit jedoch nicht aus. Indessen wurden die Abstände zwischen ihren Bekanntschaften mit allein stehenden, attraktiven Herren entsprechenden Alters zunehmend größer.

Sie hatte Kultur- und Sprachreisen unternommen, war aber meist in Gruppen von etwa fünfzehn gleichaltrigen oder älteren Frauen und einigen älteren Ehepaaren gelandet. Nein, da gab es im Internet ganz andere Möglichkeiten. Das war ihr Medium für unverbindliche Kontakte, die vielleicht zu mehr führten.

Sie genoss in der Küche ihren Café au lait, streichelte ihre Katze und plante ihren Tag. Abgesehen von Routineaufgaben war da das Treffen mit Betina Bertelsen, die nicht glaubte, dass ihr Vater die

Familie und sich selbst umgebracht hatte. Sie durfte nicht vergessen, auch bei der Polizei nach den Ergebnissen der kriminaltechnischen Untersuchung zu fragen. Die Intuition sagte ihr, dass irgendwas nicht zusammenpasste oder zumindest eine Erklärung fehlte. Allerdings war es fraglich, ob diese Erklärung auch die Leser interessierte.

Ihr Zimmergenosse, Henrik Johansson, hatte Urlaub, und der Praktikant war auf Reportage bei Gericht, also rief sie sofort bei der Polizei an. Nein, über Ergebnisse der kriminaltechnischen Untersuchung des Tatorts verfüge man noch nicht, und sie würden auch kaum Überraschungen bringen, sagte Kriminalinspektor Halfdan Thor. Vermutlich wisse man in dieser Angelegenheit bereits alles, was man wissen müsse.

Dann rief Ingeborg Thomsen, die Sekretärin Christoffersens an. Der Chefredakteur bat Karin, in sein Büro zu kommen.

Wahrscheinlich sollte die Litauen-Aktion stärker erwähnt werden.

Als sie Christoffersens Zimmer betrat, saßen dort Christoffersen und Adam mit ernsten Gesichtern. Der Chefredakteur hatte die Seite über das Familiendrama in Kappelhøje vor sich auf dem Schreibtisch ausgebreitet.

»Dieser Artikel ist völlig inakzeptabel« , sagte er.

Karin sah verwirrt vom Chefredakteur zum Redaktionsleiter.

»Ja, vielleicht hattest du da nicht das glücklichste Händchen«, sagte Adam unsicher.

»Was willst du denn damit sagen? Gestern hast du gemeint, der Artikel ist saugut!«

»Öh, nun, das ist bestimmt nicht der exakte Wortlaut … aber selbstverständlich trage ich meinen Teil der Verantwortung. Hätte das vielleicht ein bisschen sorgfältiger lesen müssen.«

Adam suchte nach einem Ausgleich zwischen den Interessen seines Chefs, denen seiner Mitarbeiterin und seiner eigenen Karriere. Karin kochte innerlich vor Verachtung, hielt sich aber eisern im Zaum.

»Was ist denn mit dem Artikel nicht in Ordnung?«, fragte sie.

»Er hätte niemals gedruckt werden dürfen.«

Zu Karins großem Erstaunen klang Christoffersen verzweifelt.

»Das war ja auch nicht meine Idee«, sagte sie.

»Nun gut, die Idee wurde in der Redaktion entwickelt, aber für die Umsetzung bist natürlich du verantwortlich.« Adam richtete sich im Stuhl auf, strich sich über sein Unteroffiziers-Bärtchen und versuchte den Eindruck einer Führungspersönlichkeit zu vermitteln.

»Und ich frage noch mal: Was ist an dem Artikel nicht in Ordnung?« Karin spürte, wie der Zorn in ihr aufstieg.

»Er schadet unserer Ethik«, sagte Christoffersen mit einem Anflug von Pathos in der Stimme.

»Kannst du mir eine einzige Stelle in diesem Artikel zeigen, die ethisch problematisch ist?«

»Der ganze Artikel hätte nicht erscheinen dürfen. Man darf solche Tragödien nicht aufblasen«, wiederholte Christoffersen.

»Ich habe verflucht noch mal nur einen Auftrag ausgeführt«, sagte Karin und warf Adam einen wütenden Blick zu.

»Gut, gut«, sagte Christoffersen, der zutiefst konfliktscheu war. »Das soll sich jetzt nicht zu einem Streit entwickeln, aber noch einmal, über so etwas schreiben wir nicht.«

»Ich habe eine Verabredung mit Bertelsens Tochter aus erster Ehe. Sie glaubt nicht, dass ihr Vater der Täter war. Sie hat gestern angerufen, ich habe das Gespräch auf Band. Wenn es stimmt, möchte ich dran bleiben …«

Christoffersen fuhr hoch wie ein Springteufel aus seinem Kasten:

»Über diese Angelegenheit wird überhaupt nicht mehr geschrieben!«

»Es sei denn, die Polizei hat etwas Interessantes mitzuteilen«, fügte Adam eilig hinzu.

Er ist feige, aber einen Rest Professionalität trägt er noch in sich, dachte Karin, als sie verbissen vor Wut wieder in ihr Zimmer ging. Der schöne Tag war zerstört.

Als sie auf dem Weg zum Bahnhof war, um sich mit Betina Bertelsen zu treffen, rief ihr Bruder auf dem Handy an. Er wollte am Abend mit gepulten Fjordkrabben und einem guten Weißwein vorbeikommen, bei dieser Gelegenheit könne sie ihm gleich mit einem Anzeigentext helfen.

Schön. Sie sagte ihm, sie sei unterwegs, um sich mit Albert Bertelsens Tochter aus erster Ehe zu treffen.

»Stocherst du etwa weiter in dieser Angelegenheit herum?«

»Fängst du jetzt auch noch an? Ich habe eben einen sonderbaren Anschiss von Christoffersen gekriegt. Betina Bertelsen hat mich gestern aber selbst angerufen, und sie klang ziemlich verzweifelt. Vermutlich braucht sie jemanden zum Reden, außerdem bin ich einfach neugierig. Bis dann.«

In dem Zug aus Kopenhagen war kein junges Mädchen mit gebleichtem Haar. Karin wartete zwei weitere Züge ab und wandte sich vergeblich an fünf oder sechs Mädchen, auf die die Beschreibung vage zutraf. Betina Bertelsen schien einen Rückzieher gemacht zu haben.

Wieder in der Redaktion, hörte sie das kurze Telefongespräch mit der jungen Frau noch mal ab. Es gab keinen Zweifel. Sie hörte sich erschüttert, aber sehr sicher an, als sie sagte: »Jedenfalls ist er das nicht gewesen. So was könnte er nie tun.«

Sie meldete sich im Internet-Forum an, wo sie das Kappelhøje-Mädchen nach Bekannten suchen ließ. Es gab drei neue Antworten. Zwei davon waren uninteressant, bei der dritten von *vogel-*

faenger@hotmail.com aber hielt sie den Atem an und zog die Augenbrauen in die Höhe:

Ein Papagei
aus Kappelheu
der war so rot
jetzt ist er tot.

Na schön, solchen Quatsch kriegt man zurück, wenn man anonyme Annoncen ins Netz stellt, dachte sie. Oder war es doch ein Hinweis? Sie antwortete dem unbekannten Dichter:

Ein Spaßvogel?
Ein Habichtsvogel?
Ach, Weh und Klage,
alle Tage
will Papageiens Geist
lenken die rächende Hand.

Wie kindisch, sagte sie leise zu sich selbst.

Der Gerichtsmediziner ist etwas erstaunt über den Schusswinkel. Normalerweise verläuft der Schusskanal bei diesem Typ von Selbstmord waagrecht, oder er verläuft leicht aufwärts, aber hier geht er leicht nach unten. Es handelt sich um die neueste Waffe der Heimwehr, ein vollautomatisches Gewehr M 95, Kaliber 5,56, Gewicht 3,18 Kilogramm, Länge 99 Zentimeter.« Halfdan Thor las aus dem Bericht vor und legte einige Fotos auf den Tisch.

»Auf dem Kolben befinden sich an dieser Stelle Bertelsens Fingerabdrücke, und deshalb meint der Gerichtsmediziner, der Schusskanal müsse leicht nach oben verlaufen. Daraus kann der Schluss gezogen werden, dass ein Selbstmord Bertelsens zwar möglich erscheint, aber ungewöhnlich wäre«, fügte er hinzu.

»Deutet irgendein Ergebnis der Ermittlungen oder der kriminaltechnischen Untersuchung auf die Beteiligung eines Außenstehenden hin?«

Polizeichchef Wagner sah den Kriminalinspektor

eindringlich an, während sein Stellvertreter wie üblich mit den Gedanken woanders war. Auch die übrigen Teilnehmer an dieser morgendlichen Besprechung schienen sich zu langweilen. Familiendramen gehörten nicht zu den Fällen, die einem die Pisse zum Kochen bringen, wie Kriminalassistentin Mette Skov gesagt hatte. Sie legte Wert darauf, sich derber auszudrücken als ihre männliche Umgebung. »Sie sagt Arsch, aber sie meint Popo«, hatte Magnus Kohlman ihre Ausdrucksweise charakterisiert.

»Wir konnten zwar Bertelsens Motiv nicht feststellen, aber wir sind erst recht nicht auf etwas gestoßen, das vermuten ließe, jemand anders könnte ein Motiv gehabt haben. Das Haus wimmelte von Fingerabdrücken und menschlichen Spuren, doch Bertelsen und seine Frau waren Geschäftsleute, und sie waren bekannt für ihr offenes, gastfreundliches Haus. Den ganz großen Apparat zur Identifizierung aller Fingerabdrücke und Spuren haben wir allerdings nicht angeworfen. Nur diese zweiten Fingerabdrücke auf dem Gewehr können wie bekannt dem Instrukteur der Heimwehr zugeordnet werden, dessen Fingerabdrücke sich auch auf den übrigen neuen Gewehren befinden«, erklärte Halfdan Thor.

Er sah rasch hinüber zum stellvertretenden Polizeichef. Alle waren sich einig, wie unnötig es war, dem Zufall, dass sich auch die Abdrücke des stellvertretenden Polizeichefs auf der Tatwaffe befanden, größere Aufmerksamkeit zu schenken. Thor hatte diese Angelegenheit untersucht, indem er Stichproben an vier weiteren neuen Gewehren vornahm. Auf dreien hatten sich Abildstrups Fingerabdrücke befunden. Daran war nichts Auffälliges.

»Am Freitag, den 1. Juni hat Bertelsen 20 000 Kronen auf sein Bankkonto eingezahlt. Seine Frau hat das im Kassenbuch festgehalten, aber es gibt dort keine Angaben über die Herkunft des Geldes. Nur ein Fragezeichen, mit Bleistift geschrieben – als habe sie das noch feststellen wollen. Eine hübsche Summe, wenn man an die normalen Preise für Gebrauchtwagen und Autowracks denkt ...«

»Betina, die Tochter aus erster Ehe des Mannes, hat am selben Tag das Haus verlassen. Am folgenden Tag – dem Pfingstsamstag – waren einige Besucher dort, die sich Autos oder Hunde angesehen haben, keinem von ihnen ist etwas Ungewöhnliches aufgefallen.

Der Nachbar, Kenneth Pedersen, der täglich hingegangen ist, um mit den Bertelsens Zeitungen und Illustrierte zu tauschen, hat ebenfalls keine besonderen Beobachtungen gemacht, als er um 17.00 Uhr die Tageszeitung und eine Illustrierte brachte und auf ein Bier eingeladen wurde. Das war kurz bevor die Familie zu Abend gegessen hat.

Der Mageninhalt der Leichen bestand aus Frikadellen, Möhren und Erbsen. Auf dem Tisch befanden sich Bierflaschen. 1,0 Promille bei ihr, 1,4 bei ihm, leichte bis mittelschwere Trunkenheit, für einen Samstagabend in den meisten dänischen Familien also normal, meine ich.

Pedersen zufolge hat das Ehepaar gesagt, sie wollten sich vor den Fernseher setzen, und an Pfingsten hätten sie keine Gäste.

Pedersen hat den Verdacht geäußert, dass Frau Bertelsen über das Internet Kontakte suchte. Dafür haben wir keine Bestätigung gefunden. Ich glaube, man kann diesen Verdacht Pedersens Phantasie zuschreiben. Linda Bertelsen war eine ziemlich flotte Frau. Dass sie häufig von zu Hause abwesend war, ist erwiesen. Ihre Freundin Majbritt Poulsen aber sagt, ihr Wegbleiben stehe in Zusammenhang mit ihrer Teilnahme an Hundeschauen und anderen Aktivitäten für die Hundezucht ... Auf der Festplatte und den Disketten ist nichts Verdächtiges ...

Alle drei sind zwischen 1.00 und 2.30 Uhr in der Nacht zu Tode gekommen. Ein Motiv für Bertelsen wäre mir lieber, aber wir Menschen können schließlich nicht alles verstehen und erklären«, beendete Thor seinen Bericht und legte die Fotos zusammen.

»Beck soll die Obduktionsberichte abschließen«, sagte Wagner und kam zum nächsten Punkt der Tagesordnung, dem Bericht der Kriminalassistenten über ihre Bemühungen hinsichtlich der Ostkriminalität, wie man die neue Welle von Einbrüchen in Häuser und Autos bereits unumwunden nannte.

Ja, man habe Tatortberichte aufgenommen und

drei Männer seien verhört worden, ein Durchbruch sei freilich noch nicht gelungen. Man habe allerdings mehrere Eisen im Feuer, unter anderem beobachte man einen mit einer Dänin verheirateten Russen, der Verbindungen zum Flüchtlingscenter unterhalte.

Meine Mutter wollte einen guten Christen aus mir machen und nannte mir die Nächstenliebe als höchstes Gebot. Und meine Lehrer predigten – wie es damals Mode war – Solidarität und gesellschaftliche Verantwortung. Ich machte zu allem ein frommes Gesicht, in meiner damaligen Situation als Kind war dies für mich das Vernünftigste. Insgeheim aber wusste ich es besser – jedenfalls als ich ungefähr 14 Jahre alt war. Ich wusste, dass es Gut und Böse, Richtig und Falsch nicht gibt, sondern nur menschliche Urteile über diese Werte, die abhängig sind von Zeit, Ort und den Machtverhältnissen zwischen den Menschen.

Ich will das erklären: Ein Verstoß gegen die Strafgesetze ist unzweckmäßig, wenn dieser Verstoß aufgedeckt werden kann und die Folgen für einen selbst unangenehm werden könnten. Hingegen ist der Glaube falsch, den Strafgesetzen wohne eine höhere Moral oder eine konsequente ethische Haltung inne. Du darfst nicht töten. Doch, du darfst, wenn das Töten Bestandteil des Staatssystems ist.

Du darfst nicht stehlen. Doch, aber du musst es auf eine der zahlreichen mit dem Gesetz in Einklang stehenden Methoden tun.

Sich auf Kosten anderer zu bereichern ist in den weitaus meisten Fällen nicht nur gestattet – es wird in der modernen Gesellschaft im Großen und Ganzen sogar als lobenswert angesehen.

Ich will ein Beispiel nennen: Stiehlt ein Kunde in einem Laden Waren im Wert von 7,75 Kronen, rückt meist die Polizei mit zwei Beamten aus und verwendet auf dieses Verbrechen Stunden. Dass aber die Wirtschaft mit Hilfe ungesetzlicher Preisabsprachen die Bevölkerung ausplündert, gilt kaum noch als kriminell.

Die Machtverhältnisse entscheiden über Gut und Böse, Richtig und Falsch. Unter historischem Blickwinkel lässt sich das gut erkennen. Ich möchte an eine Zeit erinnern, in der das Handeln mit Sklaven erlaubt, der Diebstahl eines Brotes jedoch mit der Todesstrafe geahndet wurde.

Bereits als Kind durchschaute ich die Relativität der Moral, und diese Einsicht machte mich stark. Mich quälte kein Gewissen, das alles in gute und schlechte Taten unterschied. Für mich waren meine Handlungen rein zweckorientiert, sie waren nützlich oder unnütz, zweckmäßig oder unzweckmäßig.

Es war zweckmäßig, dass mein Vater starb, denn er war unfähig und für seine Familie eine Plage.

Mein Ziel im Leben war es, die größte denkba-

re Distanz zu ihm einzuhalten. Um dieses Ziel zu erreichen, war es auch in meinem späteren Leben notwendig zu töten. Damit habe ich – als eigener Richter meines Lebens – keinerlei Probleme.

Vielleicht fragst du dich, warum ich das Kind umgebracht habe. Weil ich trotz allem vielleicht kein Psychopath bin. Nicht völlig gefühlskalt. Welches Leben hätte das Kind ohne Eltern denn gehabt? Ich habe es aus Mitleid erschossen.

Freitag, 8. Juni

Karin erwachte mit einem seligen Lächeln auf den Lippen. Sie hatte im Traum einen multiplen Orgasmus gehabt – mit ihrer Katze. Absolut perfekt. Das daunenweiche Katzenfell hatte sie mit einer Luftigkeit und Leichtigkeit gestreichelt, die sie nach mehr verlangen ließ, und der klitzekleine Penis, der nicht zu fühlen war, gab der Traumphantasie Stoff für eine Serie explosiver Orgasmen.

Anfangs freute sie sich über ihr Glück. Meist erwachte sie, unmittelbar bevor die sexuellen Träume ihren Höhepunkt erreicht hatten. So wie sie als Kind von Schokolade geträumt hatte und aufgewacht war, bevor sie sie im Mund hatte.

Dann vergegenwärtigte sie sich langsam Inhalt und Einzelheiten ihres Traums.

Für Freud wäre das ein Leckerbissen gewesen, dachte sie halb belustigt, während sie die Espressokanne aufsetzte: Altjungfernsex mit Katze.

Kater, wie sie das Tier einfach nannte, war kurz nachdem sie vor vier Jahren in ihre Wohnung im umgebauten Lagerhaus am Hafen einzog, zu ihr gestoßen. Als großes Kätzchen war er buchstäblich auf ihren Balkon gefallen, wohin er über einen Baum, eine Feuertreppe und einen Balken, der wie ein schwarzer Zeigefinger aus der Hauswand ragte, gefunden hatte. Der Balken war der denkmalgeschützte Rest eines Krans, der aus der Vergangenheit des Hauses stammte.

Noch immer nahm Kater diesen Weg, und das war das Angenehme an ihm. Er war nicht ihr Eigentum. Sie wohnten nur zusammen, sagte sie immer. Er kam und ging, wie er wollte, und war eine bekannte Erscheinung im Hafen, wo die Angler für einen großen Teil seiner täglichen Unterhaltung und Verpflegung sorgten.

Mit der Zeit hatte sich zwischen Karin und Kater eine ziemlich enge Beziehung entwickelt. Meist wartete er, dass sie ihn streichelte, wenn sie nach Hause kam, und versuchte sie mit vorsichtigem Kratzen und kleinen Bissen zu reizen, wenn sie mit Büchern oder Zeitungen beschäftigt war. Oder er lag schlafend auf ihrer Bettdecke.

Karin ertappte sich dabei, dass sie sich mit ihm unterhielt und sich Sorgen machte, wenn er zu lange unterwegs war. Jedoch pflegte sie zu ihrer Funktion als Katzenmutter eine selbstironische Distanz zu wahren: »Wir sind wie ein altes Ehepaar, wo einer die Gewohnheiten des andern kennt …«

»Ja, in Wirklichkeit schleiche ich nachts herum und füttere alle Katzen der Stadt …« Und was sie sich sonst noch einfallen ließ, um spöttischen Bemerkungen zuvorzukommen und sich über das Kuscheltiersyndrom lustig zu machen, das sie bei anderen stets albern gefunden hatte. Kater vertrug sich nicht sehr gut mit ihrem Selbstbild einer rationalen, reifen Frau.

An diesem Tag plante sie einen Besuch bei Betina Bertelsens letzter Adresse in Rødovre. Irgendwas stimmte an der Sache nicht. Sollte der Teufel doch die Zeitung, Adam und Christoffersen holen – ihre persönliche Neugier befahl ihr, den losen Fäden zu folgen.

Soweit sie sich erinnerte, war es ungefähr ein Jahr her, seit sie sich zuletzt krank gemeldet hatte. Sie hatte deshalb keine Skrupel, anzurufen und mitzuteilen, sie könne nicht zur Arbeit kommen.

Als sie die Tür zum Balkon öffnete, um die Hafenaussicht zu genießen, sprang Kater von seinem Balken herunter und rieb sich schnurrend an ihren Beinen.

»Na, da ist ja Mamas frecher kleiner Kater«, sagte sie und streichelte ihm den Rücken.

Jesper hatte vergeblich bei der Polizei von Rødovre angerufen. Nein, es sei absolut unmöglich, in allen Fällen eine Anzeige aufzunehmen, in denen jemand um ein Haus herumschleicht. Nur im Fall eines vollendeten Einbruchs könnten sie jemanden schicken.

Jeanette war ein bisschen besorgt gewesen, weil sie mit dem kleinen Waldemar und ihrem großen Schwangerenbauch allein im Haus war. Als diese Frau geläutet hatte, wollte sie anfangs nicht aufmachen, dann aber fiel ihr ein, dass es sich ja um eine neue Mieterin handeln konnte, wie eine Einbrecherin sah sie jedenfalls nicht aus.

Jeanette war Mitte dreißig und Heimarbeiterin, ein Wort, das sie mit demonstrativem Stolz aussprach, um dann sofort ihren Status zu verteidigen. Für die Kinder und für Jesper war es besser so, und außerdem war es ihre eigene, freiwillige Entscheidung.

»Warum schauen andere so gern auf Frauen herab, die Heimarbeiterinnen sind?«

»Ist das so?«

»Ja. Statt dran zu denken, wie viel Geld wir dem Staat ersparen, und unsere Kinder verwahrlosen nicht und werden keine Kriminellen ... Heute Nacht hat jemand versucht hier einzubrechen, als Jesper aber das Licht anmachte und aufgestanden ist, ist er geflüchtet. Die Polizei hatte keine Zeit zu kommen. Die müssen ja Prioritäten setzen, und man muss schon fast tot sein, bis sie mal ausrücken. Diese Einwanderer in der zweiten Generation sind auch ...«

Karin lauschte interessiert und führte beim Tee eine professionelle Konversation. Der Kunde hatte immer Recht. Und die Quellen auch, solange man aus ihnen schöpfen muss.

Ja leider, Betina war vorgestern ausgezogen. Wegen des Todes ihres Vaters und so weiter. Furchtbar, das arme Mädchen. Aber was für ein Glück, dass sie vorher weggegangen sei, ehe dieser Desperado auf die Familie losging.

Karin nickte, und Jeanette fuhr fort: »Sie hatte nur eine Sporttasche bei sich, als sie ging. Ich habe sie gefragt, was mit dem Rest ihrer Sachen wird, aber nein, sie hat alles in einen großen, schwarzen Plastiksack getan und in die Garage neben die Säcke mit dem Gartenabfall gestellt, die am Montag mit dem Sperrmüll abgeholt werden.«

Karin hatte sich Jeanette nicht als Journalistin, sondern als Bekannte von Betinas Familie vorgestellt, die das vermutlich deprimierte Mädchen aufsuchen wollte.

Das konnte Jeanette gut verstehen: »Man muss doch jemanden haben, mit dem man sprechen und bei dem man sich ausweinen kann, oder? Das habe ich ja auch versucht, aber sie war vor Kummer wie versteinert. Sie war überhaupt ein bisschen kontaktscheu. So der Typ, der irgendwie eine Schale um sich herum hat. Mit leeren Augen. Harte Kindheit, glaube ich. In ›Alles für die Frau‹ hat ein Psychologe geschrieben …«

»Wissen Sie, ob sie gearbeitet hat?«

»Vor vier oder fünf Monaten wurde sie als pädagogische Mitarbeiterin entlassen. Ich glaube nicht, dass sie eine andere Arbeit gefunden hat, aber abends ist sie viel ausgegangen, vielleicht mehr, als ihr gut getan hat. Na ja, ich fange an alt und prüde zu werden, die Mieter sollen ihr Privatleben so einrichten, wie sie wollen, doch es ist mir aufgefallen, dass sie bis weit nach Mittag im Bett gelegen hat, und blass und krank hat sie ausgesehen, wenn sie endlich aufgestanden ist. Ich habe versucht mit ihr zu reden und gesagt, sie soll sich doch lieber einen netten Mann suchen wie Jesper und …«

Jeanette hatte sich nach jahrelangen vergeblichen Versuchen, einen Traumjob zu finden, bequem in der traditionellen Frauenrolle eingerichtet. Zuerst hatte sie den Versuch aufgegeben, das Abitur auf dem Zweiten Bildungsweg zu machen. »Denn das kann doch nicht der Sinn der Jugend sein, dass man sich das Leben entgehen lässt.« Dann hatte sie eine Friseurlehre abgebrochen. »Meine Hände sind dick und rot geworden, ich habe mich vor diesen Chemikalien einfach gefürchtet. Dieser ganze giftige Kram.«

Ihre Eltern hatten viel Geld für eine private Ausbildung zur Kosmetikerin ausgegeben, die aber hatte ihr nichts gebracht. »Das war der reine Betrug, es gibt so viele Kosmetikerinnen und fast keine Jobs.« Dann hatte sie mit der Ausbildung zur Reflexzonentherapeutin begonnen. »Aber in diesem Fach gibt es zu viele Pfuscher«, sagte sie und lächelte.

Zu guter Letzt hatte sie Jesper gefunden, und nun

»arbeitete man an *seiner* Karriere und konzentrierte sich auf andere Werte«. Waldemar war drei, ihr zweites Kind sollte sie Anfang September bekommen. Jesper war Elektrotechniker, er bildete sich zum Ingenieur weiter und ging voll und ganz im Familienleben auf.

»Wir müssen nur wegen dem Familienzuwachs vermieten«, sagte sie, als sie in das Souterrain des Bungalows gingen, wo Betina in den letzten sechs Monaten ihren offiziellen Wohnsitz gehabt hatte.

Es war ein großes, erstklassiges Zimmer. In einer früheren Waschküche gab es eine kleine Küche, und auch eine eigene Toilette und eine kleine Dusche hatte Betina gehabt. Die Möblierung bestand aus Bett, Tisch und Kleiderschrank, die Mieterin hatte keine eigenen Möbel mitgebracht oder gekauft.

Karin sah sich um und öffnete den Schrank, doch es gab keinerlei Spuren der früheren Mieterin.

»Wenn wir ohnehin einmal hier sind, können wir auch gleich die Matratze mitnehmen, die soll zum Sperrmüll«, sagte Jeanette. Sie hoben die Matratze an, und ein kleiner, bordeauxroter Seidenklumpen fiel aus der Ritze zwischen Matratze und Wand.

»Hallooo!«, sagte Jeanette und ließ die Matratze fallen. Sie hielt das bordeauxrote Textil mit zwei Fingern in die Höhe und schüttelte es, worauf es sich zu einem Paar Boxershorts für Männer entfaltete.

Jeanettes Augenbrauen stiegen zur Stirn, sie öffnete und schloss einige Male den Mund, dann stammelte sie: »Die gehören Jesper. Ich habe sie ihm selbst gekauft, als wir auf Malta waren.«

O nein, dachte Karin müde. Laut sagte sie: »Dafür, dass die hier gelandet sind, kann es viele Erklärungen geben.«

»Aber nur eine wahrscheinliche«, schluchzte die Hochschwangere.

Karin war geneigt, ihr Recht zu geben, protestierte aber empört und konnte die junge Frau schließlich beruhigen.

»Rufen Sie mich an, wenn Jesper etwas weiß, das mich auf Betinas Spur bringt, und den Müllsack mit ihren Sachen nehme ich mit, dann haben Sie keine Arbeit damit.«

Jeanette hatte sich gesammelt, nickte und meinte: »Ich glaube, ich sage nichts von diesen Boxershorts zu Jesper. Wozu soll das gut sein? Ist es nicht besser, wenn man so etwas auf sich beruhen lässt?« Sie lehnte sich in ihrem Gartenstuhl zurück und faltete die Hände über ihrem großen Bauch.

»Ja, manchmal schon«, sagte Karin.

Auf den ersten Blick sah es so aus, als enthielte Betinas Müllsack nur Schmutzwäsche, sie legte ihn gut verschlossen in den Kofferraum ihres Autos. Dann rief sie Birgitte, eine alte Freundin und Kollegin an, die demnächst ihr vierzigstes Jubiläum bei der großen Kopenhagener Morgenzeitung feierte. Es würde ihr ausgezeichnet passen, wenn sie zusammen zu Mittag essen könnten.

»Aber keine Bambussprossen, ich hasse Bambussprossen, ich brauche Fleisch«, sagte Karin.

»Wie unweiblich«, seufzte Birgitte.

»Das liegt am Alter. Außerdem lege ich mir gerade einen Vollbart zu, lass uns irgendwohin gehen, wo es keine Spiegel gibt.«

Sie entschieden sich für eines der altmodischen Restaurants im Stadtteil Fredriksberg, und nach einem Schnelldurchlauf durch Birgittes umfangreiches Familienleben (seit dem letzten Mal hatte sie zwei weitere Enkel bekommen) kam das Gespräch ganz unvermeidlich auf die Zeitung, die alten Kollegen und Bekannten. Verstorbene, Rentner, Frührentner, bei Verhandlungen und Rationalisierungsmaßnahmen Freigestellte.

»Freigestellt. Schönes Wort, nicht? Irgendwann soll in der Redaktion aufgeräumt werden, und dann bestellen sie die Leute nach oben und teilen ihnen mit, sie seien freigestellt. Am Anfang gab es tatsächlich einige, die nicht begriffen haben, was das heißt, und es sich vom Vertrauensmann erst übersetzen lassen mussten: Du fliegst raus, wenn du nicht innerhalb einer bestimmten Zeit einen neuen Job gefunden hast.«

»Und da sprechen sie vom grauen Gold.«

Karin sah Birgitte an, dunkelhaarig, rundlich, immer vergnügt. Nicht blasiert, positiv eingestellt, beliebt und unglaublich produktiv. »Du brauchst dich doch nicht bedroht zu fühlen«, sagte sie.

»Sag so was nicht. Plötzlich ist man unmodern. Oder man hat selbst keine Lust mehr und bleibt stehen. Weißt du, was ich heute machen muss?«

Karin schüttelte den Kopf.

»Ich soll die fünf schicksten Zahnbürstenhalter finden ... für das Badezimmer. So etwas nennt man ›Dienstleistungsjournalismus‹«.

»Das ist bei uns jetzt auch modern«, sagte Karin.

»Wenn mir jemand vor 30 Jahren gesagt hätte, ich würde meine journalistische Karriere damit beenden, dass ich durch Läden renne und mir Zahnbürstenhalter ansehe, hätte ich mich krumm gelacht. Nee, nee, man hatte zu tun mit dem Weltfrieden, der Frauenbewegung, der Umwelt, dem Antimaterialismus und was weiß ich noch alles.«

»Vielleicht liegt es einfach an uns, wir sind alt geworden und wissen nicht mehr, wo die Front liegt. Bei den Jungen läuft es ...«

»Man wird ruckzuck abserviert. Engagement ist nicht mehr modern, und wenn man etwas ernst nimmt, gilt das als pathetisch.«

»Der Zeitgeist«, sagte Karin und erzählte von ihrem Besuch bei der hochschwangeren Heimarbeiterin.

Sie lachten hässlich, als Karin zu den Boxershorts des Gatten hinter dem Bett der Untermieterin kam.

»Wie lange geben wir ihnen? Zehn Jahre? Dann ist sie in den Vierzigern, allein stehend und nimmt an einem Kurs zur Wiedereingliederung teil«, meinte Birgitte.

»Ist dir aufgefallen, dass die Geschichten immer voraussehbarer werden?«, fragte Karin.

»Gute Prognosen erstellt man auf dem Fundament breiter Erfahrung«, antwortete Birgitte.

Und schließlich das unvermeidliche Thema: Wie es um Karins Liebesleben stehe.

»Schwach, schwach«, antwortete sie. »Heute Nacht habe ich geträumt, ich bumse mit meinem kastrierten Kater. Als ich aufgewacht bin, war ich ganz verlegen. Und du?«

»Ich hab keinen Kater. Hört sich übrigens kuschelig und warm an. Hans und ich haben keine Lust mehr. Wir wollen ganz einfach nicht mehr. Vielleicht liegt es auch nicht im Interesse der Natur, dass man weitermacht. Wir haben uns selbst so reichlich reproduziert, mittlerweile teilen wir lieber einen anständigen Jahrgangswein als das Bett miteinander. Und gehen lieber am Meer spazieren, statt dass wir schwitzend herumliegen und uns abrackern, bis wir diesen unwichtigen Krampf im Unterleib kriegen. Eigentlich ist es uns nie besser gegangen, glaube ich.«

»Aber ich, ich habe die Natur betrogen und mich nicht reproduziert, und deshalb verlangt sie nach wie vor ihr Recht. Vielleicht sollte man Leihmutter werden, damit man Ruhe hat«, seufzte Karin.

»Und wie geht es deinem schicken, reichen Bruder?«, wollte Birgitte wissen.

»Nicht schlecht. Er hat viel zu tun mit neuen Geschäften hier und dort und überall, im In- und Ausland. Er ist nach wie vor verheiratet und hat ein Kind, ein niedliches Gör, Maja heißt sie.«

»Seufz. Er hätte mich fast zu einem Seitensprung verführt.« Birgitte machte den Eindruck, als entspräche das den Tatsachen. Karin hielt es für völlig unmöglich, den eigenen Bruder als Sexualobjekt zu beurteilen, sie erinnerte sich aber dunkel an ein Fest, auf dem Birgitte und Klaus sehr eng miteinander getanzt hatten. Das war vor der Heirat von Klaus und Ellen gewesen.

Sie unterhielten sich weiter auf ihre direkte, vertrauliche Art. Dann musste sich Birgitte jedoch endlich auf die Jagd nach den Zahnbürstenhaltern machen.

Aufgeräumt ging Karin zum Parkplatz. Sie war immer guter Laune, wenn sie sich mit Birgitte getroffen hatte, und beschloss wieder mal, dass sie sich künftig häufiger sehen sollten.

Sie blieb an einem Fußgängerüberweg stehen, als drei große Linienbusse vorbeifuhren. Ein langer junger Mann tippte ihr auf die Schulter, als die Busse vorbei waren.

»Ich glaube, wir Menschen haben mehrere Leben«, sagte er.

Sie sah in seine weit aufgerissenen, psychotischen Augen.

»Das glauben viele«, antwortete sie freundlich.

»Ja. Aber die meisten wissen nicht, wie gefährlich die Übergänge zwischen den verschiedenen Leben sind. Die Perioden, wenn man sich im leeren Raum, im Nichts befindet.«

»Aha«, sagte Karin und blieb stehen, obwohl die Ampel mittlerweile »Grün« zeigte.

»Für Menschen, die mit öffentlichen Verkehrsmitteln fahren, sind diese Übergänge außerordentlich gefährlich«, sagte er und deutete auf die Linienbusse.

»Tatsächlich?«

»Ja, wenn man sich von Bussen, Zügen und Flugzeugen befördern lässt, verliert man die physische Dimension und ist außerstande, sich im Nichts zu orientieren. Entschuldigen Sie, wenn ich Sie belästigt haben sollte. Ich wollte Sie nur warnen, Sie sehen so freundlich aus.«

»Vielen Dank. Haben Sie vielen Dank«, antwortete Karin herzlich.

Wenn es einem selbst einmal so ergangen ist, zieht man die Geisteskranken an, dachte sie. Seit sie mit einer reaktiven Psychose im Krankenhaus gelegen hatte, entdeckte sie, dass die Welt voller gestörter Menschen war, und häufig wendeten genau die sich an sie. Das war völlig in Ordnung. Sie hatte Mitgefühl, und außerdem faszinierte sie, was vom menschlichen Geist sichtbar wurde, wenn erst der Lack ab war. Auf der Fahrt nach Hause hielt sie an, um sich ein Paar Gummihandschuhe und eine Rolle Müllsäcke zu kaufen. Um nicht im Hof zu stehen wie ein Lumpensammler, trug sie den Sack mit Betina Bertelsens Müll direkt in ihre Rumpelkammer im Keller, wo sie den Inhalt untersuchte und sortierte. Betina war offenbar der Typ, der sich neue Unterhosen kaufte, statt die schmutzigen zu waschen. Karin stopfte die Kleider in einen neuen Sack. Zurück blieb ein ziemlich unappetitliches Sammelsurium aus zerknüllten Papierservietten und – was ihren Verdacht bestätigte – einer Einmalspritze und einer leeren Packung Ketogan. Betina Bertelsen war süchtig, und offenbar spritzte sie auch.

Sie hatte gehofft, etwas zu finden, das sie auf Betinas Spur bringen konnte, Briefe, Notizen, Merkzettel oder Telefonnummern, aber da war fast nichts. Auf einer zusammengeknüllten leeren Zigarettenpackung standen der Name Alexander und eine Handynummer. Eine zufällige Kneipenbekanntschaft oder ihr Drogendealer? Jedenfalls wohl kaum ein naher Bekannter. Das Interessanteste war vielleicht ein Fetzen von einem computergeschriebenen Text. Es waren nur einige wenige Worte: » ... nun aber festgestellt ...« Der Rest fehlte, die nächste Zeile lautete: »... mit rückwirkender Kraft ...«

›Rückwirkende Kraft‹, war das nicht ein juristischer Begriff? Gesetze mit rückwirkender Kraft und die Worte des Dichters Kristen Bjørnkjærs: Liebe endet mit rückwirkender Kraft. Und warum war dieser Brief zerrissen worden? Sie suchte nach weiteren Stücken, aber vergeblich.

Stattdessen fand sie einen geöffneten Umschlag mit einer Aufforderung sich bei der epidemiologischen Abteilung des Reichshospitals zu melden. Leberentzündung oder vielleicht HIV? Im Allgemeinen konnten sich junge Mädchen Stoff nur auf eine Weise beschaffen, durch Prostitution, dachte Karin. Verschiedenes mochte darauf hindeuten, dass Betina versuchte davon loszukommen, weil sie zeitweise zu ihrem Vater und ihrer Stiefmutter gezogen war. Vielleicht war sie sogar auf der Flucht vor dem Milieu? Ganz offensichtlich hatte sie ihren Umzug geplant. Vielleicht konnte das aber auch mit ihrem Verhältnis zum Hausherren zu tun haben. Gab es einen Zusammenhang mit den fürchterlichen Ereignissen in Kappelhøje? Oder vielleicht suchte sie in Indien nach ihrer Hippiemutter?

Karin beendete ihre Mutmaßungen. Am Montag würde sie Halfdan Thor anrufen. Die Polizei musste schließlich erfahren, dass Betina Zweifel an den ihrem Vater unterstellten Morden und seinem Selbstmord geäußert hatte und anschließend von ihrer Wohnadresse verschwunden war.

Sie zog die Gummihandschuhe aus und stopfte den Brieffetzen, die Zigarettenpackung und die Aufforderung vom Reichshospital in die Seitentasche ihrer Trekkinghose.

Dann ging sie über die rustikale Vordertreppe des

alten Lagerhauses hinauf zu ihrer Wohnung in der dritten, obersten Etage. Abrupt blieb sie auf dem Treppenabsatz stehen. Am Türgriff ihrer Wohnung hing eine große, offenbar schwere, gefüllte Plastiktüte.

Was soll der Quatsch? Das kann doch nur Dreck sein, dachte sie, nahm den Griff der Tüte vom Türknauf und sah hinein. Es war schlimmer.

Sie schrie nicht, wurde aber leichenblass und begann zu zittern. Dann setzte sie sich hin, und nach einigen Minuten hatte sie sich soweit in der Gewalt, dass sie ihren Bruder anrufen konnte.

»Klaus, du musst sofort kommen. Jemand hat Kater umgebracht. Er hängt an meiner Tür …«

»Was sagst du da? Ruhig, nur ruhig, in zehn Minuten bin ich da.«

»Das war meine Schwester. Sie hat etwas Merkwürdiges erzählt. Wenn sie nur nicht wieder krank wird«, sagte der Supermann zu seiner Sekretärin, als er aus dem Büro rannte.

»Ich kauf dir eine neue«, sagte Klaus. »Was für eine möchtest du? Ich denke, du solltest dir eine hübsche Rassekatze anschaffen.«

»Das ist lieb von dir, aber ich will keine Katze mehr. Kater war etwas Besonderes. Er ist selbst eingezogen, und wir haben uns die Wohnung nur geteilt. Doch ich würde gern dieses Schwein finden, das … Soll ich es der Polizei melden?«

»Das kannst du. Ich denke bloß, die haben nicht

die Möglichkeiten, in einem Katzenmord zu ermitteln, und außerdem würden sie das ein bisschen, ein bisschen …«

»Lächerlich und altjungfernhaft finden.« Karin vollendete den Satz selbst. Natürlich würde sich die ganze Station den Bauch halten vor Lachen, wenn die Kriminalreporterin erschien, um einen Katzenmord anzuzeigen.

»Aber dieser Zettel, den der Täter geschrieben hat. Glaubst du, das ist eine Drohung?«, fragte sie.

Mit der Katze hatte in der Tüte ein zusammengefalteter Din-A4-Bogen gelegen, auf dem mit großen Buchstaben AN DIE SCHNÜFFLERIN stand.

»Klar, das ist irgendein Kranker, und du hast ihn oder sie wahrscheinlich mit irgendwas provoziert, das du in der Zeitung geschrieben hast. Bei Personen des öffentlichen Lebens ist so etwas nicht ungewöhnlich«, sagte ihr Bruder.

»Aber woher wusste er, dass Kater zu mir gehört?«

»Du weißt doch, in diesem Provinznest kennt jeder jeden.«

Er schlug vor, sie solle über das Wochenende mit zu ihm kommen. Die ganze Familie würde sich freuen, sie zu sehen, und sie käme auf andere Gedanken.

»Das ist lieb von dir, Klaus, aber ich bleibe lieber allein.«

»Ich bin mir nicht sicher, ob das gesund für dich ist.«

»Ich bin absolut gesund. Ich bin nur traurig, weil meine Katze tot ist.«

»Wie du willst. Kater bekommt ein schönes Grab in unserem Garten, doch jetzt muss ich mich beeilen, ich habe eine Sitzung beim Fremdenverkehrsverband. Ruf an, wenn du Probleme hast.«

Er nahm sie fest in den Arm, und sie spürte, wie ihr die Tränen ins Auge stiegen.

»Danke, dass du immer da bist«, sagte sie.

»Das fehlte noch«, antwortete er und griff nach der Tüte mit Katers Leiche.

Das Wochenende war lang, denn es war schwer, mit einer Trauer fertig zu werden, über deren Umfang man sich schämt. Mein Gott, Menschen bekommen Krebs oder sie verunglücken, verlieren Kinder und Ehepartner, hungern, werden gefoltert, kommen im Krieg um … und ich laufe herum und heule wegen einer Katze, dachte sie.

Sie rief bei allen Nachbarn an und sprach mit fast sämtlichen Leuten im Hafen. Alle waren über den Mord an Kater entrüstet, aber nein, ein Fremder mit einer großen Tragetüte von NETTO war niemandem aufgefallen. Ein Angler war sich sicher, dass er Kater gegen 11 Uhr einen kleinen Fisch gegeben hatte. Oder war das doch am Tag vorher gewesen?

AN DIE SCHNÜFFLERIN! Sie hatte das sichere Gefühl, das könne eigentlich nur im Zusammenhang mit ihrem Artikel über das Familiendrama in Kappelhøje stehen. Rache oder Warnung? Dieser

Artikel hatte einen Riesenwirbel verursacht, drohen lassen wollte sie sich jedenfalls nicht. Am Montag würde sie Halfdan Thor anrufen.

Beim Fremdenverkehrsverband trafen Chefredakteur Werner Christoffersen und Klaus Sommer aufeinander.

»Ich komme gerade von Karin. Geht ihr nicht so gut. Jemand hat ihre Katze umgebracht, während sie in Kopenhagen war, und du weißt ja, dass sie ein bisschen empfindlich ist. Ich hab immer Angst, diese Krankheit bricht wieder aus. Sei lieb zu ihr«, sagte Klaus Sommer zu Karins Chef, als sie nach der Sitzung miteinander durch den Ort gingen.

»Aber natürlich, für so was haben wir doch immer Verständnis.«

Lene Beck war zunächst verwirrt, als sie den Anruf des großen Hotels in München entgegennahm und bestätigte, sie sei die Frau des Kreisarztes Beck.

»Ich habe etwas im Zimmer vergessen?«, fragte sie. Sie überlegte rasch. Den Namen des Hotels hatte sie noch nie gehört, und in München war sie auch nicht gewesen. Anders hingegen schon – vor einem Monat, zu irgendeinem Ärztekongress.

»Mein Mann hat Anfang Mai an einer Konferenz in ihrem Hotel teilgenommen«, sagte sie in ihrem besten Schulenglisch.

»Ja, am Wochenende vom 5. auf den 6. Mai, der

Veranstalter hat uns Ihre Adresse und Telefonnummer gegeben, Sie haben nämlich eine Halskette vergessen.«

Sie nannte die Adresse ihrer Geschenkboutique. »Und vielen herzlichen Dank für Ihre Freundlichkeit.«

Gegenüber ihrem Mann erwähnte Lene Beck diesen Vorfall nicht. Als sie die Kette nach einigen Tagen in Händen hielt, studierte sie sie genau und war nicht sonderlich überrascht. Sie versteckte sie an einem sicheren Ort in ihrem Hinterzimmer. So war sie gegen eine demütigende Scheidung gesichert. Nicht, dass sie der Meinung war, Anders trüge sich mit konkreten Scheidungsabsichten, aber man konnte nie wissen. Sie hatte einige Frauen gesehen, die kopfüber die soziale Rangleiter hinuntergefallen waren, als ihre Männer sie wegen jüngerer Frauen verließen.

Gegen ein solches Schicksal war sie gefeit. Das würde er niemals wagen. So billig käme er nicht davon. Lene Beck, die selbst aus einfachem Milieu stammte, fürchtete Armut und sozialen Abstieg mehr als alles andere. Mit allem anderen konnte sie leben.

Die Herbstkollektion musste geplant werden. Sollte sie ein wenig mehr bestellen? Und was? Die junge Mode war so furchtbar hässlich, fand sie. Überall gestreiftes Nylon und andere geschmacklose Kunststoffe. Aber sie musste versuchen, die

Jungen in den Laden zu locken. Andererseits gab es Bedarf an Elegantem und Schönem für reifere Frauen, beige, olivegrün, rostrot im klassischen Schnitt. Nein, bei den Teenagern würde sie sich nicht anbiedern. Da konnte sie ohnehin nicht mithalten, entschied sie.

Samstag, 9. Juni

Chefredakteur Werner Christoffersen hielt gleichaltrige Frauen für physisch abstoßend und psychisch furchteinflößend.

Er wusste genau, aussprechen würde er so etwas nie, denn das wäre gleichbedeutend mit einer Verletzung des Gleichheitsgrundsatzes. Er musste sich wegen dieses Themas auch nicht outen, denn er nahm Tag für Tag zahlreiche kleine Signale wahr, die darauf schließen ließen, dass viele so dachten wie er. Beispielsweise schien es in der Fernsehbranche ein stillschweigendes Abkommen zu geben, dass ein gutes Moderatorenpaar aus einem Mann in den Fünfzigern und einer Frau in den Zwanzigern bestand. Und in der Öffentlichkeit sah man praktisch keine Bilder von Frauen über fünfzig, es sei denn, es handelte sich um Werbung für Mittel gegen Sodbrennen.

Natürlich konnten die älteren Frauen nichts dafür, dass sie unansehnlich wurden, aber sie hätten sehr viel mehr tun können, um sich etwas von der Zartheit und Anmut ihrer Jugend zu bewahren, meinte Christoffersen. Und das gelang ihnen richtig schlecht – zumindest in seiner Branche.

Wie zum Beispiel Astrid – dieser alte Drache, der ihn gestern in der Redaktion lächerlich gemacht hatte.

Astrid war die siebenundfünfzigjährige Layouterin der Zeitung. Sie hatte einen Stoß Fotos für die neue Lifestyle-Beilage in der Hand gehalten. Eines der Fotos zeigte einen steinreichen Verleger mit seiner neuen, sehr jungen Geliebten.

Sie hatte das Bild in die Höhe gehalten und geradezu durch den Raum geschrien: »Wollen wir das hier nehmen? Los, jeder weiß doch, dass Männer mit kleinen Pimmeln ein Faible für junge Mädchen haben!«

Einige lachten, und er hatte gefühlt, wie ihm das Blut in seinen achtundfünfzigjährigen Kopf gestiegen war. Es war so peinlich, dass er einfach fort musste. Etwas später glaubte er in seinem verrammelten Arbeitszimmer hören zu können, wie das Gelächter durch die Korridore des Zeitungshauses hallte.

Es war lange her, dass Christoffersen seinen Penis in voller Länge hatte bewundern können, denn er war schon im Alter von fünfundzwanzig Jahren impotent geworden. Trotzdem meldete sich hin und wieder die Lust. Die Lust gestreichelt zu werden und zu streicheln. Auf seine Weise recht unschuldig, pädophil war er jedenfalls nicht, wie er sich häufig selbst versicherte. Im Gegenteil, er war stets sorgfältig darauf bedacht, dass sie älter waren als 15. In Zweifelsfällen ließ er sich den Ausweis zeigen. Nur in einem Fall war das schief gegangen, weil das Mädchen gelogen hatte. Das hatte ihn einiges gekostet und war ihm eine heilsame Lehre gewesen.

Christoffersen war zu stolz und zu schamhaft, um mit seinem Problem, das womöglich mit einem unbedeutenden chirurgischen Eingriff zu lösen gewesen wäre, einen Arzt zu konsultieren. Er war nämlich mit einer starken Vorhautverengung auf die Welt gekommen, die Erektion und Beischlaf so schmerzhaft machte, dass Körper und Seele sich mit Impotenz verteidigten. Das hatte ihn die Ehe gekostet, und sein sexuelles Interesse hatte sich allmählich auf Partnerinnen konzentriert, die weniger anspruchsvoll waren als erwachsene Frauen. Kinder beobachtete er gern, und er vertrat die Meinung, auf Pädophile werde eine Hetzjagd veranstaltet. Er selbst beschränkte sich auf die gesetzlich sanktionierte Seite: »Sie muss mindestens 15 sein, aber sie darf gern jünger aussehen«, sagte er, wenn er seine Bestellung aufgab. Meist lief das im Ausland, er hatte jedoch auch ein Etablissement in Kopenhagen gekannt, wohin er sich allerdings nicht mehr wagte. Irgendjemand hatte ihn erkannt, und in diesen Zeiten der Hatz musste er um alles in der Welt auf seinen guten Namen und seinen Ruf achten.

Er selbst konnte in seiner Neigung nichts Schlechtes sehen. Er schadete niemandem und war überzeugt, dass die jungen Mädchen schmusten und leckten, weil sie das gern taten und weil sie ihn mochten. Er war ihnen sehr dankbar und äußerst großzügig.

Er holte einige seiner Lieblingsfotos heraus und verspürte einen unwiderstehlichen Drang. Nur ein einziges Mal, ein letztes Mal. Er griff nach dem Telefon und hatte Erfolg. Die Frau, die sich in dem Massagesalon meldete, antwortete in gebrochenem Dänisch, das lasse sich arrangieren. Sie hatte ein unheimlich süßes junges Mädchen, ja, 16 Jahre alt. Es sprach kein Dänisch, aber sprechen wollten sie ja auch nicht. Aus Thailand, ganz neu, ja.

Aus Thailand, dann war es mindestens achtzehn. Aber das war gleichgültig, denn die sind so feingliedrig, zart und süß, dachte er, als er auf dem Weg nach Kopenhagen in seinem Auto saß.

Drei Stunden später fuhr er gestärkt in Richtung Heimat, so gestärkt, dass er von der Polizei angehalten wurde und für zu schnelles Fahren eine Geldbuße von 1200 Kronen bekam.

Am selben Abend war Redaktionsleiter Adam Lorentzen nebst Gattin zu einem recht ungezwungenen Grillabend beim Vorstandsvorsitzenden der Zeitung, Gutsbesitzer Erik Juhl, eingeladen. Außer ihm waren auch noch Vorstandsmitglied Klaus Sommer und seine Ehefrau Ellen anwesend.

Während die Damen die Rosen im Park bewunderten, plauderten die drei Herren über die Zukunft des Blattes. Niemand würde Adam dazu bekommen, sich illoyal zu verhalten oder ein böses Wort über seinen Chef zu sagen, wenn aber die beiden anderen es so offen aussprachen, ja, dann war es schon so, dass man den Eindruck hatte, Stoffer habe die Leitung des Hauses irgendwie nicht mehr in der Hand. Und, ja, Adam konnte sich durchaus vorstellen, diese Aufgabe zu übernehmen. Er hatte in der Tat einige Ideen in Sachen Umstrukturierung, Einsparungen und konstruktive Investitionen in die neuen Medien, sagte er eifrig.

Die beiden andern Herren waren sich einig, dass für eine erfolgreiche Medienarbeit Entwicklungsperspektiven und Kreativität nötig waren, und dann machte man Adam mit der äußerst vertraulichen Neuigkeit bekannt, dass der Vorstand in der Endphase von Verhandlungen mit einem großen deutschen Medienhaus war, das die Aktienmehrheit der Zeitung erwerben wolle. Absolut notwendig für die Modernisierung und Weiterentwicklung des Betriebs, die große Investitionen erforderlich machten.

Adam nickte. Er habe schon geahnt, dass sich so etwas anbahne, sagte er.

»Wir brauchen einen aufgeweckten jungen Kapitän für das Schiff, aber wir wollen dich bitten, absolutes Stillschweigen darüber zu wahren, bis die Sache unter Dach und Fach ist«, sagte Juhl.

Adam begriff völlig. Seine Ernennung war für die nächste Vorstandssitzung in einem Monat geplant, dann würde Stoffer mit einem goldenen Händedruck verabschiedet, um den Rest seiner Tage in Bangkok zu verbringen, falls es ihn dorthin zog, sagte Klaus Sommer. Der Gutsbesitzer, dem der Dorfklatsch unbekannt war, machte einen etwas erstaunten Eindruck.

Noch einmal wurde absolute Diskretion vereinbart, was später auch auf die Frauen ausgedehnt wurde. Im Ort sollte über dieses gesellschaftliche Ereignis – die abendliche Zusammenkunft auf dem Gut – nicht geredet werden.

Montag, 11. Juni

Gutes Wochenende gehabt?« Karin stellte die Frage eher aus Höflichkeit, denn aus Interesse und war überrascht, als sich der Praktikant von seinem Schreibtisch abstieß und ihr mit seinem Bürostuhl entgegenrollte.

»Nein, verflucht noch mal. Ein richtiges Scheißwochende. Den Laufpass hat sie mir gegeben!«, sagte Thomas dramatisch und sah ihr direkt in die Augen.

»Was? Wer?«

»Katrine, meine Liebste in Roskilde. Ein Mediziner aus Kopenhagen gefällt ihr besser.«

»Mit anderen Worten, du bist sehr ...« Karin suchte nach einer Fortsetzung, aber Thomas kam selbst darauf: »Verletzt, aber resigniert«, sagte er und rollte zu seinem Schreibtisch zurück.

»Mein Wochenende ist auch richtig dumpf und öde gewesen«, sagte Karin. »Man hat meine Katze umgebracht und sie mir in einer NETTO-Tüte an die Tür gehängt. Das ganze Wochenende habe ich nur geheult.«

»Das kann ich verdammt gut verstehen!«, sagte Thomas, und sie hörte heraus, dass er es auch so meinte.

»Ich bin den ganzen Tag bei Gericht – der große Hehlereiprozess –, aber wollen wir unsere Sorgen nicht nach Feierabend ertränken?«

Karin sah erstaunt auf.

»Ja, warum nicht?«

»Gegen fünf?«

Sie nickte.

»Da liegen haufenweise Agenturmeldungen über den neuen Nuttenmord in Kopenhagen. Ich weiß nicht, wie viel wir davon bringen sollen«, sagte er, als er den Raum verließ.

»Das schau ich mir an«, antwortete sie.

Krisen, Liebeskummer und Katzenmorde veränderten die Menschen und sprachen ihre Sinne an genau wie die Liebe, dachte sie und konzentrierte sich auf die Agenturmeldungen.

Dann rief Ingeborg Thomsen an: Christoffersen wolle mit ihr sprechen. Im Korridor begegnete ihr Adam, der ihr übertrieben jovial auf die Schulter klopfte. Es war offensichtlich, dass der Dreckskerl ein schlechtes Gewissen hatte, weil er ihr in den Rücken gefallen war.

Christoffersen war auf seine eigene, sonderbare Art herzlich.

»Immer mit der Ruhe, setz dich, immer mit der Ruhe«, sagte er. Dann begann er mit einer peinlichen Darlegung, dass seelische Leiden ebenso berechtigt seien wie körperliche, und es tue ihm Leid, wenn er am Donnerstag womöglich ein bisschen barsch zu ihr gewesen sei.

»Ich habe gehört, dass du dich am Freitag krank gemeldet hast, und nehme an, es hat sich um nichts Körperliches gehandelt ...«

»Was meinst du damit?«

Ja, am Abend habe er Klaus getroffen und erfahren, sie sei in Kopenhagen gewesen und ihre Katze sei tot.

Wie dumm, sie hatte vergessen, Klaus zu erzählen, dass sie sich krank gemeldet hatte.

»Aber weißt du, wir alle brauchen hin und wieder mal einen Tag, um zur Ruhe zu kommen. Das ist absolut in Ordnung. Das wollte ich dir nur sagen. Und außerdem möchte ich dir anbieten, dass wir dir einen ruhigeren Posten geben können ... wenn du dich gestresst oder unter Druck fühlst. Kannst du dir vorstellen, für zwei Monate die Familiennachrichten zu machen?«

»Nein, das kann ich nicht, und es geht mir ausgezeichnet. Ich bin nur in Kopenhagen gewesen, um mir ... bei einem Spezialisten eine Warze am Fuß entfernen zu lassen.«

»Ach so, natürlich, deshalb bist du in Kopenhagen gewesen. Das ist in Ordnung, aber mein Angebot steht, wenn du dich gestresst fühlst. Für so etwas habe ich großes Verständnis. Ich möchte dir etwas anvertrauen …« Er beugte sich vor, wodurch ihr sein schlechter Atem in die Nase drang, und fuhr mit gedämpfter Stimme fort: »Manchmal fühle ich mich auch verbraucht und ausgebrannt. Die Branche ist hart.«

Unglaublich, dass so ein Idiot Macht über einen Großteil meines Lebens hat, dachte sie. Aber eigentlich hatte er das gar nicht. Andererseits, wie lautete denn die Alternative: Müßiggang und Krankengeld oder eine Stelle als Vertretung in irgendeiner Lokalredaktion? Mit der Karriere geht es kaum aufwärts, wenn man als Frau fünfundfünfzig ist und obendrein eine psychische Erkrankung hinter sich hat.

»Eine ausländische Prostituierte in Kopenhagen? Wir bringen nur eine Meldung unter ›Nachrichten aus Dänemark‹, sagte Adam.

Sie hatte es für besser gehalten zu fragen, wie viel sie über den Mord bringen sollten. Es wurde zunehmend schwieriger, den Einschätzungen der Chefredaktion zu folgen.

Es handele sich um den zweiten Prostituiertenmord in kurzer Zeit, las sie. Einen Monat zuvor war ein junges Mädchen aus Litauen, das sich mit einem Touristenvisum in Dänemark aufhielt in einem Massagestudio im Stadtteil Østerbro ermordet worden. Nennenswerte Ähnlichkeiten zwischen beiden Verbrechen gab es jedoch nicht, im ersten

Fall hatte man einen Litauer inhaftiert, der der Zuhälter des Opfers gewesen war.

Alexander Zlotnik hieß der Inhaftierte.

Alexander. Sie kringelte den Namen ein und legte die Meldung weg. Der Name war derselbe wie der auf Betinas Zigarettenpäckchen, und allem Anschein nach verkehrte auch Betina im Rotlichtmilieu.

Dann rief sie Halfdan Thor an.

Er hörte sich ihren Bericht über Betina genau an, die angerufen hatte, aber zum vereinbarten Treffen nicht erschienen war und im Übrigen auch ihre Adresse in Rødovre aufgegeben hatte.

»Sie hat dort ein paar Sachen zurückgelassen, die darauf hindeuten, dass sie süchtig ist«, sagte Karin, ohne weiter auf den Müllsack einzugehen.

»Ja, den Eindruck haben wir auch, und Süchtige sind ja nicht unbedingt die Stabilsten und Sesshaftesten«, antwortete Thor. Er werde die Sache im Auge behalten, habe aber im Moment keinen Grund, nach ihr zu fahnden. »Trotzdem: Können wir das Band mit dem Gespräch haben?«

Natürlich. Sie legte den Hörer auf, öffnete den kleinen Rekorder, der an das Telefon angeschlossen war und glotzte blöde in ein leeres Kassettenfach. Das Band war weg.

Sie wusste, als sie am Donnerstag Abend nach Hause gegangen war, hatte es noch dort gesteckt. Sicherheitshalber suchte sie auf dem Schreibtisch und in den Schubladen nach. Henrik Johansens Schreibtisch war leer, er hatte Urlaub. Thomas' Schreibtisch war sehr unordentlich und unübersichtlich, sie erreichte ihn jedoch auf seinem Handy, und er versicherte ihr, das Band aus ihrem Gerät nicht ausgeliehen zu haben.

Anschließend schickte sie eine Mail an alle Mitarbeiter: Hat sich jemand am Freitag die Kassette aus meinem Rekorder geliehen?

Selbstverständlich war das nicht der Fall, und man war ein bisschen erstaunt über die Anfrage: »Geht ihr offenbar zurzeit nicht so gut. Ist ja auch eine eigenartige Geschichte mit ihrer Katze«, meldeten die Buschtrommeln.

Halfdan Thor war das verschwundene Tonband völlig gleichgültig. Er wollte unter allen Umständen Betina Bertelsen ausfindig machen, vielleicht könne sie das Familiendrama ein bisschen erhellen.

Karin erkundigte sich nach den kriminaltechnischen Untersuchungen, und der Polizeibeamte antwortete, man werde die Sache bald abschließen, da alles die Theorie bestätige, der Familienvater habe seine Frau, das Kind und sich selbst getötet.

»Aber es gibt natürlich eine Reihe menschlicher Spuren, die noch analysiert und zugeordnet werden müssen«, erklärte Thor.

»Und Fingerabdrücke auf der Waffe?«, fragte Karin.

»Ja, das passt alles zusammen, die des Täters und

die des Heimwehr-Instrukteurs. Die Heimwehr hat gerade neue Gewehre bekommen.«

»Und wer war der Instrukteur?«

Karin hatte das instinktive Gefühl, dass die Pause zu lang war, bis Halfdan Thor antwortete.

»Nein, hören Sie zu. Das ist absolut irrelevant. Die Fingerabdrücke des Instrukteurs befinden sich auf allen neuen Waffen, die noch nicht gereinigt wurden. Er hat mit diesem Fall nichts zu tun.«

Nicht mehr als drei Telefongespräche waren nötig, bis Karin herausgefunden hatte, dass der Heimwehr-Instrukteur identisch war mit dem stellvertretenden Polizeichef Bent Abildstrup.

»Warum wollten Sie mir das nicht sagen?«, fragte Karin.

»Wollte ich schon, aber es ist absolut irrelevant, das kann ich Ihnen versichern.«

Thor hielt es für angebracht, seinen Vorgesetzten Bent Abildstrup ins Bild zu setzen, der Chefredakteur Christoffersen anrief, der Karin anrief und sagte: »Ich habe gedacht, wir seien uns einig, dass wir uns mit diesem Fall nicht mehr beschäftigen, es sei denn, es taucht offiziell etwas Neues auf.«

»Ich weiß nicht, worüber wir uns einig gewesen sind, aber ich bin Journalistin«, antwortete sie.

»Und dein Chef hat dir die Anweisung gegeben, die Sache auf sich beruhen zu lassen – das ist eine Entscheidung der Chefredaktion«, sagte Adam und legte den Hörer auf.

Zum ersten Mal ahnte Karin eine Verschwörung. Das verschwundene Mädchen, der Mord an Kater, das fehlende Tonband, Adam, Bent Abildstrup, Christoffersen. Sie musste vorsichtiger sein. Im Augenblick kam sie nicht weiter.

Sie hatte das seltsame Gefühl, dass die Gespräche verstummten, als sie sich zum Kaffee in der Kantine an ihren Stammplatz setzte. Man hatte über sie gesprochen.

Es war eine Befreiung, als Thomas gegen 15 Uhr ins Zimmer gefegt kam und sich unter vollem körperlichen Einsatz daran machte, seine Gerichtsreportage abzufassen. Beim Schreiben bewegte er Arme und Beine und hätte sehr viel besser an eine altmodische Schreibmaschine, die ordentlich Lärm machte, gepasst als an diese empfindliche Computertastatur, dachte Karin.

Im Café begann sie mit einem Weißwein. Dann aßen sie eine Pizza und gingen später in einem der schmuddeligeren Gasthäuser der Stadt zu Bier über. Sie erfuhr Thomas' Lebensgeschichte. Ihre eigene sei zu lang, sagte sie lächelnd. Stattdessen erzählte sie Anekdoten aus der Zeit, in der es bei der dänischen Presse noch Originale gegeben hatte. Die ausgelassene Intimität zwischen ihnen steigerte sich mit den Promillen. Gegen 3 Uhr traten sie den Nachhauseweg an, in ihr Bett.

»Das ist nicht das erste Mal«, murmelte Thomas hinterher.

»Nein, das habe ich auch nicht angenommen«, sagte sie.

Thomas war dreißig, reizend und in jeder Hinsicht ein attraktiver junger Mann.

»Ich wollte sagen, ich bin nicht das erste Mal mit einer …«, er suchte ein wenig nach dem passenden Ausdruck, »reifen Frau zusammen.«

Sie lachte: »Und ich bin auch nicht das erste Mal mit einem … jüngeren Mann zusammen. Aber das ist ein Tabu, oder?«

»Für mich nicht«, antwortete Thomas und schlief ein.

Sie wachte vor ihm auf und hatte es eilig, ins Bad und in die Kleider zu kommen.

Als sie ins Wohnzimmer trat, hatte er die Balkontüren schon weit geöffnet, stand in seinen Boxershorts da und sah hinaus auf den Hafen.

»Wie schön du wohnst«, sagte er.

»Hast du keine Angst, dass dich jemand sieht? Hier kennt jeder jeden.«

»Nee«, antwortete er. »Ich habe vor niemandem etwas zu verbergen. Macht's dir was aus?«

Sie schüttelte den Kopf: »Aber in der Redaktion halten wir das unterm Deckel. Das bleibt unser Geheimnis, ja?«

»Natürlich«, sagte er und gab ihr einen Kuss auf die Nase.

Sie bereitete Frühstück und Alka Seltzer für zwei.

»Das war ein lustiger Abend«, sagte er.

»Ja, ab und zu muss man sein seelisches Sicherheitsventil ein bisschen aufdrehen und Druck ablassen«, sagte sie. »Ordentlich mit Alkohol und anderen Flüssigkeiten.«

»Du bist drollig. Glaubt man gar nicht, wenn man dich sieht«, sagte er.

»Was?«

»Dass du so … cool bist.«

Halfdan Thor dachte konzentriert nach und kratzte sich an seinem Kapitän-Haddock-Bärtchen, während er seine Schafe in den neuen Pferch am Fjord trieb, den der Landkreis spendiert hatte, um unter Naturschutz stehenden Gebieten neues Leben einzuhauchen. Der widerliche Kappelhøje-Fall wollte ihm keine Ruhe lassen.

An diesem Tag hatten sie auf Vorschlag des Kreisarztes Beck eine Rekonstruktion zur Bestimmung des vermutlichen Schusswinkels durchgeführt.

Albert Bertelsen hatte in einem Lehnstuhl gesessen und sich selbst ins Herz geschossen. Im einen Arm hatte er das Gewehr gehalten, und in der andern Hand eine Gartenschere, mit der er den Abzug betätigte. Sie wurde neben der Leiche gefunden.

Die Rekonstruktion ergab, dass die Methode ungewöhnlich war, aber praktikabel, wenn man über die nötige Kraft in den Armen verfügte.

»Normalerweise setzen sie sich hin, stecken sich den Gewehrlauf in den Mund und blasen sich das

Gehirn raus. Das ist am praktischsten, aber verzweifelte Menschen handeln nicht immer praktisch«, sagte der Kreisarzt, der die Ansicht vertrat, der Fall sei nun geklärt und könne, was ihn anging, formell abgeschlossen werden.

Gemeinsam hatten sie den vermutlichen Verlauf skizziert: Der Ehemann hatte die Frau im Bett erwürgt, rasch und brutal. Vermutlich hatte sie geschlafen und sich nicht wehren können. Unter den Nägeln hatte man keinerlei Hautreste gefunden, die auf irgendeine Art von Gegenwehr deuten könnten. Im Bett wurde ein fremdes Haupthaar gefunden, so etwas kann man leicht mit nach Hause bringen. Eine DNA-Analyse des Haarsacks wurde vorgenommen, das DNA-Profil wurde registriert. Ansonsten wurden im Bett keine Spuren von Fremden nachgewiesen. Ungefähr drei Stunden vor seinem Tod hatte das Ehepaar Beischlaf gehabt. Anschließend ist der Mann aufgestanden, hat sich angezogen und seine Ehefrau ermordet. Dann hat er vermutlich sein Gewehr geholt, hat sich ins Wohnzimmer gesetzt, hat von draußen trippelnde Kinderfüße gehört, hat die Tür geöffnet und erst das Kind erschossen und danach sich selbst.

Aber warum hat er sich angezogen, nachdem sie miteinander geschlafen hatten? Und warum hat er die Frau nicht ebenfalls erschossen?

»Taten im Affekt folgen keiner Logik«, stellte Anders Beck fest.

Thor gefiel es nicht, dass er kein noch so kleines Zipfelchen einer Erklärung dieser Gewalttat in der Hand hielt. Auch dass Bertelsens sozial gefährdete Tochter ihre Zelte abgebrochen hatte, gefiel ihm nicht. Nach dem Anruf der Journalistin hatte er ein internes Aufenthaltsermittlungsverfahren in Gang gesetzt und hoffte, bald Erfolg zu haben. Sonst konnte er in diesem Fall nichts mehr unternehmen.

Nein, man sollte sich keine Arbeit mit nach Hause nehmen. Er schloss den Pferch und genoss kurz den Blick über den Fjord und die Schafe auf der Wiese, dann ging er nach Hause, um das Essen für seine Söhne zu machen.

Halfdan Thor war achtunddreißig und Witwer. Vor vier Jahren war seine Frau an Brustkrebs gestorben und hatte ihn mit Aske und Esben, ihren Söhnen, die damals acht und zehn Jahre alt waren, zurückgelassen. In diesem Sommer hatte Halfdan zum ersten Mal das Gefühl, dass die tiefe Wunde vernarbte, es tat nicht mehr so weh. Die Kinder, die im Augenblick Fußballnarren waren, entwickelten sich gut, sie waren fröhlich, und er bereute seine Entscheidung nicht, die Karriere ein wenig zu drosseln, von Kopenhagen wegzuziehen und Nebenerwerbslandwirt in Süd-Seeland zu werden.

Mittwoch, 13. Juni

Unter Karins anonymer Hotmail-Adresse befand sich eine Nachricht an das Kappelhøje-Mädchen von *freigebig@hotmail.com.*

»Wenn du die bist, die ich meine, bist du eine reiche Erbin.«

Sie antwortete: »Was glaubst du denn, wer ich bin?«

»Eine, die gut Geld hat«, wurde zurückgeschrieben.

Ihr Herz klopfte laut, als sie schrieb: »Gläubiger sind unpopulär, oder?«

Der Unbekannte: »Wenn sie teilen wollen, ist das okay.«

Sie schrieb: »Erzähl mir ein bisschen von dir.«

Der oder die Unbekannte schrieb: »Vielleicht bist du gar nicht die, die ich meine.«

»Schwer zu erraten«, schrieb sie.

»Hat dich dein Liebster im Stich gelassen?«

»Ja, auf dramatische Weise«, antwortete sie und weiter: »Willst du mich trösten?«

Sie erhielt keine Antwort und unter *kappelhøje-*

maedchen@hotmail.com trafen keine Mails mehr ein, obwohl Karin noch einige Male die Angel auswarf.

Am Nachmittag fragte sie Thomas, der sich in der Informationstechnik besser auskannte, ob es möglich sei, anonyme Hotmail-Adressen zurückzuverfolgen und die Computer ausfindig zu machen, von denen sie abgeschickt worden waren.

»Ich glaube schon, aber das ist eine komplizierte Angelegenheit, dazu braucht man sehr weitgehende Zugriffsmöglichkeiten«, antwortete er.

Ihr nächtliches Abenteuer war ihnen gut bekommen. Karin hatte befürchtet, dass ihre Zimmergemeinschaft darunter leiden könnte, wenn Thomas Katzenjammer bekäme, es bereute oder sich schämte. Aus Erfahrung wusste sie, dass manche Männer sich nach einem One-Night-Stand sonderbar und schüchtern aufführten.

Thomas jedoch nicht. Er war vergnügt und natürlich, machte sich ein wenig über sexuelle Belästigung lustig und hatte sie zärtlich an sich gedrückt, als er an diesem Morgen ins Büro kam. Aber kein Kuss, das war ihr aufgefallen. Und sie selbst hatte nicht die Vorstellung, dass sich diese Begebenheit wiederholen könnte.

Ihr Verhältnis war nicht gespannt, es war offener geworden und wurde von einer stillschweigenden Zuneigung getragen. Erfrischende Qualitäten der Jugend, dachte sie.

Von ihrem Interesse für den Kappelhøje-Fall erzählte sie ihm nicht und bewahrte auch sonst Stillschweigen darüber. Sie wusste, dass es Gerüchte über ihren Zusammenstoß mit dem Chefredakteur und mit Adam gab. Und dass zweifellos über ihre Paranoia geklatscht wurde, was sie an der Art erkannte, in der manche Kollegen fragten, wie es ihr gehe und womit sie beschäftigt sei. Ein wenig zu fürsorglich.

Sie hätte gern geantwortet: Mir geht es gut, und ich habe keinen Sprung in der Schüssel, doch ich glaube, dass sich ein dreifacher Mord ereignet hat und ein paar höhere Herrschaften nicht möchten, dass das aufgewühlt wird.

Am Abend rief Jeanette aus Rødovre auf Karins privatem Handy an.

Sie wolle nur erzählen, falls das von Interesse sei, dass ein Herr da gewesen sei und sich nach Betina Bertelsen erkundigt habe. Er hatte mit Jesper gesprochen, der im Garten gearbeitet hatte. »Ja, natürlich können Sie mit Jesper sprechen. Ich habe ihm gesagt, dass er absolutes Vertrauen zu Ihnen haben kann. Vielen Dank für den Besuch übrigens. Das war nett.«

Jesper wusste zu erzählen, dass der Mann zwischen dreißig und vierzig gewesen war und »so ein halbfetter Loser-Typ«.

Der Mann hatte sich nach Betina erkundigt und ihr Zimmer sehen wollen, am Vortag aber war ein neuer Mieter eingezogen, weshalb Jesper das nicht erlauben konnte.

Dann fragte der Mann, dessen Namen er nicht verstanden hatte, was aus Betinas Sachen geworden sei, und Jesper hatte geantwortet, eine Freundin hätte sie abgeholt. Der Mann hatte unbedingt den Namen und eine Beschreibung der Freundin haben wollen, Jesper aber war das verdächtig vorgekommen, und er hatte gesagt: Keine Ahnung, wie sie aussah, man habe nur telefonisch vereinbart, den Sack vor den Gartenschuppen zu stellen.

Überhaupt machte sich Jesper Sorgen, weil Betina offensichtlich in zweifelhafte Gesellschaft geraten war, und eines Nachts hatte er ganz deutlich gehört, wie jemand ums Haus schlich.

Jesper wusste es zwar nicht genau, aber er hatte mal gehört, wie sie am Telefon etwas von einer Klinik in der Århusgade sagte, wohin sie abends wollte, und da machte man sich ja seine Gedanken. Eine Zahnklinik dürfte das wohl kaum gewesen sein?

Ja, ist schon gut, Jesper. Bestimmt bist du auch dort gewesen, dachte Karin.

Prostituiertenmord, Århusgade, Alexander.

Sie wählte sich beim Informationsdienst *Polinfo.dk* ein und stieß auf die saftige Beschreibung, die das »Ekstra-Bladet« von der Ermordung einer neunzehnjährigen Prostituierten aus Litauen in einer so genannten Massageklinik in der Århusgade im Kopenhagener Stadtteil Østerbro gegeben hatte. Monika war ihr Name. Ihr vermutlicher Zuhälter, Alexander Zlotnik, war zwei Tage später wegen Mordverdachts verhaftet worden, leugnete aber die Tat.

Der Mord hatte sich am Freitag, den 11. Mai ereignet, also vor gut einem Monat.

»The missing link«, sagte sie halblaut zu sich selbst. Nachdem sie mittlerweile aber Stunden mit Nachdenken verbracht hatte, besaß sie noch immer keine sicheren Anhaltspunkte und konnte keine Erklärungsmuster erkennen.

Vermutlich oder sehr wahrscheinlich hatte Betina in dieser Klinik, also einem Massagestudio, gearbeitet, doch in der Århusgade konnte es auch noch andere geben, und Alexander war kein außergewöhnlicher Name. Nach dem Mord war das Studio geschlossen worden, und sie war für ein paar Wochen erschrocken zum Vater und zur Stiefmutter aufs Land gezogen. Zwei Tage vor den Morden in Kappelhøje war sie dann zurück nach Kopenhagen gegangen – und jetzt war sie verduftet.

Kriminalinspektor Halfdan Thor verfügte im Großen und Ganzen über die gleichen Informationen wie Karin und hatte sie untermauert, denn am Vormittag war bei ihm eine Antwort auf seine interne Anfrage zur Aufenthaltsermittlung von Betina Bertelsen eingegangen. Sie kam von der Kopenhagener Mordkommission. Das Mädchen war als Zeugin des Mordes vom 11. Mai in dem Massagestudio verhört worden.

Das Verhör hatte ergeben, dass sie eine lockere Verbindung zu diesem Bordell unterhalten hatte – ein paar »Schichten«, wie das hieß. Am Mordabend war sie nicht im Studio gewesen, sondern wegen einer Erkrankung zu Hause geblieben und hatte sich mit ihrem Hauswirtsehepaar in Rødovre den Grand Prix de la Chanson im Fernsehen angesehen.

Thor hatte mit den Kollegen von der Mordkommission gesprochen, die zwar überzeugt waren, dass der litauische Täter des Århusgade-Mordes hinter Schloss und Riegel saß, aber dem Inspektor darin zustimmten, dass unter Leitung der Mordkommission weiter nach Betina Bertelsen gesucht werden solle, weil sie als Zeugin in Betracht kam. Thor sollte laufend unterrichtet werden.

Karin träumte von Kater. Sie sprach mit ihm und wunderte sich, weil ihr noch nie aufgefallen war, dass er sprechen konnte. Etwas später wachte sie auf, weil sich sein Miauen so seltsam anhörte, maschinenhaft oder elektronisch. Sie wurde hellwach, jeder Muskel ihres Körpers spannte sich bei den unheimlichen Lauten der Katze, bei der es sich um gar keine Katze handelte. Ein Rekorder, dachte sie, oder ein Spielzeugtier. Sie öffnete nicht die Augen, doch all ihre Sinne sagten ihr, dass sich im Schlafzimmer eine andere Person befand. Ein Geisteskranker mit einer Katzenmaschine. Sie öffnete die Augen gerade so weit, dass sie die dunklen Umrisse einer Gestalt an ihrem Bett erkannte. Sie konnte nicht schreien, sondern stieß in einer Art Reflex ein heiseres Keuchen aus.

Die dunkle Erscheinung verließ im Zeitlupentempo den Raum und schloss leise die Tür. Dann konnte sie hören, wie auch die Wohnungstür ins Schloss gezogen wurde. Mit zitternden Händen griff sie nach ihrem Handy und wählte die Nummer der Polizei: Ein Einbruch, ein Mann mit einer Katzenstimme, lautete ihre verwirrte Meldung.

Und dann ein Anruf beim kleinen Bruder.

Am Telefon meldete sich ihre Schwägerin Ellen.

»Nein, ein Einbruch? Hast du Alarm geschlagen? Klaus, nimmst du mal den Anruf zu dir«, rief die Schwägerin.

»Ja«, sagte er schlaftrunken, und als er gehört hatte, worum es ging: »Selbstverständlich. Ich komme sofort. Ich muss mir nur noch die Hose anziehen.«

»Sind Sie sicher, dass es kein Alptraum war?« Kriminalsassistentin Mette Skov sprach mit professionell sanfter Stimme und hielt zur Beruhigung Karins Hand.

»Ja, zuerst habe ich geträumt, aber dann bin ich aufgewacht, und dann ist es wirklich gewesen. Hier ist jemand gewesen, und er hat etwas dabei gehabt, das Laute wie eine Katze von sich gab.«

»Manchmal träumt man, dass man wach ist«, sagte Klaus, der noch seine Schlafanzugjacke trug.

Kriminalassistent Magnus Kohlman kam zurück. Er hatte die Mieter der anderen vier Wohnungen geweckt und befragt. Alle hatten geschlafen, gehört hatte niemand etwas.

»Er hat sich auch sehr vorsichtig bewegt, fast in Zeitlupe«, sagte Karin.

Die anderen drei sahen sich an.

»So ein bisschen traumartig?«, fragte Kohlman.

»Ja, ungefähr so, aber es war wie gesagt kein Traum.«

Nein, ob es sich um einen Mann oder eine Frau gehandelt hatte, konnte sie nicht sagen. Sie hatte den Fremden, der vor dem Gesicht eine Maske trug, nur für einen Augenblick gesehen, und im Zimmer war es sehr dunkel gewesen, die Vorhänge waren wie üblich zugezogen, weil es im Hafen ziemlich hell war.

Die verschlossene Tür zur Straße war nicht gewaltsam geöffnet worden, was auch für Karins Wohnungstür galt.

»Haben Sie jemandem einen Zweitschlüssel gegeben?«, fragte Kohlman.

Sie schüttelte den Kopf.

Kohlman wollte ihr die Kriminaltechniker schicken, weil es ja auch noch diesen Vorfall mit ihrer toten Katze gab.

Er betrachtete den Din-A-4-Bogen, der sich bei der Katzenleiche befunden hatte und auf dem mit einem dicken Filzschreiber geschrieben stand: AN DIE SCHNÜFFLERIN!

»Das nehmen wir mit«, sagte er.

Dann fiel sein Blick auf ihren Schreibtisch, wo ein alter Blechkrug mit verschiedenen Stiften stand.

»Ich sehe, Sie haben auch so einen Filzschreiber. Kann ich mir den ausleihen?« fragte er.

»Natürlich«, antwortete Karin.

Der Kriminalassistent hatte eine Theorie. Gemütskranke hatten die sonderbarsten Einfälle, wenn sie ihre Paranoia beweisen wollten. Ganz unbewusst. Einmal hatte man ihn zu einer älteren Frau gerufen, die behauptete, dass jede Nacht junge Mädchen kämen, die ihr Spieße in das Hinterteil stachen. Als er seine Zweifel äußerte, hatte sie ihren Rock hochgezogen und ihm ihren nackten, runzligen Hintern gezeigt – voller hässlicher Stichwunden. Sie musste in eine Heilanstalt eingewiesen werden.

»Jetzt kommst du ein paar Tage mit zu mir, und das Türschloss wird ausgewechselt«, sagte Klaus. »Und eine Alarmanlage sollten wir auch installieren, damit du dich ganz sicher fühlen kannst.«

Sie nickte dankbar.

Es war schon seit langem hell, als sie zu seinem Haus am Fjord fuhren.

Ellen wartete bereits mit dem Kaffee.

»Was für ein Schreck. Hoffentlich finden sie ihn«, sagte sie. »Bleib nur hier, so lange du Lust hast. Du kannst das Gästezimmer haben, oder wenn dir das sicherer vorkommt, kannst du in Majas Zimmer neben meinem schlafen. Sie ist auf Bornholm, im Schullandheim.«

»Danke, ich glaube, ich nehme das Kinderzimmer«, antwortete Karin und lächelte knapp.

Ellen, die beim Zoll eine halbe Stelle hatte, war so eine ordentliche Person, dachte Karin und hatte ein schlechtes Gewissen, weil sie die Verwandtschaft mit der Schwägerin nicht stärker nutzte. Ellen befolgte Vorschriften auf Punkt und Komma genau, und auch in ihrem sonstigen Leben improvisierte sie nicht. Alles lief regelmäßig, pünktlich und sorgfältig ab, genau wie in den Abrechnungen, die sie beim Zollamt erstellte.

Phantasielos, dachte Karin stets ein wenig höhnisch, wusste aber, dass sich die Gesellschaft auf Menschen stützte, die so waren wie Ellen, und sie verstand gut, dass ihr rastloser, dynamischer, hektischer Bruder sich gerade für Ellen als seinen Anker im Leben entschieden hatte.

»Heute bleibst du zu Hause und ruhst dich aus. Ich rufe bei der Zeitung an und kümmere mich um den Schlosser und die Installierung der Alarmanlage«, sagte Klaus.

Donnerstag, 14. Juni

Im Lauf des Tages ermittelten die Kriminaltechniker, dass mit an Sicherheit grenzender Wahrscheinlichkeit kein Einbruch in Karins Wohnung stattgefunden hatte, und stellten fest, der Zettel, den man bei ihrer toten Katze gefunden hatte, war mit ihrem eigenen Filzstift beschriftet worden.

Die jungen Kriminalassistenten waren sich nicht sicher, was sie tun sollten. Karin Sommer war nicht irgendjemand, sie war Kriminalreporterin bei der »Sjællandsposten«, und sie war die Schwester eines der Honoratioren im Ort. Außerdem war es ja nicht verboten, an sich selbst zu schreiben oder Alpträume zu haben.

Sie fragten den stellvertretenden Polizeichef Bent Abildstrup um Rat, der sich räusperte und sagte, Karin Sommer habe offenbar schon früher psychische Probleme gehabt, er wolle mit ihrem Bruder sprechen, den er privat kenne.

Klaus protestierte, als Abildstrup ihn telefonisch informierte. Karin sei überzeugt, dass jemand in ihrer Wohnung war, und er sei nicht der Meinung, dass sie derzeit einen kranken Eindruck mache. Ja, es treffe zu, dass in Verbindung mit ihrer früheren Krankheit paranoide Verhaltensweisen aufgetreten seien, aber das sei lange her. Und, ja, vielleicht sei es vernünftig, dass sie sich mit einem Psychologen unterhielt. Ja, er werde Beck anrufen und sich jemanden empfehlen lassen.

Anschließend rief Klaus Ellen an und informierte sie über die Situation. Ob sie nicht mit Karin wegen ein paar Stunden bei einem Psychologen sprechen könne – um den Verlust von Kater zu überwinden.

Karin stand an Katers Grab im Garten, als Ellen zu ihr hinaus kam. Maja hatte mit kleinen, weißen Steinen die Aufschrift KATER gebildet und zwei Stöckchen in Kreuzform auf das Grab gelegt.

»Ja, das ist traurig, wenn man einen verliert, den man gern hat«, sagte Ellen.

»Das Schlimmste ist, dass man in dieser grausamen Welt nicht richtig über seine tote Katze trauern darf«, antwortete Karin mit schiefem Lächeln.

»Selbstverständlich kannst du das, und du musst es sogar. Du darfst die Trauer nicht unterdrücken, sonst kommt sie als Alptraum wieder«, sagte Ellen.

»Glaubst du etwa auch …«

»Ich bin mir nicht sicher, aber die Polizei sagt, es habe gar keinen Einbruch gegeben. Klaus hat eben angerufen. Es gibt doch Alpträume, bei denen man glaubt, man ist wach. Das habe ich auch selbst schon erlebt.«

Zum ersten Mal kamen auch Karin leichte Zweifel. Konnte es sich um einen zu heftigen Alptraum gehandelt haben?

Als sie abends mit Klaus sprach, stimmte sie zu, die Psychologin zu besuchen, die der Kreisarzt als absolut beste für eine Krisenbehandlung empfohlen hatte. Schaden konnte das nicht, wenn sie über den Gedanken auch ein wenig lächelte, wegen des Todes ihrer Katze Krisenhilfe in Anspruch zu nehmen.

»Und für den Rest der Woche sollst du nicht in die Zeitung kommen, damit du den Schock überwindest. Ich habe heute Morgen mit Adam gesprochen.«

»Ja, der findet es bestimmt gut, wenn ich zu Hause bleibe. Er hat mir nämlich eine Art Berufsverbot erteilt, und ich bin einer großen Sache auf der Spur. Ich habe die Theorie, dass Albert Bertelsen gar nicht seine Familie und sich selbst umgebracht hat. Ich glaube, die sind alle ermordet worden, und einige feine Herrschaften verhalten sich in diesem Fall ziemlich sonderbar, der stellvertretende Polizeichef zum Beispiel und Christoffersen. Bestimmt will Adam nur dafür sorgen ...«

Klaus sah sie an und konnte seine Bestürzung und Besorgnis kaum verbergen.

»Du hast das Gefühl, da gibt es eine Verschwörung?«

»Ja, etwas in der Richtung. Jedenfalls glaube ich, dass mich jemand behindern will. Darum haben sie Kater umgebracht. Auch das Band, auf dem das Gespräch mit Betina Bertelsen ist, haben sie entfernt, und heute Nacht sollte ich zu Tode erschreckt werden.«

Klaus ergriff ihre beiden Hände und zog sie zu sich heran:

»Karin, kannst du dich erinnern, wie du damals krank warst? Es hat damit angefangen, dass du Verschwörungen gesehen und schließlich geglaubt hast, dass eine Mafia mit Codes über das Fernsehen zu dir spricht. Das hast du tatsächlich geglaubt …«

»Damals war ich doch krank«, sagte sie.

»Aber du hast nicht gewusst, dass du krank bist … kein Krankheitsgefühl.«

Diese Perspektive traf sie wie ein Keulenschlag.

»Dieses Mal ist das etwas ganz anderes«, sagte sie mit dünner Stimme.

Er hielt sie zärtlich und lang im Arm, während sie vor Schluchzen bebte.

Donnerstag, 21. Juni

Nach zwei Stunden bei der sympathischen und resoluten Psychologin hielt Karin es ebenfalls nicht mehr für ausgeschlossen, dass die verdrängte Trauer über Katers Tod einen heftigen Alptraum ausgelöst hatte. Jedenfalls hatte sie sich in der letzten Woche erholt und arbeitete wieder. Die Redaktionsleitung hatte entschieden, dass sie im nächsten Monat die Familiennachrichten redigieren solle – was sie als Schonjob betrachten konnte. Abgesehen davon fehlte dort eine Urlaubsvertretung.

Vorübergehend zog sie aus ihrem Büro um – und verließ Thomas, der es bedauerte und dem sie zum Trost ein Bier spendierte.

»Ewig währet nur Verlornes«, zitierte er, prostete ihr zu und schlug vor, sie sollten bald mal wieder um die Häuser ziehen.

Mit einem wehmütigen Ausdruck in den Augen beschränkte sie sich darauf zurückzulächeln.

Die Psychologin hatte nach Absprache sowohl mit Karins derzeitigem als auch mit ihrem früheren Arzt eine niedrige Dosis Psychopharmaka vorgeschlagen. Nach hartem Druck, auch von Seiten ihres Bruders und ihrer Schwägerin, hatte Karin eingewilligt.

Völlig überzeugt, dass ihr nichts fehle, warf sie jedoch die Tabletten jeden Tag weg.

In aller Heimlichkeit fuhr sie mit ihrer Untersuchung des Kappelhøje-Falls und des Verschwindens von Betina Bertelsen fort.

Vor zwei Tagen hatte sie mit Majbritt Poulsen, der Freundin der ermordeten Linda Bertelsen, gesprochen, einer tüchtigen, schlagfertigen Kellnerin. Vor allem vor Lindas Heirat waren beide sehr vertraut miteinander gewesen. »Aber wenn eine Freundin heiratet, verändert sich doch immer etwas. Sie hat weniger Zeit und so weiter«, die Freundschaft war also in den letzten beiden Jahren etwas abgeflaut. Zumindest aber war Majbritt Poulsen bekannt, dass Linda sich sehr bemüht hatte, Alberts Tochter Betina, der es nicht gut ging, zu helfen. Die beiden hatten sich sehr nahe gestanden, was man ja nicht immer über das Verhältnis von großen Mädchen und ihren Stiefmüttern sagen kann.

»Linda hat mal gesagt, dass Betina und sie über alles sprechen konnten, und sie hat ALLES unterstrichen. Betina ist in mancher Hinsicht für ihr Alter sehr reif und erfahren, und die 18 Jahre Unterschied zwischen ihr und der Stiefmutter waren kein Abgrund zwischen den Generationen«, sagte Majbritt.

Sie betonte, dass Linda in ihrer Ehe zur Ruhe

gekommen war und dass sich das Paar gut miteinander vertragen hatte, von wirtschaftlichen Schwierigkeiten abgesehen, aber wer hat die nicht?

»Wir sind in jungen Jahren keine Abstinenzlerinnen gewesen, und die Jungs waren verrückt nach Linda, aber ich glaube nicht, dass Albert eifersüchtig auf ihre Vergangenheit war. Wenn ich zu Besuch kam, hat sie ganz offen von ihren früheren Liebhabern erzählt. Ich glaube, Albert hat es genossen, dass er schließlich der Auserwählte war. Und sie selbst musste zur Ruhe kommen, und Kinder wollte sie ja auch.«

Eigentlich erfuhr Karin nichts Neues, doch das Bild von einer Selbstauslöschung der Familie wurde noch unwahrscheinlicher. Und sie notierte sich die enge Beziehung zwischen Linda und Betina. Hatten sie womöglich ein unheilvolles Wissen geteilt?

Es gab keinen Zweifel: Der Roboter bewegte sich mit steifen Bewegungen um ihr Bett herum, und er sprach mit tiefer, rostiger, metallischer Stimme: »Ich bin der große Mafiaboss, der Rächer von Honolulu, der dich zeichnen wird, damit du dich von anderen Raumgeschöpfen unterscheidest …«

Meine Nerven spielen mir einen Streich. Hier kommt niemand rein, ohne den Alarm auszulösen. Ich träume … ich bin krank, dachte sie halb im Schlaf.

»Was willst du?«, fragte sie.

Der Roboter wiederholte seine Litanei: »Ich bin der große Mafiaboss …«

Dann war sie hellwach und erkannte, dass es sich um einen Menschen handelte, mit steifen Bewegungen und mit einem Tonbandgerät in der Tasche.

Neue Tonbandlitanei: »Bleib ganz still liegen. Es tut überhaupt nicht weh. Wenn du schreist, stirbst du …«

Ständig wiederholt, während der Mann ihre Unterarme mit einem Messer ritzte. Still zu liegen fiel ihr nicht schwer. Sie sah auf seine Karnevalsmaske, fühlte seine behandschuhten Hände und war vor Angst fast bewusstlos.

Sie blieb liegen, lange nachdem er gegangen war. Sie hörte, wie ein Auto angelassen wurde. Dann fühlte sie, wie ihr Blut das Bettzeug verschmierte. Sie schaltete das Licht ein, wählte die 110 und schrie.

»Fassen Sie nichts an. Nein, auch nicht die Bedienung der Alarmanlage. Wir kommen sofort«, sagte der Wachhabende bei der Polizei.

»Das ist wieder diese verrückte Journalistin«, kommentierte Magnus Kohlman, der an diesem Abend mit Steffen Jensen Dienst hatte.

Dann wählte Karin die Telefonnummer ihres Bruders und sprach zuerst mit ihrer erschütterten Schwägerin, und danach mit Klaus, der zehn Minuten später in Hauslatschen und Schlafanzug eintraf.

»Ich verlange, nein, ich bestehe darauf, dass diese Angelegenheit sehr ernst genommen wird«, sagte er.

»Natürlich, wir haben den ganzen Apparat angeworfen«, antwortete Kohlman.

Der Notarzt reinigte die Wunden an Karins Unterarmen.

Das sieht gefährlich aus, wegen dem vielen Blut, aber sie sind ziemlich oberflächlich«, sagte er. »Nennenswerte Narben dürften kaum zurückbleiben.«

Kohlman steckte das Messer, das noch im Bett lag, in eine Plastiktüte.

»Kennen Sie das?«

»Ja«, antwortete Karin. »Das ist mein neues französisches Küchenmesser.«

»Wollen Sie mir erzählen, was passiert ist?«

»Es war ein Roboter, nein, ein Mensch ist es gewesen, der sich wie ein Roboter bewegt hat – mit steifen mechanischen Bewegungen. Er trug eine Maske und sprach wie, nein, das war ein Tonbandgerät. Die Stimme hat gesagt, er ist der Mafiaboss und der Rächer von Honolulu, der mich zeichnen will, damit ich …«

»Noch einmal. Was hat die Stimme gesagt?«, fragte der Polizeibeamte.

Karin wiederholte es. Der Notarzt und der Kriminalassistent sahen sich an. Der Arzt griff nach dem Glasröhrchen auf dem Nachttisch: »Nehmen Sie Psychopharmaka?«

»Das hat wirklich stattgefunden, ich sage es Ihnen, das hat wirklich stattgefunden«, antwortete sie.

Steffen Jensen hatte sich routinemäßig bei den Nachbarn erkundigt. Überall Stille und Ruhe. Niemand hatte etwas gesehen oder gehört.

»Die Alarmanlage war eingeschaltet, als wir gekommen sind, sie ist nicht ausgelöst worden«, sagte Kohlman so ausdruckslos, dass alle verstanden, was er sagen wollte.

Er und der Notarzt gingen in die Küche und besprachen sich flüsternd miteinander.

»Die glauben, ich bin verrückt«, sagte Karin zu ihrem Bruder.

»Ein sonderbare Geschichte ist das«, sagte er und strich ihr über das Haar.

»Das weiß ich selbst, aber sie stimmt. Du glaubst mir doch?«

»Natürlich. Ich red mal mit ihnen.«

»Ich glaube, sie braucht Hilfe«, sagte der Arzt zu Klaus. »Sie könnte sich sonst selber schaden.«

»Aber ist es denn auszuschließen, dass tatsächlich jemand in der Wohnung war?«, fragte Klaus unschlüssig.

»Praktisch schon«, sagte Kohlman. »Ein neues Schloss, das nicht gewaltsam geöffnet wurde. Die Alarmanlage, die nicht angesprochen hat. Aber wir warten natürlich auf die Kriminaltechniker.«

»Ihre Art zu sprechen lässt auf eine verminderte Wahrnehmung der Umwelt schließen«, sagte der Arzt.

Klaus sah müde und unglücklich aus.

»Für einen Angehörigen ist das nicht leicht. Morgen sollten Sie mit ihrem Arzt und ihrem Psychiater sprechen und vielleicht versuchen, sie davon zu überzeugen in eine Klinik zu gehen. Die Patienten leiden in diesem Zustand selbst ganz außerordentlich.«

»Ja, aber ich habe nicht den Eindruck, dass sie krank ist«, wandte Klaus ein.

»Ich gebe ihr ein Beruhigungsmittel, und es wäre gut, wenn Sie sie heute Nacht bei sich unterbringen könnten«, sagte der Notarzt. »Rufen Sie an, wenn es noch einmal Probleme gibt.«

»Vielen Dank«, sagte Klaus und verbarg das Gesicht in den Händen.

Freitag, 22. Juni

Die Kriminaltechniker konnten weder Anzeichen für einen Einbruch noch Spuren der Anwesenheit eines Fremden in der Wohnung feststellen, und Karin stimmte zu, freiwillig eine Klinik aufzusuchen, nachdem ihr eigener Arzt und insbesondere Kreisarzt Beck sie unter Druck gesetzt und ihr hinreichend verdeutlicht hatten, dass die Alternative in einer Zwangseinweisung bestand. Ein Klinikaufenthalt war zu ihrem eigenen Besten. Sie könnte zu Schaden kommen.

Ja, dachte sie, das kann ich. Und vielleicht ist das Kreiskrankenhaus wirklich der beste Aufenthaltsort. Jedes Mal, wenn sie an den Roboter mit dem Messer dachte, wurde ihr schwindelig vor Angst.

Bei der Zeitung war man keineswegs erstaunt. Man hatte schon gehört, dass ihre Krankheit wieder ausbrach. »Bestimmt ist sie völlig paranoid«, wurde geflüstert.

Nur Thomas, der Praktikant wunderte sich: »Was? Bis vorgestern war sie völlig normal!«, sagte er laut in der Kantine.

Montag, 25. Juni

Was tut man, wenn man eines Morgens erfährt, dass der eigene Mann und der leibliche Bruder sich ineinander verliebt haben?

Andrea Vendelbo, Strafverteidigerin, vierunddreißig Jahre alt, griff nach ihrem elektronischen Organizer und sagte zu ihrem weinenden Mann: »Darüber müssen wir uns gründlich unterhalten. Kannst du mit Peter für morgen um 17 Uhr, wenn ich mit dem Prozess fertig bin, ein Treffen vereinbaren?«

Nur ein sehr aufmerksamer Beobachter hätte bemerkt, dass sie den Palm und den dazugehörigen Stift fest umklammerte, und ihre Knöchel weiß waren. Ihre Wortwahl und Stimmlage verrieten keinerlei Erregung.

Dann war sie zum Gericht gegangen und hatte einen Doppelmörder verteidigt.

Das war nun fast ein Jahr her, und Andrea hatte erheblich abgenommen, weil sie lange Zeit keinen Appetit verspürte, ansonsten aber war alles bestens arrangiert worden, dachte sie, als sie an diesem Morgen Dagmar, ihre fünfjährige Tochter, im Kindersitz festschnallte. Das Kind sollte für eine Woche mit Vater und Onkel verreisen.

»Und ins Sommerland fahren wir und ins Legoland und ins Badeland, und Peter hat mir versprochen, dass ich Piratenhosen kriege, wie Eleonora sie hat«, plapperte Dagmar.

»Das wird sicher lustig. Denk dran, dass du vom Strand ein paar schöne Steine mitbringst, die wir auf den Balkon legen können.«

Sie hatte alles unternommen, damit Dagmar durch die veränderten Lebensumstände nicht negativ beeinflusst wurde: »Früher hat Onkel Peter allein gewohnt, und Mama und Papa haben zusammen gewohnt. Jetzt wohnt Mama allein, und Papa und Onkel Peter wohnen zusammen. Und du wohnst, wo du willst.«

»Das will ich aber nicht, ich will, dass es so ist wie immer«, hatte das Kind geantwortet.

Nach und nach aber hatte sich alles beruhigt, und Dagmar hatte sich an die veränderte Situation gewöhnt, die für das Kind auch Vorteile besaß. Als Künstler, die zu Hause arbeiteten, hatten Peter und Mikkel zeitlich viel größere Möglichkeiten, und wenn Dagmar keine Lust hatte, in den Kindergarten zu gehen, rief sie bei ihnen an.

»Ich habe Faulfieber«, sagte sie kichernd, »darf ich heute zu euch kommen?«

Und das durfte sie praktisch immer.

»Ich bewundere dich wirklich, dass du so gut damit zurechtkommst«, hatte Andreas Kompagnon Steen gesagt.

Andrea hatte geantwortet, eigentlich bliebe ihr gar nichts anderes übrig.

Dummköpfe gab es genug, die heulten und jammerten und sich selbst und ihre Kinder zugrunde richteten, dachte sie und riss sich zusammen.

Sie hatte einen festen monatlichen Elternabend eingeführt, bei dem die drei Erwachsenen, Vater, Mutter und Onkel, alles, was das Kind betraf, besprachen, so wie es auch im Kindergarten üblich war. Vor allem anfangs hatte sie für diese Treffen eine schriftliche Tagesordnung aufgesetzt, damit man sicher sein konnte, dass es bei den Diskussionen um Fragen und Probleme ging, die in Zusammenhang mit dem Kind standen – und nicht um die komplizierten Beziehungen der Erwachsenen.

Von Schuldgefühlen bedrückt, überließen ihr Peter und Mikkel die Aufstellung dieser Tagesordnung.

Andrea legte Wert darauf, als sachliches, vernunftbetontes Wesen zu handeln. Als erfahrene Verteidigerin wusste sie, dass Gefühle und impulsive Reaktionen die Ursache fast allen menschlichen Unglücks sind.

An diesem Tag musste sie im Gefängnis einen Besuch hinter sich bringen, rechnete jedoch damit, dass das schnell überstanden wäre. Alexander Zlotnik, der Litauer, der des Mordes an einer Prostituierten in einem Bordell in der Århusgade beschuldigt wurde, sagte praktisch überhaupt nichts. Er nutzte sein Recht, gegenüber der Polizei die Aussage zu verweigern. Er hatte jede Schuld geleugnet, schien andererseits aber auch nicht verzweifelt darauf zu bestehen, freigelassen zu werden. Nur wollte er aus der Isolationshaft heraus. Der Mann hatte Angst, daran gab es keinen Zweifel. Draußen stand vermutlich die Mafia bereit, um ihn in Empfang zu nehmen, dachte sie.

Alles, was die Staatsanwaltschaft gegen ihn in der Hand hatte, war, dass er sich in dem Massagestudio befunden hatte, dass das Opfer mit seinem Messer getötet worden war und dass er kein Alibi angeben konnte. Nach sämtlichen Zeugenaussagen hatte das Messer tagelang offen in der Küche des Bordells gelegen, wo man es zum Schneiden von Brot und Belag benutzt hatte.

Das belastende Material gegen ihn war so dünn, dass sie vermutlich keine Schwierigkeiten gehabt hätte, ihn freizubekommen oder zumindest seine Verlegung aus der Isolationshaft durchzusetzen, wenn er sich etwas kooperativer verhielte.

Andrea hatte sich nicht mit Erwägungen beschäftigt, ob er eventuell schuld war. Hin und wieder war sie von der Schuld oder Unschuld eines Klienten äußerst überzeugt, normalerweise aber dachte sie über so etwas gar nicht sonderlich nach.

Gab es Beweise, oder gab es Indizien? Und wie gut waren sie, hielten sie stand? Darum ging es in einem Prozess.

Boris Garmatschek, der russische Dolmetscher, war nicht erschienen und meldete sich auch nicht an seinem Telefon, darum musste sie auf einen Ersatzdolmetscher warten.

Alexander Zlotnik wirkte ruhiger und entspannter als üblich, als ihre Besprechung endlich zustande kam. Und er sagte mehr, denn je.

Sie erklärte ihm, dass sie ihn vielleicht freibekommen könne, wenn er aussage, was er am Abend und in der Nacht des 11. Mai gemacht habe.

»Das kann ich nur Ihnen sagen, und Sie dürfen es niemandem erzählen. Das gilt auch für den Dolmetscher«, sagte er.

»Wir unterliegen beide der Schweigepflicht, aber Sie wissen doch, ein geheimes Alibi hilft Ihnen vor Gericht sowieso nicht weiter«, antwortete sie ungeduldig.

»Ich war unterwegs zum Stehlen«, sagte er.

»Es ist besser, einen Diebstahl zu gestehen, als für einen Mord verurteilt zu werden«, antwortete Andrea dem dünnen, bleichen jungen Mann, der kettenrauchte und mit seinen fettigen, blonden Haaren, seiner unreinen Haut und seinen stumpfen Augen armselig und ungesund aussah.

»Nein, das ist nicht besser«, sagte er und schüttelte hoffnungslos den Kopf. »Wenn ich diesen

Diebstahl gestehe, dann bringen sie mich um. Ganz bestimmt. Ich bin schließlich nicht der einzige Beteiligte.«

»Warum haben Sie mir das nicht schon früher gesagt?«, fragte Andrea, die sein Dilemma erkannte.

Er schielte hinüber zu der Ersatzdolmetscherin, einer jungen litauischen Studentin, die zu einem längeren Studienaufenthalt in Kopenhagen war. Sie hieß Helena, und Andrea fiel auf, dass ihre Übersetzung rasch und präzise kam.

»Weil meine Organisation große Ohren hat«, antwortete er.

»Und zu dem ständigen Dolmetscher der Polizei haben Sie kein Vertrauen?«, fragte Andrea.

Er schüttelte den Kopf und sah auf den Tisch.

Sie hatte einige Male erlebt, wie problematisch das Dolmetschersystem war. Die Dolmetscher erfuhren durch ihre Arbeit für die Polizei fast alles über die Kriminalität innerhalb ihrer ethnischen Gruppe. Das konnte sie selbst in heikle Situationen bringen, aber sie konnten ihre Kenntnisse auch dazu benutzen, anderen Schwierigkeiten zu machen.

»Welche Funktion hatten Sie in dem Massagestudio?«

»Ich war Agent in Litauen«, antwortete er.

»Und was bedeutet das?«

»Ich habe die Mädchen in Litauen ausgesucht und sie bei der Organisation abgeliefert, die Kontakt zu Nachtclubs, Bordellen und Massagestudios in Westeuropa habt«, erklärte er. »Die Organisation hat mir Geld für die Mädchen gegeben und ihre Tickets bezahlt.«

»Haben die jungen Mädchen gewusst, dass sie als Prostituierte arbeiten sollen, beispielsweise in Kopenhagen?«

»Manche haben das besser gewusst als andere …« Wieder schielte er auf den Tisch.

»Die, die es nicht gewusst haben, sind vielleicht ein wenig überrascht gewesen, wenn es so weit war?«, fragte Andrea.

»Manchmal schon.«

»Und wie habt ihr sie dann dahin gekriegt?«

Er schwieg.

»Es bleibt unter uns. Ich möchte nur etwas mehr drüber wissen«, sagte Andrea.

»Es ist doch so, wenn sie ankommen, dann haben sie schon große Schulden bei denen, die für Arbeit gesorgt und ihnen das Ticket bezahlt haben. Und für ihr Zimmer, ihre Kleider und ihr Essen müssen sie auch bezahlen. Und wenn sie ihre Schulden nicht bezahlen, dann können sie Probleme bekommen, und bezahlen können sie durch … Arbeit … ohne Arbeitsgenehmigung. Und ihren Pass hat die Organisation.«

»Aha«, sagte Andrea. Organisation war offenbar eine nette Umschreibung für Mafia. Nachdem sie ihn jetzt endlich zum Reden bekommen hatte, fragte sie weiter: »Und wer ist der Besitzer – mit wem haben Sie eine Verabredung über Mädchen für das Massagestudio in der Århusgade getroffen?«

Alexanders weiße europäische Haut wurde augenscheinlich noch weißer. »Das weiß ich nicht«, flüsterte er.

Andrea wartete, bis er sich wieder erholt hatte. Bei der Polizei hatten alle Prostituierten in der Århusgade ausgesagt, sie seien selbständig, aber die Polizei hatte rasch herausgefunden, dass ein großer Teil der Einnahmen dieser Frauen in das System floss. Es gab einen Hintermann und vermutlich war es nur eine Frage der Zeit, bis die Polizei ihn ans Licht zerrte.

»Im Bordell waren nur ausländische Prostituierte?«, fragte Andrea.

»Ja, alle Festen, aber da gab es auch ein dänisches Mädchen, so eine dünne Drogensüchtige, Betina hat sie geheißen. Und dann hat es noch eine Dänin für den Telefondienst gegeben. Eine, die zu alt war …«

Jetzt erinnerte sich Andrea, in den Polizeiunterlagen etwas von einer jungen dänischen Zeugin gelesen zu haben, die Frau aber hatte nur lockere Verbindungen zu dem Massagestudio gehabt und war am Mordabend nicht dort gewesen.

»Ich frage nicht, wer es getan hat, aber haben sie eine Idee, *warum* Monika ermordet wurde? Sie war ja neu in diesem Massagestudio und ist erst ganz kurz zuvor aus Vilnius gekommen.«

»Ich weiß es nicht, aber ich glaube, weil sie ihre Schulden nicht bezahlt hat und keine Kunden wollte …«

Andrea fiel auf, dass es der jungen Dolmetscherin schwer fiel, ihre Empörung zu unterdrücken. Das konnte man an ihrem Gesichtsausdruck ablesen. Andrea durfte nicht vergessen, ihr einzuschärfen, dass sie unter Schweigepflicht stand.

»Waren Sie an der Planung des Mordes beteiligt?«, fragte sie.

Er schüttelte den Kopf und sagte: »Ich glaube nicht, dass das geplant war.«

»Und mit der Polizei wollen Sie immer noch nicht sprechen – auch nicht, wenn Sie einen anderen Dolmetscher bekommen?«

Er schüttelte den Kopf.

»Werden Sie vor Gericht aussagen, was Sie mir erzählt haben?«

Er schüttelte wieder den Kopf.

»Dann kann ich Ihnen nur schwer helfen. Selbstverständlich werde ich darauf hinweisen, dass Sie jede Schuld leugnen und dass die Polizei keine handfesten Beweise hat, um Sie im Gefängnis festzuhalten. Ich werde auch auf Freilassung bestehen.«

Andrea gab ihm zum Abschied die Hand. Die junge Dolmetscherin begnügte sich mit einer Grimasse, der man die unterdrückte Wut anmerkte.

»Wollen Sie wirklich so einem widerwärtigen

Menschenhändler helfen?«, fragte die Dolmetscherin, als sie sich vor dem Gefängnis trennten.

»Sie müssen Ihre Gefühle und diese Arbeit auseinander halten. Sonst kann ich Sie als Dolmetscherin nicht brauchen«, antwortete Andrea scharf.

Dolmetscher, das muss ein ganz einträgliches Gewerbe sein«, sagte Kriminalassistent Magnus Kohlman zu seiner Kollegin Mette Skov, als sie auf dem Weg zu Boris Garmatscheks Landgut an der Pferdekoppel und dem Reitstall vorüberkamen.

»Tja«, antwortete sie geistesabwesend. Sie betrachtete die Festgenommene, eine jüngere, ukrainische Frau, die wegen Ladendiebstahls geschnappt worden war. Das erste handgreifliche Ergebnis ihres Kampfs gegen die Ostkriminalität. Die Frau – sie war Mitte dreißig, sah jedoch zehn Jahre älter aus und hatte verfaulte Zähne – saß mit leerem, erschöpften Gesichtsausdruck da.

Sie hatten telefonisch mit dem Dolmetscher vereinbart, ihn auf dem Weg zur Polizeistation mitzunehmen, wo die Frau, die keine Silbe Dänisch verstand, verhört werden sollte. Der Dolmetscher hatte Schwierigkeiten mit seinem Auto, irgendetwas mit der Kupplung, hatte er eine Stunde zuvor am Telefon gesagt.

Magnus bog durch die Einfahrt des hübschen, quadratisch angeordneten Fachwerkhofs und hielt vor der Eingangstür, wo er kurz auf die Hupe drückte. Als sie drei, vier Minuten gewartet hatten, stieg er aus und klopfte, öffnete die Tür und ging hinein. Mette blieb bei der jungen Frau im Wagen sitzen.

Einen Augenblick später schien es Mette, als ob Magnus fast aus der Tür herausfiel. Er schwankte auf das Auto zu und hielt sich am Dach fest, während er stammelte: »Gib ... Alarm ... den großen ... Er ist tot, erschossen, glaube ich, ganz zerfetzt, überall Blut ... Ich kann kein Blut sehen ...«

»Guter Gott, wir haben doch eben erst mit ihm telefoniert ...«

»Der Täter kann noch in der Nähe sein«, sagte Magnus, der seine Dienstpistole gezogen hatte. Mette machte es genauso und bat die Festgenommene, sich auf den Boden des Wagens zu setzen. Magnus, der allmählich den Schock überwunden hatte, sprach über Funk mit der Zentrale.

»Das muss innerhalb der letzten Stunde passiert sein. Ja, Straßensperren, und wir bleiben hier ...«

»Fünf, zehn Minuten, dann ist die ganze Truppe hier. Wir sollen nicht da drinnen rumtrampeln«, sagte er in beruhigendem Ton zu Mette, die ganz gelassen blieb und den Anblick von Blut ausgezeichnet ertragen konnte.

Mittwoch, 27. Juni

Wenn ein Mann ausländischer Herkunft mit einem automatischen Gewehr erschossen wird, haben die Journalisten dafür nur ein Wort: Liquidierung. Es war ein Tag, an dem die Mittagszeitungen mit ziemlich identischen ersten Seiten und Anschlagzetteln herauskamen: »Russischer Dolmetscher liquidiert.«

Gefolgt von allerlei Mutmaßungen über ausländische Mafiabanden, die sich womöglich am autorisierten Dolmetscher der dänischen Polizei gerächt hatten, außerdem eine Auflistung von Fällen, bei denen er als Dolmetscher beteiligt gewesen war.

Oder war es vielleicht eine alte Abrechnung unter Geheimdiensten? Trotz fehlender Substanz wurde auch diese Theorie hin und her gewendet. Es war zweifellos ein richtiger Mord auf Männerart, wie er in den Kriminalredaktionen hoch geschätzt wurde. Eine Liquidierung ist für richtige Männer weit unterhaltsamer als Eifersuchts- und Trunkenheitstaten.

Bei der »Sjællandsposten«, in deren Verbreitungsgebiet sich der Mord ereignet hatte, schrieben sich Thomas und Henrik Johansen die Finger wund.

Adam war unersättlich. »Dreht jeden Stein um«, hatte er gesagt.

Die örtliche Polizei war um zwei Mann der mobilen Einsatzreserve verstärkt worden, man arbeitete eng mit den Polizeiabteilungen in Kopenhagen zusammen, die den Dolmetscher in den letzten Jahren zu Fällen hinzugezogen hatten, wenn Osteuropäer beteiligt waren.

Der Oberarzt, der an diesem Morgen aus dem Urlaub zurückgekommen war, trug ein gestreiftes T-Shirt und kurze Hosen, weshalb Karin ihn zunächst für einen Patienten hielt. Das gehörte zu seiner Therapiemethode.

»Die Welt hat sich also gegen dich verschworen, und du hattest einige hässliche Erlebnisse?«, fragte er mit kecker Betonung.

Sie nickte.

»Erzähl mir davon.«

Sie berichtete von den Vorfällen der vergangenen vier Wochen. Wie es mit dem Familiendrama in Kappelhøje angefangen hatte und von dem Roboter, der ihr nachts mit einem Messer in die Arme geschnitten hatte.

Er hörte interessiert zu und erwiderte die ganze Zeit ihren Blick.

»Und jetzt bist du überzeugt, dass es sich um eine Verschwörung handelt?«

»Ja, so habe ich es erlebt. Der Chefredakteur hat

mir unverdient einen Anschiss verpasst und mir Schreibverbot erteilt. Sie haben verheimlichen wollen, dass auf der Waffe die Fingerabdrücke des stellvertretenden Polizeichefs waren, der Kreisarzt hat sich ziemlich eigenartig benommen und war sehr erpicht, mich einzuweisen ... Die kennen sich alle von ihrem Netzwerk. Sie sitzen in derselben VL-Gruppe. Mein Chef hat zum ersten Mal nach einem Gruppentreffen merkwürdig reagiert, und ich weiß von meinem Bruder, dass auf diesem Treffen über den Zeitungsartikel zu dem Familiendrama gesprochen wurde. Und dann Kater, der wurde umgebracht, und das verschwundene Tonband, und dann der, der eingebrochen ist und Töne wie eine Katze von sich gegeben hat, und der Roboter, der mir in die Arme geschnitten hat ...«

»Aber dein Arzt war sich mit dem Kreisarzt einig, dass du krank bist und eingewiesen werden solltest. Meinst du, er ist auch an der Verschwörung beteiligt?«

»Nein. Er spielt keine Rolle. Er meint wegen dieser Geschichte mit dem Roboter, ich sei krank. Sie sagen, in der Wohnung sei überhaupt niemand gewesen ... Das ist auch eigenartig, aber das kann doch ein Teil des Komplotts sein, oder?«

»Und was glaubst du selbst?«

»Ich weiß nicht«, seufzte Karin.

»In deiner alten Krankenakte steht, dass du auch damals Halluzinationen gehabt hast.«

Sie nickte, seufzte und sagte resignierend: »Ich hätte gern die arzneimittelfreie Behandlung.«

Im Kreiskrankenhaus hatte man gerade eine Versuchsstation für Patienten eingerichtet, die sich weigerten, mit Psychopharmaka behandelt zu werden.

»Darüber können wir uns unterhalten, aber diese Behandlung setzt ein gewisses Bewusstsein für die Krankheit voraus«, sagte der Oberarzt zögernd.

»Das habe ich doch«, antwortete sie leise, »ich weiß genau, dass meine Nerven ... zerrüttet sind.«

»Willst du meine Meinung wissen?«

Sie nickte wieder.

»Eine klassische, reaktive Psychose mit paranoiden Zügen. Du erlebst sehr stark, dass du verfolgt wirst, in Wirklichkeit aber bist du selbst dieser Verfolger mit dem Messer. Du bist die Verfolgte und der Verfolger. Dein Bewusstsein ist gespalten. Du bist dein eigener Feind. Manchmal geht es uns Menschen so.«

Er sah sie eindringlich an.

»In der arzneimittelfreien Behandlungsstation lernen wir, mit unserer Krankheit und ihren Psychosen zu leben und die Halluzinationen und fehlerhaften Wahrnehmungen hinzunehmen. Aber du musst wissen, dass du mit Angstzuständen rechnen musst, wenn du eine Psychose ohne die Unterstützung von Arzneimitteln durchstehst. Bist du darauf gefasst?«

Sie nickte wieder.

»Und es dauert auch länger.«

»Ich habe genug Zeit«, sagte sie.

Er strahlte und war persönlich über ihre Entscheidung glücklich.

»Ich glaube, dass die arzneimittelfreie Behandlung für dich richtig ist. Du hast deine Psychose in einem höheren Alter bekommen und hast dir einen Rest soliden Realitätssinn bewahrt. Ich glaube, wenn wir eine Zeit lang daran arbeiten, bist du im Stande, mit deinen Halluzinationen umzugehen und sie zu beherrschen. Morgen verlegen wir dich auf die arzneimittelfreie Station, und dann beginnst du mit einer Therapie, die wir ›Akzeptanz von Halluzinationen und Stimmen‹ nennen.«

»Vielen Dank«, sagte sie.

Ellen und Klaus warteten auf sie, als sie in ihr Zimmer zurückkam. Klaus hatte sich natürlich um ein Einbettzimmer und einen Fernseher gekümmert, Ellen hatte verschiedene Frauenzeitschriften, Obst und ähnliches besorgt.

Ellen wollte wissen, was der Oberarzt gesagt hatte.

»Dass mir die arzneimittelfreie Behandlung nützen kann«, antwortete Karin. »Ich muss nur lernen, mit meinen Wahnvorstellungen zu leben.«

»Ist das denn klug? Ich meine, die Pharmazie hat doch ganz großartige Fortschritte gemacht«, sagte Klaus, der als geborener Geschäftsmann stets auf der Seite der neuesten Entwicklungen war.

Sie zuckte mit den Schultern.

Um ehrlich zu sein, eigentlich sieht sie überhaupt nicht krank aus«, sagte Ellen während der Autofahrt nach Hause.

»Nein«, antwortete Klaus, »aber das wollen wir den Ärzten überlassen.«

»Und wenn etwas dran ist ...?«

»Wo dran ...?«

»Na, dass es doch eine Verschwörung gibt ...«

Eine jener langen Pausen schloss sich an, wie sie bei allen Eheleuten eintreten, wenn man dem andern zugesteht, in Gedanken zu versinken, und sie hatten fast ihr Haus erreicht, als Klaus antwortete: »Tja, das weiß man doch eigentlich nie. Wer ist normal, wer ist verrückt? Aber der Oberarzt hat gesagt, sie beginnt ihre Krankheit zu erkennen. Hoffen wir, dass die Ärzte ihr Handwerk beherrschen, und sie ist ja nicht zwangseingewiesen.«

Karin sah sicherheitshalber auf den Korridor, bevor sie die Tür schloss und ihre alte Freundin und Kollegin Birgitte anrief.

»Du, ich liege mit einer Psychose im Krankenhaus, aber mir fehlt nichts. Es ist nur besser, dass ich hier bleibe, ich werde von irgendwem verfolgt. Ich bin vor Angst fast gestorben. Du musst mir glauben.«

»Natürlich glaube ich dir. So lange ich dich kenne, bist du immer krankhaft ehrlich gewesen.«

»Das ist eine äußerst komplizierte Geschichte,

die tatsächlich an dem Tag angefangen hat, als wir beide zusammen essen waren. Als ich nach Hause kam, hatte jemand meine Katze umgebracht. Das heißt, angefangen hat es mit einer Sache, über die ich schreiben sollte, ein Mord, ein Familiendrama Anfang Juni. Und ich möchte dich bitten, mir einen Gefallen zu tun. In Kopenhagen findet ein Prozess statt, und eine Zeugin ist verschwunden, und ich würde gern Verbindung mit einer Rechtsanwältin aufnehmen …«

»Immer mit der Ruhe, eins nach dem andern. Wann ist morgen Besuchszeit?«

»Ich komme morgen auf die offene Station. Sie legen Wert darauf, dass es möglichst ungezwungen und alltäglich zugeht, also ist das bestimmt einigermaßen egal. Nur am Vormittag kannst du nicht kommen, da bin ich in der Therapie, um zu lernen, mit meinen Zwangsvorstellungen zu leben …«

»So etwas könnte ich auch brauchen«, sagte Birgitte und lachte.

Karin lachte ebenfalls – zum ersten Mal seit Tagen. Und sehr erleichtert streckte sie sich auf ihrem Krankenhausbett aus.

Donnerstag, 28. Juni

In der Therapiegruppe waren sie zu sechst. Niels Røjkjær, der Oberarzt, nach wie vor in kurzen Hosen – »ich heiße Niels« –, Bente, die Krankenschwester und vier Patienten. Sie sollten sich vorstellen und erzählen, warum man sie eingewiesen hatte.

Mads, ein Student in den Zwanzigern, begann: »Mir fehlt nichts, und darum weigere ich mich, Arzneimittel einzunehmen«, sagte er.

»Warum bist du denn hier?«, fragte Bente.

»Das gehört zur Strategie des Geheimdienstes.«

»Aha, und was ist das Ziel dieser Strategie?« Bentes Stimme hatte einen übertrieben pädagogischen Tonfall.

»Damit die Amerikaner Dänemark mit ihrem Raketenschirm überziehen können. Ist jemand vom CIA anwesend?«

Inquisitorisch sah er jedes einzelne Gruppenmitglied an, alle schüttelten den Kopf.

»Hm«, sagte er. »Das war auch eine dumme Frage, denn der Betreffende meldet sich natürlich nicht freiwillig. Ich habe an den Ministerpräsidenten geschrieben und ihn gewarnt, aber das ist ein äußerst dummer Mensch. Am schlimmsten ist es für die Kinder, die diese Hölle des Krieges miterleben müssen.«

»Hast du auch Angst?«

»Ja, wer hat denn keine Angst vor dem Weltuntergang?«

»Hm, vermutlich niemand«, sagte der Arzt.

Pernille war erst neunzehn. Sie stierte in ihre Teetasse und sagte nichts, als sie an der Reihe war.

»Was siehst du?«, fragte die Krankenschwester.

»Gene«, antwortete sie. »Sie manipulieren sie und bringen sie ins Essen und Trinken, so dass sich unser Erbgut verwandelt und man zu guter Letzt selbst nicht mehr weiß, wer man ist.«

»Machen sie das?«, fragte Mads und sah erschrocken aus.

Sie nickte nachdenklich: »Habt ihr nicht von dieser Organisation gehört, die Wissenschaft, Religion und Politik verbindet? Die tun auch Gift in die Salami.«

»Warum?«, wollte Mads wissen.

»Um sich an den Abtrünnigen zu rächen. Sie beobachten mich schon lange. Manchmal nehmen sie mir auch meine Beine ab.«

»Aber wie gehst du denn dann?«, wollte Mads wissen.

»Das kann ich ja nicht. Ich muss schweben, und

dann besteht die Gefahr, dass ich wegfliege. Davor habe ich Angst …«

»Aber jetzt hast du deine Beine«, wandte Mads ein.

»Nachts geben sie sie mir zurück und mittwochs, das ist der Tag des heidnischen Gottes«, sagte sie.

Georg, ein Mann in den Vierzigern, ging im Zimmer herum und vergewisserte sich, dass alle elektrischen Schalter ausgeschaltet waren, ehe er zu sprechen begann.

»Echelon«, sagte er. »Ihr globales Abhörsystem. Sie können die gesamte private und wirtschaftliche Kommunikation auf der Welt abhören. Und es existiert keine demokratische Kontrolle ihrer Big-Brother-Tätigkeit. Ich habe eine Chronik darüber verfasst, und seitdem versuchen sie mich zu treffen. Ich werde rund um die Uhr abgehört. Ihre ferngesteuerten elektronischen Geräte sind so stark, dass ich Schläge bekomme, wenn sie sie auf mich richten. Darum weiß ich, dass sie mich ständig überwachen.«

»Und ich«, sagte Karin, »ich bin auch nicht krank, aber es gibt ein paar Leute, die einen dreifachen Mord verheimlichen wollen. Sie haben meine Katze umgebracht und mir einen Roboter geschickt, der mir in die Arme geschnitten hat, seht selbst.«

»Das ist ganz typisch, so sind sie«, sagte Pernille, und die Angst stand ihr ins Gesicht geschrieben.

»Dank euch allen«, beendete der Oberarzt den ersten Austausch über Zwangsvorstellungen. »Jetzt haben wir gehört, wovor ihr Angst habt und was für euch wirkliche Bedrohungen sind. Alle Menschen erleben ihre eigene Wirklichkeit, und es ist ganz wichtig für uns, dass wir mit unserer Wirklichkeit leben können. Und es ist auch wichtig, dass unsere Wirklichkeit sich von der Wirklichkeit anderer Menschen nicht völlig unterscheidet. Beim nächsten Mal wollen wir darüber sprechen, auf welche Weise sich unsere Wirklichkeiten von denen anderer Menschen unterscheiden. Wenn Pernille zum Beispiel erlebt, dass ihre Beine weg sind, dann sieht es für mich so aus, als ob sie noch an ihrem Körper sitzen. Das hilft Pernille nicht, weil sie fühlt, dass sie weg sind. Aber wenn wir ihr immer wieder sagen, dass sie ihre Beine hat, dann denkt sie schließlich nicht mehr so viel dran und hat nicht mehr so viel Angst. Damit werden wir morgen fortfahren.«

»Das mit dem Roboter war bestimmt ein furchtbares Erlebnis«, sagte Georg auf dem Weg zurück zur Abteilung.

»Ja, ich habe immer noch Alpträume«, antwortete Karin. »Und weißt du«, fuhr sie fort. »Ich halte dieses Abhörsystem Echelon auch für unheimlich problematisch. Gerade ist ein EU-Report herausgekommen, der feststellt, dass es sich dabei um eine Verletzung der Menschenrechte handelt.«

»Hast du Lust auf ein Spiel?«, fragte er, als sie am Tischtennisraum vorüberkamen.

»Warum nicht? Viel Bewegung hat man hier ja nicht.«

»Wollen wir um was spielen?«, fragte er.

»Um was denn?«

»Süd-Jütland und die Herzogtümer«, sagte Georg, der Geschichtslehrer war.

»Yes«, antwortete Karin. »Wir spielen um Süd-Jütland und die Herzogtümer.«

Christoffersen hatte Blumen und eine Karte geschickt. Er schrieb, sie solle es nicht so schwer nehmen und bald wieder gesund werden, dann werde er über eine schonende Tätigkeit nachdenken.

Außerdem war da noch eine neutrale »Gute-Besserungs-Karte« mit einem Blumenstrauß vom Betriebsrat.

Und, worüber sie sich am meisten freute, eine muntere Karte von Thomas.

»Verrücktes altes Mädchen! Die Welt ist verrückt, nicht du. Ich schau vorbei, wenn ich die russische Mafia erledigt habe. Alles Liebe, Thomas.«

Hör mal, es steht mir völlig frei, die Abteilung zu verlassen. Und irgendwann mache ich das auch. Aber im Augenblick will ich mich sicher fühlen, und das ist hier der Fall.«

Birgitte hatte darauf bestanden, sie mit zu sich

nach Hause zu nehmen. Und falls sie tatsächlich eine Behandlung benötigte, dann kannte Birgitte einen Akupunkteur mit einer ganz neuen Methode zur Behandlung seelischer Krisen, denn das war klar, dass Karin nach ihren entsetzlichen Erlebnissen eine Krise haben musste.

»Wenn sie mich umbringen wollten, dann hätten sie das mit Leichtigkeit tun können«, erklärte Karin. »Aber sie wollen mich als geisteskrank hinstellen: die Katze, der Roboter, der Rächer von Honolulu und so weiter. Als ich heute in der Gruppentherapie meine Geschichte erzählte, habe ich genauso gestört geklungen wie die andern. Das ist ihre Absicht, und natürlich sind sie auf diese Idee gekommen, weil ich schon einmal in einer Nervenheilanstalt war.«

»Und wer weiß davon?«

»Alle. Ich lebe in einem sehr kleinen Ort.«

Karin hatte die Tage im Krankenhaus dazu genutzt, um einen genauen Bericht zu schreiben, was sich seit der Veröffentlichung ihres Artikels über das Familiendrama in Kappelhøje ereignet hatte. Sie ging ihn mit Birgitte durch, die intensiv zuhörte und nicht eine Sekunde an der Glaubwürdigkeit ihrer Freundin zweifelte.

Früher einmal hatte Karin Birgitte vorgeworfen, sie sei naiv, blauäugig und allzu gutgläubig. Birgitte war absolut kein rationaler, kritischer Mensch, und darauf legte sie Wert. Im Gegenteil, sie war eine

Anhängerin des Mystischen und Alternativen. Ein Heer von Gurus, Heilern, Therapeuten, Spiritualisten und Sterndeutern war durch ihr Leben gezogen.

Von Karins Erzählung und wie sie sich entwickelte, ließ sich Birgitte völlig mitreißen.

»Ich glaube, die verschwundene Betina Bertelsen hat irgendeine Erklärung in der Hand, und darum will ich dich um einen Gefallen bitten«, sagte Karin. »Am Montag findet ein Haftprüfungstermin in der Sache Alexander Zlotnik statt. Er kennt Betina aus dem Massagesalon in der Århusgade und weiß vielleicht, wo sie sich aufhält. Ich möchte, dass du dich mit seiner Rechtsanwältin in Verbindung setzt. Das ist Andrea Vendelbo, sie hat gerade einen Artikel über Isolationshaft veröffentlicht. Gib ihr meinen Bericht hier, und bitte sie, mich anzurufen.«

Ja, natürlich. Birgitte rollte mit den Augen und erklärte, wie alles zusammenhängen konnte, falls entweder der stellvertretende Polizeichef, der Kreisarzt oder der Chefredakteur der Mörder war. Oder zwei oder drei gemeinsam. Das war so phantasievoll, dass Karin ein paar Mal lachen musste.

Mitten in ihre Phantasiegespinste platzte Thomas und gab Karin einen kurzen Kuss auf die Stirn.

»Ich bin in Eile, ich soll zu einer Protestversammlung wegen des neuen Flüchtlingszentrums. Wozu brauchen wir auch Flüchtlingszentren, wenn wir genug leere Container haben?« Er schnitt eine ironische Grimasse.

»Will nur das hier schnell reinwerfen, damit du nicht mit trockenem Gaumen rumliegen musst«, fuhr er fort und stellte eine Flasche Calvados auf den Tisch.

»Unser Praktikant, ich teile das Zimmer mit ihm«, erklärte Karin hinterher.

»Das ist aber unheimlich süß von ihm«, sagte Birgitte, die wie alle irrational veranlagten Menschen über eine gut entwickelte Intuition verfügte. »Habt ihr ... seid ihr ...«, fragte sie.

»Nein, nein, er ist doch viel zu jung«, lachte Karin.

Montag, 2. Juli

Dagmar wollte nicht in den Kindergarten. Nach ihrem Nordseeurlaub mit Papa und Onkel war sie aufgedreht, sie hatte keine Lust, wieder in den grauen Alltag zurückzukehren, und hatte schon beim Aufstehen gequengelt. Andrea redete ihr gut zu: »Es dauert nicht mehr lang, dann machen wir zusammen Urlaub, aber jetzt musst du lieb sein …«

»Ich will jetzt Urlaub machen … JETZT, JETZT, JETZT!«, schrie Dagmar.

»Mein Schatz, das ist unmöglich. Und du sollst nicht so schreien. Komm, wir unterhalten uns still und vernünftig darüber …«

»Ich will mich nicht unterhalten, ich will Urlaub, JETZT!«

»Wir müssen uns alle um unsere Angelegenheiten kümmern. Du musst in den Kindergarten und ich zum Gericht. Hinterher muss ich im Krankenhaus eine kranke Dame besuchen, und dann hole ich dich wieder ab.«

Das Kind stand da, die Fäuste in die Seiten gestemmt und starrte sie wütend an.

»Immer musst du zum Gericht. Kann ich nicht bei Papa und Onkel Peter wohnen? Die wollen mich, und die spielen auch viel schöner mit mir!«

Dieser Satz durchschlug den Panzer, den Andrea um ihre Gefühle errichtet hatte, als die beiden Menschen, zu denen sie die engsten Beziehungen besaß, sie verraten und verlassen hatten. Sie empfand eine Art innere Lähmung, nach einigen Augenblicken aber meldete sich ihr Über-Ich. Hier redet ein trotziges kleines Kind. Das galt nicht. Das galt nicht. Das galt nicht.

Als ob das Kind selbst die Tragweite seiner Worte erkannt hätte, änderte es abrupt seine Meinung. »Okay, Mama, ich geh in den Kindergarten …«

Plötzlich war die Stimme dünn und schwach.

Andreas Intellekt funktionierte in den nächsten beiden Stunden wie ein Autopilot. Sie war Pflichtverteidigerin vor Gericht und vertrat Alexander Zlotnik beim Haftprüfungstermin, den das Amtsgericht angeordnet hatte.

Sie bemühte sich bis zum Äußersten, mit ihrer Vernunft die offene Wunde abzudämmen, aus der ihre Lebenskraft im Rhythmus jenes Satzes ihres Kindes entwich: »Die wollen mich, und die spielen auch viel schöner mit mir!«

Andrea hatte für ihren Bruder Peter nach dem viel zu frühen Tod der Mutter deren Stelle ersetzt. Sie hatte ihn geliebt wie einen Sohn, hatte ihn beschützt, hatte ihm den Weg geebnet. Und sie war auch da gewesen, als er mit fünfzehn Jahren eingestanden hatte, homosexuell zu sein. Sie hatte Antworten auf seine Fragen gefunden und ihn in der Krise unterstützt, als er aussteigen wollte.

Als sie Mikkel kennen lernte, war ein Kleeblatt aus ihnen geworden. Anfangs hatte Mikkel unter seinem stets gegenwärtigen Schwager ein bisschen gelitten, schließlich aber hatte auch er ihn lieb gewonnen.

Alle liebten Peter.

Und dann war es passiert: Die beiden Menschen, denen sie am meisten verbunden war, hatten einander bei den Händen ergriffen und ihr den Rücken gekehrt. Gestützt auf ihre Vernunft, hatte sie das durchgestanden, ohne auch nur einmal die Stimme zu heben oder eine Träne zu vergießen. Gestützt auf ihre Vernunft und das Ziel, Dagmar in den besten und sichersten Verhältnissen aufwachsen zu lassen. Dagmar, die sich nun ebenfalls von ihr abwandte.

Auch wenn sie fühlte, dass die verdrossenen Sätze ihres Kindes an diesem Morgen ihren Schutzpanzer durchdrungen hatten, hielt ihre professionelle Selbstdisziplin sie den ganzen Vormittag über aufrecht.

Die Staatsanwaltschaft hatte Alexander Zlotniks Haft um vier Wochen Isolationshaft verlängern wollen. Die Polizei konnte jedoch keine neuen Erkenntnisse präsentieren, und Andrea legte Widerspruch ein. Die Voraussetzung für eine Untersuchungshaft sei nicht gegeben, der Verdacht habe sich nicht bestätigt, trug sie vor. Alexanders Zlotnik müsse freigelassen oder zumindest aus der Isolationshaft verlegt werden. Seit dem 13. Mai habe er sich in Isolationshaft befunden, seine psychische Gesundheit sei gefährdet.

Der Richter erkannte auf eine Verlängerung der Isolationshaft um 14 Tage.

Alexander Zlotnik machte einen erschütterten Eindruck. »Wann werde ich aus der Isolationshaft entlassen?«, fragte er auch den Staatsanwalt.

»Wenn die Polizei den Fall aufgeklärt hat«, antwortete der.

»Und wann ist das?«

»Tja«, sagte der Staatsanwalt. »Zum Beispiel, wenn sie ein Geständnis hat.«

Andreas Empörung ließ sie für einen Augenblick ihr eigenes Unglück vergessen. Die Antwort des Staatsanwalts war eine deutliche Bestätigung dafür, dass die Isolationshaft zur Erzwingung eines Geständnisses benutzt wurde, als Erpressung, als Folter.

Sie war nicht hungrig, sondern trank in der Frühstückspause nur zwei Tassen Kaffee, während sie sich einige Male sagte, Dagmar habe lediglich keinen guten Morgen erwischt und sei unartig gewesen. Das entsprach der Natur des Kindes, und es war sein Recht. Sie, Andrea müsse sich beherrschen und Launen und Aufsässigkeit des kleinen Menschen nicht überbewerten. Nun müsse sie nur ihre

Arbeitsroutine fortsetzen, dann werde der Schmerz von selbst verschwinden.

Am Nachmittag würde sie eine Psychiatriepatientin besuchen, die über eine Zeugin im Fall Alexander Zlotnik etwas wusste. Auch wenn es sich um eine unwichtige Zeugin zu handeln schien, vielleicht konnte das Verschwinden Betina Bertelsens in diesem Fall Bedeutung erlangen. Eine Freundin der Patientin hatte Kontakt mit ihr aufgenommen und ihr eine einigermaßen farbige und wilde Geschichte erzählt.

Während des Telefongesprächs hatte Andrea gedacht: Patienten einer psychiatrischen Klinik, denen in Wirklichkeit nichts fehlt, die aber Verschwörungen aufgedeckt und Mordrätsel gelöst haben, sind so alltäglich, dass jeder Anwalt mindestens von zwei oder drei solcher Fälle erzählen könnte.

Natürlich hatte sie ihre Skepsis unterdrückt und auch Karin Sommers schriftlichen Bericht mit Wohlwollen entgegengenommen. Während der Lektüre waren ihr einige interessante Punkte aufgefallen. Der Bericht machte insgesamt einen vernünftigen, zusammenhängenden Eindruck, doch es ist nicht außergewöhnlich, dass psychisch kranke Menschen ein eigenes, überaus eindrucksvolles logisches Gebäude errichten. Sie war am Weg vieler psychisch Kranker durch das Rechtssystem beteiligt gewesen und hatte auch erlebt, wie einige diese Mühle als Gesunde betreten und als Kranke wieder verlassen hatten. Haft brachte im Allgemeinen psychische Schädigungen mit sich, und eine Isolationshaft rief Krankheiten hervor. Das war bekannt.

Eine Stunde fuhr man mit dem Auto zum Kreishospital, wo sie Karin Sommer treffen sollte. Unterwegs stürmten ihre negativen Gedanken wieder auf sie ein. Alle verlassen mich. Ich bin ausrangiert. Ich bin nicht liebenswert. Niemals würde ich Dagmar einen Selbstmord antun, aber wenn es nun zu einem Unfall käme? Wenn ich gegen einen Brückenpfeiler rase? Oder gegen einen Lastwagen?

Der Vormittag in der Gruppentherapie war von einer langen Diskussion geprägt, ob es wahrscheinlich sei, dass es sich bei Pernilles einjährigem Sohn um das Produkt eines Experiments im Reagenzglas in einem vom Verein für Wissenschaft, Religion und Politik betriebenen Laboratorium handelte.

Der Grund dafür, dass Pernille diese Frage so stark beschäftigte, war, dass der Verein den Jungen jeden Augenblick zurückverlangen und ihn in die Flüssigkeit zurückverwandeln konnte, aus der man ihn erzeugt hatte. Sie liebte ihren kleinen Christian sehr. Zurzeit wurde er von ihren Eltern betreut.

Georg hatte sich geweigert zu sprechen. Er hatte Block und Stift dabei und den anderen schriftlich abgeraten, etwas zu sagen. Er hatte herausgefunden, dass sie rund um die Uhr abgehört wurden und dass alles, was sie sagten, gegen sie verwendet würde.

Zu Karins Zwangsvorstellungen kamen sie an diesem Vormittag nicht.

Jetzt, nach dem Mittagessen, saß sie in ihrem Zimmer und empfand eine überraschende Erleichterung. Die entsetzliche Angst, die der Mafiaboss und Rächer aus Honolulu in ihrem Innern hinterlassen hatte, begann zu verfliegen. Hier konnte sie nichts treffen. Bei ihrem ersten Klinikaufenthalt hatte sie bereits die Tatsache gequält, als psychisch Kranke abgestempelt zu sein und die Glaubwürdigkeit verloren zu haben. Dieses Mal aber hatte sie nichts mehr zu verlieren. Ihr fiel ein, dass es womöglich schwierig sein könnte, wieder zu arbeiten, zumindest in einer Kriminalredaktion. Dann lieber Frührente als die Familienseite. Frührente war ein überschaubares Unglück, und Klaus würde ihr mit seinem Geld beistehen. Zweifellos. Vielleicht sollte sie den verrückten alten Traum von einem Haus auf dem Land mit Tieren in die Tat umsetzen?

Gerade in diesem Augenblick trat eine junge Frau in ihr Zimmer. Sie war mager und auf eine fast durchsichtige Weise farblos, ihre Erscheinung signalisierte völlige Selbstlosigkeit. Dünne blonde Haare, phantasielos geschnitten, das Gesicht ungeschminkt und die Kleidung so beige in beige, dass sie die junge Frau fast unsichtbar machte. Aus dem zwanghaften Zucken der Gesichtsmuskulatur und den zitternden Händen schloss Karin, dass sich die Frau in einer akuten Krise befinden musste, vermutlich frisch eingewiesen. Sie ging unaufhörlich mit ihrer Tasche durch das Zimmer und schien sich am Rande eines Zusammenbruchs zu befinden.

Karin handelte instinktiv, legte der jungen Frau mütterlich einen Arm um die Schultern und sagte: »Ja, aber meine Liebe. Dir scheint es nicht gut zu gehen. Setz dich und unterhalt dich ein bisschen mit mir, manchmal hilft das …«

Diese mütterliche Art, der um ihre Schultern gelegte Arm, die ruhige, reife Frauenstimme und die lebenserfahrenen, warmen Augen brachten den letzten Rest von Andreas vernunftbestimmtem Bollwerk zum Einsturz. Zwölf Jahre war es her, seit sie das letzte Mal geweint hatte, und nun schienen alle verdrängten Tränen herauskommen zu wollen. Karin legte sie auf ihr Bett und deckte sie mit der Decke zu. Es dauerte eine halbe Stunde, bis der Weinkrampf nachließ und Andrea unter Schluchzen erzählen konnte, dass ihr Mann und ihr Bruder seit einem Jahr ein Liebespaar waren.

»Wie bizarr«, sagte Karin Sommer. »Hoffentlich hast du sie erschlagen?«

Andrea reagierte auf ihren Tonfall, und Karin bemerkte die Andeutung eines Lächelns auf dem verweinten Gesicht der Frau.

»Nein. Ich habe doch gedacht, wir sollten das wie erwachsene Menschen lösen, auch aus Rücksicht auf das Kind. Es ist ja auch sehr gut gegangen …«

Dann begann sie wieder zu weinen, und Karin ließ ihr Zeit.

»Bis mich heute auch Dagmar ausrangiert hat ...«

Neue lange Weinpause, bis Andrea die griesgrämige morgendliche Unterhaltung wiedergeben konnte.

»Also, jetzt hör mal zu«, sagte Karin. »Ich habe keine Kinder, aber so viel weiß ich, dass es völlig normal ist, wenn Scheidungskinder ihre Eltern gegeneinander ausspielen. Sie haben doch selbst das Gefühl, dass sie zerrissen sind, und vermutlich wollen sie sich rächen oder ganz einfach giftig und boshaft sein ...«

»Ja, das ist wohl so«, sagte Andrea nach einer langen Pause. Sie ging zum Waschbecken und wusch sich das Gesicht mit kaltem Wasser.

»Ich glaube vielmehr, dass du krank geworden bist durch den unterdrückten Kummer und den Zorn darüber, dass dein Mann und dein Bruder ...«

Andrea unterbrach sie: »Ich bin nicht krank.«

»Ja, aber man hat dich doch hier eingewiesen, weil du irgendwie die Flügel hängen gelassen hast«, sagte Karin.

»Man hat mich nicht eingewiesen. Mein Name ist Andrea Vendelbo, ich bin die Verteidigerin von Alexander Zlotnik. Ich bin gekommen, um mit dir zu sprechen.«

Karin sah überrascht aus und bemühte sich um professionelle Distanz: »Ach, wie dumm. Vermutlich hast du vergessen, dich vorzustellen!«

Andrea öffnete ihre Tasche, und Karin sah, wie sie darum kämpfte, ihre gewohnte Haltung einer vernünftigen, pflichtgetreuen jungen Frau einzunehmen, die die eigenen Bedürfnisse zugunsten anderer zur Seite schob.

»Das hat Zeit«, sagte Karin. »Erzähl mir ein bisschen über diese bizarre Situation, in die dich die Männer gebracht haben. So etwas habe ich noch nie gehört, und ich kann gut verstehen, dass du außer dir bist.«

»Ich bin nicht außer mir«, lautete Andreas reflexartige Antwort, dann aber fiel ihr ein, dass sie noch vor wenigen Augenblicken mit Weinkrämpfen auf einem Krankenhausbett gelegen hatte. Hier war es nicht nötig oder nicht möglich sich zu verstellen. »Doch, vielleicht bin ich ein bisschen außer mir, und wenn es dich wirklich interessiert, dann …«

»Es interessiert mich wirklich«, konnte Karin einschieben, ehe Andrea die Worte aus dem Mund sprudelten und sich zu einer langen Geschichte von Liebe und Verrat verbanden, die sie beinahe das Leben gekostet hätte. An diesem Tag hatte sie sich fast für den Betonpfeiler entschieden und kaum mehr gewusst, ob sie tot oder lebendig war, als sie in Karins Krankenzimmer trat.

»Ich habe Besuch von einer Freundin«, sagte Karin und machte einer Krankenschwester die Tür vor der Nase zu, die »ein bisschen plaudern« wollte. So nannte man den zwanglosen Teil der Therapie auf dieser Station.

Andrea und Karin plauderten lange, kamen aber

weder zum Familiendrama von Kappelhøje noch zu dem Mord in Østerbro. Andrea verließ das Krankenzimmer mit dem Versprechen, gleich am nächsten Tag wiederzukommen und sich viel Zeit zu nehmen, um den ganzen Fall zu besprechen.

Wollte man behaupten, Andrea hätte das Krankenhaus mit großem Lebensmut verlassen, wäre das übertrieben, ihre Selbstmordgedanken aber hatten sich verzogen, und sie hatte Dagmars anklagende Worte besser im Griff.

Zum ersten Mal hatte sie mit einem andern Menschen über ihr quälendes Privatleben gesprochen. Und Karins spontaner Ausruf »Wie bizarr!«, war die Nadel gewesen, die diese schmerzliche Beule aufgestochen hatte. Ja sicher, es war auch bizarr, dass ihr Mann sie verließ, um mit ihrem eigenen Bruder zusammenzuleben. Wie bizarr! Wie bizarr!, wiederholte sie einige Male.

Dann fuhr sie entschlossen auf einen Parkplatz an der Autobahn, griff nach ihrem Handy und rief bei Mikkel und Peter an.

Mikkel meldete sich, und sie sagte zornig und ohne jede Einleitung zu ihrem Exmann: »Wenn ihr Dagmar einredet, dass sie bei euch wohnen kann und nicht mehr in den Kindergarten gehen muss, dann verlierst du dein Recht, mit dem Kind zusammen zu sein!«

»Aber wir haben doch nur zum Spaß darüber

gesprochen …« Mikkel begann zu stottern. Er hatte seine Exfrau noch nie so wütend erlebt. »Was ist denn los? Können wir das nicht auf dem nächsten Elternabend besprechen?«, fragte er vorsichtig.

»Es gibt keine Elternabende mehr, und ein gemeinsames Sorgerecht auch nicht. Ihr beide habt euch völlig bizarr aufgeführt, völlig bizarr«, sagte sie. »Aber du kannst mit Dagmar zusammen sein, die Bedingungen lege ich fest, und das heißt, dass ihr normaler Rhythmus nicht darunter leiden darf. Ihr sagt nein, wenn sie anruft und den Kindergarten schwänzen will!«

»Ja, natürlich. Das machen wir. Aber selbstverständlich«, antwortete Mikkel.

Sie beendete das Gespräch. Es ging ihr viel besser.

Soeben habe ich eine psychologische Abhandlung gelesen, die zu dem Schluss kommt, dass gesellschaftlich erfolgreiche Menschen mit Psychopathen viele Persönlichkeitszüge gemeinsam haben und dass Psychopathen unter Menschen mit Macht stark überrepräsentiert sind. Während unter einfachen Menschen ein Psychopath auf hundert kommt, sollen es unter erfolgreichen Mitgliedern der Gesellschaft zwischen 20 und 30 Prozent sein. Als »sozialisierte Psychopathen« werden sie in dieser Abhandlung bezeichnet. Sozialisierte Psychopathen sitzen auf Spitzenposten in Politik und Verwaltung, im Wirtschaftsleben und im öffentlichen Dienst.

Dies bestätigt meine These, dass es sich beim Begriff des Psychopathen um ein kulturelles und soziales Konstrukt handelt.

Gerade hierüber habe ich häufig nachgedacht, weil ich das Gefühl hatte, davon betroffen zu sein. Nicht, dass mich jemand für einen Psychopathen gehalten hätte – im Gegenteil, ich gelte als Muster eines wohlangepassten Staatsbürgers –, sondern weil ich ein Mensch bin, der über seine Handlungen reflektiert. Andere zu belügen, fällt mir nicht schwer, mich selbst aber belüge ich nie. Darum beschäftigt mich dieser Begriff des Psychopathen, und ich habe darüber spekuliert, warum manche Psychopathen hinter Gittern sitzen, während andere im Parlament in Christiansborg und in Amtszimmern landen.

Ein Psychopath ist machtgeil, gewissenlos und gefühlskalt, lautet die Beschreibung der Psychiater.

In gesellschaftlichen Kreisen nennt man das ehrgeizig, nüchtern und vernunftbestimmt. Man stellt keinen Vorgesetzten ein, ohne ihn zu fragen, ob er fähig ist, Entlassungen auszusprechen.

Gewissen baut auf einer religiösen Annahme auf, dass es gute und schlechte Taten gibt. Doch sind solche Wertbegriffe bekanntlich von politischen Definitionen und von der Kultur der jeweiligen Zeit und des jeweiligen Ortes abhängig. Hatte die Geistlichkeit ein schlechtes Gewissen, wenn sie Hexen auf dem Scheiterhaufen verbrannte? Hatten die Kaufleute und die Kapitäne der Sklavenschiffe ein schlechtes Gewissen? Kaum, denn sie nahmen von den Königen Auszeichnungen entgegen, wenn sie mit reicher Ladung in die Heimat zurückkehrten. Einige der grausamsten Handlungen in der Geschichte der Menschheit wurden mit Orden belohnt.

Handelt es sich beim Gewissen um eine religiöse

und politische Konstruktion, gilt für das Fehlen eines Gewissens selbstverständlich das Gleiche. Ein fehlendes Gewissen kann also zu einer objektiven Charakterbeschreibung nicht herangezogen werden.

Psychopathen seien schlau und manipulierten andere Menschen, um ihre Machtgelüste zu befriedigen, sagen die Psychiater.

Kann man das Gleiche nicht auch von jedem beliebigen Menschen sagen, der gesellschaftlich tätig ist? Politiker, Funktionäre, Wirtschaftsfachleute, alle Arten von Führungspersönlichkeiten.

Ziemlich häufig sind Psychopathen einnehmende, redegewandte, bezaubernde Menschen.

Nützliche Eigenschaften für jeden, der die Spitze der Gesellschaft anstrebt.

Psychopathen nutzen andere Menschen im Interesse des eigenen Gewinns aus, behauptet unser Psychiater.

Ist jedoch nicht gerade die Fähigkeit, andere zum eigenen Gewinn auszunutzen, das Fundament unserer liberalistischen Ökonomie?

Psychopathen sind nicht beständig, folgen immer wieder neuen Einfällen und bewegen sich sprunghaft vom einen zum andern, heißt es in der Beschreibung dieser angeblichen Charakterabweichung.

In den Kreisen der Erfolgreichen bezeichnet man diese Eigenschaften als Einfallsreichtum, Initiative, Flexibilität, Kreativität.

Im allgemeinen Sprachgebrauch nennt man Sozialisierte nicht Psychopathen, sondern bedient sich ehrenvoller Bezeichnungen.

Der Unterschied zwischen denen, die allgemein Psychopathen genannt werden, und den sozialisierten Psychopathen, die im »Who's who?« gut vertreten sind, besteht im sozialen Ausgangspunkt und in der Intelligenz. Arme und minderbegabte Psychopathen sitzen in Gefängniszellen, während es sich die begabten, sozialisierten Psychopathen auf der Sonnenseite des Lebens gut gehen lassen.

Infolgedessen meine ich, wenn ich für einen kurzen Augenblick den Begriff des Psychopathen anerkennen soll, dass es sich bei mir natürlich um einen sozialisierten Psychopathen handelt.

Als Richter meines eigenen Lebens verurteile ich mich selbst ausschließlich für Gelegenheiten, in denen ich mich dumm oder unkontrolliert verhalten habe. Zu beidem ist es gekommen, weil man schließlich nur ein Mensch ist. Ich muss eingestehen, dass es wegen fehlender Selbstkontrolle, Dummheit und mangelndem Überblick zu meinem zweiten Mord gekommen ist. Ich entschuldige mich selbst damit, dass ich damals vor vielen Jahren jung und unerfahren gewesen bin, die Dummheit hatte jedoch Folgen und machte eine Reihe korrigierender Maßnahmen nötig. Als »damage control« könnte man das bezeichnen. Die Kontrolle wiederzuerlangen hat viele Menschen das Leben gekostet, das war jedoch kein

Verlust für das Leben. Bei den Betreffenden handelte es sich um ganz gleichgültige Existenzen, Gewürm auf der Erdoberfläche. Ihre Tötung war notwendig. Sie standen mir und meiner Kontrolle im Wege.

Am liebsten kontrolliere ich meine Umgebung nicht mit Hilfe von Gewalt, sondern gestützt auf freundliche Manipulation. Das ist am vorteilhaftesten, und es ist so leicht, weil die meisten Menschen Vorurteile haben, unkritisch und außer Stande zur simpelsen logischen Analyse sind.

Die Fähigkeit zur Aufrechterhaltung der Kontrolle und zur Beibehaltung des Definitionsvermögens, das für den Erfolg absolut entscheidend ist. Auf diesem Gebiet bin ich nicht nur begabt. Ich bin ein Genie.

Machst du dir langsam ein Bild von meiner Persönlichkeit?

Ich bin nicht ohne menschliche Schwächen, und ich schreibe, weil ich mich gerade vor dir rechtfertigen möchte. Weil ich möchte, dass du meine Beweggründe und die Lebensphilosophie verstehst, die aus der Klarheit des vorurteilsfreien Denkens entsprungen ist.

Dienstag, 3. Juli

Endlich hatte der Sommer mit veritabler Tropenhitze zugeschlagen, und die Studentenmützen saßen keck auf den Köpfen von Kamilla und Tobias, die ausgelassen den Pfad zum Altertumsweg hinunterliefen. Er fing sie ein und nahm sie in die Arme und bekam augenblicklich eine Erektion, obwohl sie an diesem Tag schon dreimal miteinander geschlafen hatten. Auch sie brannte vor Begierde, hatte jedoch die Geistesgegenwart zu flüstern: »Nicht hier, Tobias, hier kommt ständig jemand vorbei.«

Hand in Hand liefen sie über das Pflaster der alten Straße, auf den Bach zu, wo sie über eine Planke balancierten, die als Brücke diente. Dann verschwanden sie im Wald, wo sie zwei Minuten später eng umschlungen auf den weichen, grünen Waldboden fielen – junge Liebende mit Sommerhitze in Lenden und Schoß.

Kamilla und Tobias sollten diesen Tag im Wald nie mehr vergessen, an dem sie ein Stück vom Weg entfernt hinter einem Wall aus verfilztem Gebüsch ein Liebesversteck fanden.

Als der Höhepunkt näherrückte, ließ Kamilla seine Lenden los und streckte die Arme aus, um ihre Offenheit und Empfänglichkeit zu beweisen. Ihre Arme sanken auf den grünen Waldboden. Tobias wollte seinerseits demonstrieren, dass seine Liebe von jener Art war, die auf eine Berührung der Geschlechtsorgane verzichten kann. Darum suchte er im Gras nach ihren Händen. Er fand die rechte Hand und drückte sie heftig.

Zuerst glaubte Kamilla, es handele sich um einen Lustschrei von bislang ungehörter Lautstärke, Sekunden später war sie sich jedoch im Klaren, dass irgendetwas nicht stimmte, da Tobias so heftig aufsprang, dass er wegen seiner heruntergelassenen Hose umfiel.

»Deine Hand …« Seine Stimme kippte wie bei einem Jungen im Stimmbruch.

»Was ist mit meiner Hand?«, fragte sie unsicher und starrte auf ihre beiden Hände. Sie sahen ganz normal aus und hatten noch niemals jemanden erschreckt.

»Es hat sich angefühlt, als wenn sie in Stücke geht …«

Kamilla setzte sich auf, starrte ins Gras und schrie. Eine blauschwarze, fast mumifizierte Menschenhand ragte zwischen den Waldanemonen empor.

Tobias stolperte, die Hose an den Fersen, zu einem moosüberzogenen Baumstumpf, um sich die Hand abzuwischen. Kamilla übergab sich.

Donnerstag, 5. Juli

Die Leiche des jungen Mädchens, das Kamilla und Tobias im Wald gefunden hatten, war so stark verwest, dass Jeanette bei der Identifikation im Leichenschauhaus nicht mit hundertprozentiger Sicherheit hatte feststellen können, ob es sich dabei um die sterblichen Überreste ihrer früheren Mieterin Betina Bertelsen handelte. Aber sie war sich zu neunzig Prozent sicher, für die letzten zehn Prozent sorgte der Zahnarzt. Probleme bei der Ermittlung der Todesursache hatten die Gerichtsmediziner nicht.

Um den Hals der Leiche war ein seidenes Halstuch gebunden, das einen Einschnitt hinterlassen hatte. Auf Grund des Verwesungsgrades gingen die Mediziner vorläufig davon aus, dass die Leiche ungefähr drei bis vier Wochen im Wald gelegen hatte. Die Ergebnisse verschiedener Analysen würden später eine genauere Zeitangabe erlauben. Die Tatsache, dass die Leiche teilweise entkleidet war, ließ an einen Sexualmord denken, mit Sicherheit ließ sich das jedoch nicht sagen, da bei der folgenden Obduktion keine Spermareste gefunden wurden.

Wie Halfdan Thor bemerkte, benutzten Vergewaltiger mittlerweile Kondome, weil sie wussten, dass ihr DNA-Profil einen unwiderlegbaren Beweis darstellte.

Wegen der Urlaubszeit leitete Halfdan Thor die Ermittlung und nahm auch aktiv an ihr teil. Aus Kopenhagen hatte man Verstärkung bekommen. Ohnehin arbeitete man eng mit der Kopenhagener Mordkommission zusammen, es schien einleuchtend, dass dieser Mord womöglich in Verbindung mit dem Monica-Fall in der Århusgade stand, in dem man Betina Bertelsen als Zeugin verhört hatte.

In den Räumen der Kriminalpolizei der kleinen Provinzstadt, in denen jetzt zwei Ermittlergruppen an ihren jeweiligen Fällen arbeiteten, herrschte ungewöhnliche Geschäftigkeit. Im Fall des ermordeten russischen Dolmetschers Boris Garmatschek hatte man noch keinen Durchbruch erzielt.

Hier hatte man es offenbar mit der Arbeit von Profis zu tun. In solchen Fällen lagen die Motive nicht auf der Hand, Zeugen ließen sich schwer finden und schon gar nicht zum Reden bringen. Magnus Kohlman und Mette Skov sammelten Beweise im Osten und im Westen, aber keinem Mitglied der Ermittlergruppe war bislang etwas aufgefallen, das Zusammenhänge erklären konnte, ein Motiv auch nur andeutete und an ein Muster erinnerte.

»Wir stehen im Hemd da«, meldete Magnus unverblümt bei der morgendlichen Besprechung.

Halfdan Thor öffnete wieder die Akte des Kappelhøje-Falls, in dem man sich dafür entschieden hatte, dass Betinas Vater ein Mörder und ein Selbstmörder war. *Entschieden* hatte, dachte er. Ohne Beweise gefunden, geschweige denn sie glaubhaft gemacht zu haben. Er las die Notiz, die er nach seinem Gespräch mit der Journalistin Karin Sommer angefertigt hatte. Schade, dass sie das Band mit Betina Bertelsens Anruf nicht gefunden hatte. Falls Betina tatsächlich gesagt hatte, sie *wisse*, dass der Täter nicht der Vater war, dann hatte sie womöglich auch geahnt, wer es gewesen sein könnte.

Er rief den Oberarzt im Kreiskrankenhaus an und erfuhr, dass einem Besuch bei Karin Sommer nichts im Wege stehe. Ihr Zustand habe sich sehr verbessert, es gehe ihr gut. Selbstverständlich müsse der Polizeibeamte rücksichtsvoll vorgehen, falls er die Absicht habe, ihr Fragen zu stellen, die unmittelbar ihre Zwangsvorstellungen beträfen.

Ja, er werde schon nicht vergessen, dass sie krank ist, und werde sie am Vormittag des folgenden Tages besuchen.

Wenn sich Unannehmlichkeiten häuften, träumte Thor von einem Leben als Bauer. Er wusste genau, dass es ein romantischer grüner Traum war, wenn er in seiner Phantasie die Ferkel hinter den Ohren kraulte, mit Kennermiene die Euter der Kühe betrachtete oder die Ähren in der Hand wog.

Er entschuldigte sich damit, dass es wohl mehr als eine Generation in Anspruch nimmt, die Last des kulturellen Erbes von zehn Generationen auf dem Mølle-Hof loszuwerden.

»Am praktischsten ist es, wenn der Älteste den Hof bekommt und der zweitälteste Rechtsanwalt wird, heutzutage kommt man ohne einen Rechtsanwalt in der Familie nicht zurecht.« So hatte sein Großvater in den Fünfzigerjahren räsonniert, und weil Thors Vater der Zweitälteste war, hatte er also in die Stadt gehen und Jura studieren müssen. Was ein Glück für ihn war, denn bald sollte es sich zeigen, dass die Juristerei größere Zukunft hatte als die Landwirtschaft.

Halfdan Thor war ein Stadtkind, aber er hatte von Kindesbeinen an vom Mølle-Hof gehört, und als ganz kleiner Junge war er einige Male dort gewesen. Mittlerweile war das Jahrzehnte her, die Gebäude waren abgerissen und das Land von einem Großbetrieb aufgekauft worden. Jenem Familienzweig, der damals der Scholle treu geblieben war, ging es, sozial gesehen, nicht besonders gut. Unter Halfdan Thors zahlreichen Vettern und Cousinen in Nord-Jütland gab es einige Frührentner, Langzeitarbeitslose und Sozialhilfeempfänger.

Als Thor sich entschlossen hatte, aufs Land zu ziehen, hatte er vor allem das Interesse seiner Söhne vor Augen gehabt, doch ebenso seine eigenen. Wie andere Polizeibeamte auch erlebte er sich zunehmend als sozialer Müllmann der Großstadtgesellschaft. Lange Jahre war er in Vesterbro rumgelaufen und hatte Drogensüchtige, Prostituierte und Diebe gefangen. Arme, kranke, erbärmliche Menschen. Schließlich hatte er gefühlt, dass das langweilig, banal und eigentlich ziemlich sinnlos war. Fachlicher Qualifikationen bedurfte es nicht, wollte man einen Drogensüchtigen wegen Dealens, Diebstahls oder der Fälschung von Rezepten dingfest machen, denn er hatte sich stets mindestens eines dieser Vergehen schuldig gemacht, und wenn er aus dem Kittchen kam, würde er, so sicher, wie er seinen täglichen Schuss brauchte, weitermachen.

Thor war planmäßig befördert worden und gehörte zum übergeordneten Teil des Systems. Das Ganze wurde dadurch nicht sinnvoller.

Er hatte sich vorgestellt, dass es in einem kleineren Ort ganz anders sein würde, und genauso war es, wenn auch nicht in jeder Hinsicht besser. Ihm fehlten jene fortschrittlichen Kollegen, die man stets finden konnte, wo viele Menschen zusammentrafen, Gleichgesinnte mit einer analytischen, kritischen Einstellung zur Arbeit. Hin und wieder hatte er das Gefühl, die provinzielle Selbstzufriedenheit und Machtherrlichkeit liege wie eine schwere Decke auf der gesamten Polizeistation. Unter dieser Decke atmete der Korpsgeist, den in Frage zu stellen einem Tabubruch gleichkam.

Außerdem meinte er, die sozialen Voraussetzungen für eine erhöhte Kriminalität hätten sich entschlossen, ihm auf dem Fuß zu folgen. Drogensüchtige und Alkoholiker zogen aus Kopenhagen in billigere Gemeinden im Süden, und das Elend wurde im Großen und Ganzen dezentraler. Allmählich gab es keinen Ort auf dem Land mehr, in dem es nicht mindestens ein Bordell und einen Platz gab, auf dem gedealt wurde.

Und dann die neuen, häufig kritisierten Probleme mit den Einwanderern. Zwar gab es Probleme, aber niemand verstand es, eine Perspektive zu entwickeln, alle hetzten gegen alle. Gerade an diesem Morgen hatte er einen Artikel gelesen, dessen zentrale Aussage darin bestand, die Flüchtlinge/Einwanderer seien »viermal so kriminell« wie die Dänen. Zahlen und Tabellen hatte es dort auch gegeben. Der Artikel war jedoch von einem Hirntoten verfasst worden: Die dänischen Angehörigen der Sozialgruppe 5 waren mindestens fünfmal so kriminell wie die übrigen Dänen. Die Flüchtlinge oder Einwanderer befanden sich ganz überwiegend am unteren Ende der Sozialgruppe 5. Also waren sie nicht krimineller als sozial gleichgestellte Dänen.

Über solche Themen konnte er auf der Polizeistation mit niemandem reden.

Für den Fall, dass er die Zeit und die Möglichkeit fand, es sich am Abend zu Hause durchzulesen, packte er das Material der Mordkommission über den Monika-Fall in der Århusgade zusammen.

Die Freizeit mit seinen Söhnen hatte jedoch höchste Priorität. Zuerst mussten sie eine neue Aalreuse auslegen, und dann wollte Aske grillen.

Esther hatte die Nachtwachen im Kreiskrankenhaus übernommen, weil ihre beiden Kinder im Teenageralter immer kostspieliger wurden: eigener Fernseher und Computer, Musikanlage, teure Anziehsachen, Sportausrüstungen, Reisen und Feste. Sie war allein erziehende Mutter, und ihr normales Gehalt als Krankenschwester reichte für die steigenden Ansprüche der Jungen nicht aus. Darum die zusätzlichen Nachtwachen in der Purzelbaumfabrik, wie der Volksmund das Krankenhaus nannte.

Die Nachtwachen auf den traditionellen psychiatrischen Stationen zog sie vor, dort erhielten die Patienten Medikamente und schliefen fast immer durch. Dann konnte sie über ihrem Kreuzworträtsel ein Nickerchen machen und war am folgenden Tag einigermaßen ausgeruht, um ihren Dienst auf der orthopädischen Station des örtlichen Krankenhauses anzutreten.

Die Nachtarbeit auf der medikamentenfreien Station, wo die Patienten nicht in eine chemische

Zwangsjacke gesteckt wurden, war hingegen anstrengend. Es konnte zur völligen psychischen Erschöpfung führen, wenn sie ihre nächtlichen Halluzinationen und Angstanfälle bekamen und Esther allein auf sich gestellt war.

Sie war gerade bei der Lektüre eines Illustriertenartikels über eine Frau in der Kalahari-Wüste eingenickt, als plötzlich Mads, der sympathische junge Student splitternackt im Bereitschaftszimmer stand, mit weit aufgerissenen Augen, die Angst ins Gesicht geschrieben.

»Jetzt sind sie gelandet«, sagte er.

»Wer?«, fragte sie.

Seine Gesichtsmuskulatur verzog sich, während er phantasierte: »Sie sind aus dem All gekommen und haben alles besetzt. Sie haben mich geweckt und herumkommandiert. Noch nicht mal meine Kleider durfte ich anziehen. Sie haben mir in die Ohren geschrien. Dann wollte ich mir im Wäscheraum ein Hemd holen, aber dort ist auch einer gewesen. Ich habe ihn durch den Türspalt gesehen. Er trug einen dünnen Raumanzug und eine sonderbare Maske.«

»Was für ein ekelhaftes Erlebnis. Jetzt mache ich dir eine Tasse Tee, und dann unterhalten wir uns ein bisschen, was das gewesen sein kann«, sagte Esther und legte ihm eine Decke um den nackten Körper.

Sie war stets im Zweifel, wie weit sie auf solche

Halluzinationen eingehen sollte. Das war Ansichtssache. Einerseits sollte man den Patienten so weit entgegenkommen, dass sie sich sicher fühlten. Andererseits sollten sie nach und nach erkennen lernen, dass es sich um Zwangsvorstellungen handelte.

»Und hier ist ein Stück Sandkuchen. Wenn wir eine Zeit lang hier sitzen bleiben, werden die ungebetenen Gäste bestimmt verschwinden«, sagte sie und lächelte.

»Ich habe Angst vor ihnen. Darf ich hier bleiben?«

»Ja, natürlich«, antwortete Esther.

Eine Stunde später schien er sich beruhigt zu haben. Der Uhrzeiger näherte sich der Zwölf, und sie hätte ihn gern ins Bett gesteckt, damit sie sich selbst auch ausruhen konnte.

»Jetzt sehe ich nach, ob sie verschwunden sind, sonst verjage ich sie. Willst du mitkommen?«, fragte sie.

Er schüttelte den Kopf.

Sie ging auf die Toilette und machte auf dem Weg ein paar Türen auf und zu.

»Sie sind alle weg. Ich hab überall nachgesehen. Du kannst ganz beruhigt sein. Jetzt bringe ich dich zu Bett«, sagte sie.

Eine halbe Stunde nach Mitternacht kam sie wieder ins Schwesternzimmer zurück, zog sich einen Stuhl heran, um die Beine hochzulegen, schaute ein bisschen in eine Illustrierte und schlief, ziemlich erschöpft nach zwölf Stunden Dienst, die Hausarbeit nicht mitgerechnet, ein.

Zur gleichen Zeit lag Karin Sommer in ihrem Bett und versuchte über ihre Situation nachzudenken. Im Lauf des Tages hatte sie beschlossen, dass sie aus dem Krankenhaus entlassen werden wollte, und die Angelegenheit mit Andrea Vendelbo, ihrer neuen Bekannten, durchgesprochen.

Nach ihrer ersten eigentümlichen Begegnung vor erst vier Tagen hatten die beiden Frauen gefühlt, dass sich eine Freundschaft anbahnte, auch wenn das von keiner der beiden so ausgesprochen wurde. Seitdem war Andrea zweimal im Krankenhaus gewesen. Zuerst, um herauszufinden, ob Karin etwas zu Alexander Zlotniks Fall beitragen konnte, und heute, um Karin eines der rechtspolitischen Bücher zu bringen, zu deren Mitautoren Andrea gehörte. Es handelte von der lebenslangen Haftstrafe, über die Karin schon lange einen Artikel schreiben wollte.

Nun dachte Karin vor allem, wie gut es war, eine Rechtsanwältin zu kennen, zu der sie Vertrauen hatte, für den Fall, dass sie juristische Hilfe brauchte. Angenommen, man würde sie zwangsweise im Krankenhaus festhalten?

Es war auch gut, jemanden zu kennen, der in diese kleine Gesellschaft nicht verwickelt war, in der man sie schon lange als geisteskrank abgestempelt hatte. Eine kompetente Person, die ihr glaubte und an ihrer Geschichte interessiert war.

Es gebe keinen Grund, dass sie länger im psychiatrischen Krankenhaus blieb, hatte sie an diesem Tag zu dem Oberarzt gesagt.

Der hatte sich nicht völlig abweisend verhalten, aber seine Bedenken geäußert und ihr abgeraten, die Behandlung abzubrechen.

Welche Behandlung?, hatte sie gedacht, doch geantwortet, die Gruppentherapie habe ihr sehr geholfen und sie gelehrt, mit ihren Zwangsvorstellungen zu leben.

Sie sei jetzt tatsächlich im Stande, diese Phantasien aus ihrem Bewusstsein zu vertreiben.

Sie hatte es gesagt, weil sie wusste, dass er das hören wollte. Aber es ging ihr wirklich besser. Nun, nach 14 Tagen im Krankenhaus, legte sich allmählich die panische Angst, in die der Rächer von Honolulu sie versetzt hatte. Ihr Bruder und ihre Freunde standen ihr mit Rat und Tat zur Seite, wenn sie entlassen wurde. Das hatten ihr alle im Lauf des Tages versichert. Sie hatten wirklich von allen Seiten auf sie eingeredet.

»Zieh zu uns nach Hause«, sagten ihre Schwägerin und ihr Bruder beharrlich. Sie hatte höflich abgelehnt. Sie wollte Klaus nicht noch mehr belasten, als es schon der Fall war.

»Du musst bei mir wohnen und dich erholen«, sagte Birgitte.

Das wäre ungefähr das Gleiche, als wenn man auf dem Kopenhagener Hauptbahnhof versuchen würde, Einsamkeit, Ruhe und Erholung zu finden, dachte sie.

Am liebsten wollte Karin nach Hause in ihre Wohnung, andererseits fiel es ihr schwer, die Angst ganz abzuschütteln. Darum kam ihr das Angebot von Andrea Vendelbo sehr gelegen.

»Ich will ohnehin mit der Polizei über Betina Bertelsen, meine ermordete Zeugin, sprechen. Wenn du also ein Bett für mich und Dagmar hättest, könnte ich für ein oder zwei Nächte bei dir Bodyguard spielen. Und du kannst mich mit deinen Ortskenntnissen unterstützen.«

Bezüglich ihrer Stelle bei der »Sjællandsposten« waren die Dinge recht ungeklärt. Sie hatte Adam angerufen und ihm mitgeteilt, eigentlich fühle sie sich im Stande, ihre Arbeit wieder aufzunehmen. Er hatte sich gewunden wie eine Schlange: Ja, natürlich, aber ob sie denn wirklich völlig gesund sei, eine Krankheit wie ihre könne leicht Glaubwürdigkeitsprobleme mit sich bringen. Nicht, dass das seine Meinung sei, überhaupt nicht, aber man müsse schließlich auch an die Quellen und an die Leser denken, und sei darum ein längerer Genesungsurlaub nicht auch in ihrem eigenen Interesse? Er wolle die Sache noch mit Christoffersen besprechen und werde sich danach wieder melden.

Der Bescheid wurde ihr am selben Nachmittag

von Klaus übermittelt: Christoffersen hatte darauf bestanden, dass sie einen Monat Urlaub machte, um sich völlig zu erholen.

»Ach so«, hatte sie geantwortet und gefühlt, wie der Zorn in ihr aufstieg. »Daran hindern, dass ich auf eigene Faust recherchiere, kann er mich jedenfalls nicht. Ich sage dir, Andrea Vendelbo – das ist die Rechtsanwältin, von der ich dir erzählt habe – glaubt mir, und sie interessiert sich selbst für diese so genannte Familientragödie, und Betina Bertelsen war Zeugin in einem anderen Mordfall, bei dem Andrea Verteidigerin ist. Wir arbeiten zusammen.«

Ihr Bruder hatte zärtlich gelächelt.

»Ja, ja, da ist sie wieder, die gute alte Karin, und sie gibt keine Ruhe, bis jeder Stein umgedreht ist. Pass lieber ein wenig auf dich selbst auf! Es gibt ein paar, die dich noch ein bisschen behalten wollen.«

»Danke«, sagte sie. »Ich glaube, die Polizei hat den Bertelsen-Fall wieder aufgenommen. Jedenfalls will Halfdan Thor morgen mit mir sprechen.«

Klaus hatte einen besorgten, nachdenklichen Eindruck gemacht:

»Wenn du wirklich Recht hast und hier läuft ein verrückter Mörder herum, dann könntest du in Gefahr sein. Und wenn du nicht bei uns wohnen willst, soll ich dann nicht lieber jemanden besorgen, der dich bewacht?«

»Vorläufig nehme ich Andrea Vendelbo und ihre

Tochter für ein paar Tage zu mir nach Hause. Dann sehen wir weiter. Vielleicht komme ich auf dein Angebot zurück, wenn ich Angst kriege. Eine Heldin bin ich nun auch nicht gerade.«

»Deine Unverwüstlichkeit habe ich immer bewundert«, hatte Klaus geantwortet und gelächelt.

»Gleichfalls.«

Jetzt lag sie da und überlegte, ob sie der Zeitung den Gefallen tun sollte, selbst zu kündigen. Nein. Wenn sie sie loswerden wollten – und sie war davon überzeugt –, dann sollte ihnen nicht erspart bleiben, ihr zu kündigen.

Eigentlich fühlte sie sich durch diesen Gedanken ziemlich erleichtert. Sie könnte studieren, sie könnte als freie Mitarbeiterin arbeiten, und vielleicht könnte sie ein Buch schreiben.

Ihr Blick fiel auf die erste Seite der Mittagsausgabe, die über den Mord an Betina Bertelsen berichtete: DROGENHURE ERMORDET, und ihr Beruf widerte sie an. Wie kalt und ekelhaft er sein konnte. Welche Unmenschlichkeit – oder besser: Schadenfreude – lag doch in dieser Schlagzeile – »das geschieht ihr recht.« Hieß es nicht, das nationale dänische Gefühlsregister erstrecke sich von Missgunst bis Schadenfreude? Diese tote junge Frau so abzustempeln, ließ unverkennbar auf Letzteres schließen: auf sexistische Schadenfreude.

Vielleicht war es ohnehin an der Zeit, mit dem Kriminalfach aufzuhören, das in vieler Hinsicht seine

Bedeutung für sie verloren hatte. Als sie sich vor vielen Jahren gerade für dieses Spezialgebiet entschied, waren die Zeitungen und die Einstellung im Journalismus anders gewesen. Damals war es darauf angekommen, dass man auf Seiten der Schwachen stand und die mächtigen Institutionen der Gesellschaft im Auge behielt: die Polizei, die Rechtsprechung und den Strafvollzug. Es ging um kritische Artikel über die Länge der Untersuchungshaft, um Isolationshaft, die Haftbedingungen von Kindern und Jugendlichen, Freiheitsberaubung bei Ausländern und Gewalttaten seitens der Polizei sowie in den Haftanstalten. Zwar hatte es auch damals Berichte über die tägliche Polizeiarbeit, über Messerstechereien, Vergewaltigungen und Morde gegeben, sie waren jedoch der uninteressante Teil der Arbeit gewesen. Routine. Das Wesentliche und die Herausforderung hatten in der Kontrolle jener gesellschaftlichen Institutionen bestanden, die über das Macht- und Gewaltmonopol verfügten.

Heute hatten sich die Verhältnisse umgekehrt. Die Presse war bei der unterhaltsamen Jagd auf kleine und große Verbrecher zum verlängerten Arm der Polizei geworden und arbeitete zunehmend enger mit ihr zusammen. Karin war aufgefallen, dass das Kriminalmagazin des Fernsehens und die Website der Polizei miteinander verlinkt worden waren, und sie hatte es als zu leicht und zu unangenehm empfunden, zur großen, heulenden Schar der Polizei-

und Pressewölfe zu gehören, die Jagd machten auf jeden zu Recht oder Unrecht Verdächtigten.

Vor Jahren hatte sie versucht, sich gegen den Strom zu stemmen, hatte aber verloren. Unmerklich und schleichend hatte diese Veränderung stattgefunden. Grundlegend kritische Artikel hatten einen niedrigeren Stellenwert, sie wurden gekürzt und umredigiert. »Tut mir Leid, du, wir hatten nicht genug Platz«, sagten die jungen Redaktionsleiter. Nein, es gab keinen Platz für kritische, analytische Artikel über die administrative Haft von Flüchtlingen; nackten, jungen Mädchen aber wurde immer eine halbe Seite eingeräumt.

Entweder man ging oder man passte sich den neuen Maßstäben der Redaktionsarbeit an. Sie hatte beides getan – sie war gegangen, und sie hatte sich angepasst.

Anfangs war der Wachhund das journalistische Ideal gewesen, dachte sie. Später musste man als strikt neutraler Beobachter agieren, und heute gehörte es zum guten Ton, Claqueur der Macht zu sein. Zur Herde zu gehören, die Jagd machte auf Schwache und Andersartige, auf Fremde und Unangepasste, wodurch die Leser und Zuschauer zugleich erschreckt und in ihrer Rolle als gute Normaldänen bestätigt wurden.

Mitternacht war vorüber, aber einem Krankenhauspatienten fällt es mitunter schwer, richtig müde zu werden. Sie überlegte, ob sie die Nachtschwester um eine Schlaftablette bitten sollte, entschied sich jedoch für ein Radioprogramm mit klassischer Musik, das auf sie stets eine ermüdende Wirkung hatte. Binnen einer halben Stunde war sie mit Musik in den Ohren eingeschlafen.

Sie wachte auf, als eine Fensterscheibe eingeschlagen wurde, riss sich die Kopfhörer von den Ohren und blinzelte in das schwache Morgenlicht. Das Ganze dauerte nur Sekunden. Ein rundlicher, weiß gekleideter Mann mit einer zugeschnürten Kapuze und einer Karnevalsmaske vor dem Gesicht rannte regelrecht am Bett vorbei und ritzte ihr mit irgendetwas ins Bein. Sie schrie und trat nach der weißen Gestalt, worauf diese blitzschnell durch das große Loch im Fenster verschwand.

Während das Blut ihr vom Bein heruntertropfte, rannte sie ans Fenster, aber die neueste Version des Rächers aus Honolulu war bereits um die Straßenecke verschwunden. Stattdessen hing ein kleiner Fetzen des weißen Umhangs der Gestalt an einer Glasscherbe, die noch im Fensterrahmen saß. Vorsichtig löste sie den Fetzen und steckte ihn mit zitternden Händen in ihre Tasche. Ihre Kehle hatte sich zusammengeschnürt, und sie konnte ihr Herz schlagen hören.

Im Nachthemd, ein Handtuch um die Wunde gewickelt, ging sie durch den Korridor zum Wachzimmer.

Mads sah erschrocken aus seinem Zimmer.

»Pass auf«, sagte er. »Der Weltraummann entführt dich.«

Karin versuchte einen gelassenen Eindruck zu machen, aber ihre Stimme ließ erkennen, wie erschüttert sie war, als sie die Nachtschwester weckte: Ja, jemand in weißem Umhang, mit einer Maske vor dem Gesicht, hatte die Scheibe eingeschlagen und war in ihr Zimmer eingedrungen, dann hatte er ihr ins Bein geschnitten.

Esther rieb sich den Schlaf aus den Augen und lächelte: »Setz dich und trink eine Tasse Tee, dann sprechen wir über alles und sehen uns deine Wunde an«, sagte sie.

Sie wusste aus den Unterlagen, dass Karin zu den Patienten gehörte, die sich selbst Verletzungen zufügten. Und das Schuldgefühl, während der Nachtwache tief und fest geschlafen zu haben, überfiel sie.

»Du solltest besser die Polizei rufen. Jemand ist in mein Zimmer gekommen, eine dicke Person, ich habe einen Stofffetzen vom Umhang dieser Person.«

»Das schau ich mir an«, antwortete Esther.

Es gab gar keinen Zweifel, dass es das Werk der Patientin war, dachte sie. Die Scheibe war von innen eingeschlagen worden. Die Scherben lagen im Blumenbeet vor dem Fenster, zusammen mit einer großen zerquetschten Topfpflanze, die natürlich als Wurfgeschoss gedient hatte. Die Pflanzen waren aufgestellt worden, damit die Krankenzimmer nicht so klinisch aussahen.

Kein Einbrecher auf der Flucht käme auf den Gedanken, eine Fensterscheibe von innen einzuschlagen, um das Fenster zu öffnen. Das war völlig sinnlos. Gut, sie musste zurück und die arme Frau beruhigen.

»Jetzt müssen wir die Wunde reinigen und dann bleibst du hier bei mir«, sagte sie zu Karin. Nach der Entfernung des Handtuchs war klar, dass die Wunde genäht werden musste, und sie rief eine Vertretung, um die Patientin zur Ambulanz zu bringen.

Freitag, 6. Juli

Bei der Morgenbesprechung waren die Ärzte sich einig, dass Karin Sommer eine Gefahr für sich selbst darstellte und unbedingt mit Psychopharmaka behandelt werden musste. Falls nötig, zwangsweise.

»Sie ist ein sehr interessanter Fall, weil ihre Psychose so partiell erscheint«, sagte Oberarzt Røjkjær. Die Runde nickte. Bisher war es fast unmöglich gewesen, Karin Sommer als Kranke zu betrachten, weil sie bei dem was sie sagte und tat so normal wirkte.

Während in der Ambulanz Karins Wunde am Fußknöchel genäht wurde, dachte sie konzentriert nach. Sie hatte das vage Gefühl, die Gestalt habe etwas Bekanntes an sich gehabt. Die Person war von mittlerer Größe und recht dick und unförmig gewesen. Auf Anhieb fiel ihr niemand ein, der eine Ähnlichkeit hatte, aber vielleicht war es die Art der Person gewesen, sich zu bewegen oder aber ihr Geruch hatte schwache Wiedererkennenssignale an ihr Unterbewusstsein gesendet. Die Gestalt hatte keinen Laut von sich gegeben, es war halb dunkel gewesen, und alles hatte nur Sekunden gedauert. Warum um Himmels willen hatte er oder sie das getan? Um sie zu Tode zu erschrecken oder damit sie einen möglichst geisteskranken Eindruck machte? Jedenfalls war beides gelungen, dachte Karin resigniert und machte einen Plan.

Wieder auf der Station, wurde sie zu Oberarzt Røjkjær gerufen. Er erklärte ihr väterlich, alle seien sich einig, dass sie für die medikamentenfreie Behandlung zu krank sei. In ihrem eigenen Interesse müsse sie wieder auf ihre alte Station verlegt werden und mit Psychopharmaka behandelt werden.

Sie nickte. Sie hatte das erwartet und beschlossen, sich entgegenkommend zu zeigen, um dem Risiko von Überwachung, Zwang und geschlossener Station zu entgehen.

»Bist du einverstanden?«, fragte er.

»Ja«, antwortete sie, »wahrscheinlich habe ich keine andere Wahl?«

»Nein, nach unserer Einschätzung ist es das Beste für dich«, antwortete er.

Sie nickte, und er lobte und ermunterte sie: »Ich bin sicher, dass wir bei deinem Realitätssinn dich bald wieder gesund bekommen.«

Damit war die Angelegenheit entschieden, und wenn sie bereit war, konnte sie im Lauf des Vormittags selbst auf ihre alte Station gehen. Dort freue man sich auf ihr Kommen.

»Wir werden dich hier wirklich vermissen. Du warst ein sehr positives Element in der Gruppentherapie«, sagte der Oberarzt und tätschelte ihr die Schulter.

Als Halfdan Thor gegen elf Uhr kam, wurde er zu der Station verwiesen, auf der sich Karin Sommer nun befinden sollte. Von dort wurde er wieder zur medikamentenfreien Station geschickt und nach einigem Hin- und Hertelefonieren musste man feststellen, dass die Journalistin Karin Sommer auf dem Weg von der medikamentenfreien zur traditionellen psychiatrischen Station verschwunden war. Auf ihrem Nachttisch lag ein großer, an Halfdan Thor adressierter Umschlag. Er enthielt einen kurzen handgeschriebenen Brief, die Kleinigkeiten von Bedeutung, die sie in Betina Bertelsens Müllsack gefunden hatte, eine PC-Diskette, den Schlüssel zu ihrer Wohnung und zum Keller und ein Fetzchen papierartigen Stoff.

Ich verlasse das Krankenhaus aus eigenem, freien Willen. Ich bin nicht selbstmordgefährdet. Ich bin nicht krank und will nicht, dass nach mir gesucht wird. Andrea Vendelbo, meine Rechtsanwältin, nimmt während meiner Abwesenheit meine Interessen wahr. Anbei ein Stück vom Umhang meines nächtlichen Gastes. Im Übrigen habe ich auf der beiliegenden Diskette einige Informationen zusam-

mengestellt, die vielleicht von Interesse sein können.

Mit freundlichen Grüßen
Karin Sommer

Ausnahmsweise fluchte Halfdan Thor einmal: »Warum zum Teufel ruft ihr nicht die Polizei, wenn ihr Verdacht habt, es hat einen Überfall gegeben?«, sagte er zum Oberarzt.

»Sie ist psychisch krank und wurde eingewiesen, weil sie solche Sachen selbst veranstaltet, vermutlich hat die diensthabende Nachtschwester also gedacht ...« Røjkjær störte der zurechtweisende Ton des Polizeibeamten, und er fuhr fort: »Also, wenn wir jedes Mal die Polizei rufen, sobald einer unserer Patienten glaubt, er sei Opfer eines Verbrechens geworden, dann wäre es praktischer für euch, ihr machtet bei uns eine Wache auf. Wir haben es hier mit Psychiatriepatienten zu tun. Ganz viele haben Krankheiten mit paranoiden Zügen.«

Thor brummte versöhnlich und rief die Kriminaltechniker an, damit sie das Krankenzimmer untersuchten. Glücklicherweise war alles noch unberührt und der Glaser war auch noch nicht gekommen. Manchmal haben Personalmangel und die Gemütsruhe von Handwerkern auch ihr Gutes, dachte er.

Im Gruppentherapieraum befragte er die Patienten, ob sie in der Nacht etwas Ungewöhnliches bemerkt oder Fremde auf der Station gesehen hätten?

»Ja«, sagte Mads. »Im Wäscheraum ist ein Mann aus dem Weltall gewesen. Er hat sich zu Karin geschlichen und dann habe ich Lärm gehört und mich unter meinem Bett versteckt. Ich habe der Nachtschwester doch gesagt, dass sie bei uns gelandet sind.«

»Und überall haben sie Abhörapparate angebracht«, ergänzte Georg. »Ich glaube, die haben politische Interessen in Süd-Jütland.«

Thor fuhr direkt zu dem Krankenhaus, in dem Esther inzwischen Tagdienst hatte.

Nein, es sei völlig unmöglich, dass jemand im Lauf der Nacht auf die Station gekommen sein könne. Das Schwesternzimmer liege unmittelbar neben dem Eingang, und falls es einen Einbruch gegeben hätte, wäre ihr das nicht entgangen.

Ihr Blick flackerte exakt so lange, dass Halfdan Thor erkannte, sie hatte während ihres Dienstes geschlafen wie ein Murmeltier.

»Und Mads hat etwas von einem Mann im Wäscheraum gesagt?«

»Eine Invasion aus dem Weltall, ja, sie glauben gar nicht, welche Geschichten wir zu hören bekommen.«

Alexander Zlotnik hatte selbst um den Besuch seiner Anwältin gebeten, und Andrea hatte die junge Studentin als Dolmetscherin mitgenommen. Alexander hatte einige Informationen, wie er sagte. Und er wolle jetzt mit der Polizei verhandeln. Falls man ihn aus der Isolationshaft entlasse und ihn nicht nach Litauen ausweise, werde er etwas aussagen, das zur Aufklärung des Mordes an Betina Bertelsen beitragen könne.

»In Dänemark darf die Staatsanwaltschaft nicht feilschen, aber manchmal läuft es reibungsloser, wenn man zur Zusammenarbeit bereit ist«, antwortete Andrea Vendelbo und erklärte ihm gleichzeitig, dass er wohl kaum um eine Ausweisung herumkomme. Nach seiner Freilassung werde man ihn vermutlich sofort in ein Flugzeug in sein Heimatland setzen.

»Erzählen Sie mir, was Sie wissen, dann kann ich einschätzen, wie wir das Beste herausholen können«, schlug sie vor.

Er schwitzte, stotterte und hatte ein Zucken um die Augen. Offensichtlich wirkte sich die Isolationshaft bereits schädlich auf seine Psyche aus.

Ihm war bekannt, dass der russische Dolmetscher Boris Garmatschek in der kriminellen Organisation, für die er – Alexander – damals arbeitete, eine hohe Stellung gehabt hatte.

Sonderlich überraschend war das nicht. In den Zeitungen waren bereits entsprechende Vermutungen geäußert worden, und die Polizei vertrat die Theorie, es könne sich um eine Abrechnung im Gangstermilieu gehandelt haben.

»Ja, aber Garmatschek hat auch den Mädchenhandel organisiert. Er konnte alles arrangieren, er hatte Kontakt zu allen Behörden, in Litauen und in Dänemark. Von ihm habe ich auch das Geld bekommen, wenn ich Mädchen aus Litauen beschafft habe. Betina hat er ebenfalls gekannt, er hat das Geld bei den Massagestudios abgeholt. Betina und er waren eine Zeit lang zusammen.«

»Glauben Sie, er hat Monika oder Betina oder alle beide umgebracht? Dann sollte man das so vortragen – in Ihrem Interesse«, sagte Andrea.

»Das weiß ich nicht«, antwortete der junge Mann, und Andrea hielt das für einen sympathischen Zug, es wäre ein Leichtes für ihn gewesen, einen Toten zu belasten.

»Aber da ist noch etwas anderes«, fuhr er fort. »Betina hat einen Kunden gekannt, der mit Lolita zusammen war. Lolita haben wir sie genannt, weil sie erst 14 war. Lolita stammte aus Estland und verbrachte ihre Ferien bei einer dänischen Familie. Sie wollte Geld für zu Hause verdienen, und so ist sie in das Massagestudio in der Århusgade gekommen. Dann kam dieser Kunde aus Betinas Heimatort, und Betina, die hat draußen gesessen und ihn scheel angesehen und zu ihm gesagt: ›Bist du pädophil? Die, die du gerade gefickt hast, ist erst 14.‹ Betina hat erzählt, dass der Mann ganz ängstlich wurde und ihr einiges angeboten hat, damit es nicht rauskommt. Aber über so etwas quatscht man ja nicht, das ist nicht gut fürs Geschäft.«

»Hat sie gesagt, wie der Mann heißt oder was er macht?«

»Vielleicht. Ich kann mich nicht dran erinnern. Nur dass er ein wichtiger Mann ist. Er ist nicht mehr gekommen, und ich selbst habe ihn nie gesehen. Aber vielleicht wollten Betina und Garmatschek ein Geschäft mit ihm machen.«

»Sie meinen Erpressung?«

Er nickte.

Andrea empfahl Alexander, alles, was wichtig sein konnte, bei der Polizei auszusagen, wollte aber keinen Druck auf ihn ausüben. Es war schwer zu sagen, was ihrem Klienten nutzen konnte. Die Ausweisung war ihm sicher, und sagte er zu viel über sich aus, stand die Mafia bei seiner Ankunft in Vilnius schon bereit.

»Was ist bloß bei euch los?«, fragte sie hinterher die litauische Dolmetscherin Helena.

»Das kann ich Ihnen sagen. Wir haben in Vilnius ein paar phantastische neue Luxushotels und teure westliche Modegeschäfte bekommen. Und in den Hotels sitzen die lokale Mafia und die ausländischen Geschäftsleute und teilen den Kuchen unter sich auf. Aber draußen betteln unsere Großmütter. Die jungen Männer träumen von einer Karriere in der Mafia und dass sie mit großen Autos durch die Stadt fahren. Und die jungen Mädchen sehen ihre große Chance darin, sich selbst zu verkaufen, und die Schlitze in ihren Kleidern werden immer länger. Die Menschen sind enttäuscht und leiden unter einer allgemeinen Depression. Es gibt keine Moral mehr, oder nein, ich will es mal so sagen: Die neue Moral besteht darin, dass sich jeder selbst der Nächste ist, und bei der Jagd nach Reichtum und den Konsumartikeln aus den neuen ausländischen Läden ist alles erlaubt ...«

Als sie im Auto saßen, sagte die junge Litauerin: »Neulich bin ich als Dolmetscherin mit einer Delegation der Ost-Hilfe in Vilnius gewesen. Ich habe in einem dieser Luxushotels gewohnt und tatsächlich hören können, wie das alles vereinbart wurde. Die westlichen Geschäftsleute haben nichts zu verbergen, und wenn sie mit der Mafia verhandeln, die das öffentliche Eigentum an sich gerafft hat, sagen sie langsam und laut: ›Du verschaffst uns die und die Grundstücke, dieses und jenes Gebäude, die und die Konzession – und dann investieren wir in diesen Dreck. Und hinterher teilen wir, soundso viel Prozent für jeden ...‹«

»Tut etwas dagegen ... Ihr habt doch die Freiheit dazu ...«, sagte Andrea.

»Die Meinungsfreiheit?«, fiel ihr die gut informierte Helena mit vor Ironie triefender Stimme ins Wort. »Die Freiheit, rund um die Uhr Nahaufnahmen von Geschlechtsorganen in voller Aktion zu sehen. Ich habe mich bei der Hotelleitung beschwert und darum gebeten, dass sie den Fernsehapparat entfernen, aber das hat nichts genützt. Der stand auch nur probeweise als Demo-Gerät da.«

»In Dänemark haben auch viele die Nase voll von Pornografie«, sagte Andrea, die selbst nicht nur die Nase von Pornografie voll hatte, sondern auch von Sex. Von Männern. Sie lebte im Zölibat, seit ihr Mann und ihr Bruder ein Paar waren. Der emotionale Schock hatte offenbar ihr Hormonsystem geschädigt, dachte sie nüchtern. Ab und zu fehlte ihr die Nähe sehr, und einige Male hatte sie versucht, ihre eigene Barriere zu durchbrechen, freilich erfolglos. Das Bild ihres Bruders und ihres Ehemanns stand wie eine Mauer zwischen ihr und jedem potentiellen Liebhaber.

Und weil Andrea so deutlich ihr Desinteresse demonstrierte, standen die Männer auch nicht gerade Schlange. Sie kleidete sich langweilig und anonym, trug die Haare in einer Art Topfschnitt und besaß noch nicht mal einen Lippenstift.

Sie machte sich als geschlechtliches Wesen unsichtbar, aber es wäre falsch gewesen, wenn man sie deshalb als hässlich bezeichnet hätte. Sie hatte ruhige, offene, regelmäßige Gesichtszüge, kluge Augen und unter den unmodernen, locker herunterhängenden Kleidern eine gute Figur. Für Stylisten, die in den Illustrierten davon lebten, »die neue Frau« zu schaffen, wäre sie eine Entdeckung gewesen.

»Willst du später wieder in Litauen leben?«, fragte sie die junge Frau interessiert.

»Nein, ich glaube nicht. Mein Freund Rasmus und ich wollen heiraten. Er studiert auch Soziologie.«

»Die Entwicklung in Osteuropa ist traurig«, sagte Andrea.

»Der Triumph des Vulgärliberalismus, sagt Rasmus immer. Er macht bei Attac mit.«

»Das sind diese ökonomischen Aktivisten, die immer zu den Gipfeltreffen fahren? Da weiß ich nicht so richtig Bescheid«, sagte Andrea, die ein schlechtes Gewissen hatte, weil sie sich gesellschaftlich so wenig engagierte. Ihr Interesse beschränkte sich auf die rechtspolitische Seite der Zeitung, sie war sich aber im Klaren, dass man die Dinge in einem größeren Zusammenhang sehen musste, und gestand ein, sie folge nach wie vor in zu hohem Maße der alten Tradition, die Juristerei als freischwebende akademische Disziplin anzusehen.

Sie hatte gerade Helena an der Universität abgesetzt, als ihr Handy klingelte. Der Anrufer stellte sich als Kriminalinspektor Halfdan Thor vor.

»Sie sind die Rechtsanwältin von Karin Sommer?«, fragte er.

»Bin ich das? Na gut, ja, bin ich«, antwortete sie uninteressiert.

»Sie ist aus dem Kreiskrankenhaus verschwunden, hat aber einen Brief hinterlassen, und wir halten es für unnötig, nach ihr zu fahnden. Wir glauben langsam, dass sie tatsächlich einige Überfälle erlebt hat. Sie schreibt, sie wird von Ihnen vertreten, also sollten wir uns vielleicht miteinander unterhalten?«

»Selbstverständlich, aber ich muss jetzt zum Gericht, und der Rest des Tages ist besetzt. Ich wollte auch unbedingt mit Ihnen sprechen. Wie wär es mit morgen? Aber ich habe meiner Tochter versprochen, dass ich mit ihr ins ›Bonbonland‹ fahre. Ich muss sie also mitbringen.«

»Schön. Mir ist das Familienleben auch wichtig«, antwortete Thor.

Sie einigten sich darauf, sich bei ihm zu treffen.

Karin Sommer saß auf der Fußmatte vor Thomas' Wohnungstür und las in einem Buch.

»Buuuh« sagte sie und starrte ihm mit weit aufgerissenen Augen ins verblüffte Gesicht. »Ich bin aus der Irrenanstalt abgehauen und habe mir gedacht, dass ich besser untertauche. Kannst du mir für eine Nacht Logis geben?«

Selbstverständlich konnte er das, und sie dürfe auch länger bleiben.

»Aber warum ich, warum nicht deine Familie oder deine Freunde?«, fragte er ein wenig beunruhigt, dass er nach ihrem One-Night-Stand offenbar zu dem ihr nächststehenden Menschen aufgerückt war.

»Weil sie alle nur mein Bestes wollen und glauben, das sei nun das Kreiskrankenhaus«, antwortete sie. »Aber mir fehlt wie gesagt überhaupt nichts.«

Sie versuchte das so natürlich wie möglich zu sagen, fühlte jedoch selbst, dass die Worte klangen wie eine krampfhafte Beschwörung.

»Nein, nein«, sagte er und öffnete die Tür zu seiner kleinen Ein-Zimmer-Wohnung mit Balkon und Einbauküche.

Sie sah sich um und die Schamesröte stieg ihr ins Gesicht: »Natürlich schlafe ich auf dem Fußboden, und morgen telefoniere ich und suche mir eine Unterkunft bei jemandem in Kopenhagen …«

»Einen Besseren als mich?«, fragte er und grinste hinterhältig.

»Nein, einen Besseren gibt es nicht«, antwortete sie.

Und damit war sie wieder bei ihrem ungezwungenen Jargon angekommen.

»Ich besorge Pizza und Bier, und dann möchte ich die ganze Geschichte erfahren«, sagte er.

Er ist ein guter Zuhörer und stellt gute, kritische Fragen, dachte Karin, während sie über ihre nächtlichen Erlebnisse im Kreiskrankenhaus sprachen.

»Das ist eine richtig gute Geschichte. Ich bin sicher, ich kann die in der Zeitung überzeugen, das Ganze zu bringen, wenn du alles veröffentlicht haben willst. Man hat dich skandalös behandelt.

Wir müssen mit der Polizei und mit diesem Oberarzt und mit …«

Sie unterbrach den jungen, eifrigen Journalisten: »Thomas, du musst mir schwören, dass du keinem auch nur ein Wort verrätst. Keiner darf wissen, wo ich bin. Das meine ich ernst, schwörst du?«

»Okay«, sagte er. »Hast du Angst?«

Sie nickte. »Große Angst.«

»Offenheit und Öffentlichkeit sind der beste Schutz. Das habe ich auf der Journalistenschule gelernt«, sagte er.

»Meine Situation ist eine Ausnahme.«

»Wenn du nur ein bisschen mehr verraten könntest. Vor wem hast du Angst?«

Sie dachte sehr lange nach. »Das weiß ich nicht. Ich habe so viel erlebt. Und diese Angst kommt von innen. Ich brauche vermutlich vor allem Frieden, eine Art Erholung«, sagte sie und seufzte.

»Und ein wenig Zerstreuung?«, fragte er.

Sie sah ihn an, und er beantwortete die unausgesprochene Frage mit einem ungeschickten Kuss über den Tisch hinweg.

Als sie die Aufmerksamkeit kurz darauf erwidern wollte, geriet die Annäherung ebenso plump und ihr volles Bierglas fiel zu Boden. »Tut mir Leid, es war so ein schönes Glas«, sagte sie und entschuldigte sich, während sie die Scherben auflasen.

»Hat nichts zu bedeuten«, sagte er. »Das kannst du abliegen.«

Später in der Nacht sagte er: »Ich glaube, ich entwickle eine Vorliebe für reife Frauen. Ihr seid lustiger …«

»Vielen Dank. Zurzeit komme ich mir nicht gerade vor wie eine Stimmungskanone.«

»Aber du kannst Distanz zu deinen Problemen halten.«

Er war erstaunt über ihre Ruhe und Klarheit in dieser Situation, die außerordentlich belastend sein musste. Über ihren Überschuss an Galgenhumor und Sex. Das ist unheimlich erwachsen, dachte er. Außerdem hielt er sie auf eine anregende Weise für unergründlich und war geschmeichelt von ihrem Interesse an ihm.

»Bei einem Verhältnis zu jüngeren Frauen gibt es viel mehr Buchhalterei«, sagte er.

»Buchhalterei?«

»Mmh, es gibt so viele Regeln und zu viel Aufrechnerei.«

»Offenbar sprechen wir jetzt über verbindliche und unverbindliche Beziehungen«, sagte sie.

»Bleib hier. Der Alkoven ist ein gutes Versteck«, murmelte er in ihr Ohr.

Als sie etwas später antwortete, war er eingeschlafen. In drei Stunden würde seine Wochenendschicht beginnen.

Verliebtheit kann einen überfallen wie eine Geisteskrankheit: Jeder, der es erlebt hat, weiß das. Man verliert die Kontrolle, macht sich lächerlich, demütigt sich, wird albern und fällt Wahnsinnsentscheidungen, wenn Gefühle oder Triebe einen durch die Manege des Lebens treiben.

Diese Form einer geisteskranken Verliebtheit befiel Kreisarzt Beck, der nach all den kleinen oder großen Affären mit attraktiven Angehörigen des anderen Geschlechts eigentlich hätte immun sein müssen.

Als Christine ihm an diesem Tag klarmachte, dass die Frage alles oder nichts lautete, wenn sie ihre Romanze fortsetzen wollten, antwortete er, ohne zu zögern: alles.

Er werde nach Hause gehen und mit Lene über die Scheidung sprechen, damit die Dinge in Ordnung kämen. Lene sei ein vernünftiger Mensch, und selbstverständlich wolle er sie bestmöglich absichern.

Christine, neunzehn Jahre jünger als er, war

Krankenschwester und die neue dynamische Leiterin des kommunalen Krankenpflegedienstes. Ihre Bekanntschaft hatte damit begonnen, dass sie in sein Büro gestürmt war und ihm einen regelrechten Anschiss wegen der Zustände in einigen Pflegezentren verpasst hatte, die im Übrigen gar nicht zu seinem Aufgabenbereich gehörten.

»Dann sollten Sie dafür sorgen, dass sie zu ihrem Aufgabenbereich gehören«, brüllte sie. »Kommen Sie heraus aus Ihrem feinen Büro, und studieren Sie die Wirklichkeit!«

Daran konnte tatsächlich etwas sein, also nahm er ihr Angebot an, sie zu den Alten zu begleiten, die zu Hause oder in kommunalen Pflegezentren betreut wurden. Dieses Erlebnis hatte ihn erschüttert. Christine war überall, um die Zustände zu verbessern. Sie hatte ein Auftreten wie der übelste Drache, aber ihre Sorge um die Alten war einzigartig. Massage, Aufmerksamkeit, Lächeln, in den Arm nehmen stand für alle ihre Klienten auf Christines Dienstplan.

Zwei Tage war Beck mit ihr unterwegs, dann schrieb er einen Bericht über seine Eindrücke und lud sie zum Essen ein.

»Ein Arbeitsessen mit ein paar Teilnehmern, wir müssen den Bericht über die Hauskrankenpflege durchgehen«, hatte er zu Lene gesagt.

Mitten beim Hauptgericht beendeten sie das Essen, um nach Hause in Christines Bett zu stürzen, weil ihnen plötzlich aufgegangen war, dass das Verlangen beidseitig war.

Christine war alles, was Lene nicht war: leidenschaftlich, temperamentvoll, impulsiv, farbenfreudig – und jung. Als sie ihm also an diesem Nachmittag – sechs Wochen, nachdem das Verhältnis begonnen hatte – erklärte, sie könne sich selbst nicht in der Rolle einer heimlichen Geliebten sehen, er müsse sich entscheiden, entschied er sich auf der Grundlage seiner geisteskranken Verliebtheit.

Wenn ihm drei Monate zuvor jemand gesagt hätte, er werde auf so etwas verfallen, hätte er laut gelacht und erklärt, es mache stets einen äußerst pathetischen Eindruck auf ihn, wenn ältere Herren ihre gleichaltrigen Ehefrauen und ihr solides Heim verlassen und sich mit jungen, flittchenhaften Partnerinnen zusammentun.

Die Aussprache mit Lene fiel Beck nicht leicht. Er kämpfte lange mit sich, und erst als seine Stimme nach dem Essen mit Kaffee und Cognac geschmiert war, konnte er zögerlich sagen, er habe eine andere getroffen und wolle sich scheiden lassen. Sie solle es nicht auf sich beziehen.

In mancher Hinsicht wäre es leichter gewesen, wenn sie sich wütend und hysterisch aufgeführt hätte oder in Tränen ausgebrochen wäre, aber sie saß nur ganz still da.

Nach einer langen nachdenklichen Pause sagte sie: »Ich meine nicht, dass es einen Grund zu irgendwelchen drastischen Veränderungen gibt. Natürlich weiß ich, dass du wie alle Männer ab und zu Affären hast, und ich meine einfach, du musst diese hier durchleben.«

»Ja, aber, Lene«, sagte er mit Verzweiflung in der Stimme. »Dieses Mal ist es anders. Es ist ernst. Ich kann nicht ohne sie …«

Er unterbrach sich selbst, weil er den stummen Schmerz in ihrem Gesicht sehen konnte.

»Aber unser Heim und unser gesellschaftliches Leben?«, fragte sie still.

»Ja, das wird nicht leicht«, antwortete er.

»Lass uns darüber schlafen, mein Lieber«, sagte sie, als jeder in sein Schlafzimmer ging.

Sie schlief nicht. Die ganze Nacht kämpfte sie mit unglücklichen, entmutigenden Gedanken. Sie zweifelte nicht daran, dass er es ernst meinte. Nun war also auch sie an der Reihe. Hinaus aus der guten Gesellschaft und als mittelalte, geschiedene Frau die soziale Rangleiter hinunter. Selbstverständlich könnte sie von dem Laden nicht leben und würde es sich nicht leisten können, im eigenen Haus zu wohnen – Räumung, Demütigung, Mitleid –, aber sie hatte ihren Trumpf. Sie konnte ihm drohen und ihn in den Augen dieser anderen Frau objektiv unmöglich machen. Nur musste sie genau überdenken, wie dieser Trumpf ausgespielt werden musste. Sie überlegte die ganze Nacht, verwarf jedoch einen Plan nach dem andern und hatte keine Strategie, als sie wie immer aufstand, um auf der Terrasse mit Blick auf den Fjord einen gemütlichen Frühstückstisch zu decken.

Samstag, 7. Juli

Weißt du, was sie sagt?
Sie sagt,
zieh die Hose aus!«

Dagmar saß im Auto und plärrte den Refrain eines Songs, der seit Monaten im Kindergarten der große Hit war.

»Kannst du nicht ein anderes Lied singen, das kommt mir zu den Ohren raus«, sagte Andrea.

»Und weißt du, warum er die Hose ausziehen soll?«, fragte das Kind.

»Neee …«

»Weil sie mit seinem Schwanz und ihrer Muschi und ihren nackten Hintern bumsen wollen«, sang die Kleine.

Kindergartenlyrik, dachte Andrea und war sich bewusst, dass sie nicht dagegen reagieren, sondern das Gespräch auf eine andere Ebene bringen musste.

»Jetzt singen wir ›Ein Vogel wollte Hochzeit machen‹, und dann halten wir an und kaufen uns ein Eis«, sagte sie.

»Ja, das Lied ist auch gut. »

Und dann sangen sie.

»Ein freier Tag ist das Beste, Mama.«

»Das finde ich auch.«

»Mama, du bist so schön, du siehst aus wie eine Blume …«

Das Kind überlegte ein wenig und fügte hinzu: »Eine weiße Tulpe.«

»Und du bist meine kleine Butterblume«, antwortete die Mutter mit glänzenden Augen.

Sie hielten an einem Kiosk an, wo Dagmar gegen alle Regeln für gesunde Ernährung das zweite Eis an diesem Tag bekam. Dann erklärte Andrea ihr, sie müsse sich mit einem Polizeibeamten unterhalten, und so lange könne sie sich mit ihrem Malbuch beschäftigen.

»Mama, ich möchte einfach immer mit dir zu deiner Arbeit gehen und in meinmalbuch malen«, schlug Dagmar vor.

»Nein, das geht nicht. Kinder dürfen nicht ins Gericht, aber heute haben wir frei, und ich arbeite nur ein ganz kleines Bisschen.« Ach, diese täglichen Stiche des schlechten Gewissens.

Thor wohnte auf einem der kleinen Höfe, die ursprünglich zu den großen Gütern gehört hatten. Diese Güter prägten noch immer die Gegend. Das Haus lag sehr idyllisch an einer gewundenen kleinen Nebenstraße am Wald, aber sie verfuhr sich einige Male, bis sie es fand. Ein schwarz gefleckter, verspielter Foxterrier sprang auf sie zu, und Dagmar begann ausgelassen auf dem Hof herumzutanzen. An der Tür des Wohnhauses hing ein Zettel:

»Wir sind zur Unfallstation gefahren. Geht einfach rein. Im Kühlschrank ist Bier und Wasser.«

Sie sah sich um. Der Hof zeugte von allerlei Aktivitäten und geringem Ordnungssinn. Sie registrierte: ein Skateboard und ein umgekipptes Mountainbike und eine Freiluftautowerkstatt, in der ein altes gelbes Postauto auseinander genommen oder zusammengesetzt wurde. Ersatzteile und Werkzeug lagen um das Auto verstreut. Vor dem Stall standen ein Kaninchenkäfig und ein abgewetztes Sofa sowie ein Kacheltisch mit leeren Bier- und Cola-Flaschen, offensichtlich die gemütliche Ecke der Familie, die nun von einer Gruppe gackernder Zwerghühner besetzt war.

»Wir können hineingehen und uns ein Mineralwasser nehmen«, sagte Andrea.

Im Haus herrschte im Großen und Ganzen der gleiche Stil. Als habe ein Orkan gewütet und Hab und Gut der Bewohner, Kleider und Essgeschirr durcheinander gewirbelt.

»Ach, die bei der Polizei wohnen super«, rief Dagmar begeistert. »Wie Kasper und Jesper und Jonathan.«

Andrea lächelte: »Ja, und Tante Sophie ist offenbar noch nicht eingezogen.« Im Haus gab es keine Spur einer Frau.

Sie setzte sich mit ihrem Mineralwasser auf das Sofa. Dagmar war viel zu sehr von Hund, Kaninchen und Zwerghühnern in Anspruch genommen, um ihres zu trinken.

Andrea selbst war sehr penibel und ordentlich, hatte aber einen Sinn für die Unordnung anderer. Ein wenig erstaunt war sie trotzdem. Das hier erinnerte nicht an das Zuhause eines höheren Polizeibeamten, dachte sie. Möchte wissen, was das für ein Typ ist.

Ein Flanellhemden-Typ, beantwortete sie sich ihre Frage selbst, als er voller Entschuldigungen über seine Verspätung schließlich kam. In seinem schwarzen Vollbart, der am Kinn viereckig gestutzt war und an den Schläfen mit den wirren, ungekämmt hochstehenden Kopfhaaren zusammenwuchs, gab es einzelne graue Stellen. Die schrägen, ein wenig schweren Augenlider verliehen ihm einen gemütlichen und gutmütigen Gesichtsausdruck, die kräftigen, kurzen Gliedmaßen und die deutliche Rundung eines Bauches unterstrichen das Teddyhafte.

Esben, 14 Jahre alt, war mit einem geschwollenen, schmerzenden Fußknöchel aufgewacht, eine Folge des Fußballtrainings vom Vorabend. Das Bein war geröntgt worden, glücklicherweise handelte es sich nur um eine Verstauchung. Dagmar betrachtete neidisch seinen elastischen Verband.

»Zurzeit schwärmt sie für Pflaster und Verbände«, sagte Andrea zu Halfdan Thor.

»Ja, an diese Phase kann ich mich gut erinnern, aber das legt sich erstaunlich schell wieder. Jetzt baut Esben gerade an seinem ersten Auto«, sagte er und deutete stolz auf das Wrack, mit dem der Junge sich beschäftigte.

»Aske, du kannst dich mit Dagmar um das Aquarium kümmern, während wir arbeiten.«

»Ich will lieber Pfannkuchen backen«, antwortete der Zwölfjährige.

»Ja, das geht auch. Wir sind im Arbeitszimmer.«

Es ist wirklich schade, dass Ihre Klientin verschwunden ist, denn einiges deutet schon darauf hin, dass sie etwas herausgefunden hat«, sagte er und reichte Andrea eine Kopie des Briefes, den Karin im Krankenhaus hinterlassen hatte. »So wie ich ihn verstehe, bevollmächtigt er Sie, stellvertretend für Karin Sommer Entscheidungen zu treffen. Wir hätten Sie gern dabei, wenn wir in ihre Wohnung gehen.«

»Kann es sein, dass sie sich in Gefahr befindet? Wollt ihr nach ihr fahnden? Sie ist eine Zeugin?«

Halfdan Thor dachte nach: »Ich denke, wir sollten bis auf weiteres ihren Wunsch respektieren und nicht nach ihr suchen, aber wir gehen mittlerweile davon aus, dass sie sich zu Recht bedroht fühlte. Wir meinen festgestellt zu haben, dass sich in ihrem Krankenzimmer tatsächlich ein Fremder befunden hat.«

»Auf mich hat sie keinen kranken Eindruck gemacht«, sagte Andrea.

Halfdan Thor holte sich Karin Sommers sorgfältigen Bericht über den Ablauf der Ereignisse auf den Monitor seines Computers. Es handelte sich um denselben Bericht, den auch Andrea bekommen hatte.

»Wir haben den Kappelhøje-Fall wieder aufgenommen, allerdings unter der Hand, damit wir Ruhe zum Arbeiten haben. Selbstverständlich suchen wir auch nach Verbindungen zum Mord an Betina Bertelsen, obwohl es da nicht unbedingt einen Zusammenhang geben muss. Prostituierte leben gefährlich.«

Er ließ Karin Sommers Text über den Bildschirm laufen und hielt ihn an einer bestimmten Stelle an.

»Hier beschäftigt sie sich damit, dass sich die Abdrücke des stellvertretenden Polizeimeisters auf dem Heimwehr-Gewehr befunden haben, und da ist sie auf dem Holzweg. Seine Fingerabdrücke waren auf allen Gewehren, er ist Waffeninstrukteur, und übrigens war er während der ganzen Pfingstfeiertage bei seiner Schwester und seinem Schwager auf Island. Gerade weil sie auf diesen Punkt beharrt, habe ich sie anfangs für ein … wenig überspannt gehalten«, sagte Halfdan Thor entschuldigend und fuhr fort:

»Dann berichtet sie von Intrigen in der Redaktion und dass sie wegen ihres Vorgesetzten nicht mehr über den Fall schreiben darf. Das lässt sich schwer beurteilen, aber wir behalten das im Blick. Interessanter ist ihr Besuch bei Betinas früheren Vermietern. Offenbar war sie da nicht die Einzige. Die Mordkommission hat heute ihre Leute hingeschickt. Und wir müssen ihren Müllsack haben, der sich nach dem Bericht in Karins Keller befindet. Ich würde gern nachher mit Ihnen dorthin fahren. Und Karin Sommer schlägt selbst vor, dass wir feststellen, wer mit ihr unter dem Decknamen ›Kappelhøje-Mädchen‹ korrespondiert hat, deshalb wollen wir ihre Festplatte untersuchen. Sie haben doch hoffentlich nichts dagegen?«

Andrea schüttelte den Kopf, und Halfdan Thor fuhr mit der Durchsicht von Karins Bericht fort: »Das Papierfetzchen, das sie in Betinas Müll gefunden hat und auf dem etwas von ›rückwirkender Kraft‹ steht, haben wir zur technischen Untersuchung gegeben. Es hat in dem an mich adressierten Umschlag gelegen. Es handelt sich um eine Vorladung zum Reichshospital, das uns heute bestätigt hat, Betina Bertelsen war HIV-positiv.«

Er unterbrach sich: »Darf ich Ihnen ein Bier anbieten?«

»Nein, danke.«

»Ein Glas Wein?«

»Nein, vielen Dank.«

»Etwas anderes?«

»Nein, danke, ich brauche nichts.«

»Dann hol ich mir eins.«

»Immerhin haben wir Samstag«, sagte er entschuldigend, als er seine Bierflasche öffnete. Sie macht einen sehr sympathischen Eindruck, aber ein wenig säuerlich und verkrampft ist sie, dachte er und fuhr fort: »Die Freundin von Linda Bertelsen, Majbritt Poulsen, hat uns nicht viel sagen können, doch wir befragen sie noch einmal. Die Information, dass Linda Bertelsen eine enge Beziehung zu ihrer Tochter hatte, ist etwas auffällig. Vielleicht haben beide etwas Wichtiges gewusst. Da sind die 20 000 Kronen, die am Tag vor dem großen Blutbad auf Bertelsens Konto eingegangen sind. Wir haben nicht ermitteln können, woher das Geld kommt oder was damit bezahlt wurde.«

»Halt«, unterbrach ihn Andrea. »Wegen meiner Schweigepflicht darf ich nicht so viel sagen, aber falls Sie auf einen Pädophilen in den besseren Kreisen des Ortes stoßen, sollten Sie sich seine Kontoauszüge ansehen.«

Sie erzählte, was sie von Alexander Zlotniks Geschichte über Lolita aus dem Massagesalon erzählen konnte, ohne die Quelle preiszugeben.

»Das ist interessant.« Thor kratzte sich am Bart. »Wir sehen uns ein wenig um, und dann gebe ich der Mordkommission einen Hinweis, damit sie die Zeugen aus dem Bordell befragen. Schrecklich, Vierzehnjährige nehmen die, so alt wie Esben!«

Das Telefon läutete.

»Jetzt hören Sie sich das mal an«, berichtete er. »Der Mann, der im Kreiskrankenhaus bei Karin Sommer eingebrochen ist, hat einen Umhang getragen, wie ihn die Kriminaltechniker benutzen, wenn sie Tatorte untersuchen. Damit sie keine Spuren hinterlassen.«

Im selben Augenblick, indem er es ausgesprochen hatte, bereute er es: »Sie müssen mir versprechen, dass Sie das für sich behalten! Das ist wichtig für die Ermittlungen.«

»Natürlich«, antwortete sie ernst, und er wusste, dass sie zu denen gehörte, auf die man sich verlassen konnte.

»Wir wollen unsere Unterhaltung als informell und vertraulich betrachten«, sagte er und fuhr fort: »An dem Fetzchen des Umhangs haben sich Plastikfasern und ein Tropfen Blut befunden, drücken wir also die Daumen, dass das Blut nicht von Karin Sommer stammt.«

»Das kommt mir alles völlig verrückt vor. Was beabsichtigt derjenige eigentlich? Und ziemlich dreist ist er auch. Wie leicht hätte ihn im Krankenhaus jemand sehen können.« Andrea Vendelbo dachte laut.

»Vermutlich will er sie erschrecken und sie unglaubwürdig erscheinen lassen«, sagte Halfdan Thor. »Das Tonbandgerät hat er benutzt, um den Eindruck zu erzeugen, dass sie ›Stimmen hört‹ – wie das für Menschen mit einer Psychose typisch ist.«

»Oder weil er befürchtete, sie könnte seine Stimme wiedererkennen«, sagte Andrea. »Wie unheimlich muss das sein, wenn alle glauben, man ist paranoid, dabei wird man in Wirklichkeit verfolgt.«

»Ja, ein bisschen selbstkritisch müssen wir in diesem Punkt schon sein«, murmelte Halfdan Thor.

Sie einigten sich, dass Dagmar dableiben und Pfannkuchen essen sollte, während Andrea mit Thor zu Karin Sommers Wohnung fuhr, um Betina Bertelsens Müllsack zur kriminaltechnischen Untersuchung zu bringen. Da Karin Sommer sie nun mal mit der Wahrnehmung ihrer Interessen beauftragt hatte, musste sie die Formalitäten ordentlich erledigen. Eigentlich schmeckte ihr dieses Mandat nicht recht, sie machte sich Sorgen um ihre neue Freundin und hätte gern gewusst, wo sie sich befand. Doch so hatte sie wenigstens einen legalen Vorwand. Und im Übrigen konnte sie nicht leugnen, dass sie die ganze Sache faszinierte.

Dagmar und Plet, der Hund, saßen gemeinsam auf einem Stuhl und teilten sich den letzten Pfannkuchen, als Andrea wieder zurückkam. Sie musste sich sehr zusammenreißen, um nicht zu sagen, dass sie das für eine Schweinerei hielt. Die übrigen Anwesenden aber hielten es offenbar für ganz natürlich, dass ein Kind und ein Hund vom selben Teller und vom selben Pfannkuchen aßen.

»Na, wollen wir nach Hause fahren?«, fragte sie.

»Ja«, antwortete Dagmar, »aber wir können

auch noch ein bisschen bleiben, ich hab Angst, dass Plet traurig ist, wenn ich wegfahre.«

»Bestimmt, aber du kannst ja wiederkommen und mit ihm spielen«, sagte Halfdan Thor und sah Andrea lächelnd und fragend an.

Er beschloss, die Erwiderung, die aus einem blassen Lächeln bestand, als positiv zu werten: »Ja, dann also abgemacht. Du kommst ein anderes Mal wieder und besuchst Plet«, sagte er.

»Okay«, antwortete Dagmar. »Wann denn?«

»Wenn wir wieder eine Arbeitsbesprechung haben«, sagte Andrea rasch.

»Arbeit, Arbeit«, quengelte das Kind.

»Ich finde, es wäre wirklich schön, wenn wir beim nächsten Mal ein wenig mehr Zeit hätten. Sie haben eine richtig nette Tochter«, sagte Halfdan Thor draußen am Auto und fuhr nach einer kurzen Pause fort: »Wir bleiben in Verbindung, wir werden schon etwas herauskriegen.«

Diese Frau hatte sein Interesse geweckt. Oder war das sein Beschützerinstinkt? Sie machte einen sonderbar unterkühlten Eindruck, schien aber ordentlich und diszipliniert zu sein. Und bei genauerem Hinsehen war sie eigentlich auch recht hübsch. Ruhige, grüne Augen, ein paar Sommersprossen auf der geraden, schmalen Nase und ein wohlgeformter Mund.

Völlig offensichtlich war, dass sie von Firlefanz und Albereien nichts hielt, und in ihrem Wesen gab es nicht die kleinste Andeutung von Flirt. Die meisten Männer hätten sie vermutlich als asexuell bezeichnet, er aber hatte einen Schimmer von Herzlichkeit in ihren Augen gesehen und spürte eine Lust, ihn wiederzusehen und vielleicht selbst hervorzurufen.

»Ja, wir halten einander auf dem Laufenden, und für Dagmar war das ein schöner Tag«, antwortete sie. Als sie lächelte, hatte er wieder das Gefühl, sie erlege sich selbst eine gewisse Zurückhaltung auf. Reserviert, das war der richtige Ausdruck. In gewisser Weise hielt er das für reizvoll. Es gab Frauen, die sich ihm mit Haut und Haaren angeboten hatten, er aber war darauf nicht eingestellt gewesen, und ihre Verliebtheit hatte ihn verlegen gemacht. Andrea Vendelbo machte keineswegs einen furchterregenden Eindruck.

»Wir telefonieren«, rief er dem Auto nach.

»Also, bei der Polizei ist es lustig«, sagte Dagmar, bevor sie in ihrem Kindersitz einschlief.

Sie hatte Dagmar gerade die Treppe hinauf und ins Bett getragen, als das Telefon klingelte. Es war Klaus Sommer, Karins Bruder. Die ganze Familie mache sich solche Sorgen, könne man nicht einen Termin mit Andrea vereinbaren, wo sie doch jetzt Karins Anwältin sei? Einerseits war er – ganz offen gesagt – ein wenig enttäuscht, weil Karin ihre Angelegenheiten nicht ihm und der Familie überlassen hatte, andererseits war er sehr froh, dass sie eine tüchtige Anwältin gefunden hatte. Dies beruhige die Familie, denn es deute gewissermaßen darauf hin, dass Karin nicht vorhabe, sie zu verlassen, sagte er.

»Nein«, sagte Andrea. »Ich glaube, davon kann man ausgehen. Aber sie hat etwas Schreckliches erlebt, und wer hätte in dieser Situation keine Angst? Wir müssen sie finden, damit sie erfährt, dass wir sie nicht für nervenkrank halten. Und dass die Polizei ihr natürlich den nötigen Schutz gewährt. Haben Sie eine Idee, wo sie sich versteckt halten könnte?«

»Nein. Wir haben mit ihren Freunden und Kollegen gesprochen und in allen unsern Häusern nachgesehen. Ja, wir haben einige Ferienhäuser, zu denen Karin ebenfalls Schlüssel besitzt, aber wir haben sie nirgends gefunden. Die Polizei hofft, sie mit Hilfe ihres Handys und der Kreditkarte zu finden, doch dafür ist es noch zu früh. Wir machen uns Gedanken, meine Frau hat die ganze Nacht nicht geschlafen. Können wir nicht einen Termin ausmachen und darüber sprechen, wie wir uns verhalten sollen? Irgendwann müssen wir wahrscheinlich nach ihr fahnden lassen, falls sie kein Lebenszeichen von sich gibt?«

Klaus Sommer musste am Sonntagnachmittag von Kastrup zu einer geschäftlichen Besprechung nach Paris fliegen. »Könnten wir nicht am Sonntag miteinander zu Mittag essen?«

»Ja, doch«, antwortete sie ein wenig überrumpelt. Das lasse sich schon machen.

»Und wo?«

»Im Kongens Have«, schlug sie vor und erklärte, sie müsse ihre Tochter mitbringen, im Königlichen Park gebe es ein Kindertheater und einen Spielplatz.

»Gute Idee. Dann sehen wir uns am Sonntag.«

Sonntag, 8. Juli

Andrea konnte gut verstehen, dass Karin Sommer so herzlich von ihrem Bruder gesprochen hatte. Klaus Sommer war ein freundlicher, umgänglicher Mensch, der aufmerksam zuhörte und offen und unverstellt antwortete.

Ja, er ging davon aus, dass Karin sehr bald ein Lebenszeichen von sich gab. Es war ganz einfach nicht ihre Art, Familie und Freunde zu beunruhigen. Wenn aber nichts geschah, wollte er, dass man in spätestens einer Woche mit der Fahndung begann. Das hatte er auch der Polizei so gesagt, die sich seiner Einschätzung angeschlossen hatte.

Auch Andrea stimmte ihm zu.

»Im Zusammenhang mit diesen schrecklichen Vorfällen hat es so viele Missverständnisse und indirekten Zwang gegeben, man kann sich also gut vorstellen, dass sie sich nach ein wenig Freiheit und Sicherheit sehnt«, sagte er. »Ich habe mir überlegt, dass sie sich wahrscheinlich irgendwo in Lappland befindet, dort ist sie schon früher gewandert, also habe ich ein paar Touristenstationen dort oben angemailt, mit Personenbeschreibung und Foto. Man könnte aber genauso gut eine Nadel in einem Heuhaufen suchen.«

»Ich kenne sie nicht so gut, aber ich habe den Eindruck, sie ist eine starke Frau«, sagte Andrea.

»Ja und nein. Sagen wir, sie ist trotz ihrer Zerbrechlichkeit stark. Sie hat einen sehr starken Willen. Deshalb bin ich ja auch so erstaunt, dass sie geflohen ist. Sie mag zusammenbrechen, und das ist ja auch schon passiert, aber sie gibt nicht nach.«

»Was hat ihr damals gefehlt?«

»Endogene Depression haben sie das genannt. So eine Midlifecrisis vielleicht. Sie hatte ein langjähriges Verhältnis zu einem verheirateten Mann, und außerdem hatte sie irgendwelche Probleme an ihrem Arbeitsplatz. Ihre Arbeit hat sie immer sehr ernst genommen, und sie war der Ansicht, ihre Zeitung werde zu poppig. Wie heißt es immer? Der Journalismus ist ein gutes Fach, man muss ihn nur rechtzeitig genug aufgeben.«

»Wenn man mit dem Strafrecht zu tun hat, begegnet man häufig psychisch kranken Menschen, und ich muss sagen, auf mich hat Karin einfach keinen kranken Eindruck gemacht. Darum hatten wir besprochen, dass sie das Krankenhaus verlässt«, sagte Andrea.

»Ellen und ich haben schon von Anfang an gesagt, dass sie nach unserer Meinung nicht krank ist, aber manchmal muss man sich den Fachleuten beugen. Jetzt bereue ich es bitter, und vermutlich will ich sie vor allem deshalb finden. Um mich bei ihr zu entschuldigen.«

Das sagte er leise und unglücklich, während er Blickkontakt zu Andrea hielt.

»Sicher versteht sie Sie«, sagte Andrea mitfühlend.

Sie schwiegen eine Zeit lang. Dann tätschelte er flüchtig ihre Hand, die auf dem Tisch lag, und sagte: »Danke. Auch wenn der Anlass recht ernst ist, weiß ich es sehr zu schätzen, dass wir uns kennen gelernt haben. Ich verstehe sehr gut, dass Karin von Ihnen begeistert ist. Sie sind wirklich eine ungewöhnliche Frau, die man gern näher kennen lernen möchte.«

Andrea lächelte verlegen. Sie hätte gern gesagt »danke gleichfalls«, oder etwas in dieser Art, beherrschte diese Form des Flirts jedoch nicht.

Glücklicherweise kam Dagmar in diesem Augenblick von der Puppentheatervorstellung zurück. Klaus Sommer bezahlte, und sie gingen alle zusammen zum Spielplatz. Sie mussten geradezu im Gänsemarsch über die Wiese gehen, um nicht auf die nackten Menschen zu treten, die überall lagen und den lange erwarteten Sommer genossen. Um ein Haar wäre Andrea mit einem jungen Mädchen zusammengestoßen, das, nur mit einem Tangaslip bekleidet, in der linken Hand die obligatorische Wasserflasche hielt.

»Die Kraken unserer Zeit«, sagte Klaus und nickte diskret in Richtung der jungen Frau, als sie sich auf einer Bank niedergelassen hatten, um Dagmar im Auge behalten zu können.

»Am meisten wundern mich die Wasserflaschen, die sie immer mit sich herumtragen«, sagte Andrea. »Man könnte meinen, sie sind in der Wüste unterwegs und nicht in einer Großstadt, wo der nächste Wasserhahn selten weiter entfernt ist als zehn Meter.«

»Und sie bezahlen, ohne mit der Wimper zu zucken, 15 Kronen für einen Liter Wasser, der von mieserer Qualität ist als das Wasser, das aus dem Hahn kommt. In meinem nächsten Leben verkaufe ich ausschließlich Wasser in Flaschen«, fügte Klaus hinzu.

Dann wurden sie wieder ernst: »Die Einbrüche in Karins Wohnung sind noch immer äußerst rätselhaft, aber ich habe den Eindruck, dass die Polizei Spuren von der Person hat, die in das Krankenhaus eingebrochen ist. Aus Rücksicht auf die Ermittlungen wollten sie mir nicht sehr viel sagen«, sagte Klaus.

»Ja, das ist normal«, sagte sie und wechselte das Thema.

»Karin war sich nicht sicher, ob sie an ihren Arbeitsplatz zurück wollte. Sie hat mit ihrem Chefredakteur gesprochen.«

»Ach, das kommt schon in Ordnung«, sagte er. »Bei der ›Sjællandsposten‹ gibt es jetzt große Veränderungen. Wenn Sie es ein paar Tage für sich behalten können, will ich Ihnen ein Geheimnis verraten.«

Sie nickte.

»Die ›Sjællandsposten‹ ist an die Deutschen verkauft worden und soll zu einem Multimedia-Unternehmen umgebaut werden. Wenn die Zeitungen überleben wollen, muss man sehr viel investieren, der reine Zeitungsbetrieb bringt kein Geld mehr. Alles wird neu organisiert, und ich bin mir gar nicht sicher, ob Karin überhaupt Lust hat, da noch mitzumachen. Sie findet bestimmt etwas anderes, und wenn nicht, eine Pressechefin kann ich auch brauchen.«

Er kaute ein wenig auf seiner Unterlippe, dann fuhr er fort: »Ich sitze im Vorstand und hatte die traurige Aufgabe, dem Chefredakteur zu sagen, dass er gehen muss ...«

»Werner Christoffersen?«

»Ja, öffentlich bekannt gegeben wird das erst auf der nächsten Vorstandssitzung, aber man muss ihn natürlich informieren. Angenehm war das jedenfalls nicht. Andererseits: Er kriegt einen goldenen Händedruck, damit er den Rest seiner Tage in Bangkok verbringen kann ...«

»In Bangkok?«

»Na ja, vielleicht sollte ich das nicht erzählen, aber es ist ein offenes Geheimnis, dass Christoffersen zu diesen Thailand-Touristen gehört, die ein

Faible für junge Mädchen haben. Verheiratet ist er nicht, also …«

Jetzt war es an Klaus Sommer, verlegen zu lächeln, und ihr fiel auf, dass sie ihn wirklich sehr eindrucksvoll fand. Tatsächlich spürte sie auch dieses typische Ziehen im Bauch, das sie unendlich lange Zeit nicht empfunden hatte, und freute sich darüber, dass ihre Hormone noch funktionierten oder worum immer es sich da handeln mochte.

Und vielleicht hatte er soeben den unbekannten Kunden der Lolita entlarvt.

»Ja, in einem so kleinen Ort wissen alle alles über alle«, sagte sie.

Er nickte.

»Man kann schon klaustrophobische Zustände bekommen, aber glücklicherweise bin ich viel unterwegs. Ich habe gern Luft unter den Flügeln, und dass wir unsere Arbeit gern machen, liegt in der Familie. Wenn man Geschäftsmann ist, kommen mit den Jahren viele Aktivitäten hinzu. Mit den Läden habe ich angefangen, aber jetzt habe ich auch mit Investitionen und Grundstückshandel zu tun. Entschuldigung, ich schneide auf, oder? Wahrscheinlich, weil ich einen guten Eindruck machen will.«

Er beugte sich vor, lächelte selbstironisch und sah sie an, und sie fühlte wieder dieses Zittern in ihrem Innern.

Er werde Himmel und Hölle in Bewegung setzen, seine Schwester zu finden, und Andrea werde er auf dem Laufenden halten. Sie musste versprechen, Ellen oder ihn zu verständigen, wenn sie ein Lebenszeichen oder Informationen erhielt, die ein neues Licht auf das Verschwinden seiner Schwester werfen konnten. Sie bekam die Nummer seines privaten Handys.

Dann verabschiedeten sie sich voneinander, er mit der Andeutung einer herzlichen Umarmung, mehr Galanterie als Intimität – das überbewertete sie nicht.

Reiß dich zusammen, sagte sie zu sich selbst. Das ist ein alter, verheirateter Mann.

Trotzdem waren seine ironischen, wasserblauen, von Lachfältchen umgebenen Augen und sein lustiges, ein wenig clowneskes Lächeln das Letzte, was sie vor sich sah, ehe sie einschlief. Am Montagmorgen wachte sie mit einem Appetit aufs Leben auf, den sie lange nicht gehabt hatte – und sie war sehr erpicht darauf, Klaus Sommers Schwester zu finden.

Die Polizei sucht Zeugen, die in der Nacht zum Freitag auf dem Gelände des Kreiskrankenhauses eine feiste, weiß gekleidete männliche Person gesehen haben«, berichtete Thomas.

»Dann habe ich wenigstens ein wenig an Glaubwürdigkeit gewonnen«, antwortete Karin.

»Es heißt nur, dass der Mann in die Station eingedrungen ist. Von dir oder deiner Flucht kein Wort.

Aber jedenfalls wird nicht nach dir gefahndet, du brauchst also keine Angst zu haben, dass sie dich zwangsweise festsetzen. Soll ich mal nachbohren?«

»Nein, um Gottes willen, nein! Ich will nur meine Ruhe haben!«

»Okay, okay.«

Am Tag zuvor hatte Karin telefonisch zwei Zimmer in Kopenhagen gefunden, die sie sich ansehen wollte, aber Thomas hatte sich etwas anderes einfallen lassen.

Er hatte den Schlüssel zur Nachbarwohnung, die von Kasper, einem Pädagogikstudenten, bewohnt wurde, der über den Sommer als Kellner in Skagen arbeitete. Thomas erledigte das Ganze mit einem Anruf: Ob er etwas dagegen habe, wenn eine ordentliche, ruhige, nicht trinkende, christlich gesinnte Verwandte aus Jütland für zwei Tage oder mehr in seiner Wohnung wohne? *No problem*, antwortete Kasper.

»Das ist lieb von dir, aber ich wäre lieber in Kopenhagen, hier kann man sich unmöglich verstecken. Ich muss doch auch einkaufen und so weiter.«

»Dafür sorge ich«, antwortete Thomas. »Du brauchst nie mehr vor die Tür zu gehen – nur meine Bettnische musst du finden. Aber ehrlich gesagt – solltest du dich nicht als Zeugin melden?«

»Ich habe ihnen gesagt, was ich weiß, und ich mag nicht mehr darüber sprechen«, antwortete sie mürrisch und mit leeren Blick.

Ihm war aufgefallen, wie geistesabwesend sie häufig war. Das verletzte und bekümmerte ihn.

»Es tut dir bestimmt sehr viel besser, wenn du in aller Ruhe hier bleibst, statt in irgendein Durcheinander in Kopenhagen zu ziehen. Komm, wir schauen uns Kaspers Wohnung an«, sagte er.

Die Wohnung entsprach der von Thomas, war aber weicher eingerichtet, mit mehr Kissen, Kerzenleuchtern und Bildern an den Wänden.

»Du kannst hier ganz umsonst wohnen«, sagte Thomas.

»Ich möchte lieber dafür bezahlen«, sagte sie und fügte hinzu: »Ja, es ist entschieden leichter, wenn ich hier bleibe. Vielen Dank für die Hilfe.«

»Heißt das, dass ich gehen kann?«

»Ja, du kannst gehen und für unser Abendessen einkaufen, dann weihe ich meine neue Küche ein.«

Irgendetwas stimmte nicht. Worauf lasse ich mich hier eigentlich ein, dachte er, als er die Treppe hinunterging.

Später am Abend verschwanden seine Sorgen im gleichen Maß wie der Wein in den Flaschen.

Montag, 9. Juli

Andrea ließ sich Werner Christoffersens Privatnummer von seiner Sekretärin, Ingeborg Thomsen, geben. Der Chefredakteur arbeitete an diesem Tag zu Hause. Am Telefon machte er einen etwas überraschten und verwirrten Eindruck, selbstverständlich wolle er, so gut er könne, zur Suche nach seiner Mitarbeiterin Karin Sommer beitragen, und er sei den ganzen Vormittag zu Hause. Sie solle einfach vorbeikommen, aber eine große Hilfe werde er bestimmt nicht sein, es sei schon so lange her, seit Karin Sommer das letzte Mal in der Redaktion gewesen war.

Christoffersen nahm ein Stesolid, eine Glückspille, und trank einen doppelten Schnaps. Eine Stunde später konnte er der Wirklichkeit angstfrei ins Auge sehen. Christoffersen gehörte zu den unglücklichen Menschen, die gleichzeitig an abgrundtiefen Minderwertigkeitskomplexen und galoppierendem Größenwahn litten, eben darum musste er sein Gemüt auf chemischem Weg stabilisieren. Gut, bald würde er als Chefredakteur gefeuert, aber ein Weltuntergang war das nicht. Eigentlich hatte er nach seiner einzigartigen Arbeit und seinen vielen Jahren im Dienste des Blattes einen langen Ruhestand verdient, sagte er zu sich selbst, während sich sein innerer Zustand langsam von der Minderwertigkeit zum Größenwahn wandelte.

Nach außen hin würde es nicht wie eine Entlassung aussehen. Es würde vielmehr so ablaufen, dass er selbst beim Vorstand darum bat, seine Position aufgeben zu dürfen, um als freier Mitarbeiter und Berater tätig zu sein. Wirtschaftlich wäre er bis zu seiner Rente abgesichert. Es würde einen großen Rücktrittsempfang geben – so hatte Klaus Sommer das genannt –, und der Gutsbesitzer hatte etwas von einer Verleihung des Ritterkreuzes läuten hören. Ja, es war nur natürlich, dass er nun auf seinen Lorbeeren ausruhte und frische, junge Kräfte zum Zug kommen ließ.

Er ahnte nicht, dass seine Welt an diesem Tag zusammenbrechen sollte.

Andrea Vendelbo kannte keine Vorurteile gegenüber Menschen, aber einen Chefredakteur hatte sie sich anders vorgestellt als diesen leicht aufgelösten, aufgeschwemmten Mann, der sie freundlich in seinem betagten Möbelkatalog-Heim empfing. Von ihm geht sehr wenig Macht aus, dachte sie. Der unmittelbare äußere Eindruck ließ sie an ein alt gewordenes Baby denken. Dieses weiche, blasse Gesicht hatte etwas Quabbeliges, Ungesundes an sich, und es musste Jahrzehnte her sein, dass sie wassergekämmte Haare und einen so exakten Seitenscheitel gesehen hatte.

»Soweit ich Karin Sommer verstanden habe, sind die Probleme entstanden, weil sie über dieses Familiendrama in Kappelhøje geschrieben hat«, sagte Andrea, die versuchte, sich so vage wie möglich auszudrücken.

»Ja, und das tut mir Leid. Vermutlich bin ich zu hart zu ihr gewesen, aber es entspricht nicht dem Stil der ›Sjællandsposten‹, in solchen unglücklichen Begebenheiten herumzutrampeln«, antwortete Christoffersen. »Ich habe nicht gedacht, dass sie so empfindlich auf Kritik reagiert. Ich hätte ihre labile psychische Situation berücksichtigen müssen.«

»Ja, wir sind nicht alle gleich robust, aber ich glaube eher weniger, dass ...«

Er unterbrach sie:

»Ich muss Ihnen sagen, dass ich für psychische Leiden großes Verständnis habe. Wir alle haben manchmal unsere Krisen, das ist keine Schande.«

Andrea ließ die Unterhaltung sich noch eine Zeit lang im Leerlauf bewegen, nickte und redete ihm nach dem Mund, dann begann sie mit ihrem Überraschungsangriff:

»Ich möchte Sie etwas anderes fragen. Ich verteidige einen Mann, der beschuldigt wird, eine Prostituierte ermordet zu haben, die in einem Massagestudio in Østerbro in der Århusgade gearbeitet hat, und meines Wissen waren Sie Kunde dieses Massagestudios?«

Die Wirkung war ungeheuer. Christoffersen schwankte in seinem Sessel hin und her, und für einen Augenblick glaubte sie, ihre Frage habe einen Herzanfall bei ihm ausgelöst. Dann fasste er sich.

»Ich habe nichts mit diesem Mord zu tun. Der ist Monate, nachdem ich zum letzten Mal dort gewesen bin, geschehen.«

»Das weiß ich. Aber Sie waren Kunde einer Minderjährigen, und Betina Bertelsen hat Sie erkannt.«

Nun platzte der Knoten, der Mann begann zu weinen.

»Ich habe nicht gewusst, dass sie erst vierzehn ist, und ich habe ihr nichts getan«, schluchzte er.

»Aber man hat Sie erpresst?«

»Nein, nein. Ich selbst habe ihre Heimreise und ihre Ausbildung bezahlen wollen, und Betina Bertelsen hatte Kontakt zu ihr.«

»Sie haben also am Freitag vor Pfingsten – am Tag vor diesem äh … Familiendrama – 20 000 Kronen bei Bertelsens abgegeben?«

Er nickte und öffnete eine Flasche Bier.

»Hätten Sie das nicht der Polizei sagen müssen?«

»Ich habe doch nicht gedacht, dass beides miteinander zu tun hat!«

»Haben Sie Karin Sommers Tonbandkassette, auf der das Gespräch mit Betina Bertelsen war, an sich genommen?«

»Nein.«

»Haben Sie Betina Bertelsen ermordet?« Andrea stellte diese Frage mit einer so neutralen Stimmlage, als fragte sie ihn, ob es zu seinen Kartoffeln Sauce gegeben habe.

»Nein«, schrie er. »Sie glauben doch nicht etwa, dass ich jemanden ermordet habe. Wie kann man denn so etwas glauben? Wie kommen Sie denn auf die Idee?«

»Ich glaube überhaupt nichts, aber Sie hatten ein Motiv, und es wäre nicht unvorteilhaft für Sie, wenn Sie sich an die Polizei wendeten und sie über Ihre Verbindung zu Betina Bertelsen informierten.«

Er holte sich ein Glas mit Stesolid.

»Klug ist das nicht, noch mehr zu nehmen, wenn Sie mit der Polizei sprechen wollen«, sagte sie freundlich. »Da braucht man einen klaren Kopf.«

Er nickte und kämpfte mit den Tränen, als er sagte: »Am besten, ich bringe das sofort hinter mich. Ich rufe ein Taxi.«

»Ich kann Sie bei der Polizei absetzen.«

Werner Christoffersen gab seine Erklärung unter Wahrung seiner Rechte als Beschuldigter ab, falls sich nämlich das Alter des estnischen Mädchens bestätigte, müsste er mit einer Anklage rechnen. Er versicherte, am Freitag vor Pfingsten in Kappelhøje bei den Bertelsens gewesen zu sein, um Betina 20 000 Kronen zu übergeben, die sie an das estnische Mädchen übermitteln sollte. Betina selbst hatte geschlafen, weshalb er den Umschlag ihrer Mutter, die ihn erwartete und informiert war, aushändigte. Von Erpressung könne in diesem Zusammenhang nicht die Rede sein. Er selbst habe die Idee gehabt, Reise- und Schulgeld für das estnische Mädchen zu bezahlen, weil sie ihm Leid tat.

Ja, er habe ein Alibi für das gesamte Pfingstfest. Er sei zu einer Besprechung mit der litauischen Gruppe des »Tiger Clubs« geflogen, mit dem gemeinsam man eine Sammelaktion für allein stehende, junge Mütter in Vilnius durchführe. Sein Flugschein lag zusammen mit einer Reiseabrechnung bei der Zeitung. Von dem Familiendrama in Kappelhøje hatte er erst durch Karin Sommers Artikel in der Zeitung erfahren, nach einer VL-Versammlung, auf der jemand diesen Artikel kritisierte. Es habe ihn tief berührt, von diesem unglücklichen Ereignis lesen zu müssen.

Und nein, er habe keine Ahnung, wer Betina Bertelsen oder Monika, die litauische Prostituierte, ermordet habe. Selbstverständlich wolle er sich gern einer DNA-Analyse unterziehen und hinterlege gern seinen Pass. Äußerst erleichtert verließ er um 12.20 Uhr die Polizeistation, während die neuen Informationen an die Mordkommission in Kopenhagen übermittelt wurden.

Bei der Kopenhagener Mordkommission wurde man hellhörig, als man »Sjællandsposten« hörte. In dem Massagestudio in Vesterbro, in dem am 9. Juni eine Prostituierte ermordet worden war, hatte man auch ein Exemplar der »Sjællandsposten« mit Unterstreichungen und Notizen gefunden. Man bat um eine Personenbeschreibung, und ja, Christoffersen konnte jener Kunde gewesen sein, der am Mordabend in dem Massagestudio gewesen war und mit dem man sich gern unterhalten hätte.

Um 15.10 Uhr wurde Werner Christoffersen in seiner Wohnung aufgesucht und zum Verhör nach Kopenhagen gebracht. Am selben Abend wurde eine Gegenüberstellung arrangiert, bei der eine Prostituierte ihn als den erkannte, der kurz vor deren Tod Kunde der Thailänderin gewesen war. Das passte auch ausgezeichnet zu einer Aufzeichnung der Verkehrspolizei, die Christoffersen gerade an jenem Abend wegen einer Geschwindigkeitsüberschreitung auf der Autobahn angehalten hatte.

Werner Christoffersen stritt alles ab. Es traf zu, dass er Kunde der Thailänderin gewesen war – aber schließlich war das kein Verbrechen. Bevor sie die Leistung erbracht hatte, war ein »Bodybuildertyp« hereingestürmt und hatte eine drohende Haltung eingenommen und Geld von ihm verlangt. Der Bodybuilder hatte tatsächlich gesagt – und Christoffersens Stimme zitterte, als er es zitierte –: »Ich schneide dir die Eier ab und dreh dir den Hals um, wenn du mir nicht sofort den Tausender gibst und verschwindest!« Und ja, ein besonderes Kennzeichen gab es: Der Bodybuilder hatte eine Tätowierung, eine Schlange, die sich um seinen Oberarm wand.

Christoffersen sei so schnell verschwunden, dass ihm die Zeitung aus der Innentasche gefallen sein musste, wo er immer ein Exemplar zur redaktionellen Kritik bei sich trug.

Die Mitglieder der Untersuchungskommission waren sich sicher, dass sie mit Christoffersens Festnahme einen Erfolg erzielt hatten. Nun kam es drauf an, dass das Gericht ihn so lange in Untersuchungshaft schickte, bis man mehr über ihn wusste und sein DNA-Profil erstellt hatte – oder bis er zusammenbrach und ein Geständnis ablegte. Im Lauf des Abends ließ man daher bei der Presse durchsickern, man habe einen Mann verhaftet, den man des Mordes an einer Prostituierten verdächtige, und im selben Zusammenhang erwähnte man, dass es im gesamten Land derzeit acht unaufgeklärte Prostituiertenmorde gab. Ganz zufällig ergab es sich, dass einige Pressefotografen bereitstanden, als der Verdächtige mit einer Jacke über dem Kopf zum Transportwagen geführt wurde, der ihn ins Westgefängnis bringen sollte.

Zunächst müsse man sich damit begnügen, ihn der Unzucht mit einer Minderjährigen zu beschuldigen, um Zeit für die Ermittlungen im Mordfall zu gewinnen, vereinbarte der Staatsanwalt mit der Mordkommission. Die ermordete Thailänderin hatte um ihr Leben gekämpft, man hatte Hautreste und

Blut unter ihren Fingernägeln gefunden, die höchstwahrscheinlich vom Täter stammten.

Einer plötzlichen Eingebung folgend, machte Andrea Vendelbo einen Umweg und fuhr an dem Haus in Kappelhøje vorbei, in dem die Familie Bertelsen gewohnt hatte. Das Haus wurde jetzt zum Verkauf angeboten, und sie stieg aus, um es sich anzusehen. Ein gepflegtes, aber recht langweiliges Landhaus aus den Fünfzigerjahren, das man in jener Zeit renoviert hatte, als schöne Fenster durch große Thermoscheiben ersetzt wurden; ein praktischer Werkstatt- und Garagenanbau, ein Hundestall, ein Auslauf für die Hunde, Grasfläche und ein Salatbeet. Es lag am Ende einer Nebenstraße oder einer sehr langen Zufahrt, zweihundert Meter von der Landstraße entfernt: Auf einem Ackerstück standen gebrauchte Autos.

Und hier hatten in der Nacht zum Pfingstsonntag drei Menschen den Tod gefunden. Sie fragte sich, ob es schwer sein würde, dieses Haus zu verkaufen.

Sie hatte den Mann nicht bemerkt, weshalb sie zusammenzuckte, als sie plötzlich eine Stimme hinter sich hörte:

»Hallo, dieses Haus kostet 800 000 Kronen, aber meins kannst du für die Hälfte haben.«

Er hatte fette, halblange Haare und war mit einem schmuddeligen T-Shirt und zu engen Jeans-

Shorts bekleidet. Vorn hing ihm der Bierbauch über den Hosenbund, hinten ragte ein gewaltiger Hintern vor.

»Kenneth Pedersen, bin der nächste Nachbar, mein Haus liegt dort oben«, sagte er und zeigte zur Landstraße. Ob sie am Kauf interessiert sei, denn dann wolle sie vermutlich auch ein wenig über die Vorbesitzer erfahren.

Sie wisse genau, was den vorherigen Besitzern zugestoßen sei, sagte sie und stellte sich vor.

»Du bist Rechtsanwältin? Dann kannst du mir vielleicht erklären, warum die Polizei wieder hier draußen herumläuft. Sie sind wieder bei uns gewesen, und wir sind doch schon hundertsiebzehnmal verhört worden. Wir haben sie schließlich gefunden. Die Hunde haben geheult und einen Höllenlärm gemacht, deshalb sind wir am Pfingstsonntag gegen zehn hingegangen. Ich sage dir, den Anblick vergisst man nie.«

»Mit den Ermittlungen habe ich nichts zu tun, ich bin nur vorbeigekommen und war neugierig«, sagte Andrea.

»Ja, das Haus ist eine richtige Touristenattraktion geworden, und jetzt verkaufen wir auch unseres«, sagte Kenneth.

»Wegen diesem unglücklichen Vorfall hier?«, fragte Andrea.

»Nein, aber unser Haus ist zu klein und zu feucht und verrottet und schmutzig. Wir wollen einfach etwas Größeres und Besseres haben, wo wir doch jetzt gewonnen haben. Möchten Sie eine?«

Sie schüttelte den Kopf, und er steckte sich eine Zigarette an.

»Sie haben gewonnen?«, fragte sie.

»Ja, verdammt, endlich mal Glück gehabt. Wir haben überall mitgespielt, wo man spielen kann, und plötzlich war's dann so weit, 375 000 Kronen für sechs Richtige.«

»Wie schön, ja, in dem Fall steckt man das Geld am besten in ein Grundstück«, sagte sie, überlegte einen Augenblick und fuhr fort: »Wenn das nur mir passiert wäre. Wo kauft man denn so ein Gewinnlos?«

»Das fragen alle, und es ist ja auch kein Geheimnis. Unseres haben wir bei Mustafa gekauft – bei dem Kiosk in der Algade. Und weißt du was, der hat schon zum zweiten Mal in diesem Jahr ein Los verkauft, das gewonnen hat – ich meine, mit einem größeren Gewinn. Er war ja auch stolz wie ein Pfau und hat zur Feier des Tages einen ausgegeben.«

»Das ist schon ungewöhnlich, zwei Gewinne hintereinander am selben Ort«, sagte sie. »Wie lange ist denn das her mit Ihrem Gewinn?«

»Och, ein paar Wochen, soweit ich mich entsinne.«

Mit dieser Antwort stimmte etwas nicht. Ihr geschultes Advokatengehirn erkannte augenblicklich den falschen Ton. Zweifellos weiß ein Mann wie Kenneth Pedersen ganz genau, wann er 375 000 Kronen gewonnen hat.

Andrea Vendelbo erwarb einen Blitzlottoschein mit Joker.

»Hoffentlich habe ich genauso viel Glück wie Kenneth Pedersen«, sagte sie zu Mustafa, der die staatliche Lotto-Annahmestelle in der Hauptstraße betrieb.

Mustafa lächelte. »Ja, wenn ein Kunde gewinnt, kommen mehr Kunden. Das ist eine gute Reklame für mein Geschäft.«

»Aber eigentlich ist es doch ziemlich ungewöhnlich, zwei so große Gewinne unmittelbar hintereinander. Ich glaube, sie haben festgelegt, dass dazwischen mindestens ein Monat vergehen muss«, sagte Andrea und wunderte sich über sich selbst, weil sie so einen Unsinn von sich gab.

»Tatsächlich?«

»Und wann hat Kenneth Pedersen seine 375 000 Kronen gewonnen?«

»Der Schein war von Woche 22, aber er hat erst zwei Wochen später entdeckt, dass er gewonnen hat. In Jütland hat jemand einen Gewinn von einer Million nicht abgeholt, stellen Sie sich das mal vor!«

»Ja, wirklich? Ich hätte allerdings nicht gedacht, dass Kenneth einer von denen ist, die ihre Lottoscheine verschludern.«

»Nein. Aber bei seinen Nachbarn ist doch ein

Unglück geschehen«, erklärte Mustafa. »Sie sind alle tot.«

»Ja, dann kann man die Lottozahlen natürlich vergessen«, sagte Andrea verständnisvoll.

»Er war mit den Nachbarn befreundet. Kenneth hat immer ihre Illustrierten und Rubbellose gekauft und die Lottoscheine bei mir abgegeben. Jetzt kauft er keine Illustrierten und Rubbellose mehr und gibt nur noch einen Lottoschein ab«, sagte Mustafa und beklagte damit den Tod eines guten Kunden.

»Ja, man hat es nicht immer leicht im Leben«, sagte Andrea und verließ den Laden.

Sie werden beschattet.« Kriminalinspektor Thor lachte in sein Handy. »Man hat Sie soeben in Mustafas Laden gesehen und überlegt jetzt, ob Sie rauchen, trinken, spielen oder Illustrierte lesen?«

»Ich spiele«, antwortete sie.

»Dann müssten Sie eigentlich auch trinken – wenigstens eine Tasse Kaffee.«

»Oh, ich …«

»Im Hafencafé, in fünf Minuten. Wir können draußen sitzen. Ich muss Ihnen etwas erzählen.

»Ja, gut, ja«, antwortete sie nicht sonderlich aufschlussreich.

»Sie haben Werner Christoffersen nach Kopenhagen gebracht, um ihn in einem ganz anderen Mordfall zu verhören«, sagte der Kriminalinspektor, als sie ihren Kaffee bekommen hatten.

»Also war es vielleicht nicht ganz so gut, dass ich ihm heute Morgen geraten habe, er solle Sie über seinen Kontakt zu Betina Bertelsen informieren.«

In ihrer Stimme lag aufrichtiges Bedauern.

»Ich kann mir Christoffersen nicht gut als Mörder vorstellen«, sagte Thor.

Andrea zuckte mit den Schultern. Sie stellte niemals Vermutungen über Schuld und Unschuld an.

»Ich interessiere mich für die beiden ungeklärten Prostituiertenmorde, weil ich diesen Litauer verteidige, der wegen des Århusgade-Mordes beschuldigt wird«, sagte sie.

»Jetzt haben wir Boris Garmatschek als Hintermann des Frauenhandels im Visier, doch der kann uns ja nichts mehr darüber sagen. Also suchen wir nach seinem dänischen Kontaktmann. Wir sind ziemlich sicher, dass es einen gab. Aber ich kann Ihnen sagen: Alle Mails und das gesamte Computermaterial dieses Russen sind verschlüsselt. Es heißt immer, wir leben in einer Überwachungsgesellschaft, doch offenbar können sich die Leute allmählich sehr gut dagegen schützen.«

Eine Pause entstand, weil sie einander zufällig in die Augen sahen und beide verlegen wurden.

»Das ist ein hübscher Hafen«, sagte Andrea und sah auf das Wasser.

»Ja, der ist sehr hübsch, und im Sommer kommen viele Sportsegler«, antwortete er.

»Das sehe ich.«

»Ich habe eine kleine Jolle mit Motor und manchmal, wenn das Wetter gut ist, töffeln wir damit an der Küste entlang in die Stadt.«

»Und was hat Sie heute in unser kleines Nest geführt?«, fragte er nach einer weiteren längeren Pause.

»Karin Sommers Interessen. Ich versuche Karin zu finden und glaube, ihr Verschwinden hat irgendwie mit Kappelhøje zu tun. Ich habe mir das Haus der Bertelsens angesehen und mich mit dem Nachbarn unterhalten.«

»Ach, mit dem …« Thor wollte gerade etwas Herablassendes von sich geben, dann fiel ihm ein, dass er einer Strafverteidigerin gegenübersaß.

»Kenneth Pedersen? Den haben wir uns auch angeschaut und wir haben in seiner Vergangenheit ein paar dunkle Stellen gefunden«, sagte er etwas beherrschter.

»Das habe ich mir gedacht«, antwortete sie und überlegte, ob sie erzählen sollte, was sie herausgefunden hatte. Ein Rechtsanwalt hatte andere Aufgaben, als herumzulaufen und andere Menschen in Schwierigkeiten zu bringen, andererseits aber gehörte Pedersen nicht zu ihren Klienten, und sein Lottoglück war allgemein bekannt. Außerdem war sie überzeugt, dass es in Karin Sommers Interesse lag, dem Kappelhøje-Fall auf den Grund zu gehen.

»Sein Haus ist zu verkaufen, weil er im Lotto

gewonnen hat und sich etwas Besseres kaufen möchte.«

»Ja, von dem Gewinn habe ich gehört. Wir leben in einem kleinen Nest«, sagte der Polizeibeamte.

»Kenneth Pedersen entsinnt sich nicht genau, wann er gewonnen hat, Mustafa aber wusste es. Der Lottoschein gehörte zur Woche 22, wurde aber erst vor vierzehn Tagen eingelöst«, sagte Andrea.

»Woche 22? An diese Rechnerei in Wochennummern gewöhne ich mich nie«, sagte Thor.

»Kenneth Pedersens Zahlen wurden am Pfingstsamstag gezogen, in der darauf folgenden Nacht ist die Familie Bertelsen gestorben«, sagte Andrea Vendelbo.

»Ein interessanter Zufall«, brummte Thor und schien in Nachdenken zu verfallen.

»Und nicht weniger interessant ist, dass Kenneth Pedersen auch für Bertelsens den Lottoschein abgegeben hat. Jedenfalls war das eine feste Gewohnheit, so habe ich Mustafa verstanden. Und dass er seinen Gewinn erst zwei Wochen später eingelöst hat, ist sonderbar.«

»Ich sehe mir seine Aussage noch mal an. Er hat die Familie als Letzter lebend gesehen, hat um 17 Uhr seine Zeitung und seine Illustrierte abgeliefert, aber, soweit ich mich erinnere, hat er uns nichts von einem Lottoschein gesagt. Er und seine Frau haben die Toten auch am Sonntagvormittag gefunden.«

Halfdan Thor wurde vom Anblick einer Frau abgelenkt, die aus dem Restaurant kam und an ihrem Tisch vorüberging.

»Hallo, Lene!«, sagte er und erhob sich.

Die Frau, die stehen blieb, erinnerte an ein hübsches Schulmädchen, das in die Jahre gekommen war. An diesem heißen Tag trug Lene Beck glänzend weiße, dünne, locker sitzende Leinenhosen, die unmittelbar unterhalb des Knies endeten, und ein ebenso weißes, anständiges Top mit kleinen Ärmeln und einem runden Halsausschnitt, in dem sich eine Halskette mit kleinen Naturperlen bemerkbar machte. Die halblange Pagenfrisur, die wohlgepflegte Haut und die großen, blauen Augen mit dem etwas erstaunten Ausdruck unterstrichen das Bild einer gealterten Schülerin.

»Das ist Lene Beck, sie ist mit unserem Kreisarzt verheiratet«, stellte Halfdan Thor vor.

»Und abgesehen davon, dass ich verheiratet bin, bin ich die Inhaberin der örtlichen Geschenkboutique«, fügte sie hinzu.

Thor warf beiden Frauen rasche Blicke zu und erkannte, dass er sich blamiert hatte.

»Entschuldige. Wie chauvinistisch. Lene hat ein ganz fantastisches Geschäft, das der Treffpunkt sämtlicher Frauen des Ortes ist.«

»Wenn dem nur so wäre«, sagte Lene Beck. »Aber es geht.«

»Und das ist Andrea Vendelbo, eine der besten

Anwältinnen von Kopenhagen«, fuhr Halfdan Thor fort.

»Und geschieden«, fügte Andrea hinzu und lächelte Lene Beck an.

»Lass es mich mit einer Tasse Kaffee wiedergutmachen«, schlug Thor vor.

Lene Beck sah auf ihre Uhr.

»Okay, für 20 Minuten habe ich noch eine Aushilfe.«

»Kennen Sie Karin Sommer?«, fragte Andrea, als Lene Beck ihren Kaffee bekommen hatte.

»Nur ganz flüchtig aus dem Laden«, antwortete Lene Beck.

»Ich bin ihre Anwältin«, erklärte Andrea. »Sie hat eine schlimme Zeit durchgemacht, nachdem sie einen Artikel über das Familiendrama in Kappelhøje geschrieben hat. Zurzeit ist sie für eine Weile untergetaucht, aber das ist ihr gutes Recht, ich werde sie schon finden und ihr sagen, dass einige ihrer Probleme gelöst sind. Man hat doch geglaubt, ihre Angst sei krankhaft, aber jetzt hat sich herausgestellt …«

»Ja, davon habe ich gehört. Das muss entsetzlich sein, so überfallen zu werden, und dann wird einem nicht geglaubt«, sagte Lene Beck.

Andrea dachte, Lene Beck könne sehr wohl die Inhaberin einer der wichtigsten Nachrichtenzentralen des Ortes sein, darum gab sie ihr ihre Visitenkarte: »Ich würde mich über einen Anruf freuen, falls Sie etwas hören«, sagte sie.

»Meinen Sie, dass ihr Verschwinden mit dem zu tun hat, was in Kappelhøje passiert ist?«, fragte Lene Beck, während sie die Visitenkarte sorgfältig in einem hierzu gedachten Ledermäppchen mit Goldprägung unterbrachte.

»Ich habe keine Ahnung, aber möglich wäre es«, antwortete Andrea.

»Müssen Sie auch gehen?«, fragte Thor, als Lene Beck sich verabschiedet hatte und Andrea ihre Tasche fester packte.

»Ja, ich muss sehen, dass ich in die Stadt komme.«

»Um Dagmar abzuholen?«

Unwillkürlich warf Andrea ihm einen überraschten, anerkennenden Blick zu. Männer erinnerten sich nur selten an die Namen kleiner Kinder – und benutzten sie.

»Nein, sie wird heute von ihrem Vater abgeholt, ich muss zu einer Veranstaltung im Kriminalpolitischen Verein.«

Thor nickte und lächelte.

»Sie nehmen Ihre Arbeit sehr ernst.«

»Ja«, antwortete sie. »Sie nicht?«

»Doch, schon, aber ich bestehe darauf, dass es auch noch ein Leben neben der Arbeit gibt, vor allem, seit ich mit den Kindern allein bin.«

Sie stellt keine Fragen und hat ganz offensichtlich kein Interesse an meinem Privatleben, dachte er und versuchte es mit Blickkontakt. Das gelang, und er war der, dessen Blick zuerst auswich. Ganz offenkundig hat sie keine Hintergedanken, deutete er das. Schade.

»Ja, wenn Sie Zeit gehabt hätten, hätte ich Sie gern zum Abendessen eingeladen, aber Sie müssen unbedingt mit Dagmar kommen, damit sie mit Plet spielen kann. Ich habe ein Gästezimmer, wo Sie gegebenenfalls übernachten können.«

»Danke«, antwortete sie zu seiner Überraschung. »Das wird Dagmar gefallen. Sie spricht oft von dem Hund.«

»Und Sie selbst?«

»Was meinen Sie?« Andrea sah etwas verwirrt aus.

»Ich meine, haben Sie nicht auch Lust, ein wenig aufs Land zu kommen?«

Für einen Bruchteil einer Sekunde war sie unruhig, als sie jedoch seinen gutmütigen Gesichtsausdruck sah, entspannte sie sich. Sie musste aufhören, gegenüber Männern auf der Hut zu sein, die ganz normal freundlich zu ihr waren.

»Ja, das kann nie schaden«, lächelte sie zurück.

Sie zückten ihre Kalender und stellten fest, dass ihnen beiden das kommende Wochenende am besten passte.

Warum eigentlich nicht. Schließlich ging es nur darum, dass Dagmar ein Wochenende auf dem Land verbringen sollte, sagte sie zu sich selbst, während sie auf die Stadt zufuhr. Und außerdem konnte es interessant sein, den Fall durchzusprechen, an dem sie beide interessiert waren. Thor war sympathisch und schien sich ziemlich von den anderen Polizeibeamten zu unterscheiden, die sie bisher kennen gelernt hatte. Warum also nicht den Bekanntenkreis um einen Kriminalinspektor erweitern?

Seit ihrem Zusammenbruch in Karin Sommers Krankenzimmer vor einer Woche unterzog Andrea ihr Leben einer Revision. Bei manchem wusste sie, was nicht in Ordnung war. Sie arbeitete zu viel, angetrieben von einem Drang, das Beste zu leisten, die größere Einsicht zu haben und die klarsten und schärfsten Beiträge zu liefern, um fachliche Aufmerksamkeit und Anerkennung zu erringen.

Ihr Problem bestand darin, dass man ihr von frühester Jugend an eingeprägt hatte, Liebe sei etwas, das man für Leistung bekam.

Der Landrichter in Viborg war ein schweigsamer, verschlossener Mann gewesen, und nur wenn die Tochter eine Eins bekommen oder sich auf andere Weise positiv hervorgetan hatte, kam er für einen Augenblick aus seiner Schale heraus und lobte sie. Das elementare Bedürfnis des Kindes nach Anerkennung hatte eine Streberin aus ihr gemacht.

In ihren Studentenjahren war sie diesem Muster

weiter gefolgt. Da Flirt und eine Betonung der Sexualität nicht zu ihren starken Seiten gehörten, wurde sie meist für ihre Spitzennoten bewundert. Und hin und wieder geliebt. Auch wenn sie nicht in der Mehrzahl waren, manche Männer interessierten sich auch für kluge Frauen.

Einer von ihnen war der junge, vielversprechende Komponist Mikkel Skov gewesen. Er, der nach eigenen Worten unfähig war, »zwei Prämissen zu einer Schlussfolgerung zu verbinden«, verliebte sich glühend in die erfolgreiche, junge Juristin mit dem kühlen Intellekt. Das beruhte auf Gegenseitigkeit, denn nach einem Machotyp oder einem Mann, der ihr intellektuell überlegen war, hatte sie nie gesucht. Im Gegenteil war sie ganz in der Rolle der großen Schwester oder Mutter für Peter aufgegangen, die sie seit dem frühen Tod der Mutter übernommen hatte.

Ein Psychologe hätte das vermutlich so erklärt, dass sie sich als große Schwester in einen kleinen Bruder verliebt hatte, weshalb sie schließlich zwei davon bekam, was wie bekannt damit endete, dass diese beiden sich füreinander entschieden.

Sie hatte instinktiv auf diesen Verrat reagiert, indem sie sich auf die Arbeit stürzte. Sie musste etwas leisten, damit sie wieder ein wertvoller Mensch wurde. Auf diesem Wege hatte sie sich von anderen Menschen zurückgezogen und das Schlimmste von allem: Sie stieß Dagmar von sich.

Das musste korrigiert werden, sie musste sich bemühen, die grundlegende Vorstellung über Bord zu werfen, dass sie nur wegen ihrer Leistungen einen Wert hatte, dachte sie.

Dienstag, 10. Juli

Ein Schwarm von Fotografen und Journalisten war vor Ort, als Werner Christoffersen mit einer Strickjacke über dem Kopf dem Gericht vorgeführt wurde. HURENMORD – TÄTER VERHAFTET hatte man schon morgens vorn auf den Zeitungen lesen können, die gern die Urteile verkündeten, bevor noch die gesetzlich vorgeschriebenen Verhöre stattgefunden hatten.

»Ein bekannter Medienmann« sei in Verbindung mit den Ermittlungen zum Mord an einer Hure in Vesterbro verhaftet worden, schrieben die Journalisten und beriefen sich auf »Quellen in Polizeikreisen«. Zugleich hatten die Medien Gelegenheit, wieder einmal die Berichte über acht unaufgeklärte Prostituiertenmorde aufzuwärmen, wodurch es in der Luft zu liegen schien, dass der Verhaftete auch mit ihnen in Verbindung gebracht werden konnte.

Die Türen wurden geschlossen, die Öffentlichkeit war nicht zugelassen, und der Richter stimmte einer Verlängerung der Untersuchungshaft um lediglich drei Tage zu, was als deutlicher Hinweis dafür zu werten war, dass das Material der Staatsanwaltschaft nicht allzu eindrucksvoll war, aber das kümmerte die ausgehungerten Journalisten nicht sonderlich. Am nächsten Tag würden die Zeitungsspalten überquellen von Spekulationen über den bekannten Medienmann, den man wegen Unzucht mit Minderjährigen und Mord verhaftet hatte.

Die Mittagszeitung, die sich als Sprachrohr des kleinen Mannes verstand, war über den Ausschluss der Öffentlichkeit am meisten empört. Es sei typisch, dass man die feinen Leute in Schutz nahm, ganz gleichgültig, welch schwerer Verbrechen sie sich schuldig gemacht hätten, schrieb das Blatt. Und drückte sich so unverblümt aus, dass es keine Zweifel über die Identität des inhaftierten achtundfünfzigjährigen Redakteurs mehr geben konnte. Außerdem konnte die Zeitung melden, der Redakteur stehe kurz vor seiner Entlassung.

Nachts versuchte Werner Christoffersen in seiner Zelle Selbstmord zu begehen, indem er zwei Socken zusammenknotete, um sich zu erwürgen. Das misslang, und er wurde in das Haftkrankenhaus verlegt.

Das ist doch absolut undenkbar. Das ist ein alter Narr, aber kein Mörder«, sagte Thomas und gab damit die allgemeine Meinung der Redaktion wieder.

Karin zuckte mit den Schultern: »Man weiß doch

nie, wer einen Psychopathen in sich trägt«, antwortete sie.

Er warf ihr einen raschen Blick zu. Wieder schien es, als habe sie die Rollos ihrer geistigen Abwesenheit vor den Augen heruntergelassen, und ihre Stimme hatte einen desillusionierten Klang.

Sie hatte sich verändert, und das machte ihn unsicher. Zwar war sie zeitweise noch immer die alte unbefangene, freimütige Zimmergenossin aus der Redaktion, meist aber nur, wenn sie heftig getrunken hatten. Sonst machte sie einen reservierten Eindruck. Als er fragte, womit sie sich den Tag vertrieben hatte, sagte sie, sie habe Patiencen gelegt und auf Kaspers Computer »Minesweeper« gespielt.

Außerdem war sie am Kiosk gewesen, um die Mittagszeitungen zu kaufen. Und sie hatte mit der Frau gesprochen, die unter ihnen wohnte, einer Iranerin.

Eine vernünftige Erklärung, warum sie sich versteckte, konnte sie ihm nicht geben.

»Ruhe«, sagte sie. »Ich brauche nur Ruhe zum Denken.«

Ab und zu spekulierte er darüber, ob sie wirklich krank war und ob er eine zu große Verantwortung übernommen hatte.

Aber dann konnte sich ihre Gemütslage verändern, sie konnte umschlagen in Ausgelassenheit und Galgenhumor – und schließlich gab es diese Nächte in der Bettnische, in denen er fühlte, dass es noch eine andere Karin gab.

In der Redaktion war man allgemein der Ansicht, sie habe Krankenurlaub und verstecke sich ein bisschen – sogar vor ihrer eigenen Familie. Die Schwägerin hatte Karins Zimmergenossen Henrik Johansen angerufen und ihn gefragt, ob er wisse, wo sie in Ferien sei. Er wusste es nicht. Thomas konnte dicht halten, fand aber, es sei nicht nett von ihr, sich vor der eigenen Familie zu verstecken, was er ihr auch sagte.

»Willst du, dass ich ihnen sage, ich habe mir einen jungen Mann geangelt und möchte ihn gern noch ein paar Nächte genießen?«, antwortete sie lächelnd, fuhr aber ernster fort: »Du brauchst dir keine Sorgen zu machen. Ich muss nur über all diese Schocks hinwegkommen, die ich erlebt habe. Es dauert nicht lange, dann bin ich wieder auf dem Damm.

»Starkes Stück, man benutzt mich als Therapie«, antwortete er, als sie zu Bett gingen.

Mittwoch, 11. Juli

Ein uralter, abgedroschener Verhörtrick brachte Thor und seinen Leuten ein Ergebnis in der Ermittlungsarbeit im Kappelhøje-Fall. Sie verhörten Bitten und Kenneth Pedersen einzeln.

Zu Kenneth sagten sie, Bitten habe nun über den Lottoschein, der ihnen einen Gewinn eingebracht hatte, die Wahrheit gesagt.

Zu Bitten sagten sie, Kenneth habe die Wahrheit gesagt.

Bitten, eine naive Seele, die noch nie mit der Polizei zu tun gehabt hatte, fiel drauf rein: »Na ja, den Toten hätte er doch sowieso nicht gefehlt«, antwortete sie.

»Es ist dreizehn Uhr zehn, und Sie sind verhaftet«, sagte Thor.

Bitten, die stark übergewichtig war, weinte so heftig, dass ihre äußerste Schicht zu wogen begann, als sie erfuhr, dass sie in Arrest genommen und einem Richter vorgeführt werde.

Anschließend nahmen sie Kenneth in die Zange, der widerstandsfähiger war. Erst als sie ihm erklärten, er müsse damit rechnen, eines dreifachen Mordes beschuldigt zu werden, gab er klein bei.

Ja, am Samstag, den 2. Juni hatte er wie immer das »Ekstra Bladet«, das »Billed Bladet«, einen Lottoschein und ein Rubbellos bei seinen Nachbarn abgeliefert. Und wie üblich hatte er ein Bier mit ihnen getrunken. Dann war er nach Hause gegangen und hatte mit Bitten Bier getrunken. Sie hatten sich die Ziehung der Lottozahlen und ein paar Filme angesehen, dann war er zur Tankstelle gegangen und hatte mehr Bier, Zigaretten und Chips gekauft. Als er gegen 23 Uhr zurückkam, war Bitten eingeschlafen, und er trank allein, während er sich einen Pornofilm auf Video angesehen hatte.

Er wurde unterbrochen, weil Albert Bertelsen rübergekommen war und mit zwei Flaschen Bier vor dem Fenster geklirrt hatte. Bertelsen wollte sich bedanken, weil Kenneth ihm Glück gebracht habe. Er wollte seinen Lottogewinn von 375 000 Kronen feiern. Linda schlief schon, mit dem Lottoschein unter dem Kopfkissen, so hatte Albert Bertelsen erzählt und dabei derart laut gelacht, dass Kenneth sich nicht sicher war, ob das Ganze nicht bloß ein Spaß sei. Dann war Bitten aufgewacht und hatte auch vom Lottoglück der Nachbarn erfahren.

Bertelsen war ungefähr fünfzehn Minuten oder eine halbe Stunde geblieben, und sie hatten sich ein bisschen darüber unterhalten, was er mit dem Geld machen würde. Mit 75 000 wollte er seine Tochter

Betina unterstützen, damit sie sich eine bessere Wohnung besorgen könne, hatte er gesagt. Geld wollte er ihr nicht in die Hand geben, damit konnte sie nicht umgehen. Lieber wollte er selbst nach etwas suchen, vielleicht nach einer kleinen Teileigentumswohnung. Und dann waren ja noch immer 300 000 übrig, die er in die Werkstatt und in Autos stecken konnte.

Nein, Bertelsen habe nichts darüber gesagt, ob er der Tochter von dem Gewinn erzählt hatte.

Als Bertelsen gegen Mitternacht nach Hause gegangen war, konnte Kenneth Pedersen keine Ruhe finden, darum hatte er, als Bitten wieder eingeschlafen war, einen Spaziergang auf der Landstraße gemacht und plötzlich gesehen, wie ein Kastenwagen hinunter zu Bertelsens Haus fuhr, wo es nun fast dunkel war, vielleicht hatte noch ein vereinzeltes Licht gebrannt. Er hatte sich ein wenig gewundert, aber gedacht, womöglich sei die Tochter oder eine andere nahe stehende Person gekommen, um mit Bertelsens den Gewinn zu feiern.

Dann war er wieder ins Haus gegangen und hatte sich den Pornofilm zu Ende angesehen, bevor er schließlich auf dem Sofa eingeschlafen war.

Um neun Uhr am Pfingstsonntag war er aufgewacht und hatte gehört, wie unten bei Bertelsens die Hunde bellten. Die bellten immer, wenn sie nicht rechtzeitig Auslauf bekamen. Der Lärm hatte angehalten, darum waren er und Bitten gegen zehn Uhr zu den Nachbarn gegangen. Es war, wie er schon früher ausgesagt hatte, ein entsetzlicher Anblick gewesen.

»Der Lottoschein – ein Räuber –«, hatte Bitten gekeucht und war aus dem Schlafzimmer gerannt.

Kenneth konnte nicht erklären, was ihn auf die Idee gebracht oder woher er die Kühnheit hatte, aber er steckte eine Hand unter das Kopfkissen der toten Linda Bertelsen und fand den Lottoschein, dann sei er zurück in sein eigenes Haus gelaufen, von wo sie die Notrufzentrale alarmierten.

Bitten habe unter Schock gestanden, darum hatte er ihr erst einige Tage später von dem Lottoschein erzählt. Und damit es nicht auffiel, hatten sie mit der Einlösung zwei Wochen gewartet. Das sei die Wahrheit und die ganze Wahrheit, beteuerte Kenneth nach einem vielstündigen Verhör, daran aber glaubte die Polizei nicht.

»Wissen Sie, was wir glauben?«, sagte Thor und kniff seine Augen zu schmalen Schlitzen zusammen, während er den Beschuldigten, der bereits eine Vorstrafe für eine Reihe von Einbrüchen hinter sich hatte, böse anstarrte. »Wir glauben, dass du den Mann, die Frau und das Kind umgebracht hast, um an ihre 375000 Kronen zu kommen. Wir glauben auch, dass du womöglich Betina Bertelsen umgebracht hast, weil sie dich vermutlich entlarven konnte, aber das finden wir schon noch heraus.«

»Du bist krank im Kopf, Mann«, antwortete Kenneth Pedersen leise und trotzig.

»Und wir werden auch herausfinden, was du in der Nacht von Donnerstag auf Freitag im Kreiskrankenhaus getrieben hast«, fuhr Thor unbeeindruckt fort.

»Am Donnerstag war ich auf der kupfernen Hochzeit meiner Schwester auf Lolland, und ich bin so knüppeldicke voll gewesen, dass ich bis Freitagabend geschlafen habe. Da kannst du fragen ...«

»Ja, du kannst sicher sein, dass wir dort fragen werden, aber dafür ist Zeit genug, während du im Bau sitzt.«

Ja, wir sind ziemlich sicher, dass wir einen dreifachen Mörder geschnappt haben, und ich möchte mich für die Hilfe bedanken«, sagte Halfdan Thor, als er am Abend bei Andrea Vendelbo anrief.

»Sparen Sie sich den Dank. Der kommt mir nicht zu. Ich bin Verteidigerin«, antwortete sie.

»Na ja, wir hätten es früher oder später auch selbst herausbekommen.«

»Sind Sie sicher? Dass er drei Menschen umgebracht hat, um an den Lottogewinn zu kommen?«

»Mancher hat schon für viel weniger gemordet!«

»Und er hat auch in der Nacht bei Karin Sommer gewütet?«

»Nein, da passt das mit dem Geld nicht hinein. Wir haben die sichere Bestätigung, dass er in der Nacht zwischen Donnerstag und Freitag mit einem Dutzend anderer Leute bei seiner Schwester auf

Lolland war und einen Rausch ausgeschlafen hat. Aber beides muss überhaupt nichts miteinander zu tun haben«, sagte der Polizeibeamte.

»Und Sie rechnen damit, dass er in Untersuchungshaft kommt?«

»Kein Zweifel, Raubmord, besonders starker Verdacht, vier Wochen. Dann können wir uns an dieser Front ein wenig entspannen. Was halten Sie von ihm?«

»Ein armer Tropf«, antwortete sie.

»Ein typischer Repräsentant der dänischen Kultur«, sagte Thor und begann mit einer Parodie: »Dann haben wir uns das ›Ekstra Bladet‹ und ein Blitzlotto geholt. Dann haben wir ein paar Helle getrunken. Dann haben wir einen Videofilm gesehen und dann ein paar Helle getrunken. Dann sind wir zur Tankstelle gegangen und haben noch ein paar Helle gekauft. Dann haben wir einen Pornofilm gesehen und haben noch ein paar Helle getrunken.«

Andrea lachte, wurde aber wieder ernst. »Meine Klientin ist immer noch verschwunden«, sagte sie.

»Wir stehen in Kontakt mit dem Bruder und sind uns einig, dass sie nur eine Woche Urlaub macht. Er hat ausdrücklich darum gebeten, dass wir nicht nach ihr fahnden, aber wenn wir bis Montag kein Lebenszeichen von ihr haben, tun wir es trotzdem.«

Ich bin erleichtert, glücklich, ich weiß, ich bin unüberwindbar. Nichts und niemand kann mich treffen, darum werden diese Zeilen auch wohl nie von jemandem gelesen werden. Aber es macht mich stark und klar im Kopf, meinen Erfolg zu beschreiben.

Ich bin ein geheimes Einmann-Heer, das um die völlige Befriedigung der eigenen Bedürfnisse in diesem einen, begrenzten Leben kämpft. Zukünftig werde ich mich mit Morden zurückhalten. Ich kann mir nicht vorstellen, dass es noch mal nötig sein wird, und es ist auch riskant. Vielmehr will ich von nun an – in voller Sicherheit – die Früchte meiner Taten gemeinsam mit den Menschen genießen, die ich liebe.

Donnerstag, 12. Juli

Einen Tag vor Ablauf der Haftprüfungsfrist wurde Werner Christoffersen von der Polizei auf freien Fuß gesetzt. Zu diesem Zeitpunkt wurde er wegen Unzucht mit Minderjährigen und wegen Mordes durch alle Medien gezerrt, wobei sich letztere Beschuldigung jedoch als haltlos erwiesen hatte, weil man seit der vergegangenen Nacht im Fall des Thai-Mädchens, das am 9. Juni im Bordell in Vesterbro erwürgt worden war, über ein Geständnis verfügte.

Jimmy hieß der Bodybuilder mit der auf den Oberarm tätowierten Schlange, den Christoffersen beschrieben hatte. Im Milieu von Vesterbro war er kein Unbekannter. Man hatte ihn für alle Fälle zu einem Verhör bestellt und ihn um eine Blutprobe für einen DNA-Test gebeten. Zuerst hatte er sich geweigert, dann hatte er den Mord überraschend gestanden.

Er trug noch immer Narben an den Handgelenken, wo die junge Frau ihn gekratzt hatte, als er sie würgte. Er führte sie selbst vor und sagte zornig:

»Schaut mal, was die gemacht hat, die Nutte!«

Er erklärte, vor dem Mord habe er *magic mushrooms* gegessen, die er in einem Kellerladen in der Innenstadt gekauft hatte.

Im Übrigen hatte er entdeckt, dass die junge Thailänderin Geld aus ihren Bordellgeschäften abzweigte. Darüber hatte er sich sehr geärgert, schließlich hatte er sie nach Dänemark geholt und in ihre Arbeitskleidung investiert. Seine Situation war ganz besonders hoffnungslos, weil er große Spielschulden hatte und von einigen Gläubigern Morddrohungen erhielt.

»Und da legt die mich rein, verflucht noch mal!«, brüllte er beleidigt.

Als er in die Zelle gebracht werden sollte, wurde er auf ziemlich unverständliche Weise laut und aggressiv. Zu viert musste man ihn hinschleifen.

»Große Muskeln, kleines Gehirn«, sagte der Kriminalassistent, der sich als Mann des Tages feiern ließ, weil er so rasch ein Geständnis herbeigeführt hatte.

»Auf mich hat er gewirkt wie ein LSD-Wrack, eine seltene Mischung aus Selbstmitleid und Größenwahn«, sagte ein älterer Kollege.

Christoffersen befand sich nach seinem Sturz von den Zinnen der Provinzhonoratioren in die erbärmliche Zelle des Westgefängnises in einem Schockzustand und wurde vom Haftkrankenhaus direkt in ein normales Krankenhaus überführt. Hier erreichte ihn die schriftliche, vom Vorstand der Zeitung ausgesprochene Kündigung, wobei angemerkt wurde, der Rücktrittsempfang sei auf Grund der waltenden Umstände abgesagt.

Dies war ein harter Schlag, den Christoffersen niemals überwinden sollte.

Bei der »Sjællandsposten« hatte man die Verhaftung des Chefredakteurs niedrig gehängt – mit einem Einspalter auf Seite vier. Die Freilassung bekam einen Zweispalter auf Seite drei. Das Problem war, dass die Staatsanwaltschaft die Beschuldigung der Unzucht mit Minderjährigen aufrechterhielt, die große Märtyrergeschichte verbot sich infolgedessen. Dazu hing zu viel Schmutz am mittlerweile ehemaligen Chefredakteur. Aus eben diesem Grund blieb auch den Morgenzeitungen eine Korrektur ihrer Schlagzeilensensation der letzten Ausgabe weitestgehend erspart. Man machte mit der alltäglichen Geschichte auf, dass ein Zuhälter eine Prostituierte ermordet hatte. In einem Nebensatz wurde angemerkt, der Provinzredakteur, der zunächst verdächtigt worden war, sei wieder auf freien Fuß gesetzt worden.

Freitag, 13. Juli

Lene befand sich in einer psychischen Hölle. Ihr Geschäft hatte sie wegen Urlaubs geschlossen und war ins Sommerhaus gezogen, um mit ihrer Verzweiflung allein zu sein. Die soziale Schande und Schmach einer Scheidung und die Aussicht auf eine Zukunft als einsame, ältere Frau ohne wesentliche Einkommenschance hatte sie in einen Zustand der Panik versetzt, den sie nicht stilvoll bewältigen konnte.

Sie hatte das Gefühl, in eine Aufzugkabine eingesperrt zu sein, die auf und ab fuhr. War sie oben, sagte sie sich, alles werde vorübergehen. Ihr Mann Anders werde zur Vernunft kommen, alles werde wieder so, wie es war – wenn sie nur gelassen blieb und ihn nicht mit Geheul und Schreierei vertrieb. Sie war so gelassen, dass Anders ihr gedankt hatte, als sie ins Sommerhaus zog.

»Du bist mein bester Freund, und ich habe gewusst, dass du mich verstehst. Jetzt suchst du dir einen guten Anwalt, und ich verspreche dir, dass alles ordentlich geregelt wird und wir Freunde bleiben.«

War der Aufzug unten, dachte sie an Mord und Selbstmord.

»Wenn er doch nur tot wäre«, schluchzte sie ins Kissen und meinte es auch so. Wie elegant und hübsch würde sie sich als Witwe ausnehmen und wie unkleidsam, ja hässlich als geschiedene Frau. In ihren heißesten Wünschen und Träumen während jener dunklen Stunden stand sie in einem eleganten, schwarzen Seidenkostüm weinend an seinem Grab, wurde von den Freunden gestützt und ließ sich die Pension auszahlen.

Als sie an diesem Tag die Scheidungspapiere mit der Post bekam, hatte sie sich einen Gin-Tonic gegönnt. Sonst trank sie praktisch nie, Alkohol war ungesund und machte hässlich und dumm. Heute aber war eine Ausnahme.

Sie war mit ihrer Verzweiflung allein. Mit Freunden hatte sie sich nicht in Verbindung gesetzt. Die Schande war zu groß und zu unerträglich, und bis jetzt hatte sie die winzig kleine Hoffnung gehabt, alles werde vorübergehen. Einige Male hatte sie daran gedacht, eine Jugendfreundin anzurufen, die selbst seit einigen Jahren geschieden war und sich bei ihr ausgeweint hatte, dann aber doch davon Abstand genommen. Es war zu erbärmlich, im selben Boot zu sitzen.

Ihr war andauernd übel, und sie war so unsicher auf den Beinen, dass sie fast gestürzt wäre, als sie nach dem Telefon greifen wollte.

»Meine Liebe, wie geht's dir?«, fragte Anders.

»So gut, wie es unter diesen Umständen möglich ist«, antwortete sie.

»Es ist völlig natürlich, dass du das Gefühl hast, du steckst in einer Krise, aber das geht vorbei. Sag Bescheid, wenn ich dir bei etwas helfen kann«, meinte er mit verständnisvoller, tröstender Stimme.

Das war das Schlimmste, sie musste die Zähne zusammenbeißen und bis zehn zählen, damit sie nicht aufschrie. In Frauenzeitschriften hatte sie gelesen, dass man einen Mann damit noch schneller und noch weiter fortjagte.

»Ich habe darüber nachgedacht ... Wann, meinst du, sollen wir es sagen? Weißt du, Christine und ich haben vor, am Wochenende zusammen auszugehen.«

»Was?«, keuchte sie. »Zusammen, hier im Ort?«

»Tja, dann haben wir es überstanden. Es ist nun einmal wie es ist, aber ich habe mir gedacht, vielleicht willst du vorher noch jemanden informieren? Bist du noch da?«

»Ja, aber ich kann gar nicht überblicken ...«

»Ist in Ordnung. Sollen die Leute das doch hinterher selbst rauskriegen. Herrgott, so etwas passiert doch nicht zum ersten Mal auf der Welt. Es wird ein bisschen Gerede geben, aber du weißt doch, wie viele unserer Freunde sich ohne großes Getue haben scheiden lassen. Ich bin sicher, dass wir das gut hinter uns bringen.«

Als sie den Hörer aufgelegt hatte, schrie sie zehn Minuten lang, dann entschied sie sich für Krieg. Wenn sie ihn verloren hatte, dann würde sie jetzt tun, was sie konnte, um ihn zu vernichten. Als Erstes brauchte sie einen Rechtsanwalt, und sie wusste, wer das sein würde.

Um elf Uhr abends hatte sie sich ausreichend Mut angetrunken. Andrea Vendelbo verhielt sich jedoch ein wenig reserviert, als sie den Anruf dieser betrunkenen Frau bekam, die eine Scheidungsanwältin suchte.

»Ich habe zurzeit sehr viel zu tun, und ich bin keine Spezialistin auf diesem Gebiet«, sagte sie.

»Aber es gibt an diesem Fall etwas Besonderes, das Sie und die Polizei interessieren dürfte«, sagte die betrunkene Lene Beck wieder und wieder.

Zu guter Letzt gab Andrea ihr einen Termin für den kommenden Montag – vor allem, um ihre Ruhe zu haben. Die Frau, die so viel Stil gehabt zu haben schien, als sie sich am Hafen kennen lernten, hörte sich sehr aufgelöst, unglücklich und verzweifelt an.

»Ich kann nicht versprechen, dass ich Ihren Fall übernehme, aber ich kann Ihnen helfen, einen anderen Rechtsanwalt zu finden«, sagte Andrea.

Thomas erzählte dramatisch und detailliert von der Aufklärung der Kappelhøje-Morde, für die er in der Zeitung zuständig war. Es war sein bisher größter Auftrag, und während er Tag und Nacht arbeitete, empfand er jenen eigentümlichen journalistischen Rausch, der süchtig machen kann.

Er entlockte der Polizei Details, beschäftigte sich mit Vergangenheit und Leben von Bitten und Kenneth Pedersen und interviewte alle, die mit ihnen in Berührung gekommen waren.

Zu seiner großen Enttäuschung teilte Karin seine Begeisterung nicht. »Bis jetzt sind sie nur Beschuldigte«, sagte sie.

»Ja, aber in Untersuchungshaft wegen des starken Verdachts. Das reicht. Das ist eindeutig. Eiskalt, oder? Wegen eines Lottogewinns! Und Kenneth Pedersen hat auch einiges auf dem Kerbholz: zweimal verurteilt wegen Diebstahls, einmal Trunkenheit am Steuer und einmal Versicherungsbetrug.«

»Ich glaube, du solltest dich ein bisschen zurückhalten«, sagte sie müde.

»Ach, du alter Drachen, du bist nur neidisch«, sagte er und lächelte, was die Derbheit abschwächte.

Sie erwiderte das Lächeln: »Entschuldige, vielleicht bin ich eine Spielverderberin.«

»Das bist du nur, weil du im Dunkeln lebst.«

»Ja«, antwortete sie. »Ich lebe im Dunkeln ... Machst du bitte den Wein auf, das Hähnchen ist fertig und ich bin sicher, du hast einen Bärenhunger.«

Samstag, 14. Juli

Neunzig Prozent der Zeit lebten Halfdan Thor und seine beiden Söhne so friedlich und verträglich zusammen, dass man sie fast als glückliche Familie bezeichnen konnte. Darum war es ein richtiges Unglück, dass sie gerade an diesem Samstag wie drei tickende Testosteronbomben erwachten.

Am Freitagnachmittag hatte es angefangen, als Esbens Lehrer telefonisch Halfdan Thor davon verständigte, sein Sohn habe zusammen mit zwei anderen Jungen das Toilettengebäude der Schule mit Graffiti besprüht. In der kommenden Woche sollten die Jungen an zwei Nachmittagen das Gebäude säubern.

Das war schlimm genug. Aber als gründlicher Ermittler fragte Thor den Jungen, ob er auch anderswo im Ort Graffiti gesprüht hatte. Und ehrlich, wie er war, hatte der Junge laut und deutlich »Ja« geantwortet. Ohne eine erkennbare Spur von Schuldbewusstsein.

Das brachte Halfdan Thor aus dem Konzept. Wie alle Eltern sah er augenblicklich in einer Schreckensvision den Jungen auf einer kriminellen Laufbahn vor sich. Er beherrschte sich und sagte verbissen: »Du bist dir doch im Klaren darüber, dass das verboten und strafbar ist?

»Waaas, das ist verboten? Es ist 17.51 Uhr, und ich bin verhaftet!«

Der Junge machte sich lustig über ihn. Provozierte.

Es war eine jener Situationen, in denen Halfdan Thor sich ärgerte, nicht zu Zeiten seines Großvaters zu leben, als man einem unartigen Knaben eine Ohrfeige verpasst hatte. Stattdessen musste man sich zusammennehmen und verständnisvoll an Pubertätsprobleme denken.

»Warum macht ihr das nur?«, wollte er wissen.

»Mann, das ist saugeil!«

»Was für eine hochgeistige Antwort!«, sagte der Vater ironisch und fuhr fort, unfähig, seine Worte pädagogisch zu untermauern: »Weißt du was? Ich habe Verständnis für junge Menschen, die für etwas kämpfen, Diktatoren mit faulen Eiern bewerfen und gegen die Ungerechtigkeit auf der Welt angehen, aber ich kapiere nicht, warum man herumläuft und Krakeleien sprüht!«

»Du kapierst manches nicht«, sagte der Junge verdrossen, ging in sein Zimmer und schloss die Tür ab.

»Mach auf, ich will mit dir sprechen«, brüllte der Vater.

»Schlag doch die Tür ein. Das macht ihr doch so, wenn ihr einen Verbrecher fangt?«, antwortete der Junge hinter der verschlossenen Tür.

»Für den Rest des Monats bekommst du kein Taschengeld!«, rief der Vater mit verzweifelter Stimme.

Als er sich ein Bier geholt hatte und einigermaßen zur Ruhe gekommen war, wendete er sich an Aske, der vor seinem Computer hing.

»Wir müssen ein bisschen aufräumen, wir bekommen am Wochenende Besuch. Ich übernehme die Küche, dann kannst du dich vielleicht um das Wohnzimmer kümmern?«

»Und warum macht Esben nichts?«, antwortete der Junge pfiffig.

»Weil er sich in seinem Zimmer eingeschlossen hat.«

»Wenn der nichts macht, hab ich auch keine Lust«, sagte Aske und blieb vor seinem Computer sitzen.

Halfdan Thor, unfähig, an zwei Fronten zu kämpfen, ließ ihn in Ruhe und knirschte mit den Zähnen, während er abwusch, dass ihm der Schaum an den Ellbogen stand.

Anschließend räumte er auch im Wohnzimmer auf.

»Danke für die Hilfe«, sagte er säuerlich zu Aske.

»Bitte«, antwortete Aske völlig gleichgültig und setzte sein Computerspiel fort.

»Morgen sorgen wir alle zusammen vor dem Haus für Ordnung, bevor der Besuch kommt«, sagte der Vater und ging in sein Arbeitszimmer.

An diesem Morgen hatte er die Jungen um neun Uhr geweckt, gegen elf Uhr tauchten sie auf. Esben mit seinem Skateboard unter dem Arm und in den Hosen, für die Thor ihm neulich Geld gegeben hatte. Riesengroß und mit einem Hinterteil, das weit unter den Knien hing.

Thor traute seinen Augen nicht. Er starrte den Jungen an und beging eine Dummheit: »Entschuldige, aber sind dir die Hosen nicht ein bisschen zu groß?«, fragte er.

Der Junge schaute frech zurück und ließ den Blick an seinem Vater herunterschweifen.

»Entschuldige, dass ich keinen Bierbauch hab, den ich in allzu enge Jeans zwänge«, sagte er.

Halfdan Thor war verletzt, und die Grenze war erreicht.

»Geh in dein Zimmer. Du bleibst heute zu Hause«, sagte er so eiskalt, wie man nur spricht, wenn unmittelbar unter der Oberfläche der Zorn glimmt.

»Und wenn ich nicht in mein Zimmer gehe?«

»Dann prügel ich dich windelweich«, sagte der aufs Äußerste provozierte Halfdan Thor. Bisher hatte er seinen Kindern noch nicht einmal einen Klaps versetzt.

»Na ja, das macht ihr ja so bei der Polizei«, antwortete der Junge und schlurfte in sein Zimmer.

»Was soll ich denn machen?«, seufzte Thor und sprach hauptsächlich mit sich selbst.

»Du hast es doch nicht anders haben wollen«, antwortete Aske. »Du hättest ihn doch nicht die ganze Zeit provozieren müssen.«

»Ich? Ihn provoziert?«

Das verstand er nicht, aber schließlich musste er es verstehen, dachte er, ging in sein Schlafzimmer und drehte sich im Profil vor dem Spiegel hin und her. Diese kleine Wölbung sollte ein Bierbauch sein? Ja, die Jeans waren an der Grenze. Er suchte sich eine helle Sommerhose in angemessener Größe heraus und zog sie an.

Er ärgerte sich bereits darüber, dass er Esben Stubenarrest gegeben hatte. Es wäre besser gewesen, wenn der saure Bursche mit seinem Skateboard in den Ort gegangen wäre, aber nun musste er Härte und Konsequenz beweisen. Seine Laune war auf dem Tiefpunkt, als er mit den Vorbereitungen für das Mittagessen begann, und er hatte sich von diesem Wochenende doch so viel erwartet.

Von der Polizeistation kam ein Anruf, man informierte ihn, dass in Zusammenarbeit mit Klaus Sommer nun eine Suchmeldung veröffentlicht werden solle. Sie lautete, Karin Sommer werde gebeten, sich umgehend mit ihrer Familie in Verbindung zu setzen.

Kein Wort von Polizei, Kreiskrankenhaus oder anderen Unannehmlichkeiten. Karin Sommer hatte das gute Recht, sich aufzuhalten, wo es ihr gefiel, und sie hatte sogar die schriftliche Mitteilung hinterlassen, man solle sie nicht suchen.

Eigentlich war Andrea Vendelbo gar nicht darüber erstaunt, dass die Jungen nicht anwesend waren. Es fiel ihr erst auf, als Thor sich entschuldigte.

»Wir hatten eine dieser kleinen Familienkrisen«, sagte er. »Und jetzt haben sie sich in ihre Bastionen zurückgezogen.

»O ja, Kinder im Teenageralter …«

»Ja, mit fünf sind sie süßer«, sagte er und sah Dagmar nach, die um eine Leine für Plet gebeten hatte. Das kleine Menschenkind empfand Macht, wenn es den Hund an der Leine führte.

»Die können auch widerspenstig sein«, sagte Andrea. »Ich glaube, man muss einfach versuchen, das als Erlebnis hinzunehmen und nicht persönlich getroffen zu sein, wenn sie sich unmöglich aufführen.«

»Das kann verflucht schwer sein. Esben mit seinen 14, der kann so nach Backpfeifen betteln, dass man kaum wiederstehen kann. Und welche Strafmöglichkeiten hat man denn eigentlich? Du bekommst kein Taschengeld! Das ist ihm absolut gleichgültig. Ihm ist wichtiger, dass er gegen mich gewinnt, als dass er Taschengeld bekommt. Manchmal kommt mir das wie ein Krieg vor.«

»Kinder in der Pubertät haben es auch nicht leicht«, sagte Andrea beschwichtigend mit ihrer Juristenstimme. Sie spürte die Explosivität der Stimmung und war etwas verlegen, sie fühlte sich fehl am Platz.

»Ich mache uns einen Kir«, sagte Halfdan.

»Ähm, ich trinke nicht …«

»Nein, Sie trinken nicht so früh am Tag, aber heute ist ein besonderer Tag.«

»Wieso?«

»Der Bastilletag – die Französische Revolution.«

Er lachte, und ihr gefiel sein Lachen. Echt und unangestrengt, ganz anders als das gekünstelte Ha-ha-ha oder das brüllende Gelächter mancher Männer.

Sie lächelte, und es machte sie richtig hübsch, dachte Halfdan.

»Ja, dann natürlich«, sagte Andrea. »Dann brauchen wir einen Kir.«

Sie saßen auf dem Hof in dem ausrangierten Sofa und tranken, und das Gefühl, fehl am Platz zu sein, legte sich.

Sie sprachen über die Suche nach Karin Sommer, und Halfdan Thor berichtete, was die Ermittlungsarbeiten sonst noch Neues erbracht hatten.

»Gestern Nachmittag haben wir das DNA-Profil dessen bekommen, der vermutlich im Kreiskrankenhaus eingebrochen ist.«

»Vermutlich?«

»Ja, unserer kriminaltechnischen Abteilung ist an dem Stofffetzen mit dem Bluttropfen etwas aufgefallen. Manche Faserränder waren abgerundet, geradezu abgenutzt. Man hält es also für sehr wahrscheinlich, dass der Fetzen von dem Umhang vor Ort abgerissen wurde, es kann aber auch sein, dass er eine Zeit lang aufbewahrt wurde und absichtlich dort hingelegt wurde – als falsche Spur, mit anderen Worten. Jedenfalls sind wir in einer ziemlich interessanten Situation.«

Andrea nickte eifrig, und er fuhr fort: »Das DNA-Profil passt zu keinem der Profile in unserem Personenregister, aber der Computer hat sofort gemeldet, dass es identisch ist mit einer anderen DNA-Spur in einem zwanzig Jahre alten Mordfall. Einem Bankraub mit tödlichem Ausgang. Als der Räuber schon auf dem Weg nach draußen war, wurde er von einem dämlichen Bankbeamten angegriffen, der ihm die Sturmhaube herunterriss. Er hat den Bankbeamten erschossen und ist entkommen, aber die Sturmhaube und ein Büschel Haare sind in der Hand des toten Bankers zurückgeblieben.«

»Der Räuber war ein Mann?«, fragte Andrea.

»Ja. Er wurde nie gefunden, doch jetzt hat sich das Rechtsgenetische Institut mit einer DNA-Analyse der alten Spuren von schweren Fällen amüsiert, die nicht verjähren. Sie haben die Haare untersucht, und darum können wir mit großer Sicherheit sagen, dass die Person, die bei Karin Sommer im Kreiskrankenhaus eingebrochen ist, identisch mit jener Person ist, die 1981 bei einem Bankraub einen

Bankangestellten tötete und mit 481 000 Kronen Beute entkam.«

»Falls es sich also bei dem Stofffetzen und dem Bluttropfen um keine falschen Spuren handelt?«, sagte Andrea und fügte nachdenklich hinzu: »Auch wenn der Betreffende heute ratzekahl sein sollte, wird man ihm den zwanzig Jahre alten Mord und den Raub heute nachweisen können. Das hat man sich damals gar nicht vorstellen können.«

Irgendwo in ihrem Unterbewusstsein tauchte ein Gedanke auf, der wieder verschwand, als sie versuchte, ihn an die Oberfläche zu holen.

Thor nickte: »Ja, und weil er unsere gemeinsame Freundin auf das Unangenehmste belästigt hat. Uns fehlt im Augenblick nur ein Verdächtiger. Es gibt noch eine Spur, die Plastikfaser nämlich, die an diesem Stofffetzen haftete. Wir haben die Theorie, dass sie von so einem Ausstopfkissen stammt, wie man sie am Theater benutzt, wenn man einen Übergewichtigen darstellen muss. Karin Sommer hat ihren nächtlichen Besucher als dick beschrieben, aber er kann verkleidet gewesen sein. Im Augenblick befragen wir Geschäfte, die solche Ausstattungsgegenstände verkaufen oder verleihen. Der Überhang selbst gehört zu dem Typ, den man in jedem Malerbedarfsgeschäft kaufen kann.«

»Ist Karin Sommer etwas von diesem über zwanzig Jahre alten Fall bekannt gewesen?«, fragte Andrea.

Er zuckte mit den Schultern. »Danach werden wir sie natürlich fragen, sobald wir sie finden. Ich habe in den alten Akten geblättert und kann nicht unbedingt eine Verbindung erkennen. Dieser Überfall wurde übrigens sehr professionell ausgeführt. Gut durchdacht. Dreimaliger Wechsel des Fluchtautos. Sehr ungenaue Personenbeschreibungen. Vermutlich hat nur der tote Bankbeamte das Gesicht des Täters deutlich gesehen. Gesucht wurde ein Dänisch sprechender Mann zwischen fünfundzwanzig und dreißig Jahren von mittlerer Größe mit normalem Körperbau. Diese Personenbeschreibung trifft auf ungefähr eine Viertelmillion Männer zu. Komplizierter kann es kaum werden.«

Zum Mittagessen gab es frisch geräucherten Hering mit Zwerghuhneiern.

Dagmar, die keinen Hering mochte, bekam Zwerghuhnspiegeleier.

»Ach, sind die niedlich. Die traue ich mich aber nicht zu essen«, sagte sie.

Esben und Aske waren aus ihren Höhlen gekommen, blieben aber einigermaßen unzugänglich. Bei Tisch stritten sie miteinander und hänselten sich gegenseitig. Halfdan hatte das Gefühl, dass ein größerer Krach bevorstand, tat aber sein Bestes, um zu beschwichtigen und seine Gäste zu unterhalten.

»So ist das nicht immer«, sagte er entschuldigend, als die Jungen wieder in ihren Zimmern waren. »Meist sind sie richtig nett.«

»Sie sind in einem schwierigen Alter«, sagte Andrea.

»Ja, und außerdem wachsen sie ohne Mutter auf.«

»Sehen die drei sich nie?«, fragte Andrea.

»Sie ist vor vier Jahren gestorben. Brustkrebs.«

»Oh, Entschuldigung.«

»Warum entschuldigen Sie sich? Noch ein wenig Weißwein?«

Sie nickte, und sie schwiegen eine Zeit lang.

Dann sagte sie: »Ich habe auch meine Mutter verloren, als ich zwölf war. Es war schlimm. Ich hatte zwar einen guten Vater, aber er war sehr reserviert, und von Kindern verstand er nicht viel. Er war so ... ergebnisorientiert, wie man auf Neudänisch sagt. Und am eigentlichen Verlauf nicht sonderlich interessiert. Aber Kindern geht es vor allem um den Verlauf.«

»Im ganzen Leben geht es um den Verlauf. Das Resultat steht doch fest.«

Sie nickte und formulierte zum ersten Mal insgeheim den Gedanken, sie könne diesen Mann in dem ausrangierten Sofa gut leiden. Von seinem Verständnis ermuntert, fuhr sie fort: »Mein Vater hätte niemals gefragt: Wie geht es dir in der Schule? Er fragte nur: Wie kommst du zurecht? Welche Noten hast du?«

»Und um ihm eine Freude zu machen, hatten Sie richtig gute Noten?«

Sie nickte.

»Ich glaube, das ist eine sehr männliche Vorgehensweise. Haben Sie niemals revoltiert?«

Sie schüttelte den Kopf.

»Haben Sie Geschwister?«

»Einen jüngeren Bruder. Und der revoltierte, das kann man sagen. Er wurde Kunstmaler und schwul. Mit dieser Graffitikunst, die gerade modern wird, hat er angefangen.«

»Na, dann gibt es für Esben ja noch Hoffnung. Unser derzeitiges Familiendrama hat nämlich mit seinen Graffitis begonnen.«

Sie lächelten einander zu. Plötzlich konnte Halfdan das alles distanzierter betrachten. Es war eine Befreiung, mit einem andern Menschen darüber zu sprechen.

»Wie lange sind Sie Single gewesen?«, fragte er betont beiläufig, als er nachschenkte.

»Gut ein Jahr. Es ist eine ... etwas bizarre Geschichte.«

Er wartete darauf, dass sie fortfuhr. Und sie beschloss, ihre familiäre Situation von nun an nicht mehr zu verheimlichen. In gewisser Weise hatte sie das Gespräch mit Karin Sommer erleichtert.

»Dagmars Vater ist ein reizender, talentierter Mensch, aber als wir einige Jahre zusammen waren, hat er sich in einen Mann verliebt … und dieser Mann war mein kleiner Bruder.«

»Aua!«, sagte Halfdan.

»Ja, das hat verdammt wehgetan.«

Zum ersten Mal gab sie das zu. Und sie fluchte selten.

»Aber gleichzeitig ist es mir natürlich wichtig gewesen, in gutem Einvernehmen mit ihnen zu leben – auch Dagmar zuliebe. Sie hat ihren Vater und ihren Onkel sehr gern. Doch es ist und bleibt eine bizarre Geschichte.«

»Bizarr? Ach, das will ich gar nicht sagen. Ich habe schon öfter von Fällen gehört, bei denen Familienfeste die reinen Orgien waren und sich Brüder und Schwestern gegenseitig die Liebhaber weggeschnappt haben. Als Polizist lernt man, dass die Grenzen der Normalität sehr weit gesteckt sind … Toll, dass Sie die guten Beziehungen aufrechterhalten konnten.«

So leicht ist das, dachte sie. Derlei kommt vor, und wir haben es gut hingekriegt.

Sie lächelte und bemerkte, dass sie allmählich etwas beschwipst war.

Sie machten mit Dagmar und Plet einen Spaziergang durch den Wald und am Fjord entlang. Die verdrossenen Knaben hatten sich hinter ihren Computermonitoren verbarrikadiert. Unterwegs berichtete Halfdan von dem Haftprüfungstermin mit Kenneth und Bitten Pedersen, der am Tag vorher stattgefunden hatte. Gemäß Paragraph 762,2.1 der Strafprozessordnung war die Untersuchungshaft wegen starken Tatverdachts um vier Wochen verlängert worden.

Er selbst hatte keinen Zweifel, dass sich zumindest Kenneth eines Raubmords schuldig gemacht hatte, und wenn man ihm ausreichend Beweise präsentierte, würde er schon ein Geständnis ablegen.

»Nicht so sicher bin ich mir wegen Bitten, aber wir schütteln erst einmal gründlich am Bäumchen«, sagte er und fragte sie nach ihrer Meinung.

»Ich habe keine Meinung zu ihrer Schuld, aber es fällt mit schwer, hier unbedingt Zusammenhänge zu erkennen, und wenn ich mich auf meine Intuition verlasse … nein, ich habe einen anderen Eindruck von ihm.«

Sie blieben stehen, um ein paar Fischreiher zu beobachten, und Halfdan fuhr fort: »Zuerst erwürgt er die Frau, um an den Lottoschein unter ihrem Kopfkissen zu kommen. Er kennt sich im Haus aus, darum holt er sich anschließend das Gewehr, um den Mann zu erschießen. Das Kind kommt angetrippelt und wird ebenfalls ermordet. Dann arrangiert er ganz nett einen Selbstmord des Mannes, mit dem Gewehr im Schoß und so weiter. Das alles geschieht in der Nacht, und am nächsten Vormittag ›findet‹ der Täter selbst die Ermordeten.«

»Und der Mord an Betina, der Tochter?«

»Da sehen wir noch keinen richtigen Zusammenhang, aber unsere Theorie lautet, dass sie von dem Lottogewinn erfahren hat und er sie unter dem Vorwand, mit ihr zu teilen, in dieses Waldgebiet gelockt und getötet hat. Es gibt gewisse Ähnlichkeiten zwischen der Methode, mit der Linda erwürgt wurde, und dem Mord an Betina, sagen die Gerichtsmediziner. Betinas Leiche wurde in weniger als zwei Kilometern Entfernung von Kenneth Pedersens Haus gefunden. Und dann haben wir ja noch die Mails, die an Karin Sommer geschickt wurden – als sie sich als ›Kappelhøje-Mädchen‹ ausgab. In einer von ihnen ist die Rede von einer ›reichen Erbin‹. Wir haben den Computer zur Untersuchung in unsere Spezialabteilung gebracht und rechnen damit, dass wir auf saftige Details stoßen. Kenneth Pedersens Festplatte quillt vor Pornomaterial fast über.«

»Heißt das, dass Sie die Bordell-Spur ganz aufgegeben haben? Ich meine Betinas Verbindung in die Århusgade. Wäre es nicht nahe liegend …?«

»Wir bleiben dran, das Kopenhagener Morddezernat und auch unsere Ermittlungsgruppe im Garmatschek-Fall. Gerade haben wir zwei Mann nach Litauen geschickt, und mit dem Dezernat der Reichspolizei zur Bekämpfung von Frauenhandel arbeiten wir auch zusammen. Aber die Morde an Monika und an Betina weisen nicht unbedingt Ähnlichkeiten auf«, sagte Thor.

»Sie könnten von verschiedenen Leuten im Auftrag desselben Chefs begangen worden sein.«

»Bestimmt wissen Sie mehr über die Monika-Ermittlungen als ich?«, fragte Halfdan.

»Nicht unbedingt. Für Montag ist der Haftprüfungstermin im Fall Alexander Zlotnik angesetzt, ich werde seine Freilassung beantragen. Es liegen keine Beweise vor, und die Ermittlungen gehen zu langsam. Eine der Möglichkeiten ist, dass euer Garmatschek dahinter steckt. Jedenfalls hat er bei den Prostituierten die Miete kassiert – 2000 Kronen am Tag, pro Person.«

»Dafür muss man .... ganz schön arbeiten«, sagte Halfdan und wurde unter Andreas unvermitteltem Blick ein wenig verlegen.

»Dort unten liegt eine ganze Reiherkolonie«, sagte er dann zu Dagmar und deutete auf die großen Nester in den Baumwipfeln.

»Jedenfalls gibt es hier ein reiches Vogelleben«, stellte Andrea fest.

Sie gingen schweigend weiter, dann sagte sie: »Ich hoffe wirklich, dass Karin Sommer bald auftaucht. Ich mache mir ein bisschen Sorgen – und mag sie wirklich gern.«

»Ich hatte auch den besten Eindruck – eine seriöse, gründliche Journalistin.«

»Aber steht denn jedenfalls fest, dass nicht Kenneth Pedersen nachts auch sie überfallen hat?«, fragte Andrea.

»Ja, da sind wir ganz sicher. Es ist sehr fraglich, ob es überhaupt einen Zusammenhang zwischen den Überfällen und dem Kappelhøje-Fall gibt. Es könnte auch eine Verbindung zu dem alten Raubüberfall geben, oder der Betreffende ist ein Verrückter, und sie ist nur das zufällige Opfer. So etwas kommt vor. Sie lesen in der Zeitung einen Namen und bauen Aggressionen auf.«

»Also kann sie nach wie vor in Lebensgefahr sein.«

»Nichts deutet darauf hin, dass die Person Tötungsabsichten hatte, aber mir selbst würde es besser gefallen, wenn sie bald auftaucht, damit wir sie im Auge behalten können«, antwortete er.

Während Andrea und Dagmar sich im Gästezimmer einrichteten, heizte Halfdan den Grill an. Es war einer dieser perfekten, stillen, heißen, fast südlichen Sommerabende, und Andrea freute sich – nicht zuletzt für Dagmar. Das Kind hatte mit dem Hund gespielt, die Zwerghühner gefüttert, ein Vogelnest gefunden und einen Klumpen Eulengewölle mit einem Mäuseschädel entdeckt, ein Kleinod, das nun auf der Kommode im Gästezimmer, geschmückt von einem Strauß Wildblumen in einem angeschlagenen Bierglas, zur Besichtigung ausgestellt war.

Auch die Jungen schienen beim Abendessen wieder gut aufgelegt zu sein. Aske erzählte einen Film nach, verhedderte sich aber ständig in Einzelheiten, weshalb die Zuhörer ein wenig Mühe hatten, der Handlung zu folgen. Sein Gelächter und seine Begeisterung waren hingegen ansteckend. Esben erzählte von der neuen Skateboard-Bahn, die neben dem alten Bahnhof angelegt werden sollte.

Sie fragten höflich um Erlaubnis vom Tisch aufstehen zu dürfen, und man hatte den Eindruck, dass die Krise überstanden war.

Ein wenig später fuhren sie mit ihren Mountainbikes durch das Gelände und führten Kunststücke vor. Bremsten die Räder ab und hielten auf den Hinterrädern stehend die Balance und so weiter, während sie sich gegenseitig anfeuerten und die Aufmerksamkeit der Erwachsenen erregen wollten.

Nach ihrer Vorführung warfen sie die Räder hin und liefen in einer Art Fangspiel um das Haus herum. Das Spiel nahm zunehmend lautere, heftigere Formen an.

»Dämpft eure Lautstärke ein bisschen«, sagte der Vater, der aus Erfahrung wusste, dass die schrillen Schreie ein Umschlagen des Wettkampfes in eine Schlägerei ankündigten.

Aske rannte ins Haus und versuchte Esben die Tür zuzuhalten, der sie jedoch aufdrückte.

»Ihr macht die Türgriffe kaputt, wollt ihr das wohl sein lassen?«, rief Halfdan ihnen hinterher.

»Irgendwann hatten wir mal kaum einen funktionierenden Türdrücker mehr im Haus«, sagte er mit müder Stimme zu Andrea.

»Geschwister prügeln sich. Ich glaube, das gehört zu ihrem Training für die Bewältigung von Konflikten«, sagte sie.

»Hm. Oftmals kann ich das kaum noch glauben. Manchmal sieht es so aus, als ob sie einander hassen und umbringen wollen.«

Gegen 21 Uhr brach alles zusammen. Zuerst wurde Dagmar von einer Wespe in den kleinen Finger gestochen, und übermüdet, wie sie war, führte dieser Stich bei ihr zu einem kleineren seelischen Zusammenbruch.

Andrea nahm das weinende Kind auf den Schoß, während Halfdan mit Plet Clownereien aufführte, um sie abzulenken.

Dann hörte man Todesschreie aus dem Hausinnern, gleich darauf kam Aske mit blutverschmiertem Gesicht rausgerannt. Hinter ihm kam Esben: »Ich hab das nicht mit Absicht gemacht, und er hat angefangen«, rief er und brach in Tränen aus, dass ihm der Rotz aus der Nase lief.

»Lieber Gott«, sagte Halfdan, legte Aske hin und wischte ihm das Blut mit Küchenkrepp ab.

»Es ist nur Nasenbluten«, sagte er dann. »Setz dich auf – und halt dir die Nase zu.«

Das Schauspiel hatte Dagmar einen Augenblick ihren Wespenstich vergessen lassen, jetzt aber meinte sie, die Aufmerksamkeit wieder auf sich lenken zu müssen. Sie begann von neuem heftig zu weinen. Aske weinte wegen seines Nasenblutens, und Esben schluchzte, weil er sich für dieses Unglück verantwortlich fühlte. Sie hätten sich miteinander geprügelt, und in der Hitze des Kampfes sei Aske über die Armlehne des Sofas gefallen, lauteten ihre einstimmigen, schluchzenden Erklärungen.

»Sehen wir zu, dass wir sie ins Bett kriegen«, sagte Andrea und ging mit ihrem weinenden Kind auf dem Arm ins Gästezimmer. Kurz darauf sah sie Halfdan Thor, die Arme um die beiden gebeugten, heulenden Jungen gelegt, über den Hof gehen.

Eine Stunde später kamen die beiden Erwachsenen wieder ins Freie.

»So ist das nicht immer«, sagte Halfdan erschöpft. »Selten.«

»Das ist völlig in Ordnung«, sagte Andrea und lächelte ihn an. Sie sah, wie verlegen er war.

»Bestimmt haben Sie einen schlechten Eindruck von unserer Familie.«

»Überhaupt nicht. Ihr macht einen ganz normalen Eindruck.«

Er holte Bier für sie beide, und dann schwiegen sie einige Zeit.

»Manchmal macht einen das ganz schön müde«, sagte er.

Sie nickte, und er legte seine Hand auf ihre, die auf dem Tisch lag. Nicht als erotische Annäherung, sondern als Ausdruck eines gemeinsamen Verständnisses, das fühlte sie und ließ seine Hand liegen.

»So was gehört zu den Dingen, die einen schrecklich aufregen, während sie sich ereignen, kurz darauf aber nur Anekdoten sind«, sagte sie und lächelte.

Er lächelte zurück.

»Ja, daraus wird die Anekdote Ihres ersten Besuchs.«

Meines ersten Besuchs, dachte sie, als sie später zu Dagmar ins Bett kroch. Ja, warum nicht öfter? Halfdan Thor war ein lieber Bekannter.

Sie erörterte ein wenig mit sich selbst, ob sie sich von ihm als Mann angezogen fühlte. In seinen Augen gab es etwas, das sie ein paar Mal im Bauch getroffen und für dieses charakteristische Ziehen gesorgt hatte, was ihrer Meinung nach von den Geschlechtshormonen herrührte. Der Umstand, dass er keine Annäherungsversuche unternommen hatte, stimulierte ihr vages Interesse. Kurz vor dem Einschlafen fragte sie sich, ob er in ihr vielleicht ein asexuelles Wesen sah.

Oder ob er noch unter der Trauer über den Tod seiner Frau litt und sich darum für Frauen nicht interessierte?

Sonntag, 15. Juli

Es war ein wunderbarer Sommersonntag, als sie aufstanden, und sie stellten fest, wie engelsgleich, niedlich und reizend ihre Kinder waren. Esben hatte Brötchen gebacken, Aske hatte den Frühstückstisch gedeckt. Beide Knaben hielten sich fast an den Händen, so gute Freunde waren sie und so sehr wollten sie das demonstrieren.

Ohne dass sie jemand darum gebeten hatte, räumten sie den Tisch ab und machten anschließend das Boot fertig, während Halfdan Brote strich und in die Kühlbox legte. Alle zusammen wollten sie in der kleinen Jolle mit Außenbordmotor zur Stadt fahren und das Mittagessen irgendwo unterwegs einnehmen.

Plet durfte als Schiffshund auch mit und ebenso das Fischernetz, mit dem man Dagmar ausgerüstet hatte und das sie während des ganzen Morgens nicht aus ihren kleinen, verschwitzten Händen gegeben hatte.

Sie tuckerten die Küste entlang und badeten unterwegs, denn das Wasser war an keiner Stelle tief.

Sie aßen auf der Landzunge, wo der Wald bis ans Wasser reichte.

Ein Sturm hatte ein paar Bäume umgeworfen und so für prachtvolle Spielmöglichkeiten gesorgt. Kreischend und lachend rannten Kinder und Erwachsene über Stämme und Äste.

Anschließend fuhren sie weiter auf die Stadt zu und machten an einem Badesteg in Hafennähe fest. Es war gerade Stadtfest und gegen das Versprechen, in eineinhalb Stunden wieder da zu sein, bekamen die Jungen ein wenig Geld. Dagmar durfte Karussell fahren, gewann an der Losbude einen Teddybären und bekam ein Eis, für die beiden Erwachsenen gab es an einem Ausschank in der Hauptstraße ein Bier vom Fass.

Halfdan grüßte nach links und nach rechts und stellte Andrea vor als »Kopenhagener Anwältin, die mit einem unserer Fälle zu tun hat«.

Andrea fühlte, wie erstaunt er war, als ihnen Kreisarzt Anders Beck entgegenkam, jugendlich gekleidet in halblangen Bermudashorts und engem, blau gestreiftem T-Shirt, Hand in Hand mit einer großen, jüngeren Frau.

»Das ist meine Freundin Christine«, stellte Beck vor.

Hinterher sagte Halfdan:

»Wie interessant. Scheint auf eine Scheidung hinauszulaufen. Dabei waren die Becks doch so ein nettes Paar, das immer das Gesicht gewahrt hat.«

Andrea sagte nichts. Das nächtliche Telefongespräch mit Lene Beck fiel unter ihre Schweigepflicht.

»Vielleicht können wir uns in der kommenden Woche treffen. Ich habe in Kopenhagen zu tun. Ich melde mich«, sagte Halfdan, nachdem er kurz, aber doch ein wenig zu lang, den Arm um sie gelegt hatte. Trotzdem war es völlig in Ordnung.

Dagmar wurde zum Abschied von Halfdan einige Male in die Luft geworfen, sie kreischte vor Freude. Die Jungen stellten ihre gute Erziehung unter Beweis, gaben zum Abschied die Hand und sagten: »Kommen Sie gut nach Hause.«

»Es war riesig nett«, bedankte sich Andrea ein wenig fantasielos.

Auf der Rückfahrt dachte sie, dass es mehr als nett gewesen war. Ein Familienwochenende im Guten wie im Bösen, das sie seit unendlichen Zeiten nicht mehr erlebt hatte.

Das geht nicht mehr. Das ist nicht nett gegenüber deiner Familie«, sagte Thomas. Er war in der Redaktion gewesen, als die Suchmeldung nach Karin Sommer mit der Bitte, sie solle sich schnellstmöglich bei ihrer Familie melden, einging.

»Du hast Recht«, antwortete sie. »Die Suche werde ich wohl abblasen müssen, aber ich bleibe noch ein paar Tage, falls du nichts dagegen hast. Sonst gehe ich nach Kopenhagen. Und ich möchte dich bitten, weiter den Mund zu halten.«

»Natürlich halte ich den Mund, und ich sehe keinen Grund, warum du nach Kopenhagen gehen solltest. Aber irgendwann musst du doch in deine eigene Wohnung.«

Sie nickte.

»Gib mir noch ein paar Tage.«

Thomas' Gefühlsleben war durcheinander. In letzter Zeit hatte es sich vor allem zwischen Schreck und erotischer Besessenheit bewegt, nun aber appellierte ihr bittender Tonfall an seinen Beschützerinstinkt und seine Zärtlichkeit: »Natürlich. Kasper kommt erst Mitte August zurück, und uns geht es doch sehr gut.«

»Mmh«, sagte sie. »Auch wenn ich dich zurzeit nicht oft sehe.«

»So ist das, wenn man mit einem Journalisten zusammen ist«, sagte er etwas selbstherrlich.

Das ist ungerecht. Mädchen kommen mit einem Vermögen zwischen den Beinen auf die Welt, und viele verstehen es einfach nicht, ihre Chance zu nutzen.«

Dieser Satz eines älteren Freundes war die ideologische Grundlage für Alexander Zlotniks Karriere als Zuhälter und Frauenhändler gewesen.

Vor acht Jahren hatten die beiden im stinkenden Treppenhaus eines baufälligen Hauses am Stadtrand von Vilnius gesessen. Die Damenhandtasche, die einzige Ausbeute ihrer kriminellen Aktivitäten an diesem Tage, hatte nur wertlosen Mist enthalten – noch nicht mal genug für eine Tube Klebstoff, der einem, wenn man ihn einatmete, einen billigen Ausweg aus einem Alltag ohne Perspektive schenkte.

»Nein, du, ein Mädchen müsste man sein, dann hätte man immer Geld. Wenn ich ein Mädchen wäre, hätte ich jetzt eine Wohnung und einen Fernseher«, hatte der Freund gesagt.

»Wenn ich ein Mädchen wäre, dann hätte ich ein Auto und würde jeden Tag bei McDonald's essen«, träumte Alexander.

»Und schöne Kleider und Schuhe haben und ins Ausland reisen«, ergänzte der Freund.

Die Idee lag nahe und sie fingen klein und auf lokaler Ebene an. Rasch stellte sich jedoch heraus, dass man nicht viel Geld verdienen konnte, wenn man arme litauische Mädchen an arme litauische Männer verkaufte. Man musste in den Prostitutionsmarkt hinein, der sich um die neuen, teuren Hotels für Ausländer bildete, und dazu waren gewisse Investitionen erforderlich. Also musste man sich Geld leihen – mit der Konsequenz, dass die Gläubiger den größten Teil der Tageseinnahmen einsteckten.

Alexander begann am unteren Ende der Mafia-Hierarchie, als Lieferant von jungen Frauen – anfangs für die Ausländerhotels der Hauptstadt und später für einen rasch wachsenden, offenbar unersättlichen Markt in Westeuropa.

Reich war er nicht geworden, weil er nicht das Geld gehabt hatte, einen eigenen Frauenhandel aufzuziehen. Das große Geld machten die weiter oben, die, die für den Transport von Frauen bezahlten, und die Betreiber von Bordellen, Nachtclubs und Massagestudios im Ausland.

Dennoch war er meist im Stande gewesen, in hübschen Designeranzügen aus den neuen Boutiquen in die Bars zu gehen. Der Kleber war ersetzt durch Schnaps, Hasch und was es sonst noch auf dem

Markt gab, und er hatte ein eigenes Zimmer mit Küchen- und Badbenutzung, statt eine Bude mit drei oder vier anderen teilen zu müssen.

Ab und zu erledigte er Sonderaufträge, die zusätzlich Geld einbrachten und meist in der Begleitung unsicherer, querköpfiger Mädchen an ihre Bestimmungsorte in Westeuropa bestanden. Nicht selten kam es vor, dass die jungen Mädchen die Reue überkam oder sie weglaufen wollten, wenn sie entdeckten, worin die Arbeit im goldenen Westen bestand.

Solche Mädchen benötigten eine handfeste Begleitung und eine disziplinierte Einführung in ihr neues Fachgebiet.

Ein weiteres Problem waren jene Mädchen, die die Zuhälterkette, für die sie arbeiteten, zu betrügen versuchten. Mädchen, die Geld abzweigten oder heimlich Kunden bedienten.

In einigen dieser Fälle hatte Alexander als Feuerwehrmann der Organisation Erfolg gehabt.

In der Regel reichten Drohungen aus. Er drohte den Mädchen mit dem Tod oder damit, dass ihre Familie in Litauen zu Schaden käme. Das machte die meisten gefügig. In Fällen, in denen sich die Mädchen durch Einschüchterung nicht zur Zusammenarbeit bewegen ließen, griff er zu sanfter psychischer Gewalt in Form von Freiheitsentzug, Hunger, Durst, Vergewaltigung oder Schlägen.

Nur in einem Fall, in Barcelona in Spanien, hatte er ein junges Mädchen ermorden müssen. Ihm war nichts anderes übrig geblieben. Das Mädchen hatte den Verstand verloren. Zuerst hatte sie sich während der ganzen langen Autofahrt nach Spanien gewehrt, obwohl sie sie zu zweit begleitet, bedroht und vergewaltigt hatten. Dann hatte sie sich geweigert, in den spanischen Bordellen zu arbeiten, und weder Prügel, Einsperren, Hunger oder Durst hatten sie umgestimmt. Zu guter Letzt hatte sie nur noch geschrien und so zusammenhangloses Zeug von sich gegeben, da war ihre Geisteskrankheit offensichtlich geworden.

Obwohl sie einen Pass besaß, wäre es ganz unmöglich gewesen, sie über alle Grenzen wieder nach Hause zu schaffen, ohne dass sie die Organisation kompromittiert und ihn selbst in Gefahr gebracht hätte.

Der Befehl aus Litauen lautete kurz und unmissverständlich:

»Schafft sie aus dem Weg.«

Gut war es ihm danach nicht gegangen. Mehrere Wochen hatte er sich krumm und schief geraucht und sinnlos betrunken.

Die achtzehnjährige Olga, die er in Barcelona ermordet hatte, wurde auf der Liste der spurlos verschwundenen jungen litauischen Frauen als Nummer 151 geführt.

Anschließend hatte man ihn nach Kopenhagen geschickt, weil es Ärger mit Monika gab, einem

Mädchen, das er selbst geliefert und für das er Geld bekommen hatte. Sie hatte sich geweigert, ihre Arbeit als Prostituierte aufzunehmen, weil sie der Auffassung war, sie sollte ausschließlich als Gesellschaftsdame – Escortmädchen – fungieren. Und sie hatte gedroht, Boris Garmatschek, den Mann, der hinter dem Massagestudio stand, bei der Polizei anzuzeigen.

Alexander erhielt den Auftrag, die Angelegenheit auf befriedigende Weise zu regeln oder aber an Garmatschek selbst eine erhebliche Summe zu bezahlen, die die Kosten für Monikas Heimreise deckte.

Es lag auf der Hand, dass er gegenüber dem widerspenstigen Mädchen hart zur Sache gehen musste. Umbringen werde er sie nicht, hatte er gesagt und zur Antwort erhalten, er müsse das Problem lösen, gleichgültig wie, aber gelöst müsse es werden, sonst hätte er, Alexander, selbst ein ernstes Problem.

Dieses Mal wollte er vorsichtig sein und es zuerst im Guten versuchen. Kein neues Barcelona. Er richtete sich auf einer Matratze in der Wohnung in der Århusgade ein, die als Massagestudio diente. Im Verlauf einer Woche stand er auf gutem Fuß mit Monika, und er hatte Betina Bertelsen kennen gelernt, die meinte, sie könne ihm Stoff verschaffen. Vielleicht gab es Aussicht auf große Geschäfte?

In der Nacht des 11. Mai war er auf Anweisung Garmatscheks »Träger« bei einem großen Lagerhauseinbruch gewesen, bei dem Computer und andere elektronische Ausrüstungsgegenstände auf Lastwagen geladen werden mussten, die bei Tagesanbruch schon auf dem Weg über die Ostsee waren.

Als er gegen drei Uhr von seinem nächtlichen Job zurückgekommen war, hatte er Monika erstochen vorgefunden. Sie hatte in der Wohnung auch gewohnt, die beiden anderen, die Abenddienst hatten, waren um Mitternacht nach Hause gegangen.

Fluchtartig hatte er die Unterkunft verlassen und am folgenden Tag Boris Garmatschek um Hilfe gebeten. Der Russe hatte ihm unmissverständlich klargemacht, dass Alexander ein toter Mann wäre, wenn er sich noch einmal an ihn wandte oder seinen Namen gegenüber anderen erwähnte.

Dann war er zu Betina Bertelsen gegangen und hatte ihr erzählt, was geschehen war.

Am nächsten Tag hatte er versucht, mit dem Schiff nach Schweden zu kommen, und war am Terminal verhaftet und unter Mordverdacht in Untersuchungshaft gesteckt worden.

Und jetzt saß er die fünfte Woche in einer alten, unsauberen Isolationszelle im Westgefängnis, es war Sonntag, der 15. Juli, und er hatte selbst beschlossen, dass das der letzte Tag seines kümmerlichen Lebens sein sollte.

Alexander hatte keinen großen Respekt vor dem Leben anderer und vor seinem eigenen noch weniger.

Vorher aber wollte er offen über sich berichten und aufschreiben, was er über die Organisation und ihre dänischen Mittelsmänner wusste.

»Ich habe Olga in Barcelona ermordet, aber Monika habe ich nicht erstochen. Das könnte Boris Garmatschek oder jemand, der für ihn arbeitet, gewesen sein. Es könnte auch ein zufälliger Kunde gewesen sein, der enttäuscht darüber war, dass sie nicht wollte«, beendete er seinen Bericht an die Polizei. Anschließend erhängte er sich.

Seine letzten Gedanken beschäftigten sich absurderweise damit, dass seine Mutter alle Zähne verloren hatte. Die, die nicht verfault waren, hatte ihr sein betrunkener Vater in einem Tobsuchtsanfall eingeschlagen, der ihn oft überkam, seit er nach dem Systemwechsel arbeitslos geworden war.

Montag, 16. Juli

Andrea Vendelbo hatte per Fax die Nachricht bekommen, dass der Haftprüfungstermin im Fall Alexander Zlotnik eingestellt sei, da man den Häftling tot in seiner Zelle gefunden hatte.

Schon wieder, dachte sie. Man müsste eine gründliche Untersuchung all dieser Selbstmorde im Untersuchungsgefängnis vornehmen.

Später sprach sie mit dem Staatsanwalt über die Einstellung des Falls; er berichtete ihr bereitwillig, der Selbstmörder habe einen Brief an die Polizei hinterlassen, der für die weiteren Ermittlungen im Bereich der Ostkriminalität von Bedeutung sein könne.

Um 10.30 Uhr tauchte Lene Beck in Andreas Büro auf, bekleidet mit einem eleganten, figurbetonenden, olivgrünen Kleid, auf den Wangenknochen ein wenig Rouge. Sie machte einen gefassten Eindruck und entschuldigte sich für ihren späten, unglücklichen Telefonanruf.

»Ich war in einer Krisensituation«, sagte sie und strich sich das Haar aus der Stirn.

»Das ist verständlich«, antwortete Andrea. »Sie wollen sich scheiden lassen.«

»Es ist äußerst banal. Er hat eine Jüngere gefunden«, antwortete sie.

»Aha«, sagte Andrea abwartend.

»Ich weiß, dass das nichts Außergewöhnliches ist, aber ich habe nie geglaubt, dass uns so etwas passieren könnte. Unsere Ehe ist nämlich ungewöhnlich glücklich gewesen. Ja, natürlich hat es kleinere Probleme gegeben, und wie alle Männer hat Anders auch ... Affären gehabt. So ist das schließlich, wenn man viele Jahre verheiratet ist, aber ich habe niemals daran gedacht, dass ... und ich habe fast mein ganzes Leben in diese Ehe investiert. Als wir geheiratet haben, wollte Anders, dass ich nur halbtags arbeite, und dagegen hatte ich auch nichts. Nicht im Mindesten, ich bin gern Hausfrau und Gastgeberin. Leider haben wir ja keine Kinder, aber wir hatten viele Gäste, und über unser Haus ist in ›Schöner Wohnen«‹ berichtet worden. Ich begreife nicht, wieso er sich so einfach von allem verabschiedet«, sagte sie.

Andrea ließ sie reden und schob kleine Fragen ein, um das Gespräch voranzutreiben. Freundliche Therapie statt Business. Sie hatte sich entschieden, den Fall nicht zu übernehmen.

Als die Geschichte dieser Ehe und Lenes Kummer über den Bruch ihrem Ende entgegenging, sagte Andrea: »So wie es aussieht, müssen Sie mit einer anständigen Unterhaltszahlung abgesichert werden, weil Sie viele Jahre zum gemeinsamen Besten aufgewendet haben. Ich habe schon am Telefon gesagt, dass ich in solchen Fällen keine große Erfahrung habe, aber mein Kollege Steen Larsen würde das Mandat gern übernehmen.«

Lene Beck schwieg lange und starrte auf ihre blankpolierten Nägel, dann entschied sie sich: »Sie suchen doch nach dieser Journalistin, Karin Sommer, und Sie haben gesagt, ihr Verschwinden könnte mit diesem furchtbaren Ereignis in Kappelhøje in Zusammenhang stehen?«

»Ja«, sagte Andrea.

Lene Beck sah ihr ruhig in die Augen.

»Jetzt verdächtigt man die Nachbarn, dass die sie ermordet haben, aber ich sage Ihnen, es gibt jemanden, der vor der Polizei etwas zu verbergen hat!«, erklärte sie.

»So?«, sagte Andrea und konnte ihre Neugier kaum verbergen.

Lene Beck tauchte mit der Hand in ihre Tasche und förderte eine Halskette zu Tage. Kleine Naturperlen an einem dünnen Silberdraht mit einem relativ kräftigen, flachen Silberschloss.

»Dieses Schmuckstück habe ich persönlich für Linda Bertelsen bestellt. Hier, hier auf dem Schloss sind ihre Initialen! Ein Weihnachtsgeschenk, weil sie mir die Buchführung gemacht hat.«

»Ich weiß, dass sie für einige kleine Firmen die

Buchführung erledigt hat, aber dass Sie auch dazu gehören, war mir nicht bekannt«, sagte Andrea.

»Ja. Und am Freitag, am 8. Juni, habe ich einen Anruf von einem Hotel in München bekommen, man hätte meine Halskette gefunden. Ich war ein wenig erstaunt, weil ich noch nie in München gewesen bin, aber ich konnte schnell zwei und zwei zusammenzählen: Natürlich ist Anders mit einer in dem Hotel gewesen, die sie für seine Frau gehalten haben. Er wird zu so vielen Veranstaltungen im Ausland eingeladen, und gerade an diesem Wochenende, am 5. und 6. Mai, ist er tatsächlich in München gewesen. Nun, ich habe mir die Kette schicken lassen, weil ich sehen wollte, was das für ein Typ ist, den er da anhimmelt, und ich bekam einen Schock, als ich sah, es war Lindas Kette. Sie wurde ja acht Tage vorher ermordet, und Anders war für die Leichenschau und alles Mögliche verantwortlich ... Hätte er das nicht der Polizei erzählen müssen?«

»Das hätte er wirklich. Und was sagt er selbst dazu?«

»Ich habe mir nicht die Mühe gemacht ...«

Andrea dachte lange nach, dann sagte sie: »Das war vielleicht ganz klug von Ihnen, aber Sie sollten sich überlegen, ob Sie nicht zur Polizei gehen. Der Fall ist ernst, man hat zwei Menschen verhaftet, und Ihr Mann gehört zu den sachverständigen Gutachten.«

»Mein Exmann«, sagte sie abweisend und fügte hinzu: »Wenn Sie mir das raten, dann tu ich es natürlich.«

Karin Sommers alte Kollegin und Freundin in Kopenhagen, die Lifestyle-Mitarbeiterin Birgitte, hatte den Auftrag für die Sommerbeilage des Blattes Prominente im Urlaub zu interviewen. Sie sollten möglichst Badekleidung oder Grillschürze tragen und sich über Themen äußern, mit denen sie sich normalerweise nicht beschäftigten. Leicht, locker und anspruchslos, hatte der Redakteur der Sommerbeilage unterstrichen. Und unbedingt auch junge Leute. Letzteres erforderte Recherchen, denn sie kannte sich nicht mehr aus, wer in diesem Durcheinander von Moderatoren und Talkshowgästen bei den jüngeren Zuschauern populär war.

Das Beste war, dass diese Aufgabe die Möglichkeit bot, ihr Zimmer verlassen zu können, das ganz oben unter dem glühend heißen Dach des alten Zeitungshauses mitten in Kopenhagen lag. Als sie mal eine Zimmertemperatur von achtunddreißig Grad gemessen hatte, war ihr wenigstens ein Ventilator bewilligt worden. Immerhin.

Sie hörte sich die Aufnahme ihres Interviews mit

einem jungen, glatzköpfigen Modekoch an, den sie in der letzten Woche interviewt hatte. Als sie das Band abgehört und das Gespräch runtergeschrieben hatte, war es kaum genug Stoff für eine Einleitung. Das Thema des jungen Mannes hieß Minimalismus, für den er sich sehr einsetzte. Das Mobiliar in seinem Ferienhaus hatte aus einem Bett und einem kleinen Felsen bestanden. Und es ergab sich von selbst, dass das Essen minimalistisch sein musste – und die Bekleidung.

Leider waren auch sein Denkvermögen und seine Ausdrucksfähigkeit minimalistisch gewesen, und sie vermisste eine zusammenhängende Argumentation, warum der Minimalismus »einfach ein geiler Stil« war.

Na ja, warum nicht: Es ist geil, Minimalist zu sein … und so weiter.

Sie war mit dieser Geschichte fast fertig, als das Telefon klingelte.

»Hallo, Gitze, hier ist Karin. Kannst du nicht Klaus Bescheid geben, dass …«

»Karin, wo bist du? Ist alles in Ordnung? Wir haben uns solche Sorgen gemacht!«, rief Birgitte.

»Das braucht ihr nicht. Mir geht es fantastisch.«

»Ein Mann?«

»Mmmh, ja, und ich möchte nicht, dass ihr mich findet, darum rufe ich dich an. Ich weiß, dass du das verstehst. Wenn ich Klaus anrufe, kurbelt der eine große Suchaktion an und lässt feststellen, woher der Anruf gekommen ist und was weiß ich noch. Könntest du ihn bitte benachrichtigen, dass er die Suchaktion abbläst. Mir geht es prächtig, will ich dir nur sagen.«

»Also, Karin, alle wissen, dass du es mit einem Verrückten zu tun hattest und nicht krank bist. Ich habe mit Andrea Vendelbo gesprochen, sie macht sich auch Sorgen. Und die Polizei will dir Personenschutz anbieten, und Klaus und Ellen sind außer sich …«

»Ja, ja, auch deshalb bitte ich dich, sie alle zu beruhigen. Ich mache Ferien mit einem netten Mann.«

»Kann ich denn sicher sein, dass dieser Mann dir nicht gerade eine Pistole an die Schläfe hält?«

Karin lachte überzeugend und sagte: »Wenn du Klaus anrufst, musst du nur sagen: ›König von Dänemark‹. Das ist ein Geheimcode dafür, dass alles okay ist.«

»Wer ist es denn?«, fragte Birgitte.

»Das Privatleben ist Privatsache«, gluckste Karin und legte auf.

Birgitte schüttelte vor Frustration über das unterbrochene Telefongespräch den Hörer.

Klaus befand sich nicht in seinem Büro, seine Sekretärin wusste nicht, wann er auftauchen würde. Birgitte hinterließ die Nachricht, er solle sie schnellstmöglich unter ihrer Handynummer anrufen. Dieselbe Nachricht hinterließ sie auf seinem Anrufbeantworter zu Hause.

Andrea Vendelbo hingegen war sofort am Apparat und schien durch Birgittes sorgfältige Wiedergabe des Gesprächs mit Karin erleichtert zu sein.

»Sieht es Karin ähnlich, so etwas zu tun?«

»Ähnlich, ja, ja, sie stürzt sich gern mal in ein Abenteuer.«

»Ist sie sehr impulsiv?«, fragte sie.

»Ich weiß nicht, ob man das so sagen kann. Sie denkt schon nach. Jedenfalls ist sie nicht leichtsinnig. Vermutlich ist es einer ihrer Bekannten, und es hat sich so ergeben.«

»Können Sie sich vorstellen, wer das ist?«

»Nicht im Mindesten. Aber ich meine, man muss ihr Privatleben respektieren und die Suche nach ihr einstellen«, sagte Birgitte.

»Und Sie sind ganz sicher, dass sie selbst am Apparat war?«

»Absolut. Sie ist die Einzige auf der Welt, die mich ›Gitze‹ nennt.«

»Ja, gut, dann rufe ich den Bruder und die Polizei an«, sagte Andrea.

Birgitte war viel zu erregt wegen des Vorfalls und ihrer zentralen Rolle darin, als dass sie den Rest des Tages im Büro hätte verbringen können. Also rief sie den Redakteur der Sommerseiten an und teilte ihm mit, die Strände in Süd-Seeland würden im Gegensatz zu denen in Nord-Seeland von den Medien stark vernachlässigt.

»Macht denn irgendjemand Ferien in Süd-Seeland?«, fragte der Redakteur erstaunt.

»Aber ja, die Insel Møn wird richtig trendy. Ich denke, ich fahre heute hin und schau mich ein wenig um, und für morgen bestelle ich den Fotografen. Ich fahre über Køge nach Stevns und Møn und mache den Artikel über die Südküste als neuesten Ferienhit der Prominenz.«

Im leichtfüßigen Sommergenre ist für so etwas keine Dokumentation nötig, nur eine Hand voll Prominenter, die ich schon noch aufstöbere, dachte sie.

»Hört sich richtig gut an, wenn ich nur diesen minimalistischen Koch vor Sonnenuntergang kriege, den hätte ich gern auf der Mittwochseite.«

»Natürlich, ich bin fast fertig.«

Eine Stunde später hatte sie sich mit vier Prominenten, die zwischen Solrødt und Stege Ferien machten, für den folgenden Tag verabredet. Diese Prominenten kannten wieder andere, und damit waren die Recherchen für den Artikel beendet.

Sie packte ihre große Tasche und steckte auch die Diskette mit dem Artikel über den minimalistischen Koch ein, damit sie ihn später zu Hause abschließen und an den Redakteur schicken konnte. Dann holte sie ihr Auto aus der Tiefgarage und fuhr über die Südautobahn direkt zu Klaus Sommers Haus. Für den Fall, dass sie die Familie nicht antreffen sollte, hatte sie einen beruhigenden Brief über das Telefongespräch dabei.

Es war gegen 16 Uhr, als sie den parkähnlichen Garten erreichte, wo sie sofort Ellen und Klaus am Swimmingpool sah.

»Ich habe gute Nachrichten«, rief sie, als sie sah, mit welchem besorgtem Gesichtsausdruck Klaus ihr entgegeneilte.

»Ach, Gott sei Dank«, seufzte Ellen und holte Drinks, als die Nachricht überbracht war.

»Aber wie können wir sicher sein, dass sie nicht erpresst oder gezwungen wird?«, fragte Klaus.

»Ich soll sagen: ›König von Dänemark‹, damit du weißt, dass es ihr gut geht.«

Sein nachdenklicher Gesichtsausdruck wich einem breiten, herzlichen Lächeln: »Typisch Karin, ja, jetzt weiß ich, dass sie nicht in Gefahr ist. Das müssen wir feiern«, sagte er dann, als Ellen mit einem Tablett voll Gin, Tonic, Eis und Gläsern kam.

»Ich muss noch weiter«, sagte Birgitte und betrachtete den Gin in ihrem Glas.

»Entspann dich. Ich besorge einen Fahrer für dich«, antwortete Klaus. »Das fehlte noch. Du weißt ja gar nicht, wie erleichtert wir sind. Es war nett von dir, zu uns zu kommen.«

»Ja, aber …«

»Keinen Widerspruch. Du wirst in deinem eigenen Auto nach Hause gebracht, und vorher bekommst du noch das Beste aus dem ›Restaurant Gastronomique‹, die lassen ihre Rohwaren direkt aus Lyon einfliegen.«

Birgitte musste einräumen, dass sie beeindruckt war, als Klaus nach seinem Handy griff und mit dem Küchenchef des im ganzen Land bekannten Restaurants über die Zusammenstellung des Menüs sprach.

Das Essen sollte um 19 Uhr von dem Fahrer gebracht werden, der Birgitte später nach Hause fuhr.

»Journalistin, das muss ein interessanter Beruf sein«, sagte Ellen, als sie nach einem erfrischenden Bad in den Liegestühlen lagen. »Man lernt so viele interessante Menschen kennen.«

»Ja, von wegen!«, antwortete Birgitte, die plötzlich an den minimalistischen Koch und den Redakteur dachte.

»Ich muss eine E-Mail mit einem Artikel an die Zeitung schicken, ich habe ihn auf Diskette, ich muss nur noch eine Überschrift finden und so weiter. Habt ihr einen PC, den ich benutzen kann?«

»Aber natürlich. Eine Journalistin hat offenbar niemals frei. Komm mit in mein Allerheiligstes.«

»Ich denke noch oft an Karins vierzigsten Geburtstag«, fuhr er fort und berührte sie leicht an der Schulter, als sie über den Rasen zum Anbau gingen, in dem sein elegantes Arbeitszimmer lag.

»Ach ja«, antwortete sie verlegen und wusste, dass er einen langen, innigen Tanz meinte, dem niemals etwas gefolgt war, auch wenn sie sich gegenseitig halbe Versprechungen gegeben hatten.

»Das ist fünfzehn Jahre her«, fügte sie hinzu, »damals warst du noch nicht verheiratet.«

»Aber leider du«, sagte er, »du hast dich kein bisschen verändert.«

»Du hast dich auch gut gehalten«, erwiderte sie höflich und begann zu rechnen. Er musste jetzt ungefähr siebenundvierzig sein, sechs oder sieben Jahre jünger als sie und Karin.

»In zwei Jahren werde ich fünfzig«, sagte er, als könnte er ihre Gedanken lesen. »Ich denke allmählich an den Ruhestand.«

»Das ist aber früh.«

Ich muss nur noch den Artikel durchlesen und Überschriften und Bildunterschriften machen – zehn Minuten«, erklärte sie, als sie vor dem laufenden PC saß. Er verstand den Hinweis, dass sie Ruhe zum Arbeiten brauchte, und zog sich zurück.

»Minimalismus ist geil«, lautete die Überschrift in den Worten des Kochs. Sie kopierte den ganzen Artikel in Outlook und mailte ihn dem Redakteur.

Als sie den Computer herunterfahren wollte, spürte sie eine Bewegung hinter ihrem Rücken und fuhr so abrupt herum, dass ihre große geöffnete Tasche vom Schreibtisch fiel und einige andere Dinge mitriss.

Klaus sagte verlegen: »Entschuldige, ich wollte dich nicht erschrecken …«

Er wollte ihre Sachen aufheben und sie zurück in die Tasche legen, aber auch sie bückte sich, sie prallten mit den Köpfen zusammen und brachen in heftiges Gelächter aus.

»Holz auf Holz«, kommentierte sie.

»Mir ist es immer ein Rätsel, was Frauen alles in ihren Taschen haben«, sagte er und hielt eine Topfpflanze hoch. »Warum, um Himmels willen, schleppst du so etwas mit dir herum?«

»Hör mal«, antwortete sie und drehte an einem der Plastikblätter, woraufhin die Blume ein munteres Lied von sich gab.

Sie lachten wieder.

»Die haben mir meine Enkel geschenkt – damit ich im Büro immer gut gelaunt bin.«

»Das muss Ellen sehen«, sagte er.

»Ja, das wäre die passende Tischdekoration für das Diner Transportable vom ›Gastronomique‹«, meinte Birgitte.

Auf der Terrasse an der Westseite des Hauses nahmen sie einen Drink vor dem Essen, die Stimmung war ungezwungen und munter.

»Da ist Karin also mit einem Mann durchgebrannt, dieses unverbesserliche alte Mädchen«, sagte Klaus, der sich schon mit der Polizei in Verbindung gesetzt hatte, um die Suchaktion zu stoppen.

»Sie ist Single, und man lebt nur einmal. Und außerdem muss sie sich ein wenig entspannen nach den furchtbaren Erlebnissen, die sie hinter sich hat«, sagte Ellen, und nach einer kleinen Pause fuhr sie fort: »Glücklicherweise haben sie ja inzwischen die Täter gefunden, die die Leute in Kappelhøje umgebracht haben. Dann hat sie doch jetzt ihre Ruhe, oder?«

»Jedenfalls hätten wir und die Polizei besser auf sie aufpassen müssen«, sagte Klaus. Er machte sich Vorwürfe, dass er das Problem seiner Schwester nicht ernst genug genommen hatte.

»Du hast doch getan, was du konntest«, sagte Ellen.

Dienstag, 17. Juli

Nachdem Adam Lorentzen seinen neuen Posten als vorläufiger Chefredakteur der »Sjællandsposten« angetreten hatte, wechselte er die Jeansmarke – von Levis 501 zu Hugo Boss. Von derselben Marke waren sein kurzärmliges, hellblaues Hemd und der Schlips, den er demonstrativ locker trug, um Energie und Effektivität zu demonstrieren.

Er hatte quergelesen, was er an populärwissenschaftlichen Managementratgebern auftreiben konnte, und fühlte sich gerüstet für die Mitarbeiterversammlung, bei der über den Eigentümerwechsel und die Zukunft des Blattes unterrichtet werden sollte.

»Wir haben Glück. Wir haben das Glück, in einer Zeit zu leben, in der sich die Branche rasant entwickelt und jeder Einzelne von uns vor neuen Möglichkeiten steht. Vor Möglichkeiten, bei denen wir Flexibilität, Kreativität und … und … Reformbereitschaft beweisen können!«, leitete er seine schwungvolle Rede vor der Versammlung in der Kantine ein.

Die Medienbranche war für die neuen deutschen Eigentümer ein Wirtschaftszweig wie jeder andere. Man war bereit, erhebliche Summen zu investieren, erwartete jedoch einen ordentlichen Ertrag.

»Eben dieser Herausforderung müssen wir uns stellen, und wir tun es mit Freude, denn wie lautet die Alternative? Muss ich das Wort ›Zeitungssterben‹ aussprechen?«

Service, Unterhaltung, lokale Berichterstattung lauteten die Schlüsselworte seines Überblicks über die Redaktionspolitik.

Die neue digitale Technik schaffe eine enge Verbindung zwischen Mitarbeitern und Lesern: »Mit ihrem Zeitungsabonnement wird den Lesern künftig ein Internetabonnement zur Verfügung stehen, bei dem sich die ›Sjællandsposten‹ als Eingangsseite präsentiert. Auf diese Weise bilden wir eine enge Gemeinschaft.«

Und nun schloss sich der Teil an, der ein wenig heikel war: »Das bedeutet, dass sich unser Arbeitsablauf verändern wird. Artikel für die Printausgabe müssen auch – als Kurzversion – in der Internetausgabe erscheinen, die den Appetit auf die Zeitung anregen soll. Am effektivsten dürfte es sein, wenn der Verfasser des Printartikels die Internetkostprobe selbst verfasst – ohne der Speise ihren verlockenden Wohlgeruch zu nehmen.

Außerdem muss die Internetausgabe natürlich laufend in den Bereichen Nationales und Internationales aktualisiert werden. Auf diese Weise sind wir genauso schnell wie das Radio.

Und schließlich werden wir mit einem Versuch beginnen, bei dem ihr mit Digitalkameras ausgerüstet werdet, damit ihr die lokalen Nachrichten auch bildlich direkt ins Netz stellen könnt. Dadurch können wir sogar mit dem Fernsehen konkurrieren!«

»Mehr Arbeit«, flüsterte der Kriminalreporter Henrik Johansen und ließ die Mundwinkel sinken.

Thomas nickte: »Aber trotzdem richtig gedacht.«

In der sich anschließenden Debatte fragte Thomas, ob man auch heiße Nachrichten und Enthüllungen vor dem Erscheinen der Printausgabe ins Netz stellen solle.

Nein, das sei klar. Bei einem Scoop müsse man sich ein wenig zurückhalten, damit die Konkurrenz einem diese Neuigkeit nicht wegschnappt.

Der Sozialreporter erlaubte sich die Bemerkung, dass der Chefredakteur in seinem Vortrag nicht ein Wort über den aktiven, kritischen Journalismus gesagt habe.

»Selbstverständlich muss ein Journalist aktiv und kritisch sein«, antwortete Adam. »Aber wenn wir darunter jene Schlagworte verstehen, wie sie in den Siebzigerjahren von den Journalistenschulen verkündet wurden, wollen wir uns ein bisschen zurückhalten. Es gibt verschiedene Untersuchungen, die belegen, dass die Leser die aggressive, konfliktbereite Form des Journalismus nicht schätzen. Das ist doch ein Genre, in dem die Journalisten sich nur gegenseitig beeindrucken wollen und hinter Preisen her sind.«

Adam beendete die Versammlung mit dem Angebot individueller Mitarbeitergespräche. Eine gewisse Neuorganisation stehe bevor, die auch die Arbeitsmittel und die Kompetenzen der einzelnen Kollegen nicht verschonen werde.

Bei den älteren Mitarbeitern lösten diese Worte ein leichtes Schaudern aus, während die jüngeren die Versammlung erwartungsvoll verließen.

Thomas schleppte zwei Plastiktüten mit Leckereien nach Hause. Sein Tag war gut gewesen, er war für seine umfangreiche Berichterstattung über den Kappelhøje-Fall gelobt worden, er hatte bei der Mitarbeiterversammlung Flagge gezeigt und war zutiefst erleichtert, weil nach Karin nicht mehr gesucht wurde.

Jetzt wollten sie sich einen schönen Abend machen, und er würde von den Begebenheiten erzählen, nicht zuletzt von seinem Aufstieg bei der Zeitung.

Sie aßen, tranken und spielten Karten, während Thomas erzählte und Karin ihn gebührend bewunderte.

»Du musst zusehen, dass du auch wieder ins wirkliche Leben kommst«, sagte er und wollte sie ermuntern.

Sie nickte und sagte: »Da ist nur etwas, das ich vorher in meinem Kopf noch auf die Reihe bekommen muss.«

»Dann schüttle ihn ein bisschen; sag mal, wenn du Angst hast, warum wendest du dich dann nicht an die Anwältin, der du so vertraust?«

»Ich vertraue nur mir selbst«, antwortete sie, fügte jedoch rasch hinzu: »Und natürlich dir!«

»Warum erzählst du mir dann nichts? Ich bin deine ganze Geheimniskrämerei langsam ein bisschen Leid.«

»Weil ich nichts weiß und nichts begreife. Ich versuche zu denken.«

»Wenn du Angst hast, kriegst du bestimmt Polizeischutz, du kannst hier doch nicht ewig untertauchen.«

»Da hast du Recht«, sagte sie nachdenklich. »Ich finde schon eine Lösung.«

»Jetzt versteckst du dich bereits zehn Tage. Du kannst dich doch nicht freiwillig so isolieren.«

»Ich isoliere mich nicht. Ich bin fast den ganzen Tag unten bei Fatima und Reza gewesen – und bei ihren vier Kindern. Reza rackert sich ab, um Arbeit zu finden, und Fatima hat eine Brustentzündung, weil einer der Zwillinge sie gebissen hat. Ich habe mich wirklich unheimlich nützlich gemacht, und außerdem habe ich gelernt, wie man Reis auf persische Art kocht, mit Zwiebeln und Safran. Karins Heimservice, ja wirklich.«

Die iranische Familie wohnte genau unter Kasper. Schon am ersten Tag war Karin mit ihnen in Kontakt gekommen, weil Fatima mit einem der Zwillingsbabies zum Arzt musste, das einen Anfall von Krupp, oder worum immer es sich handelte, bekommen hatte. Fatima war in ziemlicher Panik mit den Zwillingen auf dem Arm die Treppe heruntergekommen, die beiden anderen Kleinkinder hingen ihr am Rockzipfel, als Karin an jenem Vormittag Unterschlupf bei Thomas gesucht hatte.

Der kranke Zwilling hustete, keuchte und war violett im Gesicht, und Karin, die die Situation sofort begriff, sagte: »Bring ihn schnell zum Arzt, ich passe so lange auf die andern auf.«

Thomas würde ja doch erst am Abend nach Hause kommen.

Verblüfft bedankte sich Fatima für die Hilfsbereitschaft, warf Karin den gesunden Zwilling auf den Arm und sprang mit dem kranken in ein Taxi.

Und Karin stand mit drei kleinen, iranischen Kindern da. Das Baby schrie aus Leibeskräften, die beiden anderen im Alter von ungefähr drei, vier Jahren waren völlig stumm – vermutlich aus Furcht, weil sie sich plötzlich in der Obhut einer fremden Frau befanden.

Seitdem war sie einige Male bei der iranischen Familie gewesen und hatte ein paar Stunden des Tages mit Fatima und den Kindern verbracht.

Sie hatte Fatima auch anvertraut, dass sie sich

vor einem Mann versteckte, der ihr schaden wolle. Fatima verstand das voll und ganz. Sie kannte zahlreiche Geschichten von Frauen, die von Männern verfolgt und gequält wurden. Wegen ihres Verstecks werde kein Wort über ihre oder Rezas Lippen kommen. Sie würden sich bemühen, darauf zu achten, wer in die oberste Etage hinaufging. In allem würden sie aufmerksam sein, und Karin solle nur auf den Fußboden klopfen, wenn sie Hilfe brauche.

»Schön, dass du jemanden hast, mit dem du sprechen kannst«, sagte Thomas, »aber kann ich denn nichts tun, damit du ein normaleres Leben führst?«

»Du hast schon so viel getan. Ich bin dir zutiefst dankbar.«

»Das könntest du unter Beweis stellen, indem du mir den Rücken kratzt«, sagte er pfiffig und zog sein Hemd aus.

Puh! Das ist eine ekelhafte Angelegenheit. Der Staatsanwalt prüft gerade die verschiedenen juristischen Perspektiven. In diesem Fall vermutlich irgendetwas in Richtung Befangenheit oder Unterdrückung von Informationen«, sagte Halfdan Thor und sah Polizeichef Wagner an.

Da es um einen hohen Beamten ging und die juristischen Aspekte unklar waren, hatte Thor es für zweckmäßig gehalten, den Polizeichef unverzüglich zu verständigen.

Bei der morgendlichen Besprechung las Thor laut

aus dem Bericht vor: »Lene Beck, die Ehefrau des Kreisarztes, setzte den Unterzeichneten telefonisch davon in Kenntnis, dass die ermordete Linda Bertelsen die Geliebte ihres Ehemanns gewesen sei. Beweise meint sie darin zu sehen, dass das erwähnte Münchner Hotel Linda Bertelsens Halskette in einem Zimmer gefunden hat, das von Anders Beck am 4. und 5. Mai bewohnt wurde.

Der Unterzeichnete bat Lene Beck um einen persönlichen Besuch auf der Dienststelle, wo sie eine Erklärung abgab und die betreffende Halskette mit den Initialen Linda Bertelsens vorlegte. Bei der Halskette handelte es sich ursprünglich um ein Geschenk von Lene Beck an Linda Bertelsen. Aus diesem Grunde erkannte die Erstgenannte den Gegenstand sofort.

Es muss angemerkt werden, dass Lene und Anders Beck eine Ehescheidung anstreben. Nach den Angaben Lene Becks hat ihr Ehemann um die Scheidung gebeten, weil er eine Beziehung mit einer neuen Partnerin aufgenommen hat.

Im Folgenden setzte sich der Unterzeichnete telefonisch mit dem erwähnten Münchner Hotel in Verbindung und ließ sich von der Rezeptionsmanagerin Petra Zwickauf die Auffindung des Gegenstandes und Lene Becks Darstellung bestätigen. Man habe Lene Beck telefonisch verständigt und auf ihre Bitte hin die Halskette an die Adresse ihrer Boutique übersandt.«

In der sich anschließenden Pause sahen sich die

anwesenden Polizeibeamten gegenseitig an und warteten auf eine Stellungnahme des Polizeichefs. Die auch kam.

»Man sollte keine übereilten Schlüsse daraus ziehen. Immerhin gibt es verschiedene Möglichkeiten zu Fehlinterpretationen. Erstens sieht Frau Beck einer Scheidung entgegen. Sie könnte also gute Gründe haben, ihren Mann in Schwierigkeiten zu bringen. Beispielsweise, indem sie ein paar Halsketten vertauscht. Haben wir denn die Sicherheit, dass gerade diese Kette in dem fraglichen Hotelzimmer gefunden wurde?«

Er deutete auf die Kette, die in einer kleinen Plastiktüte auf dem Tisch lag.

»Zu 99,9 Prozent«, antwortete Halfdan Thor. »Das vom Hotel geführte Verzeichnis von Fundgegenständen enthält eine sehr genaue Beschreibung, die auch die Initialen auf dem Schloss einschließt.«

»Außerdem gibt es verschiedene Möglichkeiten, dass die Kette auf andere Weise in dieses Zimmer gelangt ist, als Lene Beck sich das vorstellt«, fuhr der Polizeichef fort, verstummte jedoch, weil ihm offensichtlich keine einzige dieser Möglichkeiten einfallen wollte.

»Am einfachsten ist es, wir fragen ihn selbst«, schloss er, als sei das eine ganz besonders originelle Idee.

»Das war auch mein Gedanke«, sagte Thor. »Ich erinnere mich, dass Beck beim ersten Besuch am

Tatort sagte, er habe die Frau womöglich schon einmal gesehen. Aber es ist ein kleiner Ort, und es war eine nette Frau.«

»Ein hübscher Käfer«, ergänzte Magnus Kohlman.

Halfdan Thor sagte nachdenklich: »Wenn ich jetzt darüber nachdenke, habe ich den Eindruck, dass Anders Beck im Kappelhøje-Fall äußerst gründlich und penibel vorgegangen ist. Zum Beispiel hat er auf einer Rekonstruktion bestanden, weil ihm der Schusswinkel ungewöhnlich vorkam. Aber wenn er ein Verhältnis zu der ermordeten Frau hatte, müssen wir ihn wohl als befangen bezeichnen.«

»Wir wollen dem Gang der Dinge nicht vorgreifen. Bitte ihn, dass er sich ein bisschen mit uns unterhält. Und ich wäre selbst gern dabei«, sagte Wagner zu Thor.

Hast du die ermordete Linda Bertelsen gekannt?«, fragte Halfdan Thor einleitend.

»Ja«, antwortete Anders Beck offen. »Auch im biblischen Sinne. Wir hatten ein kurzes Verhältnis, es endete drei Wochen vor ihrer Ermordung.«

»Erzählen Sie uns davon«, mischte sich Wagner ein.

»Ja, was gibt es da zu erzählen? Sie hat meiner Frau bei der Buchführung geholfen, und so sind wir in Kontakt gekommen. Zum ersten Mal sind wir Anfang April in Kopenhagen zusammen gewesen, zum letzten Mal in München, am 5. und 6. Mai.«

Thor und Wagner waren erstaunt über die Leichtigkeit, mit der Beck sich öffnete. Sie hatten ihm noch nicht mal das Beweismaterial, die Halskette vorgelegt.

»Warum hast du uns das nicht gesagt …?«, fragte Thor.

»Weil niemand gefragt hat, und weil ich das nicht für relevant hielt.«

»Daran, dass Sie befangen sein könnten, haben Sie nicht gedacht?«, fragte Wagner.

»Nein. Ich habe meine kurzfristige, oberflächliche Bekanntschaft mit der Ermordeten für bedeutungslos hinsichtlich der fachlichen Aufgabe gehalten, die ich lösen musste.«

»Oberflächliche Bekanntschaft?«, sagte Thor mit erstaunter Stimme.

»Ja, keiner von uns beiden hat dieser Affäre sonderliche Bedeutung beigemessen.«

»Handelte es sich um ein Prostitutionsverhältnis?«, fragte Wagner.

Beck lächelte breit und selbstsicher: »Nein, so weit ist es nicht gekommen. Ich habe nie bezahlen müssen.«

»Das Grinsen kannst du dir verkneifen«, sagte Halfdan Thor, der merkte, wie seine Irritation wuchs. »Wir haben hier einen kapitalen Mordfall, und zwei Verdächtige wurden inhaftiert. Und ich sehe es so, dass du wichtige Informationen zurückgehalten hast. Das kann ernst werden.«

»Und welche Bestimmung habe ich verletzt?«, fragte Beck gelassen.

Thor blieb ihm eine Antwort schuldig.

»Ja, gut«, sagte Wagner beschwichtigend. »Das lösen wir. Der Staatsanwalt sitzt dran, und wir richten eine Anfrage an die staatliche Gesundheitsverwaltung.«

»Womöglich hätte ich mich besser für befangen erklärt, aber ich hatte nicht diesen Eindruck, und ich konnte keine entsprechende Bestimmung finden ... und persönlich wäre es mir sehr in die Quere gekommen, wenn dieses alte Verhältnis bekannt geworden wäre. Zu dieser Zeit hatte ich nämlich schon meine neue Partnerin kennen gelernt, die ich heiraten werde, sobald das mit der Scheidung erledigt ist.«

»Wo warst du am Pfingstsamstag, den 2. Juni, und in der darauf folgenden Nacht zum Sonntag?«, fragte Thor.

»In London, mit Christine, meiner Verlobten. Ich hatte eine Menge Bonusmeilen gesammelt und sie eingeladen. Wir sind erst am Montag nach Hause gekommen. Das kann ich beweisen.«

»Wie gut für dich«, brummte Thor.

»Und München – wie hat sich denn das organisieren lassen?«, fragte er mit etwas schärferer Stimme.

»Mir gefällt dieser Ton nicht«, sagte der Kreisarzt zu Polizeichef Wagner.

»Damit werden Sie sich wohl abfinden müssen«, antwortete der Polizeichef in überraschender Solidarität mit Thor.

»Linda Bertelsen musste zwei Hunde bei einer Hundezucht in der Nähe von Nürnberg abliefern, und das hat sie so arrangiert, dass sie anschließend nach München kommen konnte, wo ich an einem medizinischen Kongress teilgenommen habe.«

»Du entsinnst dich, wie sehr wir nach einer Erklärung dieses Familiendramas gesucht haben, nach einem Motiv für Bertelsen. Hättest du uns nicht sagen müssen, dass du womöglich selbst dieses Motiv gewesen bist?«

»Das war ich nicht. Bertelsen war nicht eifersüchtig. Er war teilweise impotent, und die Aktivitäten seiner Ehefrau mit anderen Männern stimulierten ihn. Sie musste ihm immer über Einzelheiten berichten. Das hat sie mir in München erzählt, und deshalb habe ich Schluss gemacht. Ich hatte keine Lust, zur Unterhaltung in fremden Betten beizutragen. Von da an habe ich keinen Kontakt mehr zu ihr gehabt.«

Halfdan Thor sah ihn kalt an: »Alles, was du uns da erzählst, kann für die Ermittlungen von Bedeutung sein, und genau die Dinge hast du uns verheimlicht.«

»Ich habe die Relevanz nicht erkannt«, antwortete der Kreisarzt etwas kleinlauter.

»Diese Bewertung hätten Sie uns überlassen sollen«, meinte Wagner.

»Warst du bei der Einweisung der Journalistin Karin Sommer in das Kreiskrankenhaus beteiligt?«, fragte Halfdan Thor weiter.

»Ja, dienstlich – aber mit ihr hatte ich jedenfalls kein Verhältnis«, antwortete Beck rasch.

»Nein. Aber sie hatte den Eindruck, dass du im Kappelhøje-Fall etwas zu verbergen hast, und diesbezüglich hatte sie Recht. Sie ist zu Hause und im Krankenhaus Opfer von Überfällen geworden. Wir wüssten gern, wo du zum Zeitpunkt dieser Überfälle warst und was du getan hast.«

»Das ist doch nicht euer Ernst!«

»Doch. Und wir werden deine Angaben überprüfen.«

»Damit wird das zu einem mehr oder weniger öffentlichen Fall«, sagte der Kreisarzt entrüstet.

Thor zuckte mit den Schultern und sah in seine Notizen: »Dann sag uns doch bitte, was du in der Nacht zum Donnerstag, den 14. Juni, in der Nacht zum Freitag, den 22. Juni und in der Nacht zum Freitag, den 6. Juli gemacht hast.«

»Herrgott, das ist doch alles Wahnsinn. Soll ich Auskunft darüber geben, wie ich in die Vorstellungswelt eines paranoiden Frauenzimmers geraten bin?«, sagte der Kreisarzt und sah den Polizeichef flehend an.

»Und außerdem möchten wir dich um eine Blutprobe für ein DNA-Profil bitten«, fuhr Thor unbeeindruckt fort.

»Nein. Jetzt ist es genug. Werde ich wegen irgendetwas beschuldigt?«

Der Kreisarzt hatte sich erhoben und griff nach seinem Aktenkoffer, um zu betonen, dass er beabsichtigte zu gehen.

»Nein. Aber das kann sich sehr schnell ändern«, antwortete Thor.

»Es kann Sie auch entlasten, denn das DNA-Profil desjenigen, der in das Kreiskrankenhaus eingebrochen ist, ist uns bekannt«, sagte Wagner.

Beck sank erschöpft auf den Stuhl: »Dann habe ich wohl keine andere Möglichkeit?«

Er holte seinen elektronischen Organizer heraus. »Wie waren die Daten?«, fragte er.

»Die Nacht vom 13. zum 14. Juni?«, sagte Thor geduldig.

Beck fummelte am Organizer herum.

»Verdammt«, flüsterte er und erklärte: »Am Mittwoch, den 13., bin ich nachmittags von einer Konferenz in Brüssel zurückgekommen, ich bin aber sofort zu Christines Wohnung gefahren und habe bei ihr übernachtet. Zu Lene habe ich gesagt, ich komme erst am Donnerstag zurück. Wollt ihr jetzt Christine fragen?«

Thor nickte schwer.

»Und die Nacht zum 22. Juni?«

»Zu Hause bei Lene«, antwortete er.

»Und die Nacht zum 6. Juli?«

»Zu Hause bei Lene. Das kann sie bestätigen.«

»Wir werden sehen«, sagte Thor. »Hast du Linda Bertelsens Stieftochter Betina gekannt?«

»Hab sie nie gesehen, erst als sie tot war«, sagte Beck.

Wagner räusperte sich und sagte: »Wir werden Ihre Arbeit an diesem Fall von einem unbefangenen Gerichtsmediziner überprüfen lassen, und als sachverständiger Zeuge kommen Sie natürlich nicht mehr in Betracht. Ich möchte nicht verhehlen, dass unser Vertrauen zu Ihnen einen kleinen Knacks bekommen hat. Ganz unabhängig von den weiteren Ermittlungen in diesem Fall werden wir der Gesundheitsbehörde Meldung machen und bis zu einer Entscheidung ....«

»Mache ich Urlaub und gehe spazieren«, vollendete Beck den Satz.

»Das wäre eine ausgezeichnete Lösung, ja«, antwortete der Polizeichef erleichtert, der selbst nicht die Möglichkeit hatte, den Kreisarzt vom Dienst freizustellen.

Die Leiterin der Hauskrankenpflege, Krankenschwester Christine Erlandsen, bestätigte erstaunt Anders Becks Alibi für Pfingsten und für die Nacht zwischen dem 13. und 14. Juni. Sie hatte genau Tagebuch über ihre Zusammenkünfte geführt, weil sie gern schwanger werden wollte. Sie hörte das Ticken der biologischen Uhr, vertraute sie Kriminalassistentin Mette Skov an. Anders, ihr künftiger Ehemann, sei glücklicherweise einverstanden. Mehr als einverstanden, denn eine der Sorgen seines Lebens war, dass er keine Kinder hatte.

»Weswegen wird er verdächtigt?«, fragte sie.

»Es handelt sich nur um eine Routineüberprüfung«, antwortete Mette Skov beruhigend. »Er kann es Ihnen selbst erzählen ...«

Und das tat er am Abend. Er erzählte alles – sogar, dass er sich selbst suspendiert hatte, solange die Polizei und die Gesundheitsverwaltung und wen immer sie noch darin verwickeln würden über seine Situation verhandelten. Er selbst habe ein absolut reines Gewissen.

Christine hörte mit großen Augen zu und hielt den Atem an: »Du hast also ganz unberührt die Leichenschau bei einer Ermordeten vorgenommen, die du kurz vorher noch geliebt hast?«, lautete ihre erste Frage.

»Ich war nie in sie verliebt, das ist ein ganz unverbindliches, rein sexuelles Verhältnis gewesen, mehr nicht«, sagte er unsicher. »Du weißt, als Mann kann man ...«

»Gefühlskalt und unverbindlich vögeln«, unterbrach sie ihn und sah ihn forschend an.

»Mit dir ist das ganz anders«, sagte er verzweifelt und versuchte, sie in den Arm zu nehmen.

Sie befreite sich, und zum ersten Mal liebten sie sich in dieser Nacht nicht.

Lassen Sie mich nachdenken. Mein Mann ist nachts häufig weg gewesen. Er hatte ja seine Reisen, seine Konferenzen und seine Geliebten«, sagte Lene Beck zu Kriminalassistent Magnus Kohlman.

Nein, sie konnte sich beim besten Willen nicht erinnern, ob ihr Ehemann in der Nacht zwischen dem 13. und 14. Juni zu Hause war. Er hatte sein eigenes Schlafzimmer und konnte kommen und gehen, wie es ihm gefiel. Aber sie war sich völlig sicher, dass er in der Nacht zum 6. Juni nicht zu Hause gewesen war.

Am 5. Juni war der Geburtstag ihrer Schwester in Kalifornien, und sie erinnerte sich, dass sie nachts allein war und ihre Schwester angerufen hatte, wegen des Zeitunterschieds rief sie lieber nachts an.

»Es ist wichtig, dass Sie sich genau erinnern. Sind Sie absolut sicher?«

»Ja, ich bin mir völlig sicher«, antwortete sie ruhig. »Warum wollen Sie das wissen?«

»Es handelt sich nur um eine Routineüberprüfung«, lautete Kohlmans Routineantwort.

Donnerstag, 19. Juli

Halfdan Thor hatte ein führendes italienisches Restaurant in Amager ausgesucht, das er von einem früheren Besuch kannte und für exotisch, gut und preiswert hielt.

Tölpel, dachte Andrea Vendelbo und lächelte innerlich, als sie in einer Nebenstraße parkte. Ein Rendezvous in einer Pizzeria in Amager!

Nun, von einem Rendezvous konnte kaum die Rede sein. Halfdan hatte angerufen und sie eingeladen, weil er wegen einer Besprechung im Justizministerium ohnehin in der Stadt war – und außerdem gab es Neuigkeiten wegen der Überfälle auf Karin Sommer.

Um eine schäbige Pizzeria handelte es sich freilich nicht. Sie aß die beste Pasta ihres Lebens und einen hervorragenden Tomatensalat mit Mozzarella, gutem Olivenöl und frischem Basilikum.

»Ist mit Dagmars Ablieferung alles gut gegangen?«, fragte Halfdan, der in Wirklichkeit direkt von zu Hause gekommen war. Die Besprechung im Justizministerium war eine Erfindung.

»Prima, sie freut sich, wenn sie bei ihnen ist, und ich muss auch sagen, dass sie unheimlich nett zu ihr sind. Neulich hatten wir Streit. Ich war eifersüchtig, weil sie ihnen manchmal den Vorzug gibt. Sie haben Unmengen Zeit und ihr Lebensstil ist mehr laisser-faire, unkonventionell.

»Sie sollten froh sein, dass Sie die ganze Verantwortung teilen können«, sagte Halfdan. »Und die Freuden«, fügte er leise hinzu.

»Ich bin mir ein wenig abgeschoben vorgekommen, aber jetzt geht es wieder. Ich habe aufgehört, über unsere sonderbaren Familienverhältnisse nachzudenken. Irgendetwas Problematisches gibt es doch in jeder Familie, oder?«

»Ja, den Eindruck könnte man haben«, antwortete er, dachte ein wenig nach und fügte hinzu: »Ich hatte eine gute Ehe, aber ich bin mir nicht sicher, ob das Inger auch immer so empfunden hat. Das Schlimmste ist, wenn man ... allein zurückbleibt. Man kann nicht mehr fragen. Diese vielen unbeantworteten Fragen, die in der Luft hängen.«

»Wie lang waren Sie verheiratet?«

»Zehn Jahre. Aber gekannt haben wir uns das ganze Leben. Wir sind schon zusammen zur Schule gegangen. Ich habe sie wie eine Selbstverständlichkeit gesehen, wie ein Möbelstück, hat sie mal gesagt. Das ist mir selbst aufgefallen. Wir wurden immer mehr wie Bruder und Schwester. Für die Romantik ist das nicht so förderlich, oder?«

»Aber für die Sicherheit«, antwortete Andrea. »Und auf die Dauer ist Sicherheit das Wichtigste, glaube ich.«

»Na, ich weiß nicht so recht«, sagte Halfdan.

Eine Zeit lang aßen sie schweigend, dann erzählte Halfdan vom Verhör Anders Becks.

»Das ist ein gefühlskalter Dreckskerl, und es würde mich überhaupt nicht wundern, wenn sich herausstellt, dass er Karin Sommer diese Streiche gespielt hat. Er war entsetzt, als er den Eindruck hatte, dass wir sein Verhältnis zu Linda Bertelsen wieder ausgraben – und zwar entweder, weil er sie selbst ermordet hat, oder weil er in der Zwischenzeit die Geliebte gewechselt hat. Mitte nächster Woche haben wir sein DNA-Profil, und dann stehen wir bereit, das können Sie glauben ...«

»Eines muss ich ja sagen. Sie gehen schnell vor ...«, sagte Andrea Vendelbo, die ihr Vorurteil bestätigt sah, dass es Polizeibeamten manchmal schwer fällt, einen kühlen Kopf zu bewahren.

»Der Gedanke liegt nahe«, sagte Halfdan. »Er kommt an diese Schutzkleidung heran, und er weiß, wie man sie benutzt. Er sitzt in der Klemme, er ist zynisch genug, und wie eine Geisteskrankheit aussieht, weiß er auch.«

»Und der Bankraub vor 20 Jahren, der angeblich vom selben Täter begangen wurde?«, fragte Andrea.

Jetzt präsentierte Halfdan seinen Trumpf. Er

lehnte sich über den Tisch und sagte langsam und bedeutungsvoll: »Das Haus am Fjordstien hat er schon gekauft, als er noch Kandidat auf die Kreisstelle war – vier Monate nach dem tödlichen Raubüberfall.«

»Das beweist noch gar nichts«, sagte Andrea.

»Sie sind wohl mit Haut und Haaren Verteidigerin«, sagte er leicht gereizt.

»Solltet ihr nicht besser mit Kenneth und Bitten Pedersen fertig werden, bevor ihr andere wegen der Kappelhøje-Morde beschuldigt?«

»Vorläufig interessiert uns nur, ob Beck Karin Sommer überfallen hat und ob er derselbe Mann ist, der vor 20 Jahren einen Bankraub und einen Mord begangen hat. Ein Problem nach dem andern«, sagte Halfdan.

»Gut, dass Sie das alte Haarbüschel noch haben«, sagte Andrea. »Das Klischee, dass was lange währt, endlich gut wird, hat eine neue Bedeutung erhalten.«

Als Verteidigerin hatte sie ursprünglich zwar Bedenken hinsichtlich der DNA-Fingerabdrücke als Beweismaterial gehabt, mittlerweile aber einige Mal erlebt, dass die DNA-Profile auch Verdächtige entlasten konnten. Insgesamt war diese Technik wohl ein positiver Fortschritt.

»Und was ist mit Lene Beck?«, fragte sie.

»Mit Lene Beck, was meinen Sie?«

»Sie ist doch auch dabei gewesen, als er dieses

Haus vor zwanzig Jahren gekauft hat. Sie hatte ein klassisches Motiv für einen Mord an Linda Bertelsen, und vielleicht wollte sie sich an ihrem Mann rächen, indem sie eine Spur im Kreiskrankenhaus legte.«

»Sie haben sie selbst kennen gelernt«, sagte Halfdan, als sei damit alles gesagt, und fuhr fort: »Und wenn wir wirklich schwarz sehen wollen: Haben Sie sich mal die Möglichkeit überlegt, dass Karin Sommer das Ganze in Wirklichkeit selbst arrangiert haben könnte. Bei psychischen Krankheiten weiß man doch nie, oder?«

»Natürlich habe ich mir das überlegt. Darauf haben sich doch am Anfang alle festgelegt, aber dann war da dieser Stofffetzen«, sagte Andrea.

»Die Kriminaltechniker sind sich noch immer nicht sicher wegen dieser Abrisskante. Der Fetzen kann auch früher abgerissen und zur Untermauerung ihrer Verfolgungsgeschichte angebracht worden sein. Paranoide Menschen haben häufig das starke Bedürfnis, ihre Umgebung zu überzeugen«, schlug er vor.

»Ich verstehe gut, dass sie es vorgezogen hat unterzutauchen, wenn Sie immer noch mit dieser Theorie operieren«, sagte Andrea und fuhr mit der systematischen Erörterung des Falls fort: »Ich gehe davon aus, dass Sie den Bruder gründlich überprüft haben?«

»Klaus Sommer? Natürlich. Er ist in Pantoffeln

und Schlafanzug zum Tatort gekommen, und seine Frau hat seine Alibis für jene Nächte bestätigt, in denen die Schwester überfallen wurde. Am Telefon hat sich nämlich immer seine Frau gemeldet, die nächtlichen Gespräche mit seiner Schwester hat sie ihm überlassen. Wenn man den Supermann kennt, dürfte der Verdacht gegen ihn wohl im Grenzbereich des Theoretischen liegen.«

»Mit Vorurteilen muss man vorsichtig sein – auch mit positiven«, sagte Andrea, die ihr Gedankenexperiment aufgab, der Bruder könnte mit seiner Schwester gemeinsam hinter den Überfällen stecken.

»Ja«, schloss Halfdan Thor. »So wie die Dinge jetzt stehen, ist Anders Beck mein bestes Angebot, lassen wir ihn also auf kleiner Flamme köcheln, bis das DNA-Profil fertig ist.«

»Gehen Sie oft aus?«, wechselte er jäh das Thema.

»Öh ... ja. Zu Fachveranstaltungen, sonst habe ich ja Dagmar«, antwortete sie und fügte hinzu: »Ich komme mir auch ein wenig zu alt vor, um abends in Cafés herumzuhängen, aber manchmal gehen wir mit Freunden und Kollegen aus, Dagmar und ich. Auch durch den Kindergarten lernt man ja Leute kennen, Kindergeburtstage und so weiter. Meine beste Freundin forscht zurzeit leider an einer amerikanischen Universität. Schön für sie.«

Sie war ein wenig verlegen, weil sie über ihr Privatleben berichten sollte, das sie selbst als unzulänglich empfand.

Er beugte sich vor und fragte: »Und was ist mit Musik? Theater? Kino?«

»Küche, Kirche und Kinder«, antwortete sie ironisch, und dann kam das befreiende Gelächter.

»Schön, ich habe mir immer ein Straminkissen mit aufgesticktem Kopf eines Polizeihundes gewünscht«, sagte er.

»Und wie steht es bei Ihnen mit der Freizeit?«, antwortete sie mit einer Gegenfrage.

»Ungefähr genauso. Die Jungen, das Haus und die Schafe beanspruchen den größten Teil meiner Freizeit. Ab und zu schaue ich mir Sportveranstaltungen an und trinke mit den anderen Fußballbrüdern ein Bier, werde zu Kollegen eingeladen, und manchmal meint eine Frau, sie müsse gegen meinen Familienstand etwas unternehmen ...«

Sie betrachtete ihn nüchtern und sagte: »Komisch. Allein stehende Väter sind für Frauen sehr attraktiv, aber allein stehende Mütter haben auf dem Hochzeitsmarkt nicht denselben Kurs.«

»Ich kann mir nicht vorstellen, dass Sie Probleme haben.«

»Vielen Dank«, sagte sie. »Ich bin ganz zufrieden mit meinem Singledasein.«

Was er als nette Absage verstand, die es zu respektieren galt, weshalb er zum Fachlichen zurückkehrte.

»Ich weiß, dass es manchmal Zufälle gibt, aber wir haben hier eine ganze Reihe, oder? Der Mord an Monika, die Betina Bertelsen und Boris Garmatschek kannte. Und dann die Kappelhøje-Morde an Betinas Vater und ihrer Stiefmutter, eine Woche später der Mord an Betina und die Liquidierung von Boris Garmatschek. Man könnte geneigt sein anzunehmen, dass da ein Zusammenhang vorliegt«, sagte Andrea.

»Ich glaube mehr an Zufälligkeiten. Betina und Monika waren in einer gefährlichen Branche tätig. In unserem Land gibt es acht oder neun ungeklärte Prostituiertenmorde. Und Boris Garmatschek hat sich seine lebensgefährliche Beschäftigung als Mafioso selbst ausgesucht. Ich glaube schon, dass wir ganz sicher sein können, den Kappelhøje-Mörder festgenagelt zu haben.«

»Das dürfte der erste Lotto-Mord in Dänemark sein.«

»Aber kaum der letzte.«

»Und was geschieht im Fall Garmatschek?«

»Einiges. Unsere Leute haben aus Litauen lange Listen mit seinen dänischen Kontaktadressen mitgebracht, und wir haben nun mit den Ermittlungen und Verhören begonnen. Er hatte eine Beratungsfirma in Vilnius, die dänischen Unternehmen, die sich in Litauen niederlassen wollten, behilflich war. Ein vielseitiger Herr. In der umgekehrten Richtung hat er Frauen exportiert und sie in seinen Eigentumswohnungen und Häusern untergebracht. Eine Sondergruppe der Reichspolizei beschäftigt sich mit diesem Teil seiner Tätigkeit, den er eigentlich ziemlich offen betrieben hat.«

»Das ist auch noch nicht so lange, dass die Polizei ganz modern ist und diese Form des Menschenhandels bekämpft?«, sagte Andrea.

»Ja«, räumte er zögernd ein. »Generell hatte man anfangs wohl einige Schwierigkeiten, in der Prostitution ein großes gesellschaftliches Problem zu sehen, aber ich meine, das ist ein widerlicher Transfer mit den Armen. Wenn sie wenigstens das Geld behalten dürften.«

Er hielt es für angemessen, das Thema zu wechseln.

»Unsere Computerspezialisten arbeiten hart an den Codes von Garmatscheks Korrespondenz. Die Codes sind wirklich schwer zu knacken. Jedes Mal, wenn wir einen neuen Entschlüsselungstrick entwickelt haben, hat die andere Seite schon fünf Gegentricks«, seufzte er.

»Mittlerweile wissen alle, dass sie ihre Handys bei einem Einbruch ausschalten müssen«, sagte sie und fuhr fort: »Haben die Gerichtsmediziner den Zeitpunkt des Todes von Betina Bertelsen feststellen können?«

»So ungefähr. Sie nehmen an, dass der Tod am 7. Juni plus/minus 24 Stunden eingetreten ist. Der 7. Juni war der Tag, an dem sie sich mit Karin Sommer treffen sollte. Karin Sommer zufolge wollte sie an diesem Tag im Ort oder in der Umgebung etwas erledigen.

Die Kriminaltechniker meinen, dass der Fundort nicht der Tatort ist und dass die Leiche zu einem fünfzig Meter entfernten Waldweg gefahren worden ist und das letzte Stück zum Fundort geschleift wurde. Weil sie erst fünf Wochen später gefunden wurde, ist es schwer, Zeugen zu finden, die am betreffenden Tag irgendwelche Aktivitäten im Wald bemerkt haben. Die Rekonstruktion im Fernsehen hat Hinweise auf zwei Autos erbracht, einen dunkelgrünen Personenwagen und einen hellen Kastenwagen, aber die Fahrer haben sich nicht gemeldet.«

»Auch Kenneth Pedersen hat von einem Kastenwagen bei Bertelsens Haus gesprochen«, schob Andrea ein.

»Das ist uns auch aufgefallen, aber wegen des Kastenwagens, der am 7. Juni im Wald gesehen wurde, gibt es Unsicherheiten. Als wir ihn ein wenig ausgequetscht haben, meinte der Zeuge, er könnte das Auto auch am 6. oder 8. oder an irgendeinem andern Tag gesehen haben. Eine unserer Theorien lautet, dass Kenneth Pedersen ein Auto zur Verfügung hatte – oder dass er eines gestohlen hat. Wir überprüfen gerade die Liste gestohlener Autos nach grünen Personenwagen und hellen Kastenwagen. Wir wissen, dass Betina am Abend des Pfingstsamstags von ihrem Vater angerufen wurde, und sehr wahrscheinlich hat er ihr da von seinem Lottogewinn erzählt. Dann kommt es zu der Bluttat, und der Lottoschein ist verschwunden.«

»Aber hat sie denn nichts von dem Lottogewinn gesagt, als sie von der Polizei verhört wurde?«

»Junge Frauen vom Typ Linda Bertelsen sagen bei der Polizei so wenig wie möglich. Sie haben kein Vertrauen zur Ordnungsmacht, vielleicht haben sie auch keinen Grund dazu. Also wendet sie sich an die Nachbarn, weil sie weiß, die beiden waren durch Illustrierte, Glücksspiele und Bier eng mit den Opfern verbunden. Lassen wir unsere Fantasie spielen: Kenneth und Bitten Pedersen sagen zu ihr, ja, den Lottoschein haben wir für dich sichergestellt. Du brauchst ihn nur abzuholen ...«

Der Rest war beredtes Schweigen. Andrea versuchte sich den Zeitablauf zu vergegenwärtigen.

»Wenn feststeht, dass Betina ungefähr am 7. Juni ermordet wurde, dann ergibt die E-Mail von *freigebig@hotmail.com.* an die ›reiche Erbin‹ keinen Sinn, denn sie wurde am 13. Juni an Karin Sommer alias *kappelhoejemaedchen@hotmail.com* geschickt. Jedenfalls kann sie kaum von Betinas Mörder stammen.«

»Im Internet gibt es eine Unmenge sonderbarer und sinnloser Kommunikation. Das kann auch von irgendeinem Zwölfjährigen stammen, der sich aufspielen wollte«, antwortete Halfdan und zuckte mit den Schultern.

Er war über den Verlauf des Abends enttäuscht. Er hatte sich vorgestellt, es könnte in ihrer Beziehung vielleicht zu einem entscheidenden Durchbruch kommen, da dieses Mal ihre Kinder nicht dabei waren, hatte jedoch das Gefühl, dass sie ständig die Krallen ausfuhr und sich an den fachlichen Inhalt klammerte.

»Noch etwas Wein?«, fragte er.

Sie schüttelte den Kopf. »Nein, vielen Dank, ich hätte lieber einen Strega zum Kaffee.«

»Strega? Was ist das denn?«

»Wie wenn man den Barbier von Sorrento küsst«, antwortete sie und lächelte.

»Haben Sie das versucht?«

»Mmh, ja, in grauer Vorzeit. Auf der klassischen Interrail-Bildungsreise nach dem Abitur.«

»Und wie war das – den Barbier von Sorrent zu küssen?«

»Wie wenn man Strega trinkt«, antwortete sie.

»Prost, auf den Barbier von Sorrent«, sagte er, als beide an ihren Stregas nippten.

Er sah einen Schimmer in ihren Augen, der ihn davon überzeugte, dass ganz tief im Innern dieser kühlen Juristin eine herzliche, muntere Frau wohnte. Diese Frau hatte den Barbier von Sorrent geküsst, und Thor wollte diese Frau finden.

»Ach du liebe Güte, morgen habe ich vier Mandantentermine, zwei Gefängnisbesuche und eine Gerichtsverhandlung. Ich muss nach Hause, auf mein Kopfkissen«, sagte sie, als sie ihre Gläser geleert hatten.

Verdammt noch mal. Ich habe eine ganz fantastische Geschichte. Frag mich nicht woher, ein Journalist darf niemals seine Quellen preisgeben. Aber ich habe aufgeschnappt, dass Kreisarzt Beck suspendiert wurde.«

Thomas war vor Begeisterung fast außer Atem und verstand das Licht, das in Karins Augen aufleuchtete, als Auszeichnung.

»Erzähl, erzähl.«

Hinterher legte sie Musik auf und schlug vor, sie sollten tanzen.

»Heute Abend bin ich so vergnügt«, sagte sie und strahlte wie die gute, alte Karin.

»Das ist das Süße an dir. Das mag ich so. Du kannst dich gut für andere freuen«, sagte er und walzte mit ihr herum.

Freitag, 20. Juli

Normalerweise fluchte Halfdan Thor nicht, und wenn ihm etwas gegen den Strich ging, beschränkte er sich darauf, zwischen den Zähnen hervorzuzischen: »Zum Teufel!« So auch an diesem Morgen, als er den Bericht der Computerspezialisten über Kenneth Pedersens Aktivitäten im Internet gelesen hatte.

Kenneth Pedersen hatte vom 7. Juni an im Internet nach Betina Bertelsen gesucht, zunächst unter ihrem eigenen Namen, dann hatte er mit ungefähr zwanzig anderen Betinas Kontakt aufgenommen.

Kenneth Pedersen war außerdem identisch mit dem Absender *freigebig@hotmail.com*, der am 13. Juni an das Kappelhøje-Mädchen geschrieben hatte, dass es vielleicht eine reiche Erbin sei, dem Ausdruck zufolge steckte er jedoch nicht hinter den Reimereien über einen toten Papagei von *vogelfaenger@hotmail.com* am 7. Juni.

Das Material erschütterte die Theorie, die Thor um die Ermordung der Familie Bertelsen, Bertelsens Tochter eingeschlossen, entwickelt hatte.

Die Gerichtsmediziner hatten festgestellt, dass Betina Bertelsen ungefähr am 7. Juni getötet wurde. Kenneth Pedersen hätte wohl kaum im Internet nach einer Frau gesucht, die er bereits ermordet hatte. Es sei denn, er wäre so clever gewesen, gerade diese Ermittlungssituation vorherzusehen, aber so clever war er nicht, entschied Thor.

Nun gut, vorläufig wurde Kenneth Pedersen nur des Mordes am Ehepaar Bertelsen und dessen gemeinsamem Kind beschuldigt, aber Thor war sich so gut wie sicher gewesen, dass er damit auch Betinas Mörder festgesetzt hatte.

»Mit anderen Worten, wir befinden uns in einer Situation, in der wir einräumen müssen, dass die beiden Fälle nichts miteinander zu tun haben, und wir sollten die Ermittlungen im Betina-Fall intensivieren. Ich möchte also um zusätzliches Personal und um die weitere Unterstützung durch die mobile Einsatzgruppe in Kopenhagen bitten«, beendete er sein Referat bei der morgendlichen Besprechung.

Die Personalanforderung wurde bewilligt, insgeheim aber kämpfte Thor gegen eine bohrende Unruhe, das Gefühl, eine tragende Karte seines logischen Kartenhauses sei entfernt worden und das Ganze sei ins Schwanken geraten. Gab es zwischen beiden Fällen einen völlig anderen Zusammenhang? Oder war es wirklich reiner Zufall, dass die Mitglieder einer Familie binnen einer Woche im selben geografischen Gebiet ermordet wurden?

Andrea hatte einen hektischen Tag. Zu hektisch, um alles so gut zu erledigen, wie ihr Perfektionismus es gebot. Das versetzte sie in Stress, und Stress drückte sich bei ihr in einem zerstreuten Blick und einem verkrampften Zug um den Mund aus, der Freunde und Bekannte fragen ließ: Bist du sauer?

»Nein«, antwortete Andrea ihrem Sozius Steen Larsen. »Ich bin nicht sauer, aber ich habe zu viel zu tun, um die Stimmungskanone spielen zu können. Und obendrein habe ich gerade noch erfahren, dass ich am Montag zu einer Beerdigung nach Jütland muss. Eine Großtante, 89, keine Tragödie, aber der Familie zuliebe muss ich hin.«

Sie machte sich nichts aus Beerdigungen, gleichgültig wie nah sie dem Verstorbenen auch stehen mochte. Im Sarg sah sie stets das Ziel und im Trauergefolge eine Warteschlange. Wir alle stehen in der Schlange. Wir wissen nur nicht, welche Nummer wir haben, dachte sie jedes Mal in der Kirche.

Nun, man musste das Beste draus machen, so lange das Leben dauert. Sie fragte Steen, ob er mit ihr zur Entspannung eine Tasse Kaffee trinken wolle.

»Wenn es für mich auch ein Bier sein darf, ja«, antwortete er.

Sie sprachen über seinen Termin mit Lene Beck.

»Sie ist wirklich verbittert«, sagte er.

»Kann ich mir vorstellen.«

»Womöglich gibt es ein wenig Hin und Her wegen ihres Unterhalts, aber sonst ist das reine Routine, ›Auseinandersetzung des ehelichen Guts‹ und so weiter.«

»Ihr Mann ist in Schwierigkeiten«, berichtete Andrea.

»Das weiß ich, Mitleid hat sie jedenfalls nicht mit ihm.«

»Welchen Eindruck hast du von ihr ... glaubst du, sie könnte einen Mord begehen?«

»Vertrittst du nicht immer die Theorie, unter bestimmten Umständen könnten wir alle zu Mördern werden?«, antwortete er mit einer Gegenfrage.

Sie nickte, und er sagte: »Ich habe den Eindruck, dass sie nach außen hin eine sehr selbstbestimmte oder besser: sich selbst inszenierende Frau ist, dass hinter dieser wohlgepflegten Fassade aber eine große Angst vor dem Gefühl Ich-Weiß-Nicht-Was-Ich-Tun-Soll steckt.«

»Und Angst ist die Mutter der Aggression.«

»Oha, wie tiefsinnig! Offen gesagt, es fällt mir schwer, die nette Frau Beck in der Rolle einer südseeländischen Serienmörderin zu sehen.«

Steens Frau, sie war Webdesignerin und verfügte über ein größeres persönliches Einkommen als Steen und Andrea zusammen, stieß zu ihnen und bestand darauf, dass Andrea mit zum Essen nach Hause kommen sollte. »Wir holen einfach irgendwas aus dem Kühlschrank und stellen es auf den Gartentisch«, schlug sie vor.

»Zum Beispiel diesen russischen Kaviar.«

»O nein, nicht schon wieder Kaviar«, wehrte Andrea ab.

Sie war nicht schwer zu überreden. Dagmar war bis Montagabend bei ihrem Vater, und Steen und Vibeke gehörten zu ihren besten Freunden. Sie kannten einander vom Studium, das Vibeke abgebrochen hatte, um sich auf die neue Informationstechnologie zu stürzen. Mutig und weitsichtig, wie sich gezeigt hatte.

Ihre Freundschaft war so, dass sie sich ehrlichen Herzens über Erfolge des andern freuten und offen eingestehen konnten, wenn einer von ihnen sich blamiert hatte. Andrea war vergnügt, und sie fühlte sich erleichtert, als sie gegen Mitternacht mit dem Taxi nach Hause fuhr.

In diesem behaglichen Augenblick des Dösens, als sie fast einschlief, tauchte es plötzlich wieder auf – dieses Gefühl, sie habe etwas Wichtiges übersehen. Sie wurde hellwach.

Zum ersten Mal hatte sie diese vage Assoziation gehabt, als Thor ihr von dem zwanzig Jahre alten Bankraub und dem DNA-Profil erzählte, was aber wollte das Unterbewusstsein ihr jetzt mitteilen?

Zehn Minuten später stand sie auf, suchte Karin Sommers langen Bericht und begann zu lesen.

Halt! Da stand es. Karin Sommer hatte geschrieben: »In Betina Bertelsens Müllsack habe ich außerdem einen zerknüllten Papierfetzen mit einem computergeschriebenen Text gefunden. Auf dem Papier standen nur wenige Worte: »... *nun aber festgestellt* ...« Der Rest der Zeile fehlte, der Anfang der nächsten Zeile ebenfalls. Die letzten Worte lauteten »... *mit rückwirkender Kraft* ...«.

Selbstverständlich. Rückwirkende Kraft! Sprachlich ein wenig unsinnig, die Aussage aber war deutlich: Nun kann man mit rückwirkender Kraft sehen, oder vielmehr: Mittlerweile kann man mit rückwirkender Kraft beweisen. Dem Verfasser dieses Textes war bekannt, dass man mittlerweile alte Spuren auf DNA-Fingerabdrücke untersuchte, und er hatte irgendjemanden informieren, warnen oder erpressen wollen.

Jedenfalls konnte es sich so verhalten, dachte sie.

Beck? Auf welcher Konferenz war er in München eigentlich gewesen?

Fast alle Konferenzen wurden mittlerweile im Internet angezeigt. Sie hatte Glück, als sie »Anders Beck, München« eingab und als einen der ersten Treffer erhielt: »Teilnehmerliste. Europäische Konferenz über den DNA-Fingerabdruck als Beweis in neuen und alten Strafsachen«.

Sie sah auf die Uhr. Es war kurz nach eins, aber er hatte schließlich gesagt, sie könne jederzeit anrufen. Und sie hatte auch kaum ihren Namen genannt, als er sie schon unterbrach: »Nein, wie nett, dass Sie anrufen. Die Jungen schlafen, und ich trinke gerade einen Whisky-Soda und denke über das

Leben und den Tod nach und über das, was dazwischen liegt.«

Er hörte interessiert – wenn auch persönlich ein wenig enttäuscht – zu. Für einen kurzen Augenblick hatte er gehofft, sie wolle ein nettes Privatgespräch führen.

»Falls mit ›rückwirkende Kraft‹ die DNA-Profile in alten Fällen gemeint sind, dann solltet ihr euch dafür interessieren, was vor zwanzig Jahren passiert ist«, sagte sie.

»Das tun wir schon. Die Spezialgruppe hat die ganze Sache wieder aufgenommen. Morgen holen wir uns Beck zu einem weiteren Verhör. Ich glaube, seine Lunte brennt, und sie wird kürzer.«

Was heißt es, Mensch zu sein, und wie müssen wir uns miteinander einrichten? Statt mich an einer originellen Antwort auf diese philosophische Frage zu versuchen, will ich mich damit begnügen, meiner großen Zufriedenheit Ausdruck zu geben, dass ich in einer Zeit leben darf, in der die Prinzipien des Marktes schließlich auch auf menschliche Beziehungen angewendet werden.

Oder richtiger: In einer Zeit, in der man die Gesetze des Marktes auch als Richtlinien des persönlichen Handelns sehen kann – statt seine Zuflucht bei einem verschleiernden ideologischen Überbau zu suchen.

Der Markt beruht auf zwei grundlegenden Vorstellungen von menschlichem Verhalten: dem Drängen des Käufers auf größtmögliche Befriedigung seiner Bedürfnisse und dem Streben des Verkäufers nach größtmöglichem Verdienst.

Wir können dies mit Ausflüchten und mit einem religiösen oder moralischen Firnis versehen, das aber ist der Kern: Befriedigung der Bedürfnisse und Maximierung des Profits.

Der Markt ist Gott.

Und meine persönliche Ethik beschäftigt sich damit, was in meiner Rolle als Käufer oder Verkäufer konkret und abstrakt für mich nützlich ist.

Das ist fair, unkompliziert und global.

Für jemanden, der diese neue Wahrheit über die Weltordnung erkennt, ist das Leben einfach, und der Tod verliert seinen Stachel.

Das Leben ist einfach, weil wir uns zielgerichtet an der Befriedigung der Bedürfnisse und der Gewinnmaximierung orientieren können, ohne von moralischen Skrupeln gequält zu werden.

Der Tod verliert seinen Stachel, weil wir unsere unwichtige Rolle als kleiner Bestandteil der Mechanik des Marktes erkennen.

Samstag, 21. Juli

Halfdan Thor hatte das Gefühl, Kenneth Pedersen schon einmal gesehen zu haben, aber das war kein Zufall. Pedersen gehörte lediglich zu den Gestalten, denen man bei der Polizeiarbeit ziemlich häufig begegnet. Dicklich, dümmlich, frech, vor allem aber geprägt von abgrundtiefer kultureller Armut. Und vielleicht ist die kulturelle Armut der eigentliche Kern in diesem verpatzten Leben, dachte er, als er die scheel blickende Erscheinung betrachtete, die ihm gegenübersaß.

»Wir wissen jetzt, dass Sie sich am Mittwoch, den 13. Juni, bei Jeanette und Jesper Lund in Rødovre gemeldet und nach Betina Bertelsen gefragt haben. Wir wissen auch, dass Sie vom 7. Juni an mit Hilfe des Internets eine Zeit lang nach Betina Bertelsen gesucht haben. Warum waren Sie so interessiert an einem Kontakt zu Betina Bertelsen?«

»Hältst du mich für so ein gemeines Arschloch?«, fragte Pedersen vorwurfsvoll.

»Äh ...«

»Ihr Vater hat schließlich gesagt, sie soll 75 000

Kronen kriegen. Glaubst du, ich hab sie bescheißen wollen?«

»Darüber habe ich keine Meinung. Im Prinzip haben Sie sich immerhin ihr Erbe angeeignet, als Sie diesen Lottoschein raubten.«

»Fanden«, korrigierte Pedersen.

»Sie haben also nach ihr gesucht, weil Sie ihr 75000 Kronen übergeben wollten?«

»Was hast du denn gedacht?«, fragte Pedersen beleidigt.«

»Dass Sie nach ihr gesucht haben, um sie zu ermorden, so wie Sie auch ihren Vater, ihre Stiefmutter und ihren Halbbruder ermordet haben«, antwortete Halfdan Thor, der Pedersen nicht verraten wollte, dass Betina nach allen Erkenntnissen bereits seit dem 7. Juni tot war.

»Mann, du bist krank im Kopf. Mit dir rede ich nicht mehr.«

»Sie haben das Recht, die Aussage zu verweigern«, sagte Thor und verließ den Verhörraum sehr nachdenklich.

Aus unerforschlichen Gründen glaubte er diesem Mann. Man ermordet nicht drei Menschen, um an einen Lottogewinn zu kommen und ihn anschließend zu teilen.

Vielleicht ist es am besten, wir legen eine Pause ein?«, sagte Christine.

»Pause?«, sagte Anders Beck und sah ausnahmsweise einmal ziemlich einfältig aus.

»Ja, ich halte unsere Beziehung nicht gerade für optimal«, sagte Christine. »Ich glaube, wir sollten das ein wenig evaluieren.«

»Verschon mich bitte mit deinen halbakademischen Krankenschwester-Floskeln«, sagte Anders in einem jähen Anfall von Gereiztheit.

Er merkte, wohin der Hase lief, seit er am Dienstag sein früheres Verhältnis zu Linda Bertelsen eingestanden und sich vorübergehend von seinem Dienstposten zurückgezogen hatte.

Immer wieder hatte Christine ihn nach dem Verhältnis zu Linda Bertelsen gefragt. Wenn er antwortete, das sei eine ganz bedeutungslose Angelegenheit gewesen, machte sie ihm Vorwürfe, er verhalte sich oberflächlich und frauenverachtend. Sagte er das Gegenteil, natürlich habe es eine gewisse Zuneigung zu seiner ehemaligen Geliebten gegeben, schloss sie daraus, er müsse pervers sein, weil er ungerührt an ihrer Obduktion hatte teilnehmen können.

So hatten sie sich viermal vierundzwanzig Stunden im Kreis bewegt, und er war müde, müde, sehr müde.

»Ich bin einverstanden. Wir legen eine Pause ein, ich bin ja auch nicht mehr die attraktive Partie wie vor einer Woche«, antwortete er kühl.

Und dann klingelte sein Telefon.

»Ja, gut, in einer Stunde«, antwortete er kurz.

»Pause von unbestimmter Dauer«, sagte er und verließ ihre Wohnung, ohne sich umzudrehen.

Wir möchten dich um eine neue, detaillierte Darstellung über alles bitten, was ihr, du und Linda Bertelsen, in München unternommen und worüber ihr gesprochen habt«, sagte Halfdan Thor. Die altbewährte Strategie: Verhör auf Verhör, Wiederholung auf Wiederholung – bis im Verteidigungswerk ein Riss entsteht, ein Widerspruch, ein kleiner Versprecher. Oder bis ein plötzlicher Erinnerungsblitz neue Erkenntnisse zu Tage fördert.

Vor ihm auf dem Tisch lag das Konferenzprogramm.

»Kommen wir zu den Nachmittagsreferaten. Aus dem Programm geht hervor, dass sie sich alle mit der Frage beschäftigten, wie man alte, unaufgeklärte Fälle mit Hilfe der DNA-Fingerabdrücke … Hier, wer ist das, worüber hat er gesprochen?«

»Ein amerikanischer Professor, der über einige Fälle berichtete, in denen zum Tode verurteilte Gefangene mit Hilfe eines DNA-Profils freigekommen sind. Die neue Technik hat einige unschuldig Verurteilte im letzten Moment vom elektrischen Stuhl und vor den Todesspritzen retten können. So etwas stimmt ziemlich nachdenklich«, sagte Anders Beck.

»Gelinde gesagt«, brummte Thor. Der Mann, der

ihm am Tisch gegenübersaß, machte einen provozierenden, arroganten Eindruck, dennoch kamen Thor gewisse Zweifel. Er konnte sich diesen bedächtigen, eleganten Mann nicht in der Rolle eines verrückten nächtlichen Gastes vorstellen und erst recht nicht als Bankräuber und Mörder.

Unwillkürlich sah Thor auf die langen, weißen Finger des Arztes, deren Nägel so gepflegt waren, dass man spekulieren konnte, ob er sie polierte oder farblosen Nagellack benutzte. Seine ganze Erscheinung strahlte eine Frische und Sauberkeit aus, gegen die die gesamte Umgebung schmuddelig wirkte.

Möchte wissen, ob er sich jeden Morgen desinfiziert, dachte Thor und verbarg seine Hände unter dem Tisch. Unter mindestens drei Nägeln hatte er schwarze Trauerränder entdeckt.

»Warst du den ganzen Nachmittag im Konferenzraum?«

Beck nickte. »Das Thema war außerordentlich interessant.«

»Und als die Vorträge zu Ende waren?«

»Bin ich auf mein Zimmer gegangen.«

»Euer Zimmer. Linda Bertelsen wohnte auch dort«, korrigierte Thor.

Beck holte tief Luft. »Ja. Sie ist auch auf dem Zimmer gewesen.«

»Was habt ihr gemacht?«

»Bist du ein Verbalerotiker?«, lautete Becks scharfe Gegenfrage.

»Wie bitte?«

»Ja, macht es dir Spaß, Einzelheiten zu hören?«

»Ich bin so frei. Das ist ein Verhör, und ehrlich gesagt …«

»Entschuldigung. Ja, wir haben uns ein bisschen im Zimmer herumgewälzt und ein Bad genommen, dann sind wir essen gegangen. Ich hasse die Büfetts in diesen Konferenzhotels. Die Selbstbedienung hat sich der Teufel einfallen lassen. Das ist so vulgär.«

Mit Hilfe eines Stadtplans und des Führers, der den Konferenzunterlagen beilag, fanden sie das Restaurant, in dem Beck und seine Geliebte ihre nichtvulgäre Abendmahlzeit eingenommen hatten.

»Weißt du noch, worüber ihr gesprochen habt?«

»Sie hat vor allem von ihren Hunden erzählt, wie schön sie sind und wie viele Preise sie gewonnen haben.«

»Habt ihr nicht über euer Verhältnis, eure Ehen und so etwas gesprochen?«

»Nein, ich habe das Feld von Anfang an immer klar abgesteckt. Habe ihnen gesagt, dass ich glücklich verheiratet bin und es auch bleiben will.«

»Du lebst doch in Scheidung?«

»Verschiedenes deutet darauf hin, dass ich da einen Fehler gemacht habe, aber das ist meine Privatsache.«

Thor gestattete ihm, seine ehelichen Erwägungen für sich zu behalten, und kam auf das Essen mit Linda Bertelsen zurück.

»Habt ihr euch darüber unterhalten, was du tagsüber auf der Konferenz erlebt hast?«

Er hatte den Eindruck, dass Beck sich wirklich Mühe gab, seine Erinnerungen an die Oberfläche zu befördern: »Lass mich nachdenken, lass mich nachdenken«, sagte er und verbarg sein Gesicht in den Händen. »Doch«, sagte er, »über diese Geschichte von dem Schwarzen, der achtzehn Jahre lang im Todestrakt saß, verurteilt wegen Vergewaltigung und Mord, und dann kommt die neue Technik, mit der man zweifelsfrei feststellen kann, dass die Haare und das Blut, das Sperma an der Leiche nicht von ihm stammten ... darüber haben wir uns unterhalten.«

»Hat sie sich dafür näher interessiert?«, fragte Thor.

»Ja, das ist doch eine Geschichte, die alle angeht, oder? Wir haben ein bisschen darüber gesprochen, dass man nun von alten Verbrechen freigesprochen werden kann, falls der wirkliche Täter biologische Spuren hinterlassen hat, die aufbewahrt wurden, Haare, Speichel, Blut, Sperma. Aber es funktioniert auch in der Gegenrichtung: Man kann wegen alter Verbrechen überführt und verurteilt werden, falls man am Tatort biologisches Material zurückgelassen hat.«

Halfdan Thor beugte sich eifrig vor.

»Habt ihr über konkrete Beispiele der letzteren Möglichkeit gesprochen?«

»Ja. Über ein konkretes Beispiel haben wir tatsächlich gesprochen. Ich habe erwähnt, dass das Rechtsgenetische Institut gerade damit beschäftigt ist, DNA-Profile aus den biologischen Spuren zu gewinnen, die von alten, nicht aufgeklärten Verbrechen in Dänemark stammen: Beispielsweise gibt es Haare des Täters, der vor 20 Jahren in Zusammenhang mit einem Bankraub einen Bankangestellten getötet hat, und damit wird man in der Lage sein, einen Verdächtigen zu überführen oder zu entlasten. Obwohl das fast ein Menschenalter her ist, der Täter entkommt nicht, für Mord gibt es keine Verjährungsfrist.«

»Wie hat sie darauf reagiert?«, fragte Thor.

Beck überlegte lange.

»Ich kann mich beim besten Willen nicht mehr erinnern. Ich glaube, sie hat gesagt, an diesen Bankraub und an den Bankangestellten erinnert sie sich noch ganz genau, selbstverständlich hat es damals im Ort eine Riesenaufregung gegeben.«

»Hmmh«, sagte Thor in Ermanglung einer besseren Antwort. Er schrieb bereits Anders Beck als Verdächtigen ab. Der Kreisarzt würde als Täter wohl kaum mit solchem Nachdruck auf eine Spur hinweisen, zumal er wusste, dass sie in einigen Tagen sein DNA-Profil in Händen hielten.

Nach einem kurzen Bericht gab Thor den Mitgliedern der Ermittlungsgruppe die Anweisung:

»Wir müssen alle befragen, die Linda Bertelsen als Achtzehnjährige gekannt haben: Familie, Freundinnen, Klassenkameraden, Lehrer, Liebhaber. Es ist nämlich nicht ausgeschlossen, dass sie den Bankräuber kannte und den Betreffenden warnen oder erpressen wollte, als sie in München von den neuen Beweismöglichkeiten erfuhr.«

»Und was machen wir mit Bitten und Kenneth Pedersen?«

»Die lassen wir noch ein bisschen in Haft, während wir unserer Pflicht zur Untersuchung aller Spuren nachgehen«, antwortete Thor und fügte hinzu: »Immerhin haben sie den Opfern diesen Lottoschein gestohlen.«

Anders Beck kaufte 25 rote Rosen und fuhr zu Lene ins Sommerhaus.

»Ich habe einen Fehler gemacht«, sagte er.

Sie goss ihm Eistee ein und sagte: »Das kann ich gut verstehen.«

Sie hatte nämlich soeben einen Artikel über Männer in der Midlifecrisis gelesen, die sich mit Hilfe jüngerer Geliebter ihre Jugendlichkeit beweisen wollten. Statt ihnen Vorwürfe zu machen, sollte man sie verständnisvoll behandeln.

»Können wir weitermachen, wo wir aufgehört haben?«, fragte er.

»Aber ja«, antwortete sie und unterdrückte die Tränen, weil sie wusste, dass er es hasste, wenn man die Selbstkontrolle verlor.

»Danke, meine Liebe«, sagte er leise. »Es soll nie wieder vorkommen.«

»Ich habe auch einen Fehler gemacht«, sagte sie, als sie zur Feier des Tages einen trockenen Martini vor dem Essen tranken. »Ich konnte meinen Kalender nicht finden, und darum habe ich dein Alibi für die Nächte, für die sich die Polizei interessierte, nicht bestätigen können, aber das hole ich morgen nach.«

»Das wäre ganz ausgezeichnet. Ich weiß nicht, was die sich vorstellen, aber ich kann dir versichern, dass ich ein blütenreines Gewissen habe.«

»Es wird schon alles gut«, sagte sie und stellte seine Lieblingsgläser von Holmegaard auf den Tisch.

Thomas bekam einen kleineren Schock, als die Tür von einer gebeugten muslimischen Frau geöffnet wurde, die verschämt das Kopftuch bis über die Nase zog. »Wow«, sagte er. »Ist das jetzt modern oder nur eine kühne Abwechslung?«

»Das ist meine Tarnung, ich habe sie mir bei Fatima geliehen«, antwortete sie.

»Was treibst du eigentlich? Wenn du so in die Stadt gehst, stecken sie dich in die Anstalt!«

»Aber nein, ich bin doch schon so unterwegs gewesen. Das einzige Problem ist, dass manche Leute mich in fremden Sprachen anreden und andere mir gehässige Blicke zuwerfen.«

»Kannst du mir nicht erzählen, was eigentlich los ist?«

Seine Stimmlage schwankte zwischen Besorgnis und Gekränktsein. Er hatte sie in allem unterstützt, konnte sie das nicht wenigstens mit ein wenig Vertrauen belohnen. Er war verletzt, weil er das Gefühl hatte, sie behandele ihn wie ein Kind.

»Das weiß ich selbst nicht«, antwortete sie sehr

ernst. »Ich habe einen Verdacht, aber wenn ich den ausspreche, stecken sie mich in die Klinik und stellen mich ruhig. Jetzt will ich in den Ort gehen und ein wenig recherchieren.«

»In deiner diskreten Verkleidung als Muslimin?« sagte er ironisch. »Also Karin, das gefällt mir nicht. Kannst du nicht jemandem von deiner Situation erzählen und ihn um Hilfe bitten? Diese Rechtsanwältin oder deinen Bruder?«

Irgendwo in seinem Innern meldete sich wieder der Verdacht: Ob sie vielleicht doch krank war?

»Von denen kann mir keiner helfen«, antwortete sie traurig. »Verstehst du, ich bin in einer Situation, in der ich nur verlieren kann.«

»Ich verstehe kein Bisschen, und mir gefällt nicht, dass du dich in Gefahr begibst. Ich hab dich wirklich sehr gern.«

Damit kam er einer Liebeserklärung so nahe wie nur möglich, und als er das Kopftuch zur Seite schob, um ihr einen Kuss zu geben, und sie leicht auf den Mund küsste, sah er, dass sie Tränen in den Augen hatte.

»Thomas, ich verspreche dir, dass das alles in zwei Tagen vorbei ist und dass ich nicht in Gefahr bin. Du bist wirklich einzigartig.«

In der Gruppe, die im Fall Boris Garmatscheks ermittelte, lautete die gute Nachricht des Tages, dass die computertechnische Abteilung den Code des Verschlüsselungsprogramms auf dem Gerät des Russen geknackt hatte.

Jetzt spuckte der Drucker Texte und Zahlen aus, die analysiert und auf ihre Aussage über die Tätigkeit des Toten überprüft wurden.

Ein großer Teil des Materials bestand aus Schriftwechsel mit litauischen Behörden und bezog sich auf Genehmigungen, Bestätigungen und Lizenzen für zahlreiche dänische Privatpersonen und Firmen, die die geschäftlichen Möglichkeiten der neuen litauischen Marktwirtschaft nutzen wollten.

Außerdem gab es Schriftwechsel mit den betreffenden dänischen Firmen und Privatpersonen, worin Garmatscheks Beraterhonorare ausgehandelt wurden, die praktischerweise in ausländischer Valuta auf ein Konto in Vilnius überwiesen werden sollten.

Ein Ordner enthielt Dokumente über die Bordelltätigkeit des Russen.

In diesem Ordner waren die Personen ganz oder teilweise anonymisiert, es wurden zahlreiche Umschreibungen verwendet. Jedoch ging daraus hervor, dass Garmatschek bei Grundstückskäufen einen dänischen Partner gehabt hatte, der sehr erfindungsreich als »X« bezeichnet wurde. Der Betreffende würde sich durch die Überprüfung gewisser

Geschäftsabschlüsse, Kaufverträge und Einträge jedoch leicht ermitteln lassen.

X verbarg sich offenbar auch hinter einer Reihe in- und ausländischer Firmenkonstruktionen. Für die Staatsanwaltschaft für Wirtschaftskriminalität war es reine Routine, solche Konstruktionen auseinander zu nehmen und die dahinter stehenden Personen zu identifizieren. Die Ermittlergruppe, die von Kriminalassistent Magnus Kohlman koordiniert wurde, hatte bereits eine Reihe von Anfragen losgeschickt.

Die Antwort der Staatsanwaltschaft lautete, die Ermittlungen würden einige Tage in Anspruch nehmen. Man war unterbesetzt, und es war Urlaubszeit.

So war es überall. Hitzewelle, Urlaubszeit, ein Land, das auf niedrigen Touren lief.

Aus den Dokumenten über Garmatscheks Bordellbetriebe ging hervor, dass die Prostituierten nicht nur aus Litauen, sondern auch aus Polen, Estland und Russland importiert wurden. Sie wurden durchweg als Touristinnen bezeichnet, was sie formal auch waren: Huren mit Touristenvisum. In jedem Land drei Monate. Es gab Schreiben an die Hintermänner in Deutschland, Holland, Spanien und Italien über den Austausch dieser »Touristinnen« und über diesbezügliche wirtschaftliche Transaktionen. Beträge und Bankkonten waren ebenfalls angegeben.

Das gesamte Material wurde von der Garmatschek-Gruppe kopiert und an das Dezernat der

Reichspolizei zur Bekämpfung des Frauenhandels übermittelt.

Diese Gruppe arbeitete mit allen EU-Mitgliedsländern zusammen und war eingerichtet worden, als deutlich wurde, dass der Handel mit armen Frauen aus den Entwicklungsländern und aus Osteuropa den Rauschgifthandel allmählich übertraf.

Und schließlich enthielt Garmatscheks Schriftwechsel auch ein Dokument, das bei der Abteilung A, dem Kopenhagener Morddezernat, besondere Freude hervorrief, wo man nach Alexander Zlotniks Selbstmord die Ermittlungen im Mordfall Monika nur ungern eingestellt hatte.

Der Brief war an einen gewissen Leonid O. gerichtet, der offenbar in Vilnius hinter dem Frauenexport steckte. Ein Absatz dieses Briefes, der in leicht zu durchschauenden Wendungen auf die Qualität der verschiedenen Waren einging, lautete:

»Die am 22. 4. eingetroffene Sendung war mit erheblichen Mängeln behaftet. Da ich es für zwecklos hielt, beim Lieferanten A. Z. eine Erstattung einzutreiben, und in Anbetracht der hohen Kosten einer Rücksendung habe ich mich dafür entschieden, die Sendung zu makulieren. Ich wäre Ihnen sehr verbunden, wenn Sie bei künftigen Lieferungen vor der Versendung eine sorgfältige Qualitätskontrolle vornehmen würden.«

Offenbar betraf dieser Brief von Boris Garmatschek an Leonid O. in Vilnius Monika. Er war auf den 12. Mai datiert, einen Tag nach ihrer Ermordung. Sie war am 22. 4. in Dänemark eingetroffen, der litauische Subunternehmer, der sie auf den dänischen Prostitutionsmarkt vermittelt hatte, hieß A. Z., Alexander Zlotnik.

Mit Hilfe des Verbindungsoffiziers bei der dänischen Botschaft in Vilnius wurde Kontakt zur litauischen Polizei aufgenommen, die ohne größere Schwierigkeiten jenen Leonid O. als erfolgreichen Geschäftsmann im internationalen Milieu in der exklusiven Stadtmitte von Vilnius identifizieren konnte.

Als man ihn mit dem Verdacht der dänischen Polizei vertraut machte, erklärte Leonid O., der Brief Garmatscheks betreffe Kristalllüster, die Alexander Zlotnik nach Dänemark und in andere europäische Länder geliefert hatte, und tatsächlich konnte Leonid beweisen, dass er sich mit dem Export von in Osteuropa hergestellten Lampen und Kristalllüstern beschäftigte.

Die litauische Polizei sah sich außer Stande, seine Behauptung zu widerlegen, die Erklärung wurde dem Morddezernat in Kopenhagen mit der Anmerkung übermittelt, man stelle die Ermittlungen in Vilnius bis zum Vorliegen neuer, konkreterer Beweise ein.

Das Gleiche geschah in Kopenhagen, man stellte die Ermittlungen ein. Man betrachtete den Mord an Monika als aufgeklärt. Da der Täter selbst einen gewaltsamen Tod erlitten hatte, wären weitere Entwicklungen von geringem Interesse gewesen.

Allerdings bemühte sich die von Magnus Kohlman geleitete Gruppe weiter, den Mörder Boris Garmatscheks zu finden, »auch wenn dieses Schwein es nicht anders verdient hatte«, wie Kriminalassistentin Mette Skov sich ausdrückte, wofür sie einen Tadel bei der Morgenbesprechung erhielt.

Magnus Kohlman sagte: »Wir konzentrieren uns darauf, diesen Mister X, Garmatscheks dänischen Partner, zu finden. Ich mache den Jungens vom Dezernat für organisierte Kriminalität mal ein bisschen Feuer unterm Hintern. Es kann doch nicht sein, dass bei uns alles stillsteht, nur weil wir Sommer haben.«

Es ist richtig schön, dass muslimische Frauen nun auch die Bibliotheken besuchen«, flüsterte die Bibliothekarin Susanne ihrem Kollegen Andreas zu und machte eine Kopfbewegung hinüber zu den Computern, die die Bibliothek ihren Benutzern zur Verfügung stellte.

Vor dem Computer saß eine vermummte Frau, die schrieb, als hätte sie niemals etwas anderes getan.

»Sie hat ihn für zwei Stunden reservieren lassen, und sie hat gut dänisch gesprochen«, flüsterte er, als sie im Buchmagazin standen.

»Manche von ihnen verfügen wirklich über einen hohen Ausbildungsstand«, sagte Susanne.

»Vielleicht ist sie Dänin und zum Islam übergetreten?«, schlug Andreas vor.

»Sie hat aber sehr dunkle Augen.«

Karin Sommer hielt den Rand des Kopftuchs mit den Zähnen fest und versank vor ihrem Monitor ein wenig in Gedanken, weil ihr die Anekdote eingefallen war, die sie auf diese Idee gebracht hatte.

Ein Chef hatte den Verdacht, dass einer seiner fünf mit Vertrauensaufgaben betrauten Leute unzuverlässig sei und die Firma womöglich sogar betrog. Am Tag vor einer wichtigen Direktionsbesprechung schickt er jedem der fünf ein dringendes Telegramm mit dem Text: »Alles aufgedeckt, Flucht!«, Unterschrift: »Ein Freund!« Am nächsten Tag geht er gespannt zur Besprechung. Welcher der fünf Männer würde nicht auftauchen?

Er war am Konferenztisch ganz allein.

Der Text, den Karin über Cyberspace an ausgewählte Personen schickte, lautete:

»Ich bin der Mann, den Betina von Herzen liebte. Sie hat mir von dir erzählt. Treffe mich morgen, Sonntag, um 14 Uhr im Bahnhofscafé, dann erledigen wir die Abrechnung. Du erkennst mich daran, dass ich einen Brief lese (den über die ›rückwirkende Kraft‹, den Betina hinterlassen hat). Ein Freund.«

Wie wenn man Angelschnüre ins Wasser wirft, dachte sie. Ob jemand anbeißen würde? Und wie würde er reagieren? Wie würde der reagieren, der, der im Mittelpunkt ihrer Überlegungen stand? Vielleicht würde sie nun endlich klären können, ob das Undenkbare möglich oder ob sie krank war, paranoid und von allen guten Geistern verlassen?

Eines war sicher. Vielleicht würde man herausfinden, dass die E-Mail in der Bibliothek abgeschickt worden war, aber ihre Identität würde man nicht ermitteln können. Niemand hatte sie erkannt, die Bibliothek schloss in einer Stunde, und dann begann das Wochenende. Und so einfach war es nicht, eine anonyme E-Mail zurückzuverfolgen.

Halfdan Thor war mit den Jungen beim Fischen gewesen und fuhr seinen Computer erst um zehn Uhr abends hoch. Anfangs überlegte er, selbst zum Bahnhofscafé zu gehen und zu sehen, was dort geschah und wer da Verbindung mit ihm aufgenommen hatte. Nach längerem Nachdenken beschloss er jedoch, dass man diese Angelegenheit offener und gründlicher angehen musste. Er rief den Leiter der Gruppe an, die im Betina-Fall ermittelte, und machte ihn mit der Angelegenheit vertraut.

»Das ist äußerst interessant, aber warum zum Teufel schreibt dieser Mann an dich?«, fragte Steffen.

»Keine Ahnung. Irgendein Verrückter vielleicht, aber ich habe mir gedacht, vielleicht interessiert euch das. Das Bahnhofscafé hat, soweit ich weiß, Videoüberwachung, sorgt also dafür, dass der Mistkasten eingeschaltet ist und ihr hinterher die Kassette kriegt.«

»Wir sind bei unseren Ermittlungen auf gar keinen Liebhaber gestoßen«, sagte Steffen.

»Den Betina von Herzen liebte, sehr romantisch. Könnte gut von einer Frau geschrieben sein«, sagte Halfdan Thor. »Guckt euch alle an und haltet mich auf dem Laufenden.«

Nach dem Wiedervereinigungsessen sagte Anders Beck ganz offen zu seiner Frau, dass er sehr wohl genötigt sein könnte, sich eine neue Stelle zu suchen. Er wolle im Internet nach freien Stellen sehen – vielleicht bei der Entwicklungshilfeorganisation Danida oder auf Grönland. Die Bezahlung sei gut. Ob sie etwas dagegen hätte, mit ihm ins Ausland zu gehen?

Natürlich nicht. Sie werde ihm folgen, wohin er auch gehe.

Als er den Computer einschaltete, meldete der ihm eine neue E-Mail.

Er fluchte und löschte den geheimnisvollen Brief sofort, kaum dass er ihn gelesen hatte. Was sollte denn das bedeuten? Würden ihn die Verrückten denn nie in Ruhe lassen?

Es gab eine freie Stelle als Kreisarzt in Thule auf Grönland und eine als Gesundheitsberater der Danida in Zambia. Müde druckte er beide Stellenausschreibungen aus.

Sonntag, 22. Juli

Der muss mich doch für einen Idioten halten. Eine so lächerliche Falle zu stellen. Andererseits muss ich unbedingt wissen, wer das ist und was dahinter steckt, dachte er, während er sich mit einer grauen Pferdeschwanzperücke, einem Vollbart und mit Kontaktlinsen ausstaffierte, die die Farbe der Augen von Blau in Braun veränderten, was ihm das Aussehen eines muffigen Hippies aus San Francisco verlieh.

Eine unappetitliche, stinkende alte Pfeife und eine schmuddelige Thermoskanne mit Kaffee sollten das Bild eines aufgeblasenen, alternden, untalentierten Malers vervollständigen.

Noch nicht mal meine eigene Familie würde mich so erkennen, dachte er zufrieden. Er genoss die Herausforderung, seine eigene Intelligenz und das kühne Spiel, das er mit Sicherheit gewinnen würde.

2CV, Staffelei, Leinwand und Malerkasten hatte er schon am Vortag organisiert und einige Nachtstunden damit zugebracht, das neoklassizistische Bahnhofsgebäude von einer Postkarte auf die Leinwand zu übertragen. Es würde Stunden in Anspruch nehmen, das Bild zu vollenden. Genau das war sein Plan. Nicht fünf Minuten vor zwei dort anzukommen, sondern vom frühen Morgen an dort zu stehen und ein Teil des Ortsbildes an diesem Tag zu sein. einmaler, der im Land herumfuhr und interessante Bahnhofsgebäude verewigte.

Für alle Eventualitäten steckte er den Revolver in den Hosenbund unter dem farbbeschmierten Kittel.

Bereits um neun Uhr zwanzig parkte er den 2CV vor dem Bahnhof und lud Staffelei und Malerutensilien aus. Von seinem Aussichtspunkt aus würde er die Umrisse der Menschen ahnen können, die sich im Café aufhielten.

Das Provinzstädtchen war sonntäglich menschenleer, sah man von den Bäckereien ab. Eine von ihnen befand sich in ungefähr 20 Metern Entfernung von seinem Platz, und er rechnete damit, dass er im Lauf des Tages gezwungen sein könnte, mit Leuten zu sprechen, die er kannte. Zwar befürchtete er nicht, dass man ihn hinter Haar, Bart und Staffelei erkennen könnte, hatte sich jedoch lange Gedanken über die Stimme gemacht und meinte, das Problem mit Hilfe der Pfeife zufrieden stellend gelöst zu haben. Wenn er auf den Stiel biss, veränderte sich das, was er von sich gab, zu einem undeutlichen Murmeln, und obendrein würde er den Wortkargen spielen.

Es dauerte nicht lange, bis er seine Strategie erproben konnte. Ein Mann, mit dem er vor nicht allzu langer Zeit zusammengearbeitet hatte, blieb interessiert stehen und lobte seine Skizze.

»Mir gefallen Bilder, auf denen man erkennen kann, was sie darstellen sollen«, sagte der Mann.

Der Maler nickte.

»Woher kommst du?«, fragte der Mann.

»Skælsør«, antwortete der Maler – tief konzentriert, die richtige Ziegelsteinfarbe zu treffen.

»Verkaufst du?«

Der Maler nickte.

»Was würde denn so ein Bild kosten?«

»Zwei-, dreitausend Kronen«, antwortete der Maler und kniff die Augen ein wenig zusammen, um die Hauptlinien seines Motivs besser erkennen zu können.

»Ich könnte mir gut vorstellen, dass ich das kaufe.«

»Hier ist meine Karte«, antwortete der Maler und langte in die Tasche.

»Ja, ich möchte nicht länger stören. Einen schönen Tag noch«, grüßte der Mann und zog mit seiner Brötchentüte ab.

Bis um zwölf hatte er drei oder vier ähnliche Gespräche mit Leuten, die er kannte. Er wurde zunehmend selbstsicherer, während er auf alle achtete, die zum Bahnhof gingen oder ihn verließen, und sich in Ankunft und Abfahrt der Züge vertiefte.

Um zwölf Uhr dreißig kaufte er sich einen Hamburger im Café, das menschenleer war. Auf dem gesamten Bahnhof befand sich niemand, von Ausländern abgesehen, die den Bahnhof als Gemeindehaus benutzten.

Um dreizehn Uhr kam die Enthüllung. Er zweifelte nicht einen Augenblick, dass es zwei Kriminalbeamte waren, die in Zivil aus einem Auto stiegen und ins Café gingen.

Für einen kurzen Augenblick verlor er die Kontrolle und geriet in Panik. Sie waren ihm auf der Spur. Nein, selbstverständlich nicht. Das ergab keinen Sinn. Die Polizei würde keine blöde E-Mail versenden, die Polizei bat um DNA-Proben. Oder warfen sie einfach auf gut Glück die Angel aus? Jedenfalls hatten sie keine sicheren Indizien oder Beweise.

Er war unendlich erleichtert, dass sie nicht dort war. Das wäre unerträglich gewesen.

Um dreizehn Uhr fünfundvierzig kam ein Zug an, und es gab einigen Publikumsverkehr. Zwei Personen betraten das Café, und soweit er erkennen konnte, wurden sie sofort von den Kriminalbeamten kontrolliert. Unmittelbar darauf kamen sie heraus. Zwei junge Männer mit Rucksäcken und Sandwichtüten in der Hand.

Um vierzehn Uhr befand sich nur noch die Ausländerfamilie mit Großmutter und Kleinkindern auf dem Bahnhof. Einer der Kriminalbeamten sprach mit dem Mann, der seine Papiere vorzeigte, woraufhin der Polizeibeamte auf den Bahnhofsplatz deutete. Offenbar wies er den Mann darauf hin, dass der Bahnhof keine Wärmestube ist, oder wie man so etwas nennen will, wenn es draußen dreißig Grad heiß ist.

Die ganze Familie – Vater, Mutter, Großmutter und vier Kleinkinder, von denen noch zwei im Babyalter waren und von ihrer Mutter auf dem Arm getragen wurden – wanderte über den Bahnhofsplatz auf seine Staffelei zu. Alle blieben stehen und betrachteten sein Werk, nur die Großmutter nicht, die in einiger Entfernung stand und verlegen ihr Gesicht versteckte.

»Bild fein, du Maler«, sagte der Mann.

Sogar ein jämmerlicher Amateur ist für Schmeicheleien empfänglich, also war der Maler ihnen wohlgesonnen, nahm die Pfeife aus dem Mund und sagte: »Das ist auch ein feiner Bahnhof. Was treibt ihr hier den ganzen Tag?«

»Warten Vetter aus Ishøj. Nicht kommt«, antwortete der Mann.

Die Großmutter, die ihm den Rücken zukehrte, stieß einige keuchende Laute aus, und für einen Augenblick sah es aus, als fiele sie vornüber. Der Mann eilte hin, hielt sie fest und schleppte sie über den Platz zum Taxistand, während er in seiner Sprache der Frau mit den Kindern auf dem Arm etwas zurief.

Der Maler war mit seinem Bild fast fertig, als er um fünfzehn Uhr dreißig zusammenpackte.

Halfdan Thor befand sich in seinem Zimmer, als die Kriminalassistenten zurückkamen.

»Die haben sich einen E-Mail-Spaß mit dir erlaubt«, sagte Steffen Jensen zu ihm. »Da war überhaupt niemand, abgesehen von gewöhnlichen Reisenden. Wir haben alle überprüft, zwei Rucksacktouristen aus Jütland und eine iranische Flüchtlingsfamilie. Keine ungewöhnlichen Personen, keine suchenden Blicke, keine außergewöhnlichen Kontakte. Wir haben den Videofilm aus dem Café mitgebracht und die Namen und die Adressen derer, die sich zum fraglichen Zeitraum im Café befunden haben.«

»Es kann also gut sein, dass sich jemand einen Spaß erlaubt hat, jedenfalls kennt derjenige unser Material: Das mit dem Brieffetzen und der ›rückwirkenden Kraft‹ ist nämlich überhaupt nicht veröffentlicht worden.«

»Aber er hat uns direkt zum Bahnhofscafé bestellt«, sagte Steffen nachdenklich.

»Yes«, sagte Halfdan, dem plötzlich ein Licht aufging. »Der Betreffende wollte, dass wir vor Ort sind, und hat uns einen Fingerzeig gegeben, dass dort etwas vorgeht. Gebt mir den Film.«

Er holte Kaffee und organisierte die Vorführung des Videobandes. Gleichzeitig überschlug er den

Personenkreis, dem Betinas Brieffetzen bekannt war, das Personal der Kriminalpolizei, die Kriminaltechniker – und außerhalb des Kreises von Fachleuten –, Karin Sommer und alle, denen sie davon erzählt hatte. Es hatte in ihrem Bericht gestanden, und sie hatte mit Andrea Vendelbo darüber gesprochen. Ja, so gesehen könnte sie mit Gott und der Welt über diesen Brieffetzen gesprochen haben, dachte er.

Ihm fiel ein, dass die E-Mail sehr wohl von der verschwundenen Karin Sommer kommen konnte. Um der Polizei vielleicht einen Tipp zu geben, dass etwas passieren würde? Dass eine Person, die Verbindung zum Betina-Fall hatte, am Bahnhof sein würde? Um die Polizei zum Eingreifen zu bewegen oder sich selbst Schutz zu sichern?

Unmöglich zu erraten.

Der Bericht der Kriminalassistenten setzte um dreizehn Uhr ein. Er ließ den Videofilm, der in der unteren rechten Ecke eine Zeitangabe trug, bis auf dreizehn Uhr vorlaufen und überflog die folgenden beiden Stunden. Alles stimmte mit dem Bericht überein. Sehr wenige Menschen, und alle hatten aus einleuchtenden Gründen das Café aufgesucht. Es war ein stiller Sonntag.

Tief in Gedanken ließ er den Film zurücklaufen und hielt ihn aus purem Zufall um zwölf Uhr zweiunddreißig an, als sich eine von Haar und Bart bedeckte, mit einem Kittel bekleidete männliche

Person einen Hamburger über die Theke reichen ließ.

Er rief Steffen.

»Ein Kunstmaler aus Skælsør. Die Kellnerin sagt, er hätte den ganzen Tag auf dem Bahnhofsplatz gestanden und gemalt«, erklärte der Kriminalassistent.

»Holt ihn her«, sagte Halfdan Thor.

Am Bahnhofskiosk erfuhr Kriminalassistent Steffen Jensen, dass der Maler vor einer Viertelstunde abgefahren war, aber der Kioskinhaber hatte sich die Visitenkarte des Künstlers geben lassen, weil er sich für das Bild interessierte.

Wieder auf der Dienststelle, kostete es Steffen Jensen nur zwei Minuten, um festzustellen, dass es Adresse und Telefonnummer auf der Visitenkarte in Wirklichkeit nicht gab.

»Sollen wir das Bild auf dem Videoband ausdrucken und nach ihm fahnden?«, fragte Steffen Jensen, der tief beschämt war, weil er den Künstler übersehen hatte.

»Ja«, sagte Halfdan Thor. »Aber das würde kaum etwas bringen, denn noch nicht mal seine eigene Mutter würde ihn erkennen mit den Haaren und dem Bart, die er inzwischen garantiert wieder abgenommen hat. Langhaarige, Bärtige und Glatzköpfige musst du dir immer ganz besonders ansehen.«

Andrea Vendelbo war sich völlig bewusst, dass sie sich in die polizeilichen Nachforschungen mischen würde, legitimierte ihr Handeln jedoch damit, dass sie Anwältin und Freundin von Karin Sommer war – die es in den letzten beiden Wochen für gut befunden hatte, sich zu verstecken.

Andrea hatte den größten Teil der Nacht wach gelegen und sorgenvoll alle Einzelheiten dieses sonderbaren Falls hin und her gewendet. Und sie war zu dem Ergebnis gekommen, dass die Lösung des Rätsels in der Vergangenheit gesucht werden musste – in Linda Bertelsens Vergangenheit. Die Polizei tat ihre Pflicht, das ging sie nichts an, aber sie hatte das Recht, das Restaurant zu besuchen, das Linda Bertelsens alte Freundin Majbritt Poulsen betrieb. Ein Restaurant war ein öffentlicher Ort, und es war doch nur natürlich, mit der Kellnerin ein wenig zu plaudern, dachte sie, als sie zur Frühstückszeit ihren Ford anließ und in Richtung Süden fuhr.

Bei Majbritt Poulsens Restaurant, so sollte sich zeigen, handelte es sich um eine ziemlich schmuddelige kleine Bierstube, und Andrea hatte das Gefühl, dass sie in dieser Umgebung so wenig auffiel wie eine tote Ratte auf einem Operationstisch.

Zuerst war alles still, als sie sich an den einzigen freien kleinen Tisch gleich vor der Toilette setzte.

»Und was kann ich für die Dame tun?«, fragte Majbritt und fuhr sich durch ihre kurz geschnittenen, weißgelb gebleichten Haare.

»Ach«, sagte Andrea, »ich habe nur Durst …«

»Ja, Schwester, den haben wir alle«, lachte ein männlicher Gast, und die ganze Kneipe lachte mit. Offenbar war das der Witz des Tages. Andrea hörte schon das brüllende Lachen, wenn sie sich ein Mineralwasser bestellte, worauf sie eigentlich am meisten Lust hatte.

»Ein Tuborg«, sagte sie mutig.

»Du brauchst nicht halb auf der Toilette zu sitzen. Wir rücken am Stammtisch zusammen«, schlug Majbritt freundlich vor. Die Wirtin setzte sich mit an den Tisch.

»Dankeschön«, antwortete Andrea und begab sich gern aus dem Uringestank vor der Toilette fort.

»Hier sitzen kostet eine Runde«, sagte einer der Stammgäste und zwinkerte.

»Natürlich«, antwortete sie hastig und nickte Majbritt zu.

»Quatsch, der macht sich doch nur über dich lustig.«

»Ja, aber ich geb gern eine Runde«, sagte Andrea. Danach war sie akzeptiert, und man wollte wissen, was sie an einem so warmen, sonnigen Tag in diesen Ort brächte.

»Ich bin Rechtsanwältin«, hatte Andrea gerade gesagt, als ihr einer der betrunkenen Stammgäste ins Wort fiel:

»Dann kennst du bestimmt den hier: Man nimmt einen Rechtsanwalt, einen Buchprüfer und einen

Taschendieb und steckt sie alle in einen Sack. Dann schüttelt man den Sack lange, und immer liegt oben ein Spitzbube.«

Alle lachten und Andrea, der dieses Milieu und sein spezifischer Humor fremd war, schaute verwirrt drein.

Majbritt kam ihr zu Hilfe: »Lass dich von denen nicht auf den Arm nehmen!«

»Ja ja, wir haben nur den Spaß, den wir selbst machen«, sagte der Witzbold entschuldigend.

Andrea begann von vorn: »Als Rechtsanwältin habe ich ein wenig mit einem Mordfall zu tun, und eigentlich bin ich hier, um mit dir über deine tote Freundin zu sprechen. Es tut mir Leid, aber vielleicht können wir uns etwas unterhalten.«

»Natürlich. Torben, kannst du ein bisschen auf den Laden aufpassen, wir gehen nach hinten!«

Torben war der mit den Spitzbuben im Sack.

Majbritt brauchte keine Aufforderung, den Mund aufzumachen, als sie im Hinterzimmer waren.

»Die Polizei ist gestern auch hier gewesen. Die fragen und fragen. Jetzt wollen sie wissen, ob ich mir vorstellen kann, dass sie vor zwanzig Jahren an einem Bankraub beteiligt war, und ob sie plötzlich viel Geld gehabt hat und so weiter. Weiß Gott, nein! Wir waren arm wie die Kirchenmäuse, und als wir auf der Handelsschule waren, hatten wir noch nicht mal Salz aufs Ei, und Linda war so eine ehrliche Seele, dass sie zwei Kilometer zu einem Laden gelaufen ist, weil sie entdeckt hat, dass man ihr neunzig Öre zu viel rausgegeben hatte. Ja, Linda ist sehr, sehr ehrlich gewesen, und sie war eine treue Freundin. Nie hat sie über jemanden schlecht geredet oder geklatscht.«

»Ich könnte mir denken, dass sie sehr beliebt war, auch bei den Männern?«, fragte Andrea.

»Die waren verrückt nach ihr und sie hat ja auch verdammt gut ausgesehen. Ist ein schweres Schicksal gewesen, immer die Hässlichere von uns beiden zu sein«, sagte Majbritt, ohne dass sie von dieser Erinnerung besonders bedrückt zu sein schien.

»Kannst du dich erinnern, mit wem sie mit achtzehn zusammen war?«

»An ein paar kann ich mich erinnern, das war einer unserer Klassenkameraden, Keld. Er ist jetzt in Jütland, arbeitet in einer Schlachterei. Und dann war da noch ein verdammt gut aussehender Fußballspieler, wie hieß der denn noch? Lars, glaube ich. Und, ach ja, der Mitternachtsschleicher!«

»Der Mitternachtsschleicher?«

»Ja. Linda hat in der Kastanienallee in einer Kellerwohnung gelebt, und sie hat uns hinausgeworfen, wenn sie Besuch vom sogenannten Mitternachtsschleicher erwartete. So haben wir den genannt. Das ist immer sehr geheim zugegangen, darum haben wir alle gedacht, er wäre verheiratet. Selbst ich, und ich war ihre beste Freundin, durfte nicht wissen, wer er ist. Und ehrlich gesagt war ich erleichtert, als sie mir sagte, sie hätte Schluss gemacht. Er ist es nicht wert, hat sie gesagt.«

»War er verheiratet?«

»Das haben wir alle geglaubt, aber Jahre später habe ich sie gefragt, warum das mit dem Mitternachtsschleicher so ein Geheimnis war. Weil es verboten ist. Er war Lehrer an unserer Schule.«

»Kennst du seinen Namen?«

»Nein. Jedenfalls erinnere ich mich nicht an ihn, aber ich glaube, er war einer der jüngeren Fachlehrer oder Vertretungslehrer, die waren immer nur kurz angestellt. Die festen Lehrer waren jedenfalls langweilige, alte Trottel.«

Auf einer Handelsschule gibt es viele verschiedene Fächer. Buchführung und so etwas, das versteht sich von selbst. Außerdem gibt es aber Sprachen, Gesellschaftswissenschaften, Geschichte, dachte Andrea auf dem Nachhauseweg. Wäre nicht Sonntag gewesen, hätte sie bei der Handelsschule angerufen und um eine Liste der Lehrer im Jahr 1981 gebeten, so aber musste sie warten, bis sie am Dienstag von dieser Beerdigung zurückkam.

Der Mitternachtsschleicher spielte vermutlich gar keine Rolle, jedenfalls wollte sie Halfdan Thor mit ihren unangemessenen privaten Ermittlungen nicht belästigen.

Nachdem sie Dagmar telefonisch Gute Nacht gesagt und ein paar Freundlichkeiten mit ihrem Bruder und ihrem Exmann ausgetauscht hatte, beschloss sie, zu Bett zu gehen und in einem Fachbuch zu lesen, das langweilig genug war, um einzuschlafen und erholt zu sein, wenn sie am Morgen mit dem Frühzug nach Jütland zu Tante Elises Beerdigung fuhr.

Sie versuchte sich auf das Vermögensrecht aus internationaler Sicht zu konzentrieren, war jedoch ständig abgelenkt. Der Mitternachtsschleicher spukte ihr durch den Kopf.

Um einundzwanzig Uhr dreißig sprang sie aus dem Bett. Warum hatte sie nur daran nicht gedacht? Weil sie vierunddreißig Jahre alt und nicht mit dem Internet als normalem Arbeitsgerät aufgewachsen war, beantwortete sie sich die Frage selbst.

Unterrichtsinstitute hatten meist Webseiten, die mit allem Möglichen verlinkt waren.

Sie schaltete ihren PC ein. Ja, die Handelsschule hatte eine schöne Homepage: »Lernen heißt sein«, lautete die Devise der Schule, die verschiedene Berufsausbildungen und Kurse für Alt und Jung anbot. Auf der linken Seite konnte man einzelne Angebote und Informationen über die Organisation der Schule anklicken.

Schnell fand sie eine Liste mit den Namen der derzeitigen Schulleitung, der Mitglieder des Lehrkörpers und des administrativen und technischen Personals. Keiner erregte ihre Aufmerksamkeit. Nur eine Lehrerin war schon seit 1981 an der Schule beschäftigt.

Dann klickte sie einen Link an, der sich »Nachrichten und Scrapbook« nannte, und hier war die Rede vom hundertjährigen Jubiläum der Schule im März 2001. In Verbindung mit dem Jubiläum gab es einen Hinweis: Jubiläumsschrift.

Sie klickte das Wort an und das PDF-Dokument wurde langsam und stückweise sichtbar.

Sie überflog das salbungsvolle, pädagogische Vorwort des Schulleiters und den langen historischen Bericht über die Entwicklung der Schule und der Handelsfachausbildung in den zurückliegenden hundert Jahren.

Auf den letzten Seiten wurde es ein bisschen unterhaltsamer. Sie waren voller kleiner Fotos und Porträts bedeutender Persönlichkeiten, die der Schule während ihres einhundertjährigen Bestehens verbunden gewesen waren.

Und dort, auf dem drittletzten Bild, saß er und lächelte sie an. Sie überflog den Text: »Neben seinem Betriebswirtschaftsstudium war er in den Jahren 1980 und 1981 als Lehrer angestellt ...«

Sie fühlte, wie sie blass wurde:

»Herrgott, das ist nicht möglich. Das ist zu bestialisch«, sagte sie laut zu sich selbst, während sie sich ungeschickt anzog.

Trotz allem konnte sie sich nicht sicher sein. Was wollte sie eigentlich tun?

Sie musste ihre eigene Frage nicht beantworten, weil das Telefon klingelte: »Hier ist Birgitte,

Karin Sommers Freundin. Bitte entschuldigen Sie, dass ich Sie so spät noch störe, aber ich habe etwas gefunden, das ich Ihnen gern sofort zeigen würde.«

Birgitte war mit ihren Enkelkindern durch eine unbezähmbare, uneigennützige Liebe verbunden. Elvira mit ihren zweieinhalb Jahren, die ihr die kleinen speckigen Ärmchen um den Hals legte, und Jonathan, 11 Jahre alt, der sie mit seinen klugen Augen ansah und fragte: »Großmutter, verstehst du die Ewigkeit?«

Elvira und Jonathan hatten bei ihr übernachtet, weil ihre Eltern zu Hause den Fußboden abschliffen. Noch andere Kinder waren hinzu gekommen, so dass sie beim Sonntagsfrühstück schließlich zu acht waren. Birgitte lief hin und her und genoss, wie die Kinder durcheinander redeten, riefen und lachten. Sie fühlte sich reich und glücklich.

Jonathans Stimme setzte sich durch. Er kam allmählich ins Gruselalter und machte sich einen Spaß daraus, den jüngeren Vettern und Cousinen Angst einzujagen.

»Und dann hat der Junge seinen Vater umgebracht. Aber der Vater war selbst schuld, weil er immer so getan hat, als wenn er sich aufhängen will. Und dann hat der Junge dem Stuhl, auf dem der Vater stand, einen Tritt gegeben, und der Vater war tot.

Und aus dem Jungen ist ein richtiger egoistischer Psychopath geworden, der eine Menge Leute umgebracht hat und auch ein Kind …«

»Also, Jonathan, wirst du jetzt wohl aufhören. Du erschreckst die Kleinen doch«, unterbrach ihn Birgitte. »Woher hast du so was eigentlich?«, sagte sie, vor allem zu sich selbst.

»Aus deinem Computer, Großmutter«, antwortete er.

»Hast du nicht die Diskette mit den Patiencen gefunden, die ich für dich kopiert habe?« Der Teufel soll diese Horrorgeschichten im Internet holen, dachte sie.

»Doch, und noch eine«, antwortete er, sie achtete jedoch nicht auf seine Worte, weil sie einen Kuchen aus dem Ofen holen musste.

Erst gegen zwanzig Uhr zogen die Letzten ab, und es wurde still im Haus. Hans, ihr Mann, schlief bald vor dem Fernseher ein, sie selbst räumte ein bisschen auf und legte Spielzeug und Kleidungsstücke zurück in die Schatzkiste, wie sie die Bauerntruhe im Wohnzimmer nannten.

Nach einem Blick ins Fernsehprogramm beschloss sie, zu Bett zu gehen und ein Buch zu lesen, vorher aber wollte sie ihren E-Mail-Eingang überprüfen.

Sie schaltete den Computer ein, der eine Fehlermeldung zeigte: »Non-system disk or disk error. Replace and strike any key when ready.«

Nun, das hieß lediglich, dass Jonathan die Diskette nicht aus dem Laufwerk genommen hatte. Sie holte sie heraus und stutzte. Das war nicht die Diskette mit den Patiencen. Auf dem Etikett stand mit zierlicher Schrift: »Doppelte Buchführung«. Merkwürdig. Sie steckte sie wieder ins Laufwerk und klickte auf das einzige Dokument, das sich auf der Diskette befand. Es hieß »Sehr zufriedenstellend«, und sie begann zu lesen:

Mein Vater taugte nicht viel, hatte jedoch ein aufsehenerregendes Talent zum Selbstmord.

Was um Himmels willen ist das?, dachte sie und las weiter:

Vielleicht fragst du dich, warum ich das Kind umgebracht habe.

Das konnte unmöglich von Jonathan stammen. Manchmal schrieb er kindliche Gruselgeschichten, die hier aber hatte ein ganz anderes Niveau. Ein hohes und unheimliches Niveau:

Ich muss eingestehen, dass es wegen fehlender Selbstkontrolle, Dummheit und mangelndem Überblick zu meinem zweiten Mord gekommen ist.

Die Kontrolle wiederzuerlangen hat viele Menschen das Leben gekostet, das war jedoch kein Verlust für das Leben. Bei den Betreffenden handelte es sich um ganz gleichgültige Existenzen, Gewürm auf der Erdoberfläche.

Zweifellos war das der Text, den Jonathan beim Frühstück nacherzählt hatte, aber woher stammte er? Warum lief der Junge mit so etwas rum, das offenbar ein Verrückter geschrieben hatte?

Es war 22.15 Uhr, als Birgitte beschloss, bei Jonathans Eltern anzurufen.

Ihre Tochter Trille war am Telefon.

»Ja, das ist wirklich unheimlich, was die Kinder alles im Internet finden. Mads und ich haben uns überlegt, ob wir ihnen nicht verbieten sollen ...«

Birgitte unterbrach sie: »Ich glaube nicht, dass er das aus dem Internet hat. Das ist ein Dokument auf einer Diskette, und es hat ein Psychopath geschrieben. Stell dir vor, das ist jemand, den er kennt. Kannst du ihn nicht wecken, damit ich ihn fragen kann?«

»Meinst du wirklich ..., ja, gut, natürlich.«

Trille legte den Hörer hin, und kurz darauf hörte man den schlaftrunkenen Jonathan: »Hallo, Großmutter.«

»Hallo, mein Schatz. Ich wollte dich nur fragen, woher du die Diskette hast, die in meinem Computer steckt?«

»Aus deiner Tasche. Du hast gesagt, ich soll die mit den Patiencen aus deiner Tasche holen, und ich habe geglaubt, die Gruseldiskette ist die mit den Patiencen, aber dann habe ich auch die mit den Patiencen gefunden, denn die Geschichte mit dem Psychopathen hat keinen Schluss.«

»Gut, mein Schatz. Geh jetzt schnell wieder ins Bett. Gute Nacht und einen Kuss«, sagte Birgitte.

Aus ihrer Tasche? Wieso? Guter Gott, nein!

Plötzlich stand ihr glasklar die Szene von vor sechs Tagen in Klaus Sommers Büroanbau vor Augen. Zusammen mit ein paar Gegenständen, die sich auf dem Schreibtisch befanden, einer Dose Büroklammern und einer Diskettenbox, war ihre Tasche auf den Fußboden gefallen.

Klaus Sommer hatte die Disketten selbst aufgehoben, dabei waren er und sie leicht mit den Köpfen zusammengeprallt und hatten gelacht. Die Diskette mit der Selbstdarstellung des Psychopathen musste durch ein Versehen in ihrer Tasche gelandet sein.

Und soviel wusste sie, obwohl die Freundin nie eingehender über dieses Thema gesprochen hatte: Karins Vater hatte Selbstmord begangen, als sie ungefähr achtzehn Jahre alt war. Zu dieser Zeit musste Klaus elf gewesen sein.

Nein, es musste eine natürliche Erklärung geben. Wenn so etwas der Wirklichkeit entsprach, schrieb man es doch nicht auf? Das musste eine Geschichte, eine Novelle, irgendeine Selbsttherapie sein. Klaus war schließlich einer der nettesten und verantwortungsvollsten Menschen, dachte sie. Und trotzdem: die Morde und die Überfälle auf Karin. Konnte es möglich sein … nein, aber …

In ihrer Verwirrung rief sie Andrea Vendelbo an.

»Nimm dir sofort ein Taxi, dann schauen wir uns das an«, sagte die Anwältin.

Karin Sommer war es immer ein wenig pathetisch vorgekommen, wenn Menschen, die älter als fünfundzwanzig waren, von ihrer unglücklichen Kindheit erzählten. Und ihr energiegeladener Bruder hatte ihr darin zugestimmt. Darum hatten sie selten über die Traumata ihrer Kindheit gesprochen, und im Übrigen war ihre gemeinsame Kindheit auch gar nicht so lang gewesen.

Karin war es schon mit sechzehn, unmittelbar nach dem Abschluss der Realschule, gelungen eine Praktikantenstelle in einer kleinen Lokalredaktion in Jütland zu bekommen, wo ihre erste Aufgabe darin bestanden hatte, die Hühner des Redakteurs zu füttern.

Mit Erleichterung und Appetit auf das Leben hatte sie die Ängste und das Chaos des Elternhauses hinter sich zurückgelassen.

In jener Zeit verbrachten angehende Journalisten in der Provinz praktisch alle Abende der Woche bei Vorträgen, politischen Versammlungen, Predigten und Schulungsveranstaltungen.

Berauscht von ihrer Freiheit und dem Gefühl, ihren Verstand endlich gebrauchen zu können, entlieh sich Karin stapelweise Bücher und nahm am Leben der Ortsjugend teil, die sich um einen Jazzclub konzentrierte.

Als der Selbstmord des Vaters ihr Elternhaus erschütterte, hatte Karin schon eigenen, festen Boden unter den Füßen. Allerdings regte sich das schlechte Gewissen gegenüber ihrer Mutter und ihrem kleinen Bruder, weil sie sie in ihrer jugendlichen Selbstbefreiung im Stich gelassen hatte.

Einige Wochen nach der Beerdigung rief Klaus an, während sie auf einer Reportage war. Er hinterließ eine Nachricht für sie: König von Dänemark.

Sie stutzte ein wenig, weil diese Bonbonmarke für die beiden Geschwister eine besondere Bedeutung hatte – eine Bedeutung der Art: Du bist entlarvt. Oder: Ich bin es – ich entlarve mich selbst.

Die Wendung, die zu einem Teil ihres internen Codes geworden war, stammte aus jener Zeit, in der Klaus vier oder fünf Jahre alt war. Sie hatte eine Tüte der roten Bonbons für ihn gekauft, und er hatte sich von hinten an sie rangeschlichen und ihr mit seinen klebrigen Händen die Augen zugehalten.

»Das ist Klaus!«, hatte sie geraten.

»Woher hast du gewusst, dass ich das bin?«, hatte er erstaunt gefragt.

»König von Dänemark, das habe ich riechen können«, hatte sie geantwortet.

Eines Tages, als ihre Lieblingspuppe, die sie von ihrer alten Tante geerbt hatte, mit zerbrochenem Porzellankopf auf dem Boden lag, hatte er zutiefst unglücklich auf die Bruchstücke gestarrt und gemurmelt: König von Dänemark.

Einige Wochen nach der Beerdigung des Vaters hatte er also die Nachricht bei der Telefonistin hinterlassen: König von Dänemark. Sonst lautete die Nachricht: Klaus hat angerufen, deshalb dachte sie, es gebe vielleicht etwas Wichtiges, und rief schnell zurück. Er wollte nichts von ihr. »Du störst mich. Ich mache Aufgaben«, hatte er gesagt.

»Prima, aber du hast mich doch zuerst angerufen«, hatte sie ein bisschen verletzt geantwortet.

Ihr Instinkt sagte ihr, dass etwas nicht in Ordnung war, aber als sie am folgenden Wochenende nach Hause kam, stand alles zum Besten – mit Klaus und mit der Mutter.

Niemand wagte es auszusprechen, aber in gewisser Weise war es eine Erleichterung für alle, dass der nervenschwache Mann und Vater endlich Ernst mit seinen jahrelangen Drohungen und seinem Mitleidsterror gemacht hatte. Die Mutter blühte auf, und Klaus entwickelte sich nach Ansicht aller Pädagogen optimal.

Anfang der Siebzigerjahre hatte er das Abitur mit einem Durchschnitt von 1,0 gemacht, und Karin war zum neuen Stern am Kopenhagener Pressehimmel aufgestiegen.

Sie hatten beide viel zu tun gehabt, hatten das beste Verhältnis zueinander, sahen sich jedoch nicht oft. In den Achtzigerjahren hatte Klaus sein Ladenimperium aufgebaut, in den Neunzigerjahren hatte er seine Tätigkeiten auf Investitionen und Grundstücksgeschäfte ausgedehnt. Im Zeichen der Globalisierung begab er sich über die Grenzen Dänemarks hinaus und untersuchte die Möglichkeiten in Russland, Tschechien und im Baltikum. Überall gab es Projekte.

Gleichzeitig erlebte Karin ihre heftige Talfahrt. Midlifecrisis? Ausgebranntheit? Vererbung? Der Druck, in einer Branche, deren Form und Inhalt sich in rasendem Tempo entwickelten, alt zu werden? Die Nachtseiten in ihr übernahmen die Macht, was mit Krankheit und Klinikaufenthalt endete.

Die Psychiater kratzten an den vielen Schichten, die sich auf ihre Kindheit gelegt hatten, und sie fragte Klaus, wie er die Kindheit erlebt hatte.

»Das ist ein Land, das ich schon vor vielen Jahren verlassen habe, und ich drehe mich niemals um. Das darfst du auch nicht tun«, hatte er geantwortet. Dann hatte er gelacht und mit seiner Unteroffiziersstimme kommandiert: »Augen geradeaus!«

Sie hatte auch gelacht und sich an seine glorreiche Vergangenheit als Elitesoldat im Jägerkorps erinnert.

Er hatte Recht behalten. Sie hatte seinen Rat befolgt, hatte nach vorn geblickt und war gesund geworden. Als sie wieder auf die Beine kommen wollte, war er ihr menschlich und wirtschaftlich eine unersetzliche Stütze gewesen. Sie liebte ihn und würde ihn niemals verraten können.

Nicht den Geruch nach König von Dänemark, sondern den Geruch nach Bruder hatte ihre Nase in einer fast unmerklichen Brise eingefangen. Anfangs hatte sie das geleugnet und verdrängt. Das war einfach unmöglich. Dann war sie in ihrer Einsamkeit jede Einzelheit des langen Alptraums durchgegangen und hatte herausgefunden, dass es durchaus möglich war.

Sie hatte ihn über alles, was sie im Kappelhøje-Fall unternahm, auf dem Laufenden gehalten. Er selbst hatte das Schloss und die Alarmanlage in ihrer Wohnung installiert und ihr Code und Bedienung gezeigt.

Er hatte sie am letzten Abend im Krankenhaus besucht, wo sie ihm erzählte, dass sie mit dem Mordfall weitermachen würde und am nächsten Tag mit Kriminalinspektor Halfdan Thor sprechen wolle.

Und die Hauptsache: Er hatte sie nicht töten, sondern nur erschrecken, sie außer Gefecht setzen wollen, indem er ihre Glaubwürdigkeit erschütterte. Wie konnte er nur? Nein, er war es nicht, und war er es doch, konnte sie ihn nicht verraten. Ihn wegen Mordes anzeigen? Niemals!

Als Thomas nach Hause kam und erzählte, dass Kenneth und Bitten Pedersen unter dem Verdacht, die Kappelhøje-Morde begangen zu haben, verhaftet worden waren, war sie sehr erleichtert gewesen. Ihre erste, unmittelbare Reaktion war gewesen, nach Hause zurückzukehren und den verrückten Verdacht gegen ihren Bruder zu vergessen. Dann aber hatte Thomas weiter erzählt, wie ganz ausgeschlossen es war, dass das Ehepaar auch die Überfälle auf sie begangen hatte, und sie war genauso weit gewesen wie vorher.

Weil ihre Situation so unhaltbar und so belastend war für Thomas, hatte sie am Montag schließlich mit Birgittes Hilfe die doppeldeutige Mitteilung an Klaus geschickt: Du bist entlarvt/Ich entlarve mich selbst.

Er konnte darin eine Methode sehen, sich zweifelsfrei mit einem Code zu identifizieren, den nur sie beide kannten. Oder er konnte es so verstehen, dass sie ihn entlarvt hatte.

Am Freitag war sie wieder zutiefst erleichtert gewesen, als Thomas aufgeschnappt hatte, dass Anders Beck wegen Befangenheit im Kappelhøje-Fall suspendiert worden sei.

Natürlich, so wurde ein Schuh draus: Becks Unverschämtheit, als sie ihn das erste Mal angerufen hatte. Sein Eifer, sie ins Krankenhaus einzuweisen, die raffinierte Weise, mit der er alle Symptome der Paranoia bei ihr diagnostiziert hatte.

Und Körpergeruch war selbstverständlich ein sehr dünnes Indiz. Nicht mehr als eine undeutliche Wahrnehmung, die sie gehabt hatte. Der Körpergeruch zweier Männer konnte sich leicht ähneln, dachte sie.

Sie war überzeugt gewesen, dass Beck der Täter war, und wollte ein für allemal den verrückten Verdacht gegen ihren Bruder entkräften.

Ihr effektiver Bruder würde die E-Mail vermutlich sofort löschen, und Beck würde auf dem Bahnhof auftauchen, wo Kriminalinspektor Halfdan Thor ihn in Empfang nähme.

Eben diese Szenerie hatte sie vor Augen gehabt, als sie die drei gleich lautenden E-Mails losschickte. Und sie stellte sie sich noch immer vor, als sie mit Fatima, Reza und ihren Kindern zum Bahnhof gegangen war.

Sie würde sich damit begnügen, verborgen hinter ihrem Kopftuch, aus der Entfernung zuzusehen.

Ihre neuen, iranischen Freunde waren mit der Maskerade einverstanden. Nun würde Karins Verfolger entlarvt werden, er würde sich selbst der Polizei ausliefern.

Es kam auf ganz grausame Weise anders, als sie sich das vorgestellt hatte.

Weder Thor noch Beck waren aufgetaucht. Hingegen zwei junge Kriminalassistenten, von denen der eine an ihrer Einweisung ins Krankenhaus beteiligt gewesen war. Als nichts geschah, waren sie wieder verschwunden, und genau da war Karin der linkshändige Maler auf dem Bahnhofsplatz aufgefallen.

»Ich gehe an ihm vorbei. Sprich mit ihm«, hatte sie zu Reza gesagt.

Auch wenn der Verdacht wochenlang an ihr genagt hatte, war der Schock unbeschreiblich, als sie Klaus' Stimme hörte.

»Schnell, ein Taxi« flüsterte sie Reza zu, der ihr zu Hilfe gekommen war.

»Es war mein eigener Bruder«, sagte sie weinend und nippte an dem starken Pfefferminztee, den Fatima bereitet hatte.

Fatima erschütterte die Erkenntnis wenig. Sie kannte Fälle von Frauen, die von ihren eigenen Brüdern verfolgt – und sogar ermordet worden waren. Nach Fatimas Ansicht sollte Karin unverzüglich die Polizei anrufen.

Karin nickte zustimmend. »Ich gehe nach oben in meine Wohnung und ruhe mich ein bisschen aus, und später gehe ich zur Polizei«, sagte sie.

»Wir hören, wenn jemand die Treppe hinaufgeht«, sagte Reza.

Karin war froh, dass Thomas über das Wochenende zu seiner Familie gefahren war, so blieb ihr erspart, ihren nächsten Schritt mit ihm zu diskutieren. Sie duschte lange, zog sich an, schminkte und frisierte sich und trank zwei Glas Weißwein.

Um zwanzig Uhr rief sie ein Taxi. Sie wusste, um diese Zeit zog Klaus sich in seinen Büroanbau zurück, wo er auch seine private Höhle mit einem Wasserbett und einem Fernseher an der Decke hatte.

Sie ließ das Taxi in einiger Entfernung halten und näherte sich dem Haus von der Wasserseite.

Die Tür zu seinem Büro war offen, sie setzte sich in seinen großen Schreibtischsessel mit der hohen Rückenlehne.

Als er hereinkam, drehte sie sich zu ihm um und sagte: »König von Dänemark.«

»Ja«, sagte er leise. »König von Dänemark.«

Sie umarmte ihn weinend und fühlte das schwache Zittern seiner Brustmuskeln.

»Wie konntest du das tun? Wenn du nur etwas gesagt hättest, ich hätte dich beschützt und hätte nichts geschrieben ...«, sagte sie.

»Ich wollte dich beschützen – und Ellen und Maja, weil ich weiß, dass ihr Schande und Trauer fühlen könnt«, antwortete er. »Es tut mir Leid, dass ich dir geschadet habe, aber das war eigentlich das geringste Übel. Ein Bruder, den man als Mörder entlarvt hätte, würde noch mehr schmerzen, habe ich nicht Recht?«

»Das weiß ich nicht, vielleicht, nein. Ich kann darüber einfach nicht reden. Warum, was?«

Sie schluchzte und sprach zusammenhanglos.

Er legte ihr den Arm um die Schulter. Sie schob ihn weg.

»Ich verstehe nicht«, sagte sie immer wieder.

»Ich bin nicht wie die andern«, antwortete er.

»Ich habe immer geglaubt, du bist besser«, sagte sie.

»Ich bin ziemlich gefühlskalt, intelligent und berechnend, und ich kann mich gut in Rollen versetzen«, sagte er.

»Die Rolle als Kunstmaler zum Beispiel.«

»Und du bist die alte Muslimin gewesen?«

»Du grinst«, stellte sie ungläubig fest.

»Ich bin ein Psychopath. Ein sozialisierter Psychopath. Im ›Who's Who‹ gibt es viele davon. Zurzeit schreibe ich alles für dich auf. Es ist auf einer Diskette da drüben. Du hast mich nie richtig verstanden, stimmt's? Ich habe auch versucht, dir zu erklären, warum ich Vater umgebracht habe. Aber das wirst du nicht verstehen – oder du gibst mir Recht.«

Er ging langsam durch den Raum und nahm die Box mit den Disketten vom Schreibtisch.

»Unsinn, du warst erst 11, und er war ein großer, starker Mann.«

»Er hat es mit seinem Selbstmord nicht ernst gemeint. Die übliche Vorstellung, aber ich habe dem Hocker einen Stoß versetzt, und das habe ich nie bereut«, sagte er und fügte hinzu: »Das ist ein großes Geheimnis, und ich habe versucht, es mit dir zu teilen. Erinnerst du dich an meine telefonische Nachricht – König von Dänemark? Hast du den Hinweis verstanden? Der Täter war ich! Du hast das nicht verstehen wollen, oder? Du selbst warst in Sicherheit!«

»Ich hatte nicht genug Fantasie, um das zu verstehen«, antwortete sie und dachte, sie hätten doch mehr über die Traumata ihrer Kindheit sprechen sollen.

»Bald entdeckte ich, dass ich ohne weiteres damit leben kann, einen anderen Menschen getötet zu haben. In meinem Leben ist es darum gegangen, die größtmögliche Distanz zu Vaters Kläglichkeit zu schaffen.«

»Henker zu sein statt Opfer?«

Er zuckte mit den Schultern, dachte ein wenig nach und sagte: »Ich wollte niemanden ermorden, denn so etwas verkompliziert das eigene Leben, aber vor zwanzig Jahren habe ich einen Bankangestellten erschossen.«

»Ach, das bist du gewesen«, sagte sie tonlos, denn sie hatte das Gefühl, nichts könnte sie mehr überraschen. »Warum?«

»Erinnerst du dich an alle misslungenen Geschäfte, die Vater gemacht hat? Ich brauchte Startkapital, damit ich nicht so wurde wie er. Du weißt, es gibt ein dunkles Kapitel in der Geschichte aller großen Firmen, einen Fleck auf der weißen Weste aller rührigen Menschen. Hast du jemals von einem gehört, der durch Lohnarbeit reich geworden ist?«

»Halt«, schrie sie. »Willst du etwa verteidigen, dass du einem harmlosen jungen Mann das Leben geraubt hast?«

»Er war nicht harmlos. Die Frage lautete: Er oder ich. Und ich verteidige nichts. Ich erkläre. Übrigens habe ich einen Fehler gemacht, der sich rächte. Auf der Flucht hatte ich Probleme mit einem der Wagen, ich habe mich bei einem jungen Mädchen versteckt, einer meiner Schülerinnen auf der Handelsschule …«

»Die Linda hieß.«

Er nickte schwer und umklammerte die Box mit den Disketten so fest, dass seine Knöchel weiß wurden.

»Sie kannte mein Geheimnis, und später war sie kurz in meiner Firma angestellt.«

»Und dann hat sie dich erpresst?«

»Nein, das kann man eigentlich nicht sagen. Sie hat mir eine E-Mail geschickt, ich solle mich hüten, einen DNA-Test zu machen, weil die Polizei das DNA-Profil des Täters mit Hilfe der Haare, die ihm der Bankangestellte ausgerissen hatte, entwickeln kann. Wenn jemand auf die Idee käme, mich mit dem Fall in Verbindung zu bringen, könnte man also mit untrüglicher Sicherheit beweisen, dass ich den Mann getötet habe.«

»Und darum warst du gezwungen, sie umzubringen?«

Er nickte:

»Sie war die einzige Person, die mich mit der Tat in Verbindung bringen konnte, und sie hat mir versichert, dass sie es nie jemandem erzählt hat.«

»Aber sicherheitshalber hat du auch noch den Mann und das Kind getötet?«

»Das war nicht geplant. Ich habe gesehen, wie er

hinüber zum Nachbarn ging, aber er kam mit seinem Gewehr zurück und überraschte mich. Er war Heimwehr-Amateur, und es war keine große Sache, ihm das Gewehr abzunehmen. Das Kind kam angetrippelt und machte einen so hilflosen Eindruck, dass ich es nicht übers Herz brachte, es allein am Leben zu lassen.«

»Du bist ein Ungeheuer.«

»Und du bist mit dem Ungeheuer eng verwandt«, antwortete er und grinste sie schief an, während er langsam die Diskettenbox öffnete.

Das war zu unwirklich, alptraumartig, überstieg fast alle alptraumhaften Vorstellungen in einem Krankenhaus.

»Aber warum auch Betina?«

»Das war notwendig.«

Sie ahnte zum ersten Mal eine Müdigkeit in seiner Stimme: »So etwas wächst und wächst. Betina hat irgendetwas dort zu Hause gesucht, einen Lottoschein, glaube ich. Sie ist trotz dieses Polizeisiegels ins Haus gekommen, hat aber nicht gefunden, wonach sie suchte. Sie fand jedoch eine Kopie des Briefes, den Linda an mich geschrieben hat. Ich hatte gedacht, ich hätte alles durchsucht, das Dokument auf Lindas Festplatte gelöscht und ihre Disketten entfernt.

Für Betina war dieser Brief besser als ein Lottoschein. Sie war rauschgiftsüchtig und hatte den Einfall, der Supermann könnte ihr ihren Bedarf für den

Rest ihres Lebens finanzieren. ›Du hast sie ermordet‹, hat sie am Telefon gesagt. Ich leugnete und sagte, ich hätte großes Mitleid und sie könne das Geld haben, das sie brauchte. Wir verabredeten uns für den 7. Juni nachmittags.«

»Aber dann hat sie mich angerufen.«

»Das habe ich erst erfahren, als du mich übers Handy angerufen hast. Du warst auf dem Weg zum Bahnhof. Aber ich war vorher dort und bin mit ihr durch den anderen Ausgang, der hinten auf den Park führt, gegangen, während du auf dem Bahnhofsplatz gewartet hast. Sie war ein wenig durcheinander, ist aber in meinen Supermann-Kastenwagen eingestiegen.«

»Verschon mich mit Einzelheiten«, sagte Karin und übergab sich.

Er holte Wasser, einen Lappen und einen Schwamm, wischte ihr den Mund ab und legte sie vorsichtig aufs Bett.

Sie stöhnte: »Und abends haben wir Krabben gegessen und einen Anzeigentext aufgesetzt.«

»Jetzt reiß dich zusammen. Wäre es dir lieber gewesen, ich hätte als dreifacher Mörder auf der ersten Seite gestanden – dein einziger Verwandter sein Leben lang im Gefängnis?«

Sie sagte nichts.

»Wahrscheinlich haben wir doch alle einen starken Überlebensinstinkt, oder?«, sagte er. Was sich fast anhörte wie ein Bedauern.

»Und Kater?«, sagte sie und weinte laut. »Das war doch nur ein Tier.«

»Hätte ich gewusst, dass du ihn so gern hast, hätte ich doch niemals …«

»Aber du wolltest mich zu Tode erschrecken und mich mit Paranoia ins Krankenhaus bringen?«, schrie sie.

»Ruhig, ganz ruhig – sonst hören sie dich drüben im Haus. Du weißt doch selbst, wie hitzig du dich in deine Fälle vergräbst. Nie hättest du aufgehört, bevor nicht das Ganze geklärt wäre. Ich sage dir doch, ich wollte dir ersparen, einen Mörder zum Bruder zu haben.«

Sie sah ihn mit leerem Blick an und sagte: »Etwas ist mir nicht klar. Hat Ellen Bescheid gewusst? Ich habe mit euch beiden telefoniert, nach deinen … nach deinen Besuchen?«

»Für so eine blöde Frage bist du zu intelligent, du weißt, wie aufrichtig Ellen ist.« Er deutete auf sein Handy, das auf dem Schreibtisch lag.

»Das da kann mit dem Festnetztelefon im Haus zusammengeschaltet werden, ich kann also überall Anrufe annehmen, auch wenn ich nachts hier im Anbau schlafe.«

»Ellen hat also geglaubt, du bist hier?«

»Das bin ich sehr oft. Sie gibt mir viel Freiraum.«

»Und den Schlafanzug hattest du die ganze Zeit an?«

Er nickte.

»Und im Krankenhaus? Hast du dich versteckt, nachdem du mich abends besucht hattest?«

»Ja. In einem Raum mit Kleidern und Schränken.«

»Und wieso bist du so dick gewesen?«

»Mit Hilfe irgendeines Karnevalsartikels aus meinem Lager.«

Sie schwiegen eine Zeit lang, man hörte nur das Quaken der Frösche vom Gartenteich.

»Mein Tonband?«

»Habe ich gestohlen, als ich mit Christoffer nach der Sitzung des Touristenvereins in der Redaktion war. Du hast mir selbst davon erzählt. Willst du noch etwas wissen?«

Sie nickte und sagte wie in Trance: »Der Vogelfänger, der über den toten Papagei aus Kappelhøje gedichtet hat?«

»König von Dänemark«, murmelte er genauso wie damals, als er ihre Puppe zerbrochen hatte.

»Und Boris Garmatschek, warum er? Ihr habt doch gut zusammengearbeitet?«

»Das stimmt schon. Ich habe ihm Geld für seine Bordelle geliehen, und er hat mir die Genehmigungen für Geschäfte in Vilnius und in Kaunas beschafft. Nur war er der Meinung, er müsse das Geld nicht mehr zurückbezahlen, als er dann – durch seine kleine Freundin – erfahren hat, dass die Polizei mein DNA-Profil hatte. Er war skrupellos. Die Erpressungen hätten kein Ende gehabt. Um den wirst du doch nicht ernstlich trauern?

Ich habe etwas für dich geschrieben«, sagte er und suchte in der Diskettenbox – einmal, zweimal, dreimal.

»Sie ist weg. Hast du sie an dich genommen?«, fragte er.

Sie schüttelte den Kopf und sah ihn an. Noch einmal ließ er die Disketten aus der Box durch seine Hände gleiten. Ein wenig panisch? Er runzelte die Augenbrauen und versuchte sich zu konzentrieren, schien sich aber sofort zu entspannen.

»Das ist nun auch gleichgültig«, sagte er und zuckte mit den Schultern.

Sie setzte sich auf und schnürte ihre Schuhe zu. »Jetzt gehe ich nach Hause, nach Hause in meine Wohnung«, sagte sie.

»Ja, mach das. Und was machst du noch?«

»Nichts. Du bist mein Bruder.«

»Nimmst du mich nicht in den Arm?«, fragte er, als sie den Raum verlassen wollte.

»Lebwohl«, flüsterte er, als sie ihn in den Armen hielt.

»Lebwohl«, flüsterte sie, als sie die Tür hinter sich schloss.

Es war ein großer Fehler, dass wir unsere Kindheit verdrängt haben, dachte sie, als sie ruhig und verweint in ihrem eigenen Bett einschlief.

Es war 1.30 Uhr, als Andrea und Birgitte Kriminalinspektor Halfdan Thor herausklopften und ihm ihr Material zeigten. Um 2.15 Uhr beschloss der Kriminalinspektor einzugreifen, und gegen 3.00 Uhr betraten sechs Polizisten die Wohnung, nachdem sie vergeblich geklingelt hatten, um die Bewohner zu wecken.

Andrea hatte in einiger Entfernung geparkt, die beiden Frauen warteten schweigend.

Um 3.15 Uhr kam Magnus Kohlman langsam auf sie zu, und sie stiegen aus.

»Ein Familiendrama«, sagte der Kriminalassistent. »Der Mann hat Frau und Kind in ihren Betten erstickt und sich selbst im Büro erhängt. Ihr müsst ein bisschen Platz für unsere Kriminaltechniker machen.«